圖說經典 Classic 22

西遊記

四 除魔衛道

原著 吳承恩

編撰 張富海

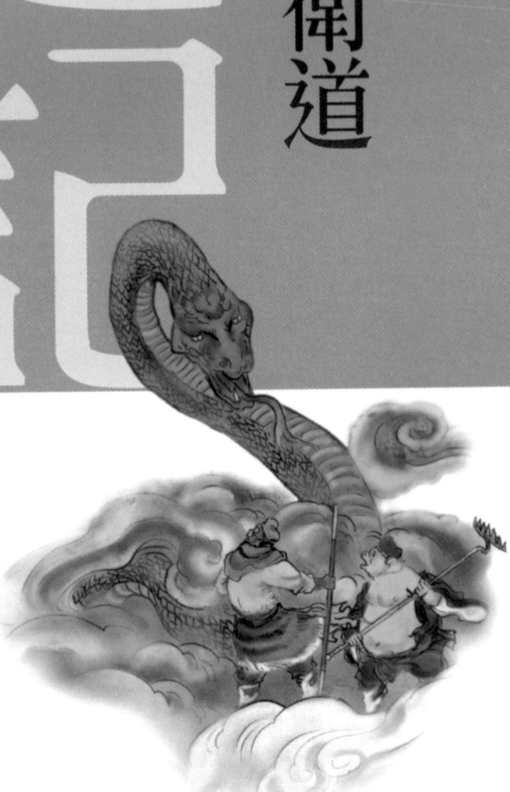

好讀出版

西遊記

除魔衛道

目次

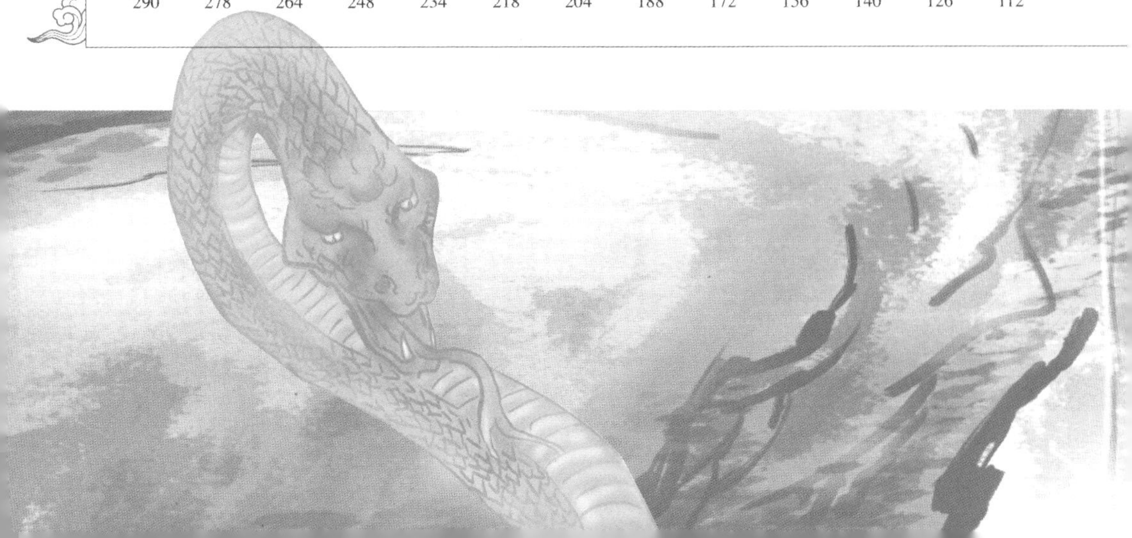

導讀

霧失樓臺西遊記

主編　張富海

幼時初讀《西遊記》，印象最深刻的就是孫悟空，一棒在手，打盡不平，上至天宮，下至黃泉，沒有他不敢鬧的。說到可愛，則數豬八戒，離開高老莊之前，他仍對老丈人說：「丈人呵，你還好生看待我渾家，只怕我們取不成經時，好來還俗，照舊與你做女婿過活。」這還不算，當四位菩薩試探唐僧師徒禪心的時候，這獃子竟然對菩薩說：「娘啊，既是他們不肯招我啊，你招了我罷！」

看到這些地方，常讓人忍俊不禁。及至年齡漸長，才發現孫悟空、豬悟能、沙悟淨從某種程度上說，是對男性類型化的高度概括，《西遊記》輕鬆且不露痕跡地達到這種地步，不愧是古代四大名著之一。

現代人對《西遊記》耳熟能詳，鮮有人仔細通讀原文。原因很簡單，作爲白話小說的先行者，《西遊記》在誕生之初，正處於詩歌文化的顚峰，對於當時的人來說，詩歌是美和藝術的象徵，因此《西遊記》中夾雜了太多的詩詞歌賦。今天，這些當時人們眼中膾炙人口的詩歌，卻變成了閱讀的障礙。現代人閱讀《西遊記》，逢詩歌段落便自然跳過，自有其原因。這樣閱讀，讓我們對《西遊記》有印象，但不全面，接受並迷惑著的感覺縈繞。

這樣的感覺並不奇怪。《西遊記》本身就有很多不確定的地方。從作者來說，現在我們都知道《西遊記》的作者是明代大文豪吳承恩，但對於專家學者來說，只能說《西遊記》的作者「很可能」是吳承恩。

《西遊記》最早的刻本是明萬曆二十年（即西元一五九二年）的金陵世德堂刻本，但這個版本的刻印者已經不知道作者的名字了，其時吳承恩去世僅十年。清代，更多人卻認爲作者是長春道人丘處機。事實上丘處機確實也寫過一部《西遊記》，記載的卻是自己如何跋涉萬里，拜訪成吉思汗鐵木眞的歷程，和唐僧取經的故事相差十萬八千里。爲什麼會有這樣的偏差呢？

與古人的生活習慣有關係，古人健身的一大流行方式是嗑藥，自晉朝以來，嗑藥而死的人不計其數，但古人煉丹的心得也愈發多樣。《西遊記》的思想，融合了佛、道、儒三教眞髓，對於如何煉丹記述得更加詳盡。因此在有清一代，不少學者都認爲《西遊記》是一部講述如何成仙的書。既然如此，那麼最有可能成爲作者的便是全眞道士丘處機了。再加上當時印刷手段相對落後，人們只知道丘處機寫了一本《西遊記》，卻不知道丘先生的《西遊記》記

述的是自己如何去西域拜見成吉思汗。在資訊傳遞不暢的時代，一個同名誤傳讓丘道長在很長一段時間裏，成了《西遊記》的作者。

民初五四時期，魯迅、胡適等人從作品中的方言文字，以及明天啓年間《淮安府志》記載吳承恩的作品有《西遊記》等事實，來判斷吳承恩比丘處機更有可能是作者。這也是現在大部分人都接受的主流觀點。

但最新的學者研究發現，《西遊記》中不但有淮安方言，還有吳地方言。也有個人書目中記載吳承恩的《西遊記》只是一篇山水遊記，這些可眞麻煩，好在這些反對的證據並不充分確鑿。而且《西遊記》成書前早有說書等傳奇，吳承恩的創作是編輯、整理、創作並舉，因此現在我們不妨承認《西遊記》的作者確是吳承恩。

關於作者的爭議告一段落，對於小說本身的認識，不同的見解就更多了。中國白話小說發展得很早，用張愛玲的話說，叫「起了個大早，趕了個晚集」，規模乃至高度都難以與歐洲比肩。當時的讀書人面對《西遊記》這樣的神魔小說，更是不知道如何面對。

金陵世德堂的出版者「華陽洞天主人」是首先面對這個問題的人，他從詼諧的角度出發，聯想到了《史記》和老、莊。他說「太史公曰：『天道恢恢，豈不大哉！談言微中，亦可以解紛。』莊子曰：『道在屎溺。』善乎立言！」他說莊子言「道」在屎裏都可能存在，何況只是文字不夠莊重。還說「道之言不可以入俗也，故浪謔笑虐以恣肆」，在當時他只能用莊老詼諧來爲《西遊記》的存在價值辯護。同爲明代人的李卓吾更具現代性，他主要從文學角度來批評《西遊記》，兼有心學，認爲作品的追求是「求放心」。他的評論更接近作品本身。

清代對《西遊記》的批評有不少。首先是黃周星、汪象旭的《西遊證道書》，汪象旭是出版商，掛名評作者，實際的批評者是黃周星；後者本名黃太鴻，明朝進士，官至戶部主事，明亡後堅持做遺民，研究道教，七十歲時於五月五日模仿屈原沉水自殺。周批《西遊記》繼承了明代批評路線，認爲整部作品不過「收放心而已」〈西遊證道書序〉。

黃周星的評論在清代並不流行，其後陳士斌的《西遊眞詮》從名字就可以看出端倪，說自己的是眞詮，別人的見解自然是僞詮釋了。陳士斌的《西遊眞詮》主要提出了三教同源的理論，其序是曾被順治皇帝稱爲才子的尤侗寫的，他在序中先肯定《西遊記》自明以來放心說有可取之處，最後又提出了「若悟一者，豈非三教一大弟子乎？」即《西遊記》是融合了佛、道、儒三家思想的書。

《西遊記》在清代影響最大的，是道士劉一明的《西遊原旨》。劉一明（西元一七三四～一八二一），是全眞道龍門派第十一代傳人，也是道家著述最多的人之一。以劉一明深厚的道學造詣，看了《西遊記》後，馬上認定《西遊記》的內涵是性命雙修之道。「其書闡三教一家之理，傳性命雙修之道，……悟之者在儒即可成聖，在釋即可成佛，在道即可成仙。」他批評了黃周星，認爲陳士斌的批評路線是對的，只是不夠專業，因此每回後他都用長達數千字的文字來闡述小說中的道學思想。

此外，清代張書紳在《新說西遊記圖像》中提出了《西遊記》「只是教人誠心爲學，不要退悔」，所謂「心不誠者，西天不可到，至善不可止」（〈西遊記總論〉）。

如果拘泥於前人的評述，也許你永遠不知道眞正的《西遊記》是什麼。只有回到小說本身，《西遊記》才能還原本來面目。要瞭解眞正的《西遊記》，首先要全面地進入小說本身。

本書則提供了不同的閱讀方法。首先是故事，如果時間倉促，你可以從插圖入手，本書的近千張插圖全然可以串聯起故事情節；本書插圖，從明代版畫到現代大家，可以說是《西遊記》插圖史的小小巡展。想要詳細瞭解原文，最好慢慢細讀原文以及注釋，注解中對於相關的佛、道知識盡可能作了詳細的解釋；到此時如果還有餘力，不妨再看看評論，則會幫助你對原文有更深入的認識。

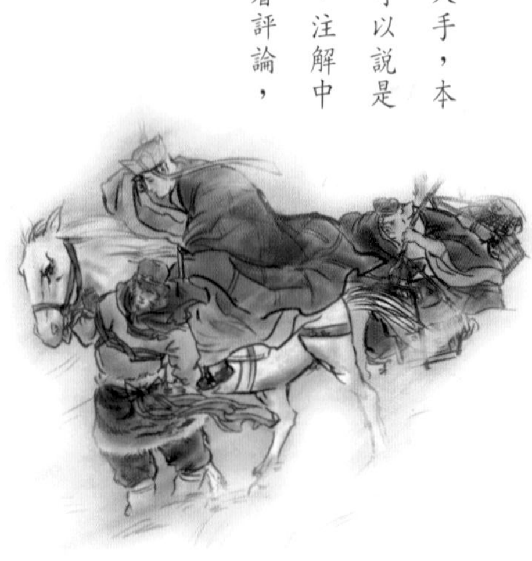

李卓吾先生批評《西遊記》（以下簡稱李評）
山陰悟一子陳士斌允生甫詮解《西遊眞詮》（以下簡稱陳評）
悟元子劉一明解《西遊原旨》（以下簡稱劉評）
張書紳《新說西遊記圖像》（以下簡稱張評）
黃周星、汪象旭的《西遊證道書》（以下簡稱周評）

如何閱讀本書

精緻彩圖：

名家繪圖、相關照片等精緻彩圖，使讀者融入小說情境

閱讀性高的原典：

將一百回原典分為五大分冊，版面美觀流暢、閱讀性強

列出各回回目
便於索引翻閱

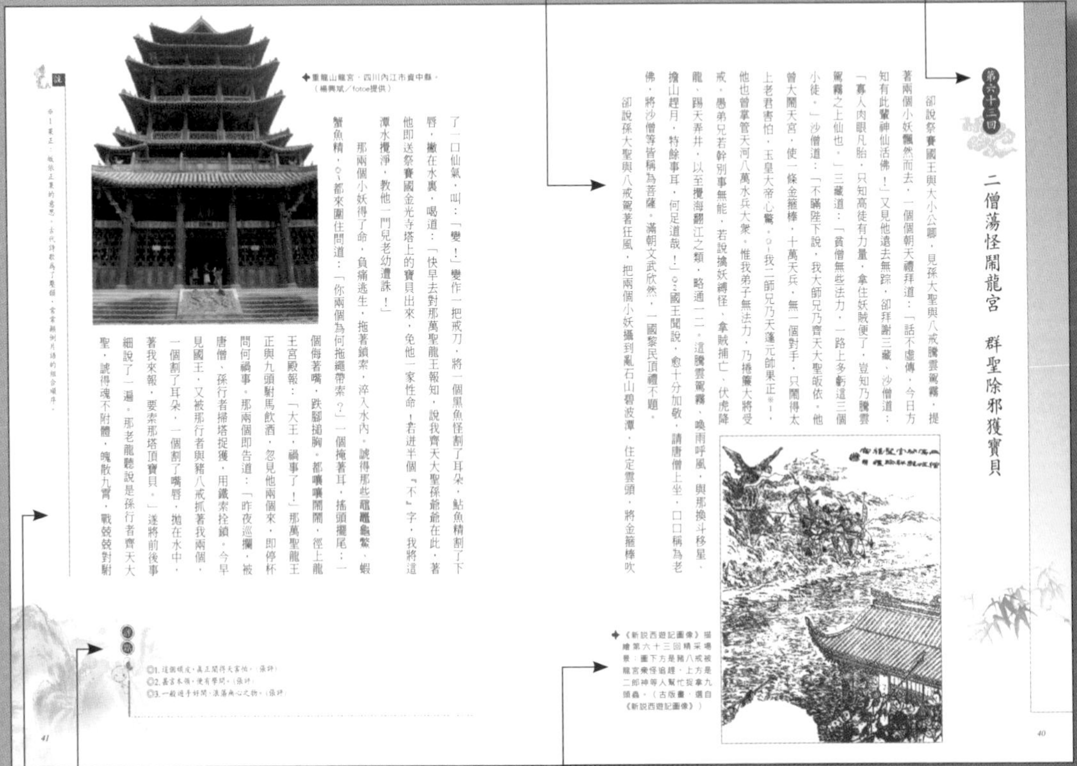

名家評點：

選收不同名家之評點，隨文橫書於頁面的下方欄位，並於文中以◎記號標號，以供對照

詳細注釋：

解釋艱難字詞，隨文直書於奇數頁最左側，並於文中以※記號標號，以供對照

詳細圖說：

說明性和評點性的圖說，提供讓讀者理解

第六十一回

豬八戒助力敗魔王　孫行者三調芭蕉扇

話表牛魔王趕上孫大聖，只見他肩膊上掮著那柄芭蕉扇，怡顏悅色而行。◎1魔王大驚道：「猢猻原來把運用的方法兒也叨餂※1得來了。我若當面問他索取，他定然不與。倘若搧我一扇，要去十萬八千里遠，卻不遂了他意？我聞得唐僧在那大路上等候。他二徒弟豬精、三徒弟沙流精，我當年做妖怪時，也曾會他，且變作豬精的模樣，返騙他一場。料猢猻以得意為喜，必不詳細提防。」好魔王，他也有七十二變，武藝也與大聖一般，只是身子狼犺些，欠鑽疾，不活達※2些；把寶劍藏了，念個咒語，搖身一變，即變作八戒一般嘴臉。抄下路，當面迎著大聖，叫道：「師兄，我來也！」

這大聖果然歡喜。古人云「得勝的貓兒歡似虎」也，只倚著強能，更不察來人的意

◆《新說西遊記圖像》描繪第六十一回精采場景：牛魔王被孫悟空、豬八戒圍攻，在天兵天將的圍剿下無路可逃。圖下方則是唐僧與沙和尚等待的場景。（古版畫，選自《新說西遊記圖像》）

思，見是個八戒的模樣，便就叫道：「兄弟，你往那裏去？」牛魔王綽著經兒※3道：「師父見你許久不回，恐牛魔王手段大，你鬥他不過，難得他的寶貝，教我來迎你的。」行者笑道：「不必費心，我已得了手了。」牛王又問道：「你怎麼得的？」行者道：「那老牛與我戰經百十合，不分勝負。他就撇了我，去那亂石山碧波潭底，與一夥蛟精、龍精飲酒。是我暗跟他去，變作個螃蟹，偷了他所騎的辟水金睛獸，變了老牛的模樣，徑至芭蕉洞哄那羅刹女。那女子與老孫結了一場乾夫妻，◎2是老孫設法騙將來的。」牛王道：「卻是生受※4了。哥哥勞碌太甚，可把扇子我拿。」孫大聖那知真假，也慮不及此，遂將扇子遞與他。

原來那牛王，他知那扇子收放的根本，接過手，不知捻個甚麼訣兒，依然小似一片杏葉，現出本相，開言罵道：「潑猢猻！認得我麼？」行者見了，心中自悔道：「是我的不是了。」恨了一聲，跌足高呼道：「咦！逐年家打雁，今卻被小雁兒鵮※5了眼睛。」狠得他爆躁如雷，掣鐵棒劈頭便打。那魔王就使扇子搧他一下，不知那大聖先前變蟭蟟蟲入羅剎女腹中之時，將定風丹噙在口裏，不覺的咽下肚裏，◎3所以五臟皆牢，皮骨皆固；憑他怎麼搧，再也搧他不動。◎4牛王慌了，把寶貝丟入口中，雙手輪劍就砍。那兩個在那半空

註

※1 叨餂：餂音舔，鼓搗、討訪、誘騙的意思。
※2 活達：靈活的意思。
※3 綽著經兒：此處作順著話的意思。
※4 生受：活受罪、難爲、有勞的意思。
※5 鵮：音千，鳥啄人叫鵮。

評點

◎1. 何不駕觔斗雲耶？(周評)
◎2. 惟具夫妻是乾夫妻，所以扇子也還是乾扇子。(周評)
◎3. 好照管。(李評)
◎4. 飽乎道義，自非邪言之所能動。(張評)

中這一場好殺：

齊天孫大聖，混世潑牛王，只為芭蕉扇，相逢各騁強。粗心大聖將人騙，大膽牛王把扇誆。這一個，金箍棒起無情義；那一個，雙刃青鋒有智量。大聖施威噴彩霧，牛王放潑吐毫光。齊鬥勇，兩不良，咬牙剉齒氣昂昂。播土揚塵天地暗，飛砂走石鬼神藏。這個說：「你敢無知返騙我！」那個說：「我妻許你共相將！」言村※6語潑，性烈情剛。那個說：「你哄人妻女真該死！告到官司有罪殃！」伶俐的齊天聖，兇頑的大力王，一心只要殺，更不待商量。棒打劍迎齊努力，有些鬆慢見閻王。

且不說他兩個相鬥難分，卻表唐僧坐在途中，一則火氣蒸人，二來心焦口渴，對火焰山土地道：「敢問尊神，那牛魔王法力如何？」土地道：「那牛王神通不小，法力無邊，正是孫大聖的敵手。」三藏道：「悟空是個會走路的，往常家二千里路，一霎時便回，怎麼如今去了一日？斷是與那牛王賭鬥。」叫：「悟能，悟淨！你兩個，那一個去迎你師兄一迎？倘或遇敵，就當用力相助，求得扇子來，解我煩躁，早早過山趕路去也。」八戒道：「今日天晚，我想著要去接他，但只是不認得積雷山路。」◎5土地道：「小神認得。且教捲簾將軍與你師父做伴，我與你去來。」三藏大喜道：「有勞尊神，功成再謝。」

那八戒抖擻精神，束一束皂錦直裰，搴著鈀，即與土地縱起雲霧，徑回東方而去。正行時，忽聽得喊殺聲高，狂風滾滾。八戒按住雲頭看時，原來孫行者與牛王廝殺哩。土地道：「天蓬不上前，還待怎的？」獃子掣釘鈀，厲聲高叫道：「師兄，我來也！」行者恨

評點

◎5.這有何難認，但聞兄弟廝打相罵處就是。(張評)
◎6.與神道相從，便是配道義的正面。自食丹以下，至此俱是轉。(張評)
◎7.沒道義的其氣自然不伸，故曰餒。(張評)

道：「你這夯貨，誤了我多少大事！」八戒道：「師父教我來迎你，因認不得山路，商議良久，教土地引我，◎6故此來遲，如何誤了大事？」行者道：「不是怪你來遲。這潑牛十分無禮！我向羅剎處弄得扇子來，卻被這廝變作你的模樣，口稱迎我，我一時歡悅，轉把扇子遞在他手，他卻現了本相，與老孫在此比併，所以誤了大事也。」八戒聞言大怒，舉釘鈀當面罵道：「我把你這血皮脹的遭瘟！你怎敢變作你祖宗的模樣，騙我師兄，使我兄弟不睦！」你看他沒頭沒臉的使釘鈀亂築。那牛王一則是與行者鬥了一日，力倦神疲；二則是見八戒的釘鈀兇猛，遮架不住，敗陣就走。◎7只見那火焰山土地帥領陰兵，當面擋住道：「大力王，且住手！唐三藏西天取經，無神不保，無天不佑，三界通知，十方擁護。快將芭蕉扇來搧息火焰，教他無災無障，早過山去；不然，上天責你罪愆，定遭誅也。」牛王道：「你這土地，全不察理！那潑猴奪我子，欺我妾，騙我妻，番番無道，我恨不得囫圇吞他下肚，化作大便喂狗，怎麼肯將寶貝借他！」

說不了，八戒趕上罵道：「我把你個結心癀※7！快拿出扇來，饒你性命！」那牛王只得回頭，使寶劍又戰八戒。孫大聖舉棒相幫，這一場在那裏好殺：

成精豕，作怪牛，兼上偷天得道猴。禪性自來能戰煉，必當用土合元由。釘鈀九齒尖還利，寶劍雙鋒快更柔。鐵棒捲舒爲主仗，土神助力結丹頭。三家刑剋相爭競，各展雄才要運籌。捉牛耕地金錢長，喚豕歸爐木氣收。心不在焉何作道，神常守舍要拴猴。胡亂

註

※6 言村：話語庸俗、潑辣。

※7 結心癀：癀音黃。牛病的一種，俗稱牛黃，症狀是膽汁凝結成粒狀或塊，這裏是詛咒生病。

傳說中火焰山所在的新疆吐魯番地區。（富爾特影像提供）

嚷，苦相求，三般兵刃響搜搜。鈀築劍傷無好意，金箍棒起有因由。只殺得星不光兮月不皎，一天寒霧黑悠悠！

那魔王奮勇爭強，且行且鬥，鬥了一夜，不分上下，早又天明。前面是他的積雷山摩雲洞口，他三個與土地、陰兵，又喧嘩振耳，驚動那玉面公主，喚丫鬟看是那裏人嚷。只見守門小妖來報：「是我家爺爺與昨日那雷公嘴漢子並一個長嘴大耳的和尚，同火焰山土地等眾廝殺哩！」玉面公主聽言，即命外護的大小頭目，各執鎗刀助力。前後點起七長八短，有百十餘口。一個個賣弄精神，拈鎗弄棒，齊告：「大王爺爺，我等奉奶奶內旨，特來助力也！」◎8牛王大喜道：「來得好！來得好！」眾妖一齊上前亂砍。八戒措手不及，倒拽著鈀，敗陣而走，大聖縱觔斗雲，跳出重圍。眾陰兵亦四散奔走。老牛得勝，聚群妖歸洞，緊閉了洞門不題。

行者道：「這廝驍勇！自昨日申時前後與老孫戰起，直到今夜，未定輸贏。卻得你兩個來接力，如此苦鬥半日一夜，他更不見勞困。才這一夥小妖，卻又莽壯。他將洞門緊閉不出，如之奈何？」八戒道：「哥哥，你昨日巳時離了師父，怎麼到申時才與他鬥起？你那兩三個時辰在那裏的？」行者道：「別你後，頃刻就到這座山上。見一個女子，問訊，原來就是他愛妾玉面公主。被我使鐵棒唬他一唬，他就跑進洞，叫出那牛王來，與老孫劖言劖語，嚷了一會，又與他交手，鬥了有一個時辰。正打處，有人請他赴宴去了。是我跟他到那亂石山碧波潭底，變作一個螃蟹，探了消息，偷了他辟水金睛獸，假變牛王模樣，

復至翠雲山芭蕉洞，騙了羅剎女，哄得他扇子。出門試演試演方法，把扇子弄長了，只是不會收小。正揹了走處，被他假變作你的嘴臉，返騙了去，故此耽擱兩三個時辰也。」

八戒道：「這正是俗語云：『大海裏翻了豆腐船，——湯裏來，水裏去。』如今難得他扇子，如何保得師父過山？且回去，轉路走他娘罷！」土地道：「大聖休焦惱，天蓬莫懈怠。但說轉路，就是入了傍門，不成個修行之類。古語云：『行不由徑』，豈可轉走？◎9你那師父在正路上坐著，眼巴巴只望你們成功哩。」◎10行者發狠道：「正是，正是。獃子莫要胡談！土地說得有理。我們正要與他：

賭輸贏，弄手段，等我施爲地煞變。自到西方無對頭，牛王本是心猿變。今番正好會源流，斷要相持借寶扇。趁清涼，息火焰，打破頑空參佛面。行滿超升極樂天，大家同赴龍華宴！」

那八戒聽言，便生努力。慇懃道：◎11

「是，是，是！去，去，去！管甚牛王會不會，木生在亥配爲豬，牽轉牛兒歸土類。申下生金本是猴，無刑無剋※8多和氣。用芭蕉，爲水意，焰火消除成既濟。晝夜休離苦盡功，功完趕赴盂蘭會※9。」

他兩個領著土地、陰兵一齊上前，使釘鈀，輪鐵棒，乒乒乓乓，把一座摩雲洞的前

註

※8 無刑無剋：刑剋，星相術語，比如：刑妨、刑蹇。謂三刑，五行相剋；刑害（三刑六害的合稱）；刑沖（指地支中相妨害的兩類情況）。

※9 盂蘭會：農曆七月初七，是古人祭祀祖先的日子，也是佛教徒追念在天之靈的祭日，稱「盂蘭盆會」或「盂蘭盆齋」。

評點

◎8. 一邊添出弟兄，一邊添出妻妾，可知是弟兄、妯娌、老婆、孩子打在一處矣。文雖不言，而神氣已到。（張評）

◎9. 道義之不可離也明矣。（張評）

◎10. 轉路便入傍門，師父自在正路，說得何等了了。（周評）

◎11. 每有良朋，烝也無從。（張評）

門，打得粉碎。諕得那外護頭目戰戰兢兢，闖入裏邊報道：「大王！孫悟空率衆打破前門也！」那牛王正與玉面公主備言其事，懊恨孫行者哩，聽說打破前門，十分發怒，急披掛，拿了鐵棍，從裏邊罵出來道：「潑猢猻！你是多大個人兒，敢這等上門撒潑，打破我門扇？」八戒近前亂罵道：「潑老剝皮！你是個甚樣人物，敢量那個大小！◎12不要走，看鈀！」牛王喝道：「你這個饢糟食的夯貨，不見怎的！快叫那猴兒上來！」行者道：「不知好歹的餉草※10！我昨日還與你論兄弟，今日就是仇人了。仔細吃吾一棒！」那牛王奮勇而迎。這場比前番更勝。三個英雄廝混在一處，好殺：

釘鈀鐵棒逞神威，同帥陰兵戰老犧。犧牲獨展兇強性，遍滿同天法力恢。使鈀築，著棍擂，鐵棒英雄又出奇。三般兵器叮噹響，隔架遮攔誰讓誰？他道他爲首，我道我奪魁。士兵爲證難分解，木土相煎上下隨。這兩個說：「你如何不借芭蕉扇？」那一個道：「你焉敢欺心騙我妻！趕妾害兒仇未報，敲門打戶又驚疑！」這個說：「你仔細提防如意棒，擦著些兒就破皮！」那個說：「好生躲避鈀頭齒，一傷九孔血淋漓！」牛魔不怕施威猛，鐵棍高擎有見機。翻雲覆雨隨來往，吐霧噴風任發揮。恨苦這場都拚命，各懷惡念喜相持。丟架子，讓高低，前迎後擋總無虧。兄弟二人齊努力，單身一棍獨施爲。卯時戰到辰時後，戰罷牛魔束手回。

《西遊記》外景地，新疆吐魯番火焰山萬佛宮景區。攝於2006年6月14日。（慧眼／fotoe提供）

他三個捨死忘生，又鬥有百十餘合。八戒發起獃性，仗著行者神通，舉鈀亂築。牛王遮架不住，敗陣回頭，◎13就奔洞門。卻被土地、陰兵攔住洞門，喝道：「大力王，那裏走？吾等在此！」那老牛不得進洞，急抽身，又見八戒、行者趕來，慌得卸了盔甲，丟了鐵棍，搖身一變，變作一隻天鵝，望空飛走。

行者看見，笑道：「八戒，老牛去了。」那獃子漠然不知，土地亦不能曉，一個個東張西覷，只在積雷山前後亂找。行者指道：「那空中飛的不是？」八戒道：「那是一隻天鵝。」行者道：「正是老牛變的。」土地道：「既如此，卻怎麼好？」行者道：「你兩個打進此門，把群妖盡情剿除，拆了他的窩巢，絕了他的歸路，等老孫與他賭變化去。」◎14那八戒與土地，依言攻破洞門不題。

這大聖收了金箍棒，捻訣念咒，搖身一變，變作一個海東青，颼的一翅，鑽在雲眼裏，倒飛下來，落在天鵝身上，抱住頸項嗛眼。那牛王也知是孫行者變化，急忙抖抖翅，變作一隻黃鷹，返來嗛海東青。行者又變作一隻烏鳳，專一趕黃鷹。牛王識得，又變作一隻白鶴，長唳一聲，向南飛去。行者立定，抖抖翎毛，又變作一隻丹鳳，高鳴一聲。那白鶴見鳳是鳥王，諸禽不敢妄動，刷的一翅，淬下山崖，將身一變，變作一隻香獐，乜乜些些※11，在崖前吃草。行者認得，也就落下翅來，變作一隻餓虎，剪尾跑蹄，要來趕獐作食。魔王慌了手腳，又變作一隻金錢花斑的大豹，要傷餓虎。行者見了，迎著風，把頭一

註

※10 餉草：餉音勾，意爲牛吃草，這裏是罵人是吃草的畜生。

※11 乜乜些些：形容痴痴呆呆的樣子。

評點

◎12. 哥哥不大，兄弟更不小。（張評）

◎13. 其氣餒矣。（張評）

◎14. 此變化乃五百年前曾與二郎賭過者，今乃再見於牛王。可見高棋敵手，亦自難逢。（周評）

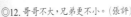

幌，又變作一隻金眼狻猊，聲如霹靂，鐵額銅頭，復轉身要食大豹。牛王著了急，又變作一個人熊，放開腳，就來擒那狻猊。行者打個滾，就變作一隻賴象，鼻似長蛇，牙如竹筍，撒開鼻子，要去捲那人熊。◎15

牛王嘻嘻的笑了一笑，現出原身——一隻大白牛，頭如峻嶺，眼若閃光，兩隻角似兩座鐵塔，牙排利刃；連頭至尾，有千餘丈長短；自蹄至背，有八百丈高下。◎16對行者高叫道：「潑猢猻！你如今將奈我何？」行者也就現了原身，抽出金箍棒來，把腰一躬，喝聲叫：「長！」長得身高萬丈，頭如泰山，眼如日月，口似血池，牙似門扇；手執一條鐵棒，著頭就打。那牛王硬著頭，使角來觸。這一場，真箇是撼嶺搖山，驚天動地！有詩為證，詩曰：

道高一尺魔千丈，奇巧心猿用力降。
若得火山無烈焰，必須寶扇有清涼。

牛魔王打不過孫悟空師兄弟，變作天鵝飛走。
（古版畫，選自李卓吾批評本《西遊記》）

黃婆矢志扶元老，木母留情掃蕩妖。
和睦五行歸正果，煉魔滌垢上西方。

他兩個大展神通，在半山中賭鬥，驚得那過往虛空一切神眾，與金頭揭諦、六甲六丁、一十八位護教伽藍，都來圍困魔王。那魔王公然不懼，你看他東一頭，西一頭，直挺挺、光耀耀的兩隻鐵角，往來抵觸；南一撞，北一撞，毛森森、筋暴暴的一條硬尾，左右敲搖。孫大聖當面迎，眾多神四面打，牛王急了，就地一滾，復本相，便投芭蕉洞去。行者也收了法相，與眾多神隨後追襲。那魔王闖入洞裏，閉門不出。概眾把一座翠雲山圍得水泄不通。

正都上門攻打，忽聽得八戒與土地、陰兵嚷嚷而至。行者見了，問曰：「那摩雲洞事體如何？」八戒笑道：「那老牛的娘子被我一鈀築死，剝開衣看，原來是個玉面狸精。◎17那夥群妖，俱是些驢騾犢特、獾狐狢獐、羊虎麋鹿等類，已此盡皆剿戮；又將他洞府房廊放火燒了。土地說他還有一處家小，住居此山，故又來這裏掃蕩也。」行者道：「賢弟有功，可喜，可喜！老孫空與那老牛賭變化，未曾得勝。他變作無大不大的白牛，我變了法天象地的身量。正和他抵觸之間，幸蒙諸神下降，圍困多時，他卻復原身，走進洞去矣。」八戒道：「那可是芭蕉洞麼？」行者道：「正是，正是。羅剎女正在此間。」八戒發狠道：「既是這般，怎麼不打進去，剿除那廝，問他要扇子？倒讓他停留長智，兩口兒敘情！」

好獃子，抖擻威風，舉鈀照門一築，忽辣的一聲，將那石崖連門築倒了一邊。慌得那

評點

◎15. 此等處不可無一，不可有二；只管如此，便可厭矣。（李評）
◎16. 至大而不可限量。（張評）
◎17. 打死玉面，已斷氣根。（張評）

玉面狸（右），玉面狸又稱「牛尾狸」。（fotoe提供）

女童忙報：「爺爺！不知甚人把前門都打壞了！」牛王方跑進去，喘噓噓的，正告訴羅剎女與孫行者奪扇子賭鬥之事，聞報心中大怒，就口中吐出扇子，遞與羅剎女。羅剎女接扇在手，滿眼垂淚道：「大王，把這扇子送與那猢猻，教他退兵去罷。」牛王道：「夫人呵，物雖小而恨則深。你且坐著，等我再和他比併去來。」那魔重整披掛，又選兩口寶劍，走出門來。正遇著八戒使鈀築門，老牛更不打話，掣劍劈臉便砍。八戒舉鈀迎著，向後倒退了幾步，出門來，早有大聖輪棒當頭。那牛魔即駕狂風，跳離洞府，又都在那翠雲山上相持。眾多神四面圍繞，土地、陰兵左右攻擊。這一場，又好殺哩：

雲迷世界，霧罩乾坤。颯颯陰風砂石滾，巍巍怒氣海波渾。重磨劍二口，復掛甲全身。結冤深似海，懷恨越生嗔。你看齊天大聖因功績，不講當年老故人。八戒施威求扇子，眾神護法捉牛君。牛王雙手無停息，左遮右擋弄精神。只殺得那過鳥難飛皆斂翅，游

本回中，哪吒三太子等神將幫助孫悟空擒拿牛魔王。（朱寶榮繪）

魚不躍盡潛鱗；鬼泣神嚎天地暗，龍愁虎怕日光昏！

那牛王拚命捐軀，鬥經五十餘合，抵敵不住，敗了陣，往北就走。早有五臺山秘魔岩神通廣大潑法金剛阻住，喝道：「牛魔，你往那裏去？我蒙釋迦牟尼佛祖差來，佈列天羅地網，至此擒汝也！」正說間，隨後有大聖、八戒、衆神趕來。那魔王慌轉身向南走，又撞著峨眉山清涼洞法力無量勝至金剛擋住，喝道：「吾奉佛旨在此，正要拿住你也！」牛王心慌腳軟，急抽身往東便走，卻逢著須彌山摩耳崖毗盧沙門大力金剛迎住，喝道：「老牛何往？我蒙如來密令，教來捕獲你也！」牛王又悚然而退，向西就走，又遇著崑崙山金霞嶺不壞尊王永住金剛敵住，喝道：「這廝又將安走？我領西天大雷音寺佛老親言，在此把截，誰放你也！」那老牛心驚膽戰，悔之不及。見那四面八方都是佛兵天將，真箇似羅網高張，不能脫命。正在愴惶之際，又聞得行者帥衆趕來，他就駕雲

頭，望上便走。

卻好有托塔李天王並哪吒太子，領魚肚藥叉、巨靈神將，幔住空中，叫道：「慢來，慢來！吾奉玉帝旨意，特來此剿除你也！」◎[18]牛王急了，依前搖身一變，還變作一隻大白牛，使兩隻鐵角去觸天王。天王使刀來砍。隨後孫行者又到。哪吒太子厲聲高叫：「大聖，衣甲在身，不能為禮。愚父子昨日見佛如來發檄奏聞玉帝，言唐僧路阻火焰山，孫大聖難伏牛魔王；玉帝傳旨，特差我父王領衆助力。」◎[19]行者道：「這廝神通不小！又變作這等身軀，卻怎奈何？」太子笑道：「大聖勿疑，你看我擒他。」

這太子即喝一聲：「變！」變得三頭六臂，飛身跳在牛王背上，使斬妖劍望頸項上一揮，不覺得把個牛頭斬下。天王收刀，卻才與行者相見。那牛王腔子裏又鑽出一個頭來，口吐黑氣，眼放金光。被哪吒又砍一劍，頭落處，又鑽出一個頭來。一連砍了十數劍，隨即長出十數個頭。哪吒取出火輪兒掛在那老牛的角上，便吹真火，燄燄烘烘，把牛王燒得張狂哮吼，搖頭擺尾。才要變化脫身，又被托塔天王將照妖鏡照住本相，騰那不動，無計逃生，只叫：「莫傷我命！情願歸順佛家也！」哪吒道：「既惜身命，快拿扇子出來！」牛王道：「扇子在我山妻處收著哩。」

哪吒見說，將縛妖索子解下，跨在他那頸項上，一把拿住鼻頭，將索穿在鼻孔裏，用手牽來。孫行者卻會聚了四大金剛、六丁六甲、護教伽藍、托塔天王、巨靈神將並八戒、土地、陰兵，簇擁著白牛，回至芭蕉洞口。老牛叫道：「夫人，將扇子出來，救我性

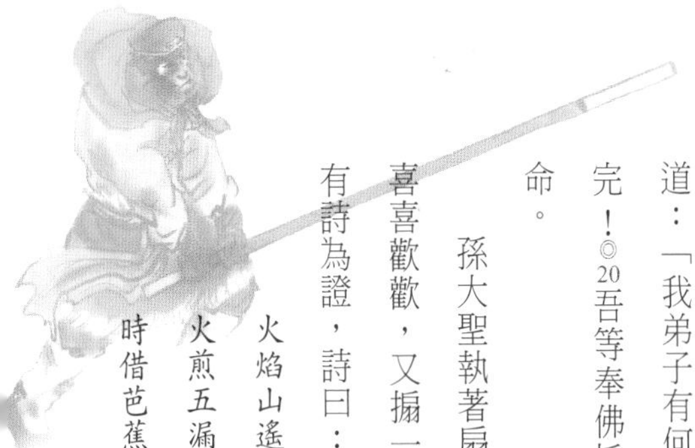

命！」羅剎聽叫，急卸了釵環，脫了色服，挽青絲如道姑，穿縞素似比丘，雙手捧那柄丈二長短的芭蕉扇子，走出門。又見有金剛眾聖與天王父子，慌忙跪在地下，磕頭禮拜道：「望菩薩饒我夫妻之命，願將此扇奉承孫叔叔成功去也！」行者近前接了扇，同大眾共駕祥雲，徑回東路。

卻說那三藏與沙僧，立一會，坐一會，盼望行者，許久不回，何等憂慮！忽見祥雲滿空，瑞光滿地，飄飄颻颻，蓋眾神行將近。這長老害怕道：「悟淨，那壁廂是誰神兵來也？」沙僧認得道：「師父呵，那是四大金剛、金頭揭諦、六甲六丁、護教伽藍與過往眾神。牽牛的是哪吒三太子，拿鏡的是托塔李天王，大師兄執著芭蕉扇，二師兄並土地隨後，其餘的都是護衛神兵。」三藏聽說，換了毗盧帽，穿了袈裟，與悟淨拜迎眾聖，稱謝道：「我弟子有何德能，敢勞列位尊聖臨凡也！」四大金剛道：「聖僧喜了，十分功行將完！◎[20]吾等奉佛旨差來助汝，汝當竭力修持，勿得須臾怠惰。」三藏叩齒叩頭，受身受命。

孫大聖執著扇子，行近山邊，盡氣力揮了一扇，那火焰山平平息焰，寂寂除光；行者喜喜歡歡，又搧一扇，只聞得習習瀟瀟，清風微動；第三扇，滿天雲漠漠，細雨落霏霏。有詩為證，詩曰：

火焰山遙八百程，火光大地有聲名。
火煎五漏丹難熟，火燎三關道不清。
時借芭蕉施雨露，幸蒙天將助神功。

評點

◎18. 此一番大舉正與第五回諸神捉怪遙相照應，以見行者與牛魔難兄難弟，五百年前方不是草草結義。（周評）

◎19. 有此閑筆，妙甚，妙甚。（李評）

◎20. 含蓄得妙。（周評）

牽牛歸佛休顛劣，水火相聯性自平。

此時三藏解燥除煩，清心了意。四衆皈依，謝了金剛，各轉寶山；六丁六甲，升空保護；過往神祇四散；天王、太子，牽牛徑歸佛地回繳。止有本山土地，押著羅剎女，在旁伺候。

行者道：「那羅剎，你不走路，還立在此等甚？」羅剎跪道：「萬望大聖垂慈，將扇子還了我罷。」八戒喝道：「潑賤人，不知高低！饒了你的性命就彀了，還要討甚麼扇子！我們拿過山去，不會賣錢買點心吃？費了這許多精神力氣，又肯與你！雨濛濛的，還不回去哩。」羅剎再拜道：「大聖原說搧息了火還我，今此一場，誠悔之晚矣。只因不倜儻※12，致令勞師動衆。我等也修成人道，只是未歸正果。見今真身現像歸西，我再不敢妄作。願賜本扇，從立自新，修身養命去也。」土地道：「大聖！趁此女深知息火之法，◎21斷絕火根，還他扇子。小神居此苟安，拯救這方生民，求些血食，誠為恩

鐵扇公主為了將功贖罪，教給孫悟空徹底的熄火方法，孫悟空才根治了火焰山。（朱寶榮繪）

便。」行者道：「我當時問著鄉人說：『這山搧息火，只收得一年五穀，便又火發！』如何治得除根？」羅刹道：「要是斷絕火根，只消連搧四十九扇，永遠再不發了。」◎22行者聞言，執扇子，使盡筋力，望山頭連搧四十九扇，那山上大雨淙淙，果然是寶貝：有火處下雨，無火處天晴。他師徒們立在這無火處，不遭雨濕。坐了一夜，次早方收拾馬匹、行李，把扇子還了羅刹。又道：「老孫若不與你，恐人說我言而無信。你將扇子回山，再休生事。看你得了人身，饒你去罷！」那羅刹接了扇子，念個咒語，捏作個杏葉兒，噙在口裏，拜謝了衆聖，隱姓修行；後來也得了正果，經藏中萬古流名。◎23羅刹、土地俱感激謝恩，隨後相送。行者、八戒、沙僧保著三藏，遂此前進，真箇是身體清涼，足下滋潤。誠所謂：

坎離既濟眞元合，水火均平大道成。◎24

畢竟不知幾年才回東土，且聽下回分解。

總批

誰爲火焰山，本身煩熱者是；誰爲芭蕉扇，本身清涼者是。作者特爲此煩熱世界下一帖清涼散耳。讀者若作實事理會，便是痴人說夢。又批：今人都在火坑裏，安得羅刹扇子，連搧他四十九扇也！（李評）

悟一子曰：讀者謂「三調芭蕉扇」與「三顧茅廬」、「三打祝家莊」一格，是等大道之寶籙，爲小說之套言，猶讀《兔國策》、《龍虎經》而茫無區別也。（陳評節錄）

悟元子曰：上回言採取藥物之訣，此回言火候煅煉之妙。……提綱「豬八戒助力敗魔王，孫行者三調芭蕉扇」，二句一理，不得分而視之。八戒爲木火，行者爲金水，言必金木相並，內外相助，陰陽調和，方能以水而濟火，助力破魔王，便是三調芭蕉扇。何爲三調？一調者，復其眞陽而去假陰，眞陰未見；二調者，以《兌》金而合《巽》木，眞陰已露；三調者，水火濟而《乾》、《坤》合，眞陰得手。此其所以爲三調。（劉評節錄）

註

※12 不倜儻：倜儻，音替淌。豪爽而無拘束的樣子，這裏衍作不爽快的意思。

評點

◎21. 此言可思。（周評）
◎22. 此亦甚易，便四百九十扇何妨！（周評）
◎23. 令郎愈覺增光，厥夫未免有愧。（周評）
◎24. 處處結出本旨。（周評）

第六十二回

滌垢洗心惟掃塔　縛魔歸正乃修身

十二時中忘不得，行功百刻全收。五年十萬八千周，休教神水涸，莫縱火光愁。水火調停無損處，五行聯絡如鉤。陰陽和合上雲樓※1，乘鸞登紫府※2，跨鶴赴瀛洲。◎1

這一篇詞，牌名〈臨江仙〉。單道唐三藏師徒四衆，水火既濟，本性清涼，◎2借得純陰寶扇，搧息燥火過山，不一日行過了八百之程。◎3師徒們散誕逍遙，向西而去，正值秋末冬初時序，見了些：◎4

野菊殘英落，新梅嫩蕊生。村村納禾稼，處處食香羹。平林木落遠山現，曲澗霜濃幽壑清。應鍾氣，閉蟄營，純陰陽，月帝玄溟；盛水德，舜日憐晴。地氣下降，天氣上升。虹藏不見影，池沼漸生冰。懸崖掛索藤花敗，松竹凝寒色更青。

四衆行彀多時，前又遇城池相近。唐僧勒住馬，叫徒弟：「悟空，你看那廂樓閣崢嶸，是個甚麼去處？」行者抬頭觀看，乃是一座城池。真箇是：

龍蟠形勢，虎踞金城。四垂華蓋近，百轉紫墟平。

◆《新說西遊記圖像》描繪第六十二回精采場景：圖上方是孫悟空駕雲查看寶塔情況，下方是唐僧師徒與國王們會面的場景。樓臺工筆與山水結合得十分自然。（古版畫，選自《新說西遊記圖像》）

玉石橋欄排巧獸，黃金臺座列賢明。眞箇是神洲都會，天府瑤京。萬里邦畿固，千年帝業隆。蠻夷拱服君恩遠，海岳朝元聖會盈。御階潔淨，輦路※3清寧。酒肆歌聲鬧，花樓喜氣生。未央宮外長春樹，應許朝陽彩鳳鳴。◎5

行者道：「師父，那座城池，是一國帝王之所。」八戒笑道：「天下府有府城，縣有縣城，怎麼就見是帝王之所？」行者道：「你不知帝王之居，與府縣自是不同。你看他四面有十數座門，周圍有百十餘里，樓臺高聳，雲霧繽紛。非帝京邦國，何以有此壯麗？」沙僧道：「哥哥眼明，雖識得是帝王之處，卻喚作甚麼名色？」行者道：「又無牌匾旌號，何以知之？須到城中詢問，方可知也。」

長老策馬，須臾到門。下馬過橋，進門觀看。只見六街三市，貨殖通財，又見衣冠隆盛，人物豪華。正行時，忽見有十數個和尚，一個個披枷戴鎖，◎6沿門乞化，著實的藍縷不堪。三藏嘆曰：「兔死狐悲，物傷其類。」叫：「悟空，你上前去問他一聲，為何這等遭罪？」行者依言，即叫：「那和尚，你是那寺裏的？為甚事披枷戴鎖？」衆僧跪倒道：「爺爺，我等是金光寺負屈的和尚◎7。」行者道：「金光寺坐落何方？」衆僧道：「轉過隅頭就是。」行者將他帶在唐僧前，問道：「怎生負屈，你說我聽。」衆僧道：「爺爺，不知你們是那方來的，我等似有些面善。不敢在此奉告，請到荒山，具說苦楚。」長老

註

※1 雲樓：雲中的樓，這裏指神仙居住的樓閣。

※2 紫府：紫府是玉皇大帝的宮城，常用來指神仙府第。

※3 輦路：輦音捻，古代用人拉著走的車子，後多指天子或王室坐的車子，如輦車、帝輦、鳳輦（皇后的車子）。輦路，指皇帝走過的路，亦喻指京城街衢。

評點

◎1. 造句俱極新異。（周評）
◎2. 八字金丹。（周評）
◎3. 學問之道也。（張評）
◎4. 日食無事，便照下無所用心之意。（張評）
◎5. 點出聖會，寫得如許熱鬧，足見其爲散誕逍遙之地也。（張評）
◎6. 尚未鎖心先已鎖身，只點此筆便已得放心之神。（張評）
◎7. 心本清明之寶，故曰金光。又批：有何負屈，想是還沒看穀。（張評）

道：「也是。我們且到他那寺中去，仔細詢問緣由。」同至山門，門上橫寫七個金字：「敕建護國金光寺」。師徒們進得門來觀看，但見那：

古殿香燈冷，虛廊葉掃風。凌雲千尺塔，養性幾株松。滿地落花無客過，簷前蛛網任攀籠。空架鼓，枉懸鐘，繪壁塵多彩像朦。講座幽然僧不見，禪堂靜矣鳥常逢。淒涼堪嘆息，寂寞苦無窮。佛前雖有香爐設，灰冷花殘事事空。◎8

三藏心酸，止不住眼中出淚。眾僧們頂著枷鎖，將正殿推開，請長老上殿拜佛。長老進殿，奉上心香，叩齒三匝。卻轉於後面，見那方丈簷柱上又鎖著六七個小和尚，三藏甚不忍見。及到方丈，眾僧俱來叩頭，問道：「列位老爺像貌不一，可是東土大唐來的麼？」行者笑道：「這和尚有甚未卜先知之法？我們正是。你怎麼認得？」眾僧道：「爺爺，我等有甚未卜先知之法，只是痛負了屈苦，無處分明，日逐家只是叫天叫地。想是驚動天神，昨日夜間，各人都得一夢，說有個東土大唐來的聖僧，救得我等性命，庶此冤苦可伸。今日果見老爺這般異相，故認得也。」

三藏聞言大喜道：「你這裏是何地方？有何冤屈？」眾僧跪告道：「爺爺，此城名喚祭賽國，乃西邦大去處。當年有四夷朝貢：南月陀國、北高昌國、東西梁國、西本鉢國，年年進貢美玉明珠、嬌妃駿馬。我這裏不動干戈，不去征討，他那裏自然拜為上邦。」三藏道：「既拜為上邦，想是你這國王有道，文武賢良。」眾僧道：「爺爺，文也不賢，武也不良，國君也不是有道。我這金光寺，自來寶塔上祥雲籠罩，瑞靄高升，夜放霞光，萬

評點

◎8. 心神不在廟貌，荒涼可嘆！（張評）
◎9. 點出學問，先爲求字一揆。（張評）
◎10. 此是菩薩心腸。（周評）

里有人曾見；晝噴彩氣，四國無不同瞻。故此以為天府神京，四夷朝貢。只是三年之前，孟秋朔日，夜半子時，下了一場血雨。天明時，家家害怕，戶戶生悲。眾公卿奏上國王，不知天公甚事見責。當時延請道士打醮，和尚看經，◎9答天謝地。誰曉得我這寺裏黃金寶塔污了，這兩年外國不來朝貢。我王欲要征伐，眾臣諫道：『我寺裏僧人偷了塔上寶貝，所以無祥雲瑞靄，外國不朝。』昏君更不察理，那些贓官將我僧眾拿了去，千般拷打，萬樣追求。當時我這裏有三輩和尚，前兩輩已被拷打不過，死了；如今又捉我輩，問罪枷鎖。老爺在上，我等怎敢欺心，盜取塔中之寶？萬望爺爺憐念，方以類聚，物以群分，捨大慈大悲，廣施法力，拯救我等性命！」

三藏聞言，點頭嘆道：「這樁事暗昧難明。一則是朝廷失政，二來是汝等有災。既然天降血雨，污了寶塔，那時節何不啟本奏君，致令受苦？」眾僧道：「爺爺，我等凡人，怎知天意？況前輩俱未辨得，我等如何處之！」三藏道：「悟空，今日甚時分了？」行者道：「有申時前後。」三藏道：「我欲面君倒換關文，奈何這眾僧之事，不得明白，難以對君奏言。我當時離了長安，在法門寺裏立願：上西方逢廟燒香，遇寺拜佛，見塔掃塔。今日至此，遇有受屈僧人，乃因寶塔之累。你與我辦一把新笤帚，待我沐浴了，上去掃掃，即看這污穢之事何如，不放光之故何如，訪著端的，方好面君奏言，解救他們這苦難也。」◎10

北武當廟（壽佛寺）多寶塔，寧夏石嘴山市大武口區賀蘭山。建於清道光二十八年（西元1848年），位於無量殿與大佛殿之間，高約二十餘公尺，五層樓閣式磚塔。（張波／fotoe提供）

這些枷鎖的和尚聽說，連忙去廚房取把廚刀，遞與八戒道：「爺爺，你將此刀打開那柱子上鎖的小和尚鐵鎖，放他去安排齋飯香湯，伏侍老爺進齋沐浴。我等且上街化把新笤帚來，與老爺掃塔。」八戒笑道：「開鎖有何難哉？不用刀斧，教我那一位毛臉老爺，他是開鎖的積年。」行者真箇近前，使個解鎖法，用手一抹，幾把鎖俱退落下。那小和尚俱跑到廚中，淨刷鍋灶，安排茶飯。三藏師徒們吃了齋，漸漸天昏。只見那枷鎖的和尚，拿了兩把笤帚進來，三藏甚喜。

正說處，一個小和尚點了燈，來請洗澡。此時滿天星月光輝，譙樓上更鼓齊發。正是那：

四壁寒風起，萬家燈火明。
六街關户牖，三市閉門庭。
釣艇歸深樹，耕犁罷短繩。
樵夫柯斧歇，學子誦書聲。◎11

三藏沐浴畢，穿了小袖褊衫，束了環縧，足下換一雙軟公鞋※4，手裏拿一把新笤帚，對衆僧道：「你等安寢，待我掃塔去來。」行者道：「塔上既被血雨所污，又況日久無光，恐生惡物；一則夜靜風寒，又沒個伴侶，自去恐有差池。老孫與你同上如何？」◎12三藏道：「甚

◆滿天星月下的寶塔，寶塔造型將寫實與奇異結合在一起。（古版畫，選自李卓吾批評本《西遊記》）

好，甚好。」兩人各持一把，先到大殿上，點起琉璃燈，燒了香，佛前拜道：「弟子陳玄奘，奉東土大唐差往靈山參見我佛如來取經。今至祭賽國金光寺，遇本僧言寶塔被污，國王疑僧盜寶，啣冤取罪，上下難明。弟子竭誠掃塔，望我佛威靈，早示污塔之原因，莫致凡夫之冤屈。」◎13祝罷，與行者開了塔門，自下層望上而掃。只見這塔，真是：

崢嶸倚漢，突兀凌空。正喚作五色琉璃塔，千金舍利峰。梯轉如穿窟，門開似出籠。寶瓶影射天邊月，金鐸聲傳海上風。但見那虛簷拱斗，絕頂留雲。虛簷拱斗，作成巧石穿花鳳；絕頂留雲，造就浮屠繞霧龍。遠眺可觀千里外，高登似在九霄中。層層門上琉璃燈，有塵無火；步步簷前白玉欄，積垢飛蟲。塔心裏，佛座上，香烟盡絕；窗櫺外，神面前，蛛網牽朦。爐中多鼠糞，盞內少油熔。只因暗失中間寶，苦殺僧人命落空。三藏發心將塔掃，管教重見舊時容。

唐僧用帚子掃了一層，又上一層。如此掃至第七層上，卻早二更時分。那長老漸覺困倦，行者道：「困了，你且坐下。等老孫替你掃罷。」三藏道：「這塔是多少層數？」行者道：「怕不有十三層哩。」長老耽著勞倦道：「是必掃了，方趁本願。」又掃了三層，腰酸腿痛，就於十層上坐倒道：「悟空，你替我把那三層掃淨下來罷。」行者抖擻精神，登上第十一層，霎時又上到第十二層。正掃處，只聽得塔頂上有人言語。行者道：「怪哉，怪哉！這早晚有三更時分，怎麼得有人在這頂上言語？◎14斷乎是邪物也！且看看去。」

註

※4 軟公鞋：軟翁鞋，就是長筒皮靴。

評點

◎11. 落到學問，求字便有致。（張評）
◎12. 豈可不去。（周評）
◎13. 欲知不明之故，便是求其之神。（張評）
◎14. 大有光景！如此方不虛三藏一掃，並不虛行者一行。（周評）

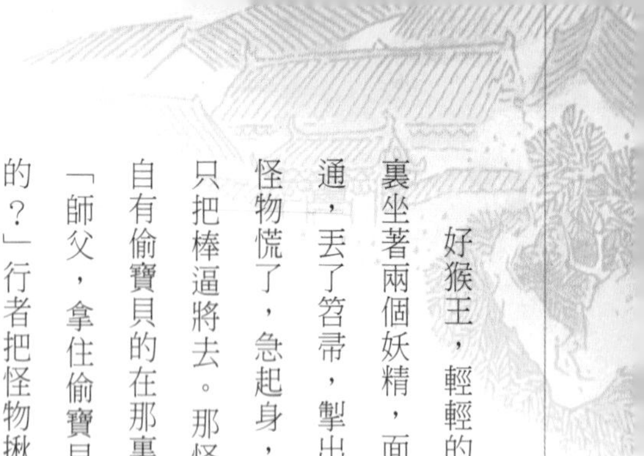

好猴王，輕輕的挾著笤帚，撒起衣服，鑽出前門，踏著雲頭觀看。只見第十三層塔心裏坐著兩個妖精，面前放一盤下飯、一隻碗、一把壺，在那裏猜拳吃酒哩。◎15行者使個神通，丟了笤帚，掣出金箍棒，攔住塔門喝道：「好怪物！偷塔上寶貝的原來是你！」兩個怪物慌了，急起身，拿壺拿碗亂摜，被行者橫鐵棒攔住道：「我若打死你，沒人供狀。」只把棒逼將去。那怪貼在壁上，莫想掙扎得動，口裏只叫：「饒命！饒命！不干我事，自有偷寶貝的在那裏也。」行者使個拿法，一隻手抓將過來，徑拿下第十層塔中，報道：「師父，拿住偷寶貝之賊了！」三藏正自盹睡，忽聞此言，又驚又喜道：「是那裏拿來的？」行者把怪物揪到面前跪下道：「他在塔頂上猜拳吃酒耍子，是老孫聽得喧嘩，一縱雲，跳到頂上攔住，未曾著力。但恐一棒打死，沒人供狀，故此輕輕捉來。師父可取他個口詞，看他是那裏妖精，偷的寶貝在於何處。」

那怪物戰戰兢兢，口叫：「饒命！」遂從實供道：「我兩個是亂石山碧波潭萬聖龍王差來巡塔的。他叫作奔波兒灞，我叫作灞波兒奔；◎16他是鮎魚怪，我是黑魚精。因我萬聖老龍生了一個女兒，就喚作萬聖公主。那公主花容月貌，有二十分人才，招得一個駙馬，喚作九頭駙馬，神通廣大。前年與龍王來此，顯大法力，下了一陣血雨，污了寶塔，偷了塔中的舍利子佛寶。公主又去大羅天上靈霄殿前，偷了王母娘娘的九葉靈芝草，養在那潭底下，金光霞彩，晝夜光明。近日聞得有個孫悟空往西天取經，說他神通廣大，沿路上專一尋人的不是，◎17所以這些時常差我等來此巡攔；若還有那孫悟空到時，好準備也。」行

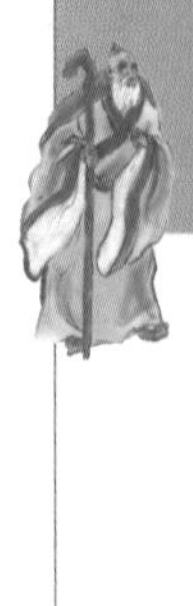

者聞言，嘻嘻冷笑道：「那孽畜等，這等無禮！怪道前日請牛魔王在那裏赴會。原來他結交這夥潑魔，專幹不良之事！」

說未了，只見八戒與兩三個小和尚，自塔下提著兩個燈籠，走上來道：「師父，掃了塔不去睡覺，在這裏講甚麼哩？」行者道：「師弟，你來正好。塔上的寶貝，乃是萬聖老龍偷了去。今著這兩個小妖巡塔，探聽我等來的消息，卻才被我拿住也。」八戒道：「叫作甚麼名字，甚麼妖精？」行者道：「才然供了口詞，一個叫作奔波兒灞，一個叫作灞波兒奔；一個是鮎魚怪，一個是黑魚精。」八戒掣鈀就打，道：「既是妖精，取了口詞，不打死待何時？」行者道：「你不知，且留著活的，好去見皇帝講話，又好做鑿眼※5去尋賊追寶。」好獃子，真箇收了鈀，一家一個，都抓下塔來。那怪只叫：「饒命！」八戒道：「正要你鮎魚、黑魚做些鮮湯，與那負冤屈的和尚吃哩！」

兩三個小和尚喜喜歡歡，提著燈籠，引長老下了塔。一個先跑報衆僧道：「好了，好了！我們得見青天了！偷寶貝的妖怪，已是爺爺們捉將來矣。」行者教：「拿鐵索來，穿了琵琶骨，鎖在這裏。汝等看守，我們睡覺去，明日再做理會。」那些和尚都緊緊的守著，讓三藏們安寢。

不覺的天曉。長老道：「我與悟空入朝，倒換關文去來。」長老即穿了錦襴袈裟，戴了毗盧帽，整束威儀，拽步前進。行者也束一束

註

※5 鑿眼：眼線、作眼。

評點

◎15. 兩妖共一盤一碗，酸哉此妖。（周評）
◎16. 妖怪專取此等異名。（周評）
◎17. 既知不是，何不莫爲？（周評）

虎皮裙，整一整綿布直裰，取了關文同去。八戒道：「怎麼不帶這兩個妖賊去？」行者道：「待我們奏過了，自有駕帖著人來提他。」遂行至朝門外，看不盡那朱雀黃龍，清都絳闕。三藏到東華門，對閣門大使作禮道：「煩大人轉奏，貧僧是東土大唐差去西天取經者，意欲面君，倒換關文。」那黃門官果與通報，至階前奏道：「外面有兩個異容異服僧人，稱言南贍部洲東土唐朝差往西方拜佛求經，欲朝我王，倒換關文。」

國王聞言，傳旨教宣。長老即引行者入朝。文武百官見了行者，無不驚怕，有的說是猴和尚，有的說是雷公嘴和尚，個個悚然，不敢久視。長老在階前舞蹈山呼的行拜，大聖叉著手，斜立在旁，公然不動。長老啟奏道：「臣僧乃南贍部洲東土大唐國差來拜西方天竺國大雷音寺佛求取真經者，路經寶方，◎18不敢擅過。有隨身關文，乞倒驗方行。」那國王聞言大喜，傳旨教宣唐朝聖僧上金鑾殿，安繡墩賜坐。長老獨自上殿，先將關文捧上，然後謝恩敢坐。

那國王將關文看了一遍，心中喜悅道：「似你大唐王有疾，能選高僧，不避路途遙遠，拜佛取經。寡人這裏和尚，專心只是做賊，敗國傾君！」三藏聞言，合掌道：「怎見得敗國傾君？」國王道：「寡人這國，乃是西域上邦，常有四夷朝貢，皆因國內有個金光寺，寺內有座黃金寶塔，塔上有光彩沖天。近被本寺賊僧暗竊了其中之寶，三年無有光彩，◎19外國這三年也不來朝，寡人心痛恨之。」三藏合掌笑道：「萬歲，『差之毫釐，失之千里』矣。貧僧昨晚到於天府，一進城門，就見十數個枷紐之僧。問及何罪，他道是

金光寺負冤屈者。因到寺細審，更不干本寺僧人之事。貧僧入夜掃塔，已獲那偷寶之妖賊矣。」國王大喜道：「妖賊安在？」三藏道：「現被小徒鎖在金光寺裏。」

那國王急降金牌：「著錦衣衛※6快到金光寺取妖賊來，寡人親審。」三藏又奏道：「萬歲，雖有錦衣衛，還得小徒去方可。」國王道：「高徒在那裏？」三藏用手指道：「那玉階旁立者便是。」國王見了，大驚道：「聖僧如此丰姿，高徒怎麼這等相貌？」◎20孫大聖聽見了，厲聲高叫道：「陛下，『人不可貌相，海水不可斗量』。若愛丰姿者，如何捉得妖賊也？」國王聞言，回驚作喜道：「聖僧說得是。朕這裏不選人材，只要獲賊得寶歸塔為上。」再著當駕官看車蓋，教錦衣衛好生伏侍聖僧去取妖賊來。那當駕官即備大轎一乘、黃傘一柄，錦衣衛點起校尉，將行者八抬八綽，大四聲喝路，徑至金光寺。自此驚動滿城百姓，無處無一人不來看聖僧及那妖賊。

八戒、沙僧聽得喝道，只說是國王差官，急出迎接，原來是行者坐在轎上。獃子當面笑道：「哥哥，你得了本身也！」行者下了轎，攙著八戒道：「我怎麼得了本身？」八戒道：「你打著黃傘，抬著八人轎，卻不是猴王之職分？故說你得了本身。」行者道：「且莫取笑。」遂解下兩個妖物，押見國王。沙僧道：「哥哥，也帶挈小弟帶挈。」行者道：「你只在此看守行李、馬匹。」那枷鎖之僧道：「爺爺們都去承受皇恩，等我們在此看守。」行者道：「既如此，等我去奏過國王，卻來放你。」八戒揪著一個妖賊，沙僧揪著

註

※6 錦衣衛：明朝特務機關。第六十八回中的錦衣校尉，即錦衣衛所屬的校尉。

評點

◎18. 專來看會，所謂捨正路而不由也。(張評)
◎19. 人心都偷用到看會，焉得有光。(張評)
◎20. 此心放得忒不像樣。(張評)

一個妖賊，孫大聖依舊坐了轎，擺開頭踏，將兩個妖怪押赴當朝。

須臾，至白玉階。對國王道：「那妖賊已取來了。」國王遂下龍牀，與唐僧及文武多官同目視之。那怪一個是暴腮烏甲，尖嘴利牙；一個是滑皮大肚，巨口長鬚。雖然是有足能行，大抵是變成的人像。國王問曰：「你是何方賊怪，那處妖精？幾年侵吾國土，何年盜我寶貝？一盤共有多少賊徒，都喚作甚麼名字？從實一一供來！」二怪朝上跪下，頸內血淋淋的，更不知疼痛，供道：「三載之外，七月初一，有個萬聖龍王，帥領許多親戚，住居在本國東南，離此處路有百十。潭號碧波，山名亂石。生女多嬌，妖嬈美色。招贅一個九頭駙馬，神通無敵。他知你塔上珍奇，與龍王合盤※7做賊，先下血雨一場，後把舍利偷訖。見如今照耀龍宮，縱黑夜明如白日。公主施能，寂寂密密，又偷了王母靈芝，在

孫悟空、豬八戒把夜裏捉來的妖怪押到祭賽國。（朱寶榮繪）

✦國王開宴席為唐僧師徒捉拿妖怪慶功。（朱寶榮繪）

潭中溫養寶物。我兩個不是賊頭，乃龍王差來小卒。今夜被擒，所供是實。」◎21國王道：「既取了供，如何不供自家名字？」那怪道：「我喚作奔波兒灞，他喚作灞波兒奔。奔波兒灞是個鮎魚怪，灞波兒奔是個黑魚精。」國王教錦衣衛好生收監，傳旨：「赦了金光寺眾僧的枷鎖，快教光祿寺排宴，就於麒麟殿上謝聖僧獲賊之功，議請聖僧捕擒賊首。」

光祿寺即時備了葷素兩樣筵席。國王請唐僧四眾上麒麟殿敘坐，問道：「聖僧尊號？」唐僧合掌道：「貧僧俗家姓陳，法名玄奘。蒙君賜姓唐，賤號三

註

※7合盤：一起、合夥。

評點

◎21.供得錯落有致。（周評）

藏。」國王又問：「聖僧高徒何號？」三藏道：「小徒俱無號。第一個名孫悟空，第二個名豬悟能，第三個名沙悟淨，此乃南海觀世音菩薩起的名字。因拜貧僧為師，貧僧又將悟空叫作行者，悟能叫作八戒，悟淨叫作和尚。」國王聽畢，請三藏坐了上席，孫行者坐了側首左席，豬八戒、沙和尚坐了側首右席，俱是素果、素菜、素茶、素飯。前面一席葷的，坐了國王；下首有百十席葷的，坐了文武多官。眾臣謝了君恩，徒告了師罪，坐定。國王把盞，三藏不敢飲酒，他三個各受了安席酒。下邊只聽得管絃齊奏，乃是教坊司動樂。你看八戒放開食嗓，真箇是虎咽狼吞，將一席果菜之類吃得罄盡，少頃間，添換湯飯又來，又吃得一毫不剩；巡酒的來，又杯杯不辭。這場筵席，直樂到午後方散。

三藏謝了盛宴，國王又留住道：「這一席聊表聖僧獲怪之功。」教光祿寺：「快翻席※8到建章宮裏，再請聖僧定捕賊首、取寶歸塔之計。」三藏道：「既要捕賊取寶，不勞再宴。貧僧等就此辭王，就擒捉妖怪去也。」國王不肯，一定請到建章宮，又吃了一席。國王舉酒道：「那位聖僧帥眾出師，降妖捕賊？」三藏道：「教大徒弟孫悟空去。」大聖拱手應承。國王道：「孫長老既去，用多少人馬？幾時出城？」八戒忍不住高聲叫道：「那裏用甚麼人馬！又那裏管甚麼時辰！趁如今酒醉飯飽，我共師兄去，手到擒來！」三藏甚喜道：「八戒這一向勤緊呵！」行者道：「既如此，著沙僧弟保護師父，我兩個去來。」那國王道：「二位長老既不用人馬，可用兵器？」八戒笑道：「你家的兵器，我們用不得。我弟兄自有隨身器械。」國王聞說，即取大觥來，與二位長老送行。孫大聖道：「酒不吃了，只教錦衣衛把兩個小妖拿來，我們帶了他去做鑿眼。」國王傳旨，即時提出。二人挾著兩個小妖，駕風頭，使個攝法，徑上東南去了。噫！他那：

君臣一見騰風霧，才識師徒是聖僧。

畢竟不知此去如何擒獲，且聽下回分解。

總批

寶塔放光亦非實事，此心之光明是；失了寶貝，此心之迷惑是。切勿差認，令識者笑人也。（李評）

悟元子曰：上回結出《坎》、《離》既濟，水火均平，眞元合而大道成，是言命理上事，然知修命而不知修性，則大道而猶未能成。故此回言修性之道，使人知性命雙修也。冠首〈臨江仙〉一詞，分明可見。江爲水，性猶水也。臨江者，隱寓修命之後，還須修性之意。曰：「十二時中忘不得，行功百刻全收。三年十萬八千周，休叫神水涸，莫縱火光愁。」言一時八刻，一日十二時百刻，三年十萬八千刻，刻刻行功，不得神水涸乾，火性飛揚也。（劉評節錄）

註

※8 翻席：將原席面移到另一處叫「翻席」。

第六十三回

二僧蕩怪鬧龍宮　群聖除邪獲寶貝

卻說祭賽國王與大小公卿，見孫大聖與八戒騰雲駕霧，提著兩個小妖飄然而去，一個個朝天禮拜道：「話不虛傳，今日方知有此輩神仙活佛！」又見他遠去無蹤，卻拜謝三藏、沙僧道：「寡人肉眼凡胎，只知高徒有力量，拿住妖賊便了，豈知乃騰雲駕霧之上仙也。」三藏道：「貧僧無些法力，一路上多虧這三個小徒。」沙僧道：「不瞞陛下說，我大師兄乃齊天大聖皈依。他曾大鬧天宮，使一條金箍棒，十萬天兵，無一個對手，只鬧得太上老君害怕，玉皇大帝心驚。◎1我二師兄乃天蓬元帥果正※1，他也曾掌管天河八萬水兵大眾。惟我弟子無法力，乃捲簾大將受戒。愚弟兄若幹別事無能，若說擒妖縛怪、拿賊捕亡、伏虎降龍、踢天弄井，以至攪海翻江之類，略通一二。這騰雲駕霧、喚雨呼風，與那換斗移星、擔山趕月，特餘事耳，何足道哉！」◎2國王聞說，愈十分加敬，請唐僧上坐，口口稱為老佛，將沙僧等皆稱為菩薩。滿朝文武欣然，一國黎民頂禮不題。

卻說孫大聖與八戒駕著狂風，把兩個小妖攝到亂石山碧波潭，住定雲頭，將金箍棒吹

✦《新說西遊記圖像》描繪第六十三回精采場景：圖下方是豬八戒被龍宮衆怪追趕，上方是二郎神等人幫忙捉拿九頭蟲。（古版畫，選自《新說西遊記圖像》）

◆重龍山龍宮，四川內江市資中縣。（楊興斌／fotoe提供）

了一口仙氣，叫：「變！」變作一把戒刀，將一個黑魚怪割了耳朵，鮎魚精割了下唇，撇在水裏，喝道：「快早去對那萬聖龍王報知，說我齊天大聖孫爺爺在此，著他即送祭賽國金光寺塔上的寶貝出來，免他一家性命！若迸半個『不』字，我將這潭水攪淨，教他一門兒老幼遭誅！」

那兩個小妖得了命，負痛逃生，拖著鎖索，淬入水內。諕得那些黿鼉龜鱉、蝦蟹魚精，◎3都來圍住問道：「你兩個為何拖繩帶索？」一個掩著耳，搖頭擺尾；一個侮著嘴，跌腳捶胸。都嚷嚷鬧鬧，徑上龍王宮殿報：「大王，禍事了！」那萬聖龍王正與九頭駙馬飲酒，忽見他兩個來，即停杯問何禍事。那兩個即告道：「昨夜巡攔，被唐僧、孫行者掃塔捉獲，用鐵索拴鎖。今早見國王，又被那行者與豬八戒抓著我兩個，一個割了耳朵，一個割了嘴唇，拋在水中，著我來報，要索那塔頂寶貝。」遂將前後事細說了一遍。那老龍聽說是孫行者齊天大聖，諕得魂不附體，魄散九霄，戰兢兢對駙

註

※1 果正：皈依正果的意思。古代詩歌為了壓韻，常常顛倒片語的組合順序。

評點

◎1. 這個頑皮，真正鬧得天害怕。（張評）
◎2. 甚言本領，便有學問。（張評）
◎3. 一般遊手好閑、浪蕩無心之物。（張評）

馬道：「賢婿啊，別個來還好計較，若果是他，卻不善也！」駙馬笑道：「太岳※2放心。◎4愚婿自幼學了些武藝，四海之內，也曾會過幾個豪傑，怕他做甚！等我出去與他交戰三合，管取那廝縮首歸降，不敢仰視。」

好妖怪，急縱身披掛了，使一般兵器，叫作月牙鏟，步出宮，分開水道，在水面上叫道：「是甚麼齊天大聖！快上來納命！」行者與八戒立在岸邊，觀看那妖精怎生打扮：

戴一頂爛銀盔，光欺白雪；貫一副兜鍪甲，亮敵秋霜。上罩著錦征袍，真箇是彩雲籠玉；腰束著犀紋帶，果然像花蟒纏金。手執著月牙鏟，霞飛電掣；腳穿著豬皮靴，水利波分。遠看時一頭一面，近睹處四面皆人。前有眼，後有眼，八方通見；左也口，右也口，九口俱言。一聲吆喝長空振，似鶴飛鳴貫九宸※3。◎5

他見無人對答，又叫一聲：「那個是齊天大聖？」行者按一按金箍，理一理鐵棒道：「老孫便是。」那怪道：「你家居何處？身出何方？怎生得到祭賽國，與那國王守塔，卻大膽獲我頭目，又敢行兇，上吾寶山索戰？」行者罵道：「你這賊怪，原來不識你孫爺爺哩！你上前，聽我道：

老孫祖住花果山，大海之間水簾洞。自幼修成不壞身，玉皇封我齊天聖。
只因大鬧斗牛宮，天上諸神難取勝。當請如來展妙高，無邊智慧非凡用。
爲翻觔斗賭神通，手化爲山壓我重。整到如今五百年，觀音勸解方逃命。
大唐三藏上西天，遠拜靈山求佛頌。解脫吾身保護他，煉魔淨怪從修行。

路逢西域祭賽城，屈害僧人三代命。我等慈悲問舊情，乃因塔上無光映。
吾師掃塔探分明，夜至三更天籟靜。捉住魚精取實供，他言汝等偷寶珍。
合盤爲盜有龍王，公主連名稱萬聖。血雨澆淋塔上光，將他寶貝偷來用。
殿前供狀更無虛，我奉君言馳此境。所以相尋索戰爭，不須再問孫爺姓。
快將寶貝獻還他，免汝老少全家命。敢若無知騁勝強，教你水涸山頹都蹭蹬！」◎6

那駙馬聞言，微微冷笑道：「你原來是取經的和尚，沒要緊羅織※4管事！我偷他的寶貝，你取佛的經文，與你何干，◎7卻來廝鬥？」行者道：「這賊怪甚不達理！我雖不受國王的恩惠，不食他的水米，不該與他出力；但是你偷他的寶貝，污他的寶塔，屢年屈苦金光寺僧人，他是我一門同氣，我怎麼不與他出力，辨明冤枉？」◎8駙馬道：「你既如此，想是要行賭鬥。常言道：『武不善作。』但只怕起手處，不得留情，一時間傷了你的性命，誤了你去取經！」

行者大怒，罵道：「這潑賊怪，有甚強能，敢開大口？走上來，吃老爺一棒！」那駙馬更不心慌，把月牙鏟架住鐵棒，就在那亂石山頭，這一場真箇好殺：

妖魔盜寶塔無光，行者擒妖報國王。小怪逃生回水內，老龍破膽各商量。九頭駙馬施威武，披掛前來展素強。怒發齊天孫大聖，金箍棒起十分剛。那怪物，九個頭顱十八眼，

註

※2 太岳：岳父，即老丈人。
※3 九宸：形容極高的天空，古代常用九來表示數的極致。
※4 羅織：虛構罪名、陷害無辜的人。

評點

◎4. 求放心三字，卻令迹出更妙。（張評）
◎5. 到處飛揚，以致此心放而不收。（張評）
◎6. 自敘其心，以見求之有故。（張評）
◎7. 說來學問竟與放心無涉，此是一開。（張評）
◎8. 說來同門同學極有關礙，此又一合。（張評）

前前後後放毫光；這行者，一雙鐵臂千斤力，藹藹紛紛並瑞祥。鏟似一陽初現月，棒如萬里遍飛霜。他說：「你無干休把不平報！」我道：「你有意偷寶真不良！那潑賊，少輕狂，還他寶貝得安康！」棒迎鏟架爭高下，不見輸贏練戰場。

他兩個往往來來，鬥經三十餘合，不分勝負。豬八戒立在山前，見他們戰到酣美之處，舉著釘鈀，從妖精背後一築。原來那怪九個頭，轉轉都是眼睛，看得明白。見八戒在背後來時，即使鏟鐏架著釘鈀，鏟頭抵著鐵棒。又耐戰五七合，擋不得前後齊輪，他卻打個滾，騰空跳起，現了本相，乃是一個九頭蟲。觀其形相十分惡，見此身模怕殺人！他生得：

毛羽鋪錦，團身結絮。方圓有丈二規模，長短似黿鼉樣致※5。兩隻腳尖利如鉤，九個頭攢環一處。展開翅極善飛揚，縱大鵬無他力氣；發起聲遠振天涯，比仙鶴還能高唳。眼多閃灼幌金光，氣傲不同凡鳥類。

豬八戒看見心驚道：「哥啊！我自為人，也不曾見這等個惡物！是甚血氣生此禽獸也？」行者道：「真箇罕有，真箇罕有！等我趕上打去！」

好大聖，急縱祥雲，跳在空中，使鐵棒照頭便打。那怪物大顯身，展翅斜飛，颼的打個轉身，掠到山前，半腰裏又伸出一個頭來，◎9張開口，如血盆相似，把八戒一口咬著鬃，半拖半扯，捉下碧波潭水內而去。及至龍宮外，還變作前番模樣，將八戒擲之於地，叫：「小的們何在？」那裏面鯖鮊鯉鱖之魚精，龜鱉黿鼉之介怪，一擁齊來，道聲：「有！」駙馬道：「把這個和尚綁在那裏，與我巡攔的小卒報仇！」眾精推推嚷嚷，抬進

孫悟空、豬八戒合戰九頭蟲，後者拿了一柄月牙鏟。九頭蟲後來變作原形，咬住了豬八戒。（朱寶榮繪）

八戒去時，那老龍王歡喜迎出道：「賢婿有功，怎生捉他來也？」那駙馬把上項原故說了一遍，老龍即命排酒賀功不題。

卻說孫行者見妖精擒了八戒，心中懼道：「這廝恁般利害！我待回朝見師，恐那國王笑我；待要開言罵戰，曾奈我又單身，況水面之事不慣。且等我變化了進去，看那怪把獃子怎生擺佈。若得便，且偷他出來幹事。」好大聖，捻著訣，搖身一變，還變作一個螃蟹，◎10淬於水內，徑至牌樓之前。原來這條路是他前番襲牛魔王盜金睛獸走熟了的。◎11直至那宮闕之下，橫爬過去，又見那老龍王與九頭蟲合家兒歡喜飲酒。行者不敢相近，爬過東廊之下，見幾個蝦精、蟹精紛紛紜紜耍子。行者聽了一會言談，卻就學語學話，問道：「駙馬爺拿來的

註

※5 樣致：大致的模樣。

評點

◎9. 足見路頭不正。（張評）

◎10. 蟹介士番番得利。（周評）
仍然橫行，照前絕妙。（張評）

◎11. 好照顧。（李評）

那長嘴和尚，這會死了不曾？」衆精道：「不曾死，縛在那西廊下哼的不是？」

行者聽說，又輕輕的爬過西廊，真箇那獃子綁在柱上哼哩。行者近前道：「八戒，認得我麼？」八戒聽得聲音，知是行者，道：「哥哥，怎麼了？反被這廝捉住我也！」行者四顧無人，將鉗咬斷索子，叫：「走！」那獃子脫了手，道：「哥哥，我的兵器被他收了，又奈何？」行者道：「你可知道收在那裏？」八戒道：「當被那怪拿上宮殿去了。」行者道：「你先去牌樓下等我。」八戒逃生，悄悄的溜出。行者復身爬上宮殿觀看：左首下有光彩森森，乃是八戒的釘鈀放光。使個隱身法，將鈀偷出，到牌樓下，叫聲：「八戒，接兵器！」獃子得了鈀，便道：「哥哥，你先走，等老豬打進宮殿。若得勝，就捉住他一家子；若不勝，敗出來，你在這潭岸上救應。」行者大喜，只教仔細。八戒道：「不怕他！水裏本事，我略有些兒。」行者丟了他，負出水面不題。

這八戒束了皂直裰，雙手纏鈀，一聲喊，打將進去。慌得那大小水族奔奔波波，跑上宮殿，吆喝道：「不好了！長嘴和尚掙斷繩，返打進來了！」那老龍與九頭蟲並一家子俱措手不及，跳起來，藏藏躲躲。這獃子不顧死活，闖上宮殿，一路鈀築破門扇，打破桌椅，把些吃酒的家火之類盡皆打碎。有詩為證，詩曰：

木母遭逢水怪擒，心猿不捨苦相尋。
暗施巧計偷開鎖，大顯神威怒恨深。
駙馬忙攜公主躲，龍王戰慄絕聲音。

水宮絳闕門窗損，龍子龍孫盡沒魂。

這一場，被八戒把玳瑁屏打得粉碎，珊瑚樹摜得凋零。那九頭蟲將公主安藏在內，急取月牙鏟，趕至前宮，喝道：「潑夯豕彘！怎敢欺心驚吾眷族！」八戒罵道：「這賊怪，你焉敢將我捉來？這場不干我事，是你請我來家打的！快拿寶貝還我，回見國王了事；不然，決不饒你一家命也！」那怪那肯容情，咬定牙齒，與八戒交鋒。那老龍才定了神思，領龍子、龍孫各執鎗刀，齊來攻取。八戒見事體不諧，虛幌一鈀，撤身便走。那老龍帥眾追來。須臾，攛出水中，都到潭面上翻騰。

卻說孫行者立於潭岸等候，忽見他們追趕八戒，出離水中，就半踏雲霧，掣鐵棒，喝聲：「休走！」只一下，把個老龍頭打得稀爛。可憐血濺潭中紅水泛，屍飄浪上敗鱗浮！諕得那龍子、龍孫各各逃命，九頭駙馬收龍屍，轉宮而去。

行者與八戒且不追襲，回上岸，備言前事。八戒道：「這廝銳氣挫了！被我那一路鈀打進去時，打得落花流水，魂散魄飛。正與那駙馬廝鬥，卻被老龍王趕著，卻虧了你打死。那廝們回去，一定停喪掛孝，決不肯出來。今又天色晚了，卻怎奈何？」行者道：「管甚麼天晚！乘此機會，你還下去攻戰，務必取出寶貝，方可回朝。」那獃子意懶情疏，徉徉推托。行者催逼道：「兄弟不必多疑，還像剛才引出來，等我打他。」

兩人正自商量，只聽得狂風滾滾，慘霧陰陰，忽從東方徑往南去。行者仔細觀看，乃

二郎顯聖，領梅山六兄弟，架著鷹犬，挑著狐兔，抬著獐鹿，一個個腰挎彎弓，手持利刃，縱風霧踴躍而來。◎12行者道：「八戒，那是我七聖兄弟，倒好留請他們，與我助戰。若得成功，倒是一場大機會也。」八戒道：「既是兄弟，極該留請。」行者道：「但內有顯聖大哥，我曾受他降伏，不好見他。◎13你去攔住雲頭，叫道：『真君，且略住住。齊天大聖在此進拜。』他若聽見是我，斷然住了。待他安下，我卻好見。」

那獃子急縱雲頭，上山攔住，厲聲高叫道：「真君，且慢車駕，有齊天大聖請見哩。」那爺爺見說，即傳令，就停住六兄弟，與八戒相見畢，問：「齊天大聖何在？」八戒道：「現在山下聽呼喚。」二郎道：「兄弟們，快去請來。」六兄弟乃是康、張、姚、李、郭、直，各各出營叫道：「孫悟空哥哥，大哥有請。」行者上前，對眾作禮，遂同上山。二郎爺爺迎見，攜手相攙，一同相見道：「大聖，你去脫大難，受戒沙門，刻日功完，高登蓮座。可賀！可賀！」行者道：「不敢，向蒙莫大之恩，未展斯須之報。雖然脫難西行，未知功行何如。◎14今因路遇祭賽國，搭救僧災，在此擒妖索寶。偶見兄長車駕，大膽請留一助。未審兄長自何而來，肯見愛否？」二郎笑道：「我因閑暇無

✦二郎顯聖，領梅山六兄弟幫助孫悟空、豬八戒對付妖怪。（朱寶榮繪）

事，同眾兄弟採獵而回。幸蒙大聖不棄留會，足感故舊之情。若命挾力降妖，敢不如命！卻不知此地是何怪賊？」六聖道：「大哥忘了？此間是亂石山，山下乃碧波潭，萬聖之龍宮也。」二郎驚訝道：「萬聖老龍卻不生事，◎15怎麼敢偷塔寶？」行者道：「他近日招了一個駙馬，乃是九頭蟲成精。他郎丈兩個做賊，將祭賽國下了一場血雨，把金光寺塔頂舍利佛寶偷來。那國王不解其意，苦拿著僧人拷打。是我師父慈悲，夜來掃塔，當被我在塔上拿住兩個小妖，是他差來巡探的。今早押赴朝中，實實供招了。那國王就請我師收降，師命我等到此。先一場戰，被九頭蟲腰裏伸出一個頭來，把八戒啣了去，我卻又變化下水，解了八戒。才然大戰一場，是我把老龍打死，那廝們收屍掛孝去了。我兩個正議索戰，卻見兄長儀仗降臨，故此輕瀆※6也。」二郎道：「既傷了老龍，正好與他攻擊，使那廝不能措手，卻不連窩巢都滅絕了？」八戒道：「雖是如此，奈天晚何。」二郎道：「兵家云：『征不待時。』何怕天晚！」

康、姚、郭、直道：「大哥莫忙。那廝家眷在此，料無處去。孫二哥也是

香港的二郎神廟，攝於1988年2月。（林健輝／CTPphoto／fotoe提供）

註

※6 輕瀆：輕易打攪的意思。瀆，對人不恭敬。

評點

◎12. 此七聖胡爲乎來哉？應是碧波潭氣數使然。（周評）
◎13. 回照前文，正爲放心一照。（張評）
◎14. 自然學問長進。（張評）
◎15. 何用生事，只招得人山人海足矣。（張評）

貴客，豬剛鬣又歸了正果，我們營內，有隨帶的酒餚，教小的們取火，就此鋪設：一則與二位賀喜，二來也當敘情。且歡會這一夜，待天明索戰何遲？」二郎大喜道：「賢弟說得極當。」卻命小校安排。行者道：「列位盛情，不敢固卻。但自做和尚，都是齋戒，恐葷素不便。」二郎道：「有素果品，酒也是素的。」眾兄弟在星月光前，幕天席地，舉杯敘舊。

正是寂寞更長，歡娛夜短，早不覺東方發白。那八戒幾鍾酒吃得興抖抖的道：「天將明了，等老豬下水去索戰也。」二郎道：「元帥仔細，只要引他出來，我兄弟們好下手。」八戒笑道：「我曉得，我曉得！」你看他斂衣纏鈀，使分水法，跳將下去，徑至那牌樓下，發聲喊，打入殿內。

此時那龍子披了麻，◎16看著龍屍哭；龍孫與那駙馬，在後面收拾棺材哩。這八戒罵上前，手起處，鈀頭著重，把個龍子夾腦連頭，一鈀築了九個窟窿。諕得那龍婆與眾往裏亂跑，哭道：「長嘴和尚又把我兒打死了！」那駙馬聞言，即使月牙鏟，帶龍孫往外殺來。這八戒舉鈀迎敵，且戰且退，跳出水中。這岸上齊天大聖與七兄弟一擁上前，鎗刀亂扎，把個龍孫剁成幾斷肉餅。那駙馬見不停當，在山前打個滾，又現了本相，展開翅，旋繞飛騰。二郎即取金弓，安上銀彈，扯滿弓，往上就打。那怪急鎩翅，掠到邊前，要咬二郎；

✦九頭蟲又化作原型。（古版畫，選自李卓吾批評本《西遊記》）

半腰裏才伸出一個頭來，被那頭細犬攛上去，汪的一口，把頭血淋淋的咬將下來。◎17那怪物負痛逃生，徑投北海而去。八戒便要趕去，行者止住道：「且莫趕他，正是『窮寇勿追』。他被細犬咬了頭，必定是多死少生。等我變作他的模樣，你分開水路，趕我進去，尋那公主，詐他寶貝來也。」二郎與六聖道：「不趕他倒也罷了，只是遺這種類在世，必為後人之害。」——至今有個九頭蟲滴血，是遺種也。

那八戒依言，分開水路，行者變作怪像前走，八戒吆吆喝喝後追。漸漸追至龍宮，只見那萬聖公主道：「駙馬，怎麼這等慌張？」行者道：「那八戒得勝，把我趕將進來，覺道不能敵他。你快把寶貝好生藏了！」那公主急忙難識真假，即於後殿裏取出一個渾金匣子來，遞與行者道：「這是佛寶。」又取出一個白玉匣子，也遞與行者道：「這是九葉靈芝。你拿這寶貝藏去，等我與豬八戒鬥上兩三合，擋住他。你將寶貝收好了，再出來與他合戰。」行者將兩個匣兒收在身邊，把臉一抹，現了本相道：「公主，你看我可是駙馬麼？」公主慌了，便要搶奪匣子，被八戒跑上去，著背一鈀，築倒在地。◎18

還有一個老龍婆撤身就走，被八戒扯住，舉鈀才築，行者道：「且住！莫打死他。留個活的，好去國內見功。」遂將龍婆提出水面。行者隨後捧著兩個匣子上岸，對二郎道：「感兄長威力，得了寶貝，掃淨妖賊也。」二郎道：「一則是那國王洪福齊天，二則是賢昆玉神通無量，我何功之有？」兄弟們俱道：「孫二哥既已功成，我們就此告別。」行者感謝不盡，欲留同見國王。諸公不肯，遂帥衆回灌口去訖。

評點

◎16. 可謂心亂如麻。（張評）
◎17. 咬得好！此一口勝五百年前行者腿上一口。（周評）
◎18. 又斷送一個美人公主矣，老獃亦忍矣哉！（周評）

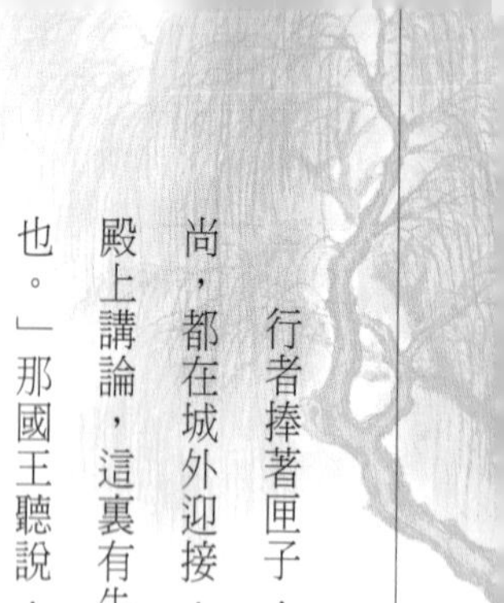

行者捧著匣子，八戒拖著龍婆，半雲半霧，頃刻間到了國內。原來那金光寺解脫的和尚，都在城外迎接，忽見他兩個雲霧定時，近前磕頭禮拜，接入城中。那國王與唐僧正在殿上講論，這裏有先走的和尚仗著膽，入朝門奏道：「萬歲，孫、豬二老爺擒賊獲寶而來也。」那國王聽說，連忙下殿，共唐僧、沙僧迎著，稱謝神功不盡，隨命排筵謝恩。三藏道：「且不須賜飲，著小徒歸了塔中之寶，方可飲宴。」三藏又問行者道：「汝等昨日離國，怎麼今日才來？」行者把那戰駙馬，打龍王，逢真君，敗妖怪，及變化詐寶貝之事，細說了一遍。三藏與國王、大小文武，俱喜之不勝。

國王又問：「龍婆能人言語否？」八戒道：「乃是龍王之妻，生了許多龍子、龍孫，豈不知人言？」國王道：「既知人言，快早說前後做賊之事。」龍婆道：「偷佛寶，我全不知，都是我那夫君龍鬼與那駙馬九頭蟲，知你塔上之光乃是佛家舍利子，三年前下了血雨，乘機盜去。」又問：「靈芝草是怎麼偷的？」龍婆道：「只是我小女萬聖公主私入大羅天上靈霄殿前，偷的王母娘娘九葉靈芝草。那舍利子得這草的仙氣溫養著，千年不壞，萬載生光；去地下或田中掃一掃，即有萬道霞光，千條瑞氣。如今被你奪來，弄得我夫死子絕，婿喪女亡，千萬饒了我的命罷！」八戒道：「正不饒你哩！」行者道：「家無全犯。我便饒你，只便要你長遠替我看塔。」龍婆道：「好死不如惡活。但留我命，憑你教做甚麼。」行者叫取鐵索來，當駕官即取鐵索一條，把龍婆琵琶骨穿了。教沙僧：「請國王來看我們安塔去。」

那國王即忙排駕，遂同三藏攜手出朝，並文武多官，隨至金光寺上塔。將舍利子安在第十三層塔頂寶瓶中間，把龍婆鎖在塔心柱上。念動真言，喚出本國土地、城隍與本寺伽藍，每三日送飲食一餐，與這龍婆度口；少有差訛，即行處斬。衆神暗中領諾。行者卻將芝草把十三層塔層層掃過，安在瓶內，溫養舍利子。◎19這才是整舊如新，霞光萬道，瑞氣千條，依然八方共睹，四國同瞻。下了塔門，國王就謝道：「不是老佛與三位菩薩到此，怎生得明此事也！」

行者道：「陛下，『金光』二字不好，不是久住之物：金乃流動之物，光乃閃灼之氣。◎20貧僧為你勞碌這場，將此寺改作『伏龍寺』，教你永遠常存。」那國王即命換了字號，懸上新匾，乃是「敕建護國伏龍寺」。◎21一壁廂安排御宴，一壁廂召丹青寫下四衆生形，五鳳樓注了名號。國王擺鑾駕，送唐僧師徒，賜金玉酬答，師徒們堅辭，一毫不受。這真箇是：

　　邪怪剪除萬境靜，寶塔回光大地明。

畢竟不知此去前路如何，且聽下回分解。

總批

九頭妖者，喻人之頭緒多也。心無二用，豈有方圓並畫、東西兩到之理？多岐忘羊。慎之，慎之！（李評）

悟一子曰：道非虛悟，修是實功。下手要看，先唯制眼，……《正道百字訣》云：「真常須在目。」佛說：「靜觀止觀。」道理與此同。（陳評節錄）

悟元子曰：上回言掃邪歸正，方是修身之道，乃一切迷徒，反信邪背正，作孽百端。故此回寫出邪正結果，提醒學人耳。（劉評節錄）

評點

◎19. 此芝草應送還王母。（周評）
◎20. 行者講道學。（李評）
◎21. 此寺既改伏龍寺，則此塔應名爲鎖龍婆塔。（周評）

第六十四回

荊棘嶺悟能努力　木仙庵三藏談詩

話表祭賽國王謝了唐三藏師徒獲寶擒怪之恩，所贈金玉，分毫不受。卻命當駕官照依四位常穿的衣服，各做兩套，鞋襪各做兩雙，絛環各做兩條，外備乾糧烘炒，倒換了通關文牒，大排鑾駕，並文武多官、滿城百姓、伏龍寺僧人，大吹大打，送四眾出城。約有二十里，先辭了國王。眾人又送二十里辭回。伏龍寺僧人送有五六十里不回，有的要同上西天，有的要修行伏侍。行者見都不肯回去，遂弄個手段，把毫毛拔了三四十根，吹口仙氣，叫：「變！」都變作斑斕猛虎，攔住前路，哮吼踴躍。眾僧方懼，不敢前進，◎1大聖才引師父策馬而去。少時間，去得遠了，眾僧人放聲大哭，都喊：「有恩有義的老爺！我等無緣，不肯度我們也！」

且不說眾僧啼哭。卻說師徒四眾走上大路，卻才收回毫毛，一直西去。正是時序易遷，又早冬殘春至，◎2不暖不寒，正好逍遙行路。忽見一條長嶺，嶺頂上是路。三藏勒馬觀看，那嶺上荊棘◎3ㄚㄡ，薜蘿牽繞，雖是有道路的痕跡，左右卻都是荊刺棘針。唐僧叫：「徒弟，這路怎生走得？」行者道：「怎麼走不得？」又道：「徒弟啊，路痕在下，

《新說西遊記圖像》描繪第六十四回精采場景：又是典型的兩個場景，由下到上，豬八戒在荊棘嶺開路，唐僧與衆怪談論詩歌。（古版畫，選自《新說西遊記圖像》）

荊棘在上，只除是蛇蟲伏地而遊，方可去了。若你們走，腰也難伸，教我如何乘馬？」八戒道：「不打緊，等我使出鈀柴手來，把釘鈀分開荊棘，莫說乘馬，就抬轎也包你過去。」三藏道：「你雖有力，長遠難熬，卻不知有多少遠近，怎生費得這許多精神！」行者道：「不須商量，等我去看看。」將身一縱，跳在半空看時，一望無際。真箇是：

匝地遠天，凝烟帶雨。夾道柔茵亂，漫山翠蓋張。密密搓搓初發葉，攀攀扯扯正芬芳。遙望不知何所盡，近觀一似綠雲茫。蒙蒙茸茸，鬱鬱蒼蒼。風聲飄索索，日影映煌煌。那中間有松有柏還有竹，多梅多柳更多桑。薜蘿纏古樹，藤葛繞垂楊。盤團似架，聯絡如牀。有處花開眞佈錦，無端卉發遠生香。爲人誰不遭荊棘，那見西方荊棘長！◎4

行者看罷多時，將雲頭按下道：「師父，這去處遠哩。」三藏問：「有多少遠？」行者道：「一望無際，似有千里之遙。」三藏大驚道：「怎生是好？」沙僧笑道：「師父莫愁。我們也學燒荒的，放上一把火，燒絕了荊棘過去。」八戒道：「莫亂談！燒荒的須在十來月，草衰木枯，方好引火。如今正是蕃盛※1之時，怎麼燒得！」行者道：「就是燒得，也怕人子。」三藏道：「這般怎生得度？」八戒笑道：「要得度，還依我。」

好獃子，捻個訣，念個咒語，把腰躬一躬，叫：「長！」就長了有二十丈高下的身軀。把釘鈀幌一幌，教：「變！」就變了有三十丈長短的鈀柄。拽開步，雙手使鈀，將荊棘左右摟開：◎5「請師父跟我來也。」三藏見了甚喜，即策馬緊隨。後面沙僧挑著行李，

註

※1 蕃盛：繁盛、茂盛。

評點

◎1. 伏龍寺僧人不能伏虎，奈何？（周評）
◎2. 草木萌動矣。（張評）
◎3. 正是心上的茅茨卻從祭賽國長出，更妙。（張評）
◎4. 只寫草木暢茂，便得無所用心之神。（張評）
◎5. 雖有此鈀，恐亦摟不得許多。（張評）

行者也使鐵棒撥開。這一日未曾住手，行有百十里。將次天晚，見有一塊空闊之處，當路上有一通石碣，上有三個大字，乃「荊棘嶺」；下有兩行十四個小字，乃「荊棘蓬攀八百里，古來有路少人行」。◎6八戒見了笑道：「等我老豬與他添上兩句：『自今八戒能開破，直透西方路盡平！』」◎7三藏欣然下馬道：「徒弟啊，累了你也。我們就在此住過了今宵，待明日天光再走。」八戒道：「師父莫住，趁此天色晴明，我等有興，連夜摟開路走他娘！」那長老只得相從。

◆荊棘嶺道路難走，豬八戒在前面開路。版畫畫面細緻，但未突顯豬八戒的身軀變化。（古版畫，選自李卓吾批評本《西遊記》）

八戒上前努力，師徒們人不住手，馬不停蹄，又行了一日一夜，卻又天色晚矣。那前面蓬蓬結結，又聞得風敲竹韻，颯颯松聲。卻好又有一段空地，中間乃是一座古廟。廟門之外，有松柏凝青，桃梅鬥麗。◎8三藏下馬，與三個徒弟同看。只見：

巖前古廟枕寒流，落目荒烟鎖廢丘。白鶴叢中深歲月，綠蕪臺下自春秋。
竹搖青珮疑聞語，鳥弄餘音似訴愁。雞犬不通人跡少，閑花野蔓繞牆頭。◎9

行者看了道：「此地少吉多凶，不宜久坐。」沙僧道：「師兄差疑了。似這杳無人烟之處，又無個怪獸妖禽，怕他怎的？」說不了，忽見一陣陰風，廟門後轉出一個老者，頭戴角巾，身穿淡服，手持拐杖，足踏芒鞋，後跟著一個青臉獠牙、紅鬚赤身鬼使，頭頂著一盤麵餅，跪下道：「大聖，小神乃荊棘嶺土地，知大聖到此，無以接待，特備蒸餅一盤，奉上老師父，各請一餐。此地八百里，更無人家，聊吃些兒充飢。」八戒歡喜，上前舒手就欲取餅。不知行者端詳已久，喝一聲：「且住，這廝不是好人。休得無禮！你是甚麼土地，來誑老孫！看棍！」那老者見他打來，將身一轉，化作一陣陰風，呼的一聲，把個長老攝將起去，飄飄蕩蕩，不知攝去何所。慌得那大聖沒跟尋處，八戒、沙僧俱相顧失色，白馬亦只自驚吟。三兄弟連馬四口，恍恍忽忽，遠望高張，並無一毫下落，前後找尋不題。

卻說那老者同鬼使，把長老抬到一座烟霞石屋之前，輕輕放下，與他攜手相攙道：「聖僧休怕。我等不是歹人，乃荊棘嶺十八公是也。因風清月霽之宵，特請你來會友談詩，消遣情懷故耳。」那長老卻才定性，睜眼仔細觀看。真箇是：

漠漠烟雲去所，清清仙境人家。正好潔身修煉，堪宜種竹栽花。
每見翠巖來鶴，時聞青沼鳴蛙。更賽天臺丹灶，仍期華岳明霞。
說甚耕雲釣月，此間隱逸堪誇。坐久幽懷如海，朦朧月上窗紗。

三藏正自點看，漸覺月明星朗。只聽得人語相談，都道：「十八公請得

評點

◎6. 不曰「蓬萊」，而曰「蓬攀」，似《水經注》中字法。（周評）
◎7. 破戒如何開得路？（李評）
大哉戒刀，能開荊棘，如此方不愧悟能之名。（周評）
◎8. 只寫草木暢茂，下章色莊二字便不突。（張評）
◎9. 心田不耕，以致古廟荒廢，是爲無所用心者一嘆。（張評）

聖僧來也。」長老抬頭觀看，乃是三個老者：前一個霜姿丰采，第二個綠鬢婆娑，第三個虛心黛色。各各面貌、衣服俱不相同，都來與三藏作禮。長老還了禮，道：「弟子有何德行，敢勞列位仙翁下愛？」十八公笑道：「一向聞知聖僧有道，等待多時，今幸一見。如果不吝珠玉，寬坐敘懷，足見禪機真派。」三藏躬身道：「敢問仙翁尊號？」十八公道：「霜姿者號孤直公，綠鬢者號凌空子，虛心者號拂雲叟，老拙號曰勁節。」三藏道：「四翁尊壽幾何？」孤直公道：

「我壽今經千歲古，撐天葉茂四時春。香枝鬱鬱龍蛇狀，碎影重重霜雪身。
自幼堅剛能耐老，從今正直喜修眞。烏棲鳳宿非凡輩，落落森森遠俗塵。」

凌空子笑道：

「吾年千載傲風霜，高幹靈枝力自剛。夜靜有聲如雨滴，秋晴蔭影似雲張。
盤根已得長生訣，受命尤宜不老方。留鶴化龍非俗輩，蒼蒼爽爽近仙鄉。」

拂雲叟笑道：

「歲寒虛度有千秋，老景瀟然清更幽。不雜囂塵終冷淡，飽經霜雪自風流。
七賢※2作侶同談道，六逸※3爲朋共唱酬。戛玉敲金非瑣瑣，天然情性與仙遊。」

勁節十八公笑道：

「我亦千年約有餘，蒼然貞秀自如如。堪憐雨露生成力，借得乾坤造化機。
萬壑風烟惟我盛，四時瀟落讓吾疏。蓋張翠影留仙客，博弈調琴講道書。」

三藏稱謝道：「四位仙翁，俱享高壽，但勁節翁又千歲餘矣。高年得道，丰采清奇，得非漢時之『四皓』※4乎？」四老道：「承過獎，承過獎！吾等非『四皓』，乃深山之『四操』也。敢問聖僧，妙齡幾何？」三藏合掌躬身答曰：

「四十年前出母胎，未產之時命已災。逃生落水隨波滾，幸遇金山脫本骸。
養性看經無懈怠，誠心拜佛敢俄捱※5？今蒙皇上差西去，路遇仙翁下愛來。」◎10

四老俱稱道：「聖僧自出娘胎，即從佛教，果然是從小修行，真中正有道之上僧也。我等幸接臺顏，敢求大教，望以禪法指教一二，足慰生平。」長老聞言，慨然不懼，即對眾言曰：「禪者，靜也；法者，度也。靜中之度，非悟不成。悟者，洗心滌慮，脫俗離塵是也。夫人身難得，中土難生，正法難遇：全此三者，幸莫大焉。至德妙道，渺漠希夷※6，六根六識※7，遂可掃除。菩提者，不死不生，無餘無欠，空色包羅，聖凡俱遣。訪真了元始鉗鎚，悟實了牟尼手段。發揮象罔，踏碎涅槃。必須覺中覺了悟中悟，一點靈光全保護。放開烈焰照婆娑，法界縱橫獨顯露。至幽微，更守固，玄關口說誰人度？我本元修大覺禪，有緣有志方

註

※2 七賢：晉朝的七位名士，成名年代較「建安七子」晚一些，包括：嵇康、阮籍、山濤、向秀、劉伶、王戎及阮咸。七人常集在竹林中飲酒，又稱「竹林七賢」。

※3 六逸：唐開元二十五年，李白到山東與孔巢父、韓準、裴政、張叔明、陶沔在徂徠山竹溪隱居，酣歌縱酒。世人稱他們為「竹溪六逸」。

※4 四皓：秦末漢初時四位博士：「甪里先生」周術、「綺里季」吳實、「夏黃公」崔廣、「東園公」嚴秉。四老人皆因品行高潔，銀鬚皓首，避秦焚書坑儒而隱居商山，世稱「商山四皓」。

※5 俄捱：短時間的耽擱，不敢怠慢的意思。俄，短時間。捱，同挨，磨蹭的意思。

※6 希夷：形容所謂「道」是抽象不可捉摸的。《老子》云：「視之不見名曰夷，聽之不聞名曰希。」

※7 六根六識：六根，佛教用語，指眼根、耳根、鼻根、舌根、身根、意根。六根接觸六塵，和合而生六識：眼識、耳識、鼻識、舌識、身識、意識。

評點

◎10.和尚詩不濟，得無為四操所笑。(周評)

記悟。」四老側耳受了，無邊喜悅，一個個稽首皈依，躬身拜謝道：「聖僧乃禪機之悟本也！」

拂雲叟道：「禪雖靜，法雖度，須要性定心誠。縱為大覺真仙，終坐無生之道。我等之玄，又大不同也。」三藏云：「道乃非常，體用合一，如何不同？」拂雲叟笑云：「我等生來堅實，體用比爾不同。感天地以生身，蒙雨露而滋色。笑傲風霜，消磨日月。一葉不凋，千枝節操。似這話不叩沖虛，你執持梵語。道也者，本安中國，反來求證西方。空費了草鞋，不知尋個甚麼？石獅子剜了心肝，野狐涎灌徹骨髓。忘本參禪，妄求佛果，都似我荊棘嶺葛藤謎語，蘿蓏渾言※8。此般君子，怎生接引？這等規模，如何印授？必須要檢點見前面目，靜中自有生涯。沒底竹籃汲水，無根鐵樹生花。靈寶峰頭牢著腳，歸來雅會上龍華。」◎11三藏聞言，叩頭拜謝。十八公用手攙扶，孤直公將身扯起，凌空子打個哈哈道：「拂雲之言，分明漏泄。聖僧請起，不可盡信。我等趁此月明，原不為講論修持，且自吟哦逍遙，放蕩襟懷也。」拂雲叟笑指石屋道：「若要吟哦，且入小庵一茶，何如？」

長老真箇欠身，向石屋前觀看。門上有三個大字，乃「木仙庵」。遂此同入，又敘了坐次。忽見那赤身鬼使，捧一盤茯苓膏，將五盞香湯奉上。四老請唐僧先吃，三藏驚疑，不敢便吃。那四老一齊享用，三藏卻才吃了兩塊。各飲香湯收去。三藏留心偷看，◎12只見那裏玲瓏光彩，如月下一般：

水自石邊流出，香從花裏飄來。滿座清虛雅致，全無半點塵埃。

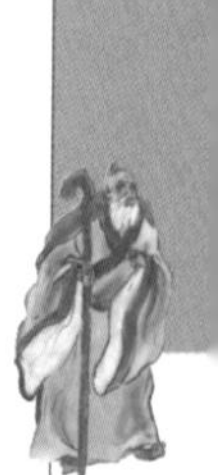

評點

◎11. 和盤托出。（李評）

此一篇轉說得明爽痛快，覺三藏禪法論猶是老僧常談。（周評）

◎12. 三藏偷心未淨。（李評）

那長老見此仙境，以為得意，情樂懷開，十分歡喜，忍不住念了一句道：

「禪心似月迥無塵。」

勁節老笑而即聯道：

「詩興如天青更新。」

孤直公道：

「好句漫裁摶錦繡。」

凌空子道：

「佳文不點唾奇珍。」

拂雲叟道：

「六朝一洗繁華盡，四始重刪雅頌分。」

三藏道：「弟子一時失口，胡談幾字，誠所謂『班門弄斧』。適聞列仙之言，清新飄逸，真詩翁也。」勁節老道：「聖僧不必閑敘。出家人全始全終，既有起句，何無結句？望卒成之。」三藏道：「弟子不能，煩十八公結而成篇為妙。」勁節道：「你好心腸！你起的句，如何不肯結果？慳吝珠璣，非道理也。」三藏只得續後二句云：

「半枕松風茶未熟，吟懷瀟灑滿腔春。」

十八公道：「好個『吟懷瀟灑滿腔春』！」孤直公道：「勁節，你深知詩味，所以只

註

※8 葛藤謎語，蘿蓏渾言：泛指藤蔓的牽扯、糾纏。蓏，地上所結的瓜果。

植物中的君子——竹。（富爾特影像提供）

管咀嚼。何不再起一篇？」十八公亦慨然不辭道：「我卻是頂針※9字起：

春不榮華冬不枯，雲來霧往只如無。」

凌空子道：「我亦體前頂針二句：

無風搖拽婆娑影，有客忻憐福壽圖。」

拂雲叟亦頂針道：

「圖似西山堅節老，清如南國沒心夫。」

孤直公亦頂針道：

「夫因側葉稱梁棟，臺為橫柯作憲烏※10。」◎13

長老聽了，讚嘆不已道：「真是陽春白雪※11，浩氣沖霄！弟子不才，敢再起兩句。」

孤直公道：「聖僧乃有道之士，大養之人也。不必再相聯句，請賜教全篇，庶我等亦好勉強而和。」三藏無已，只得笑吟一律曰：

「杖錫西來拜法王，願求妙典遠傳揚。金芝三秀詩壇瑞，寶樹千花蓮蕊香。
百尺竿頭須進步，十方世界立行藏。修成玉像莊嚴體，極樂門前是道場。」

四老聽畢，俱極讚揚。十八公道：「老拙無能，大膽攙越，也勉和一首。云：

「勁節孤高笑木王，靈椿不似我名揚。山空百丈龍蛇影，泉泌千年琥珀香。
解與乾坤生氣概，喜因風雨化行藏。衰殘自愧無仙骨，惟有苓膏結壽場。」

孤直公道：「此詩起句豪雄，聯句有力，但結句自謙太過矣。堪羨！堪羨！◎14老拙也和一

首。」云：

「霜姿常喜宿禽王，四絕堂前大器揚。露重珠纓蒙翠蓋，風輕石齒碎寒香。

長廊夜靜吟聲細，古殿秋陰淡影藏。元日迎春曾獻壽※12，老來寄傲在山場。」

凌空子笑而言曰：「好詩，好詩！真箇是月脅天心，老拙何能為和？但不可空過，也須扯淡幾句。」曰：

「梁棟之材近帝王，太清宮外有聲揚※13。晴軒恍若來青氣，暗壁尋常度翠香。

壯節凜然千古秀，深根結矣九泉藏。凌雲勢蓋婆娑影，不在群芳豔麗場。」

拂雲叟道：「三公之詩，高雅清淡，正是放開錦繡之囊也。我身無力，我腹無才，得三公之教，茅塞頓開。無已，也打油幾句，幸勿哂焉。」詩曰：

「淇澳※14園中樂聖王，渭川千畝※15任分揚。翠筠不染湘娥淚，班籜※16堪傳漢史香。

註

※9 頂針：又作聯珠、頂真，是前一語尾字與後一語首字相同，上遞下接，前後相連，用以突顯事物的銜接和因果關係。

※10 憲烏：御史臺的別稱。因御史臺又稱烏臺、憲臺，故以「憲烏」稱之。

※11 陽春白雪：古代的一種高深樂曲名，因此「陽春白雪」被指爲高雅藝術的代稱，相對應的「下里巴人」則指通俗的曲目。

※12 元日迎春曾獻壽：《漢官儀》記載：正旦以柏葉酒上壽。此句暗示述者是柏樹。

※13 太清宮外有聲揚：太清宮在安徽亳縣。據《太清記》，亳州太清宮有八檜，皆老君手植，根株枝幹皆左紐。檜精詩中引用的就是這一事蹟。

※14 淇澳：《詩經．衛風．淇澳》有：「瞻彼淇澳，綠竹猗猗，有匪（斐）君子，如切如磋……」等句子，所以竹怪在這裏引用此詩。

※15 渭川千畝：《史記．貨殖列傳》說：「渭川千畝竹，其人與千户侯等。」意思説種竹千畝，可以使生活富庶達到千户侯的水準。

※16 班籜：班竹，籜音拓，竹筍上一片一片的皮。

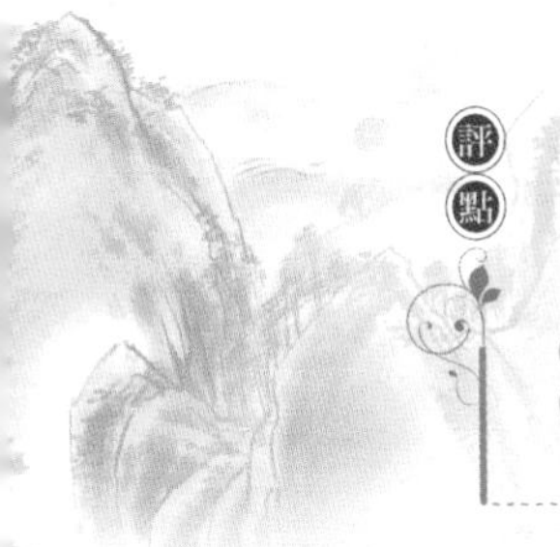

評點

◎13. 一夥歪詩。堪笑，堪笑！（李評）

◎14. 作歪詩的，偏會標榜。（李評）

霜葉自來顏不改，烟梢從此色何藏？子猷去世知音少※17，亙古留名翰墨場。」◎15

三藏道：「眾仙老之詩，真箇是吐鳳噴珠，游夏莫贊※18。厚愛高情，感之極矣。但夜已深沉，三個小徒，不知在何處等我。意者弟子不能久留，敢此告回尋訪，尤無窮之至愛也。望老仙指示歸路。」四老笑道：「聖僧勿慮。我等也是千載奇逢，況天光晴爽，雖夜深卻月明如晝，再寬坐坐，待天曉，自當遠送過嶺，高徒一定可相會也。」

正話間，只見石屋之外，有兩個青衣女童，挑一對絳紗燈籠，後引著一個仙女。那仙女拈著一枝杏花，笑吟吟進門相見。那仙女怎生模樣？他生得：

青姿妝翡翠，丹臉賽胭脂。星眼光還彩，蛾眉秀又齊。下襯一條五色梅淺紅裙子，上穿一件烟裹火比甲輕衣。弓鞋彎鳳嘴，綾襪錦繡泥。妖嬈嬌似天臺女，不亞當年俏妲己。

四老欠身問道：「杏仙何來？」那女子對眾道了萬福，道：「知有佳客在此賡酬※19，特來相訪，敢求一見。」十八公指著唐僧道：「佳客在此，何勞求見？」三藏躬身，不敢言語。那女子叫：「快獻茶來。」又有兩個黃衣女童，捧一個紅漆丹盤，盤內有六個細磁茶盂，盂內設幾品異果，橫擔著匙兒，提一把白鐵嵌黃銅的茶壺，壺內香茶噴鼻。斟了茶，那女子微露春蔥，捧磁盂先奉三藏，次奉四老，然後一盞，自取而陪。

凌空子道：「杏仙為何不坐？」那女子方才去坐。茶畢，欠身問道：「仙翁今宵盛樂，佳句請教一二如何？」拂雲叟道：「我等皆鄙俚之言，惟聖僧真盛唐之作，甚可嘉羨。」◎16那女子道：「如不吝教，乞賜一觀。」四老即以長老前詩、後詩並禪法論，宣了

評點

◎15. 四操詩雖不佳，然尚能敷衍成章，不似三藏打油。（周評）
◎16. 太宗貞觀之時，猶初唐也，何乃預借盛唐耶？（周評）
◎17. 杏仙詩亦可三等。（周評）

一遍。那女子滿面春風，對衆道：「妾身不才，不當獻醜。但聆此佳句，似不可虛也，勉強將後詩奉和一律如何？」遂朗吟道：

「上蓋留名漢武王※20，周時孔子立壇場※21。
董仙愛我成林積※22，孫楚曾憐寒食香※23。
雨潤紅姿嬌且嫩，烟蒸翠色顯還藏。
自知過熟微酸意，落處年年伴麥場。」◎17

四老聞詩，人人稱賀，都道：「清雅脫塵，句內包含春意。好個『雨潤紅姿嬌且嫩』、『雨潤紅姿嬌且嫩』！」那女子笑而悄答道：「惶恐！惶恐！適聞聖僧之章，誠然錦心繡口。如不吝珠玉，賜教一闋如何？」唐僧不敢答應。那女子漸有見愛之情，挨挨軋軋，漸近坐邊，低聲悄語，呼道：「佳客莫者，趁

註

※17 子猷去世知音少：晉王羲之的兒子王徽之，字子猷。他生平最喜歡竹子，嘗說：「不可一日無此君。」此處即引用了這個故事。

※18 游夏莫贊：游夏：子游、子夏，孔子門下兩位長於文學的學生。據說孔子述作《春秋》時，刪繁取捨，子游、子夏只能無言感嘆。後來即用這個故事，作爲讚美文采之辭。

※19 賡酬：指詩詞應和。

※20 上蓋留名漢武王：傳說漢武帝訪問蓬瀛，得到仙人的山杏，後人將這種杏稱呼爲「武帝杏」或「金杏」。上蓋，上溯到留名時。

※21 周時孔子立壇場：山東曲阜的孔廟有「杏壇」，據說孔丘曾在這裏講學。

※22 董仙愛我成林積：董奉（西元二二〇至二八〇年），字君異，侯官（今福建長樂）人。少時治醫學，醫術高明，與南陽張機、譙郡華佗齊名，並稱「建安三神醫」。據說他在廬山給人看病，不要診費。被治好的重病人給他種杏五株，輕病人種杏一株，因此蔚然成林。

※23 孫楚曾憐寒食香：晉朝孫楚祭祀介子推時，曾用過杏酪。杏精引用的就是這個故事。

✦新疆吐魯番地區的杏花林，攝於2000年。（宋士敬／fotoe提供）

此良宵，不耍子待要怎的？人生光景，能有幾何？」十八公道：「杏仙盡有仰高之情，聖僧豈可無俯就之意？如不見憐，是不知趣了也。」孤直公道：「聖僧乃有道有名之士，決不苟且行事。如此樣舉措，是我等取罪過了。污人名，壞人德，非遠達也。果是杏仙有意，可教拂雲叟與十八公做媒，我與凌空子保親，成此姻眷，何不美哉！」

三藏聽言，遂變了顏色，跳起來高叫道：「汝等皆是一類邪物，這般誘我！當時只以風雅之言，談玄談道可也。如今怎麼以美人局來騙害貧僧！是何道理？」四老見三藏發怒，一個個咬指擔驚，再不復言。那赤身鬼使暴躁如雷道：「這和尚好不識抬舉！我這姐姐那些兒不好？他人材俊雅，玉質嬌姿，不必說那女工針指，只這一段詩才，也配得過你。你怎麼這等推辭？休錯過了！孤直公之言甚當。如果不可苟合，待我再與你主婚。」三藏大驚失色，憑他們怎麼胡談亂講，只是不從。鬼使又道：「你這和尚，我們好言好語，你不聽從。若是我們發起村野之性，還把你攝了去，教你和尚不得做，老婆不得娶，卻不枉為人一世也？」那長老心如金石，堅執不從。暗想道：「我徒弟們不知在那裏尋我哩！」說一聲，止不住眼中墮淚。那女子陪著笑，挨至身邊，翠袖中取出一個蜜合綾汗巾兒與他揩淚，道：「佳客勿得煩惱。我與你倚玉偎香，耍子去來。」長老咄的一聲吆喝，跳起身來就走，被那些人扯扯拽拽，嚷到天明。

忽聽得那裏叫聲：「師父，師父！你在那方言語也？」原來那孫大聖與八戒、沙僧，

牽著馬，挑著擔，一夜不曾住腳，穿荊度棘，東尋西找；卻好半雲半霧的，過了八百里荊棘嶺西下，聽得唐僧叱喝，卻就喊了一聲。那長老掙出門來，叫聲：「悟空，我在這裏哩。快來救我！快來救我！」那四老與鬼使，那女子與女童，幌一幌都不見了。

須臾間，八戒、沙僧俱到邊前道：「師父，你怎麼得到此也？」三藏扯住行者道：「徒弟啊，多累了你們了！昨日晚間見的那個老者，言說土地送齋一事，是你喝聲要打，他就把我抬到此方。他與我攜手相攙，走入門，又見三個老者，來此會我，俱道我作『聖僧』。一個個言談清雅，極善吟詩。我與他賡和相攀，覺有夜半時候，又見一個美貌女子執燈火，也來這裏會我，吟了一首詩，稱我作『佳客』。因見我相貌，欲求配偶，我方省悟。正不從時，又被他做媒的做媒，保親的保親，主婚的主婚，我立誓不肯。正欲掙著要走，與他嚷鬧，不期你們到了。一則天明，二來還是怕你，只才還扯扯拽拽，忽然就不見了。」行者道：「你既與他敘話談詩，就不曾問他個名字？」三藏道：「我曾問他之號。那老者喚作十八公，號勁節；第二個號孤直公；第三個號凌空子；第四個號拂雲叟；那女子，人稱他作杏仙。」八戒道：「此物在於何處？才往那方去了？」三藏道：「去向之方，不知何所；但只談詩之處，去此不遠。」

他三人同師父看處，只見一座石崖，崖上有「木仙庵」三字。三藏道：「此間正是。」行者仔細觀之，卻原來是一株大檜樹、一株老柏、一株老松、一株老竹，竹後有一株丹楓。再看崖那邊，還有一株

✦杏仙想用色欲挑逗唐僧，卻被嚴詞拒絕。（朱寶榮繪）

老杏、二株臘梅、二株丹桂。行者笑道：「你可曾看見妖怪？」八戒道：「不曾。」行者道：「你不知，就是這幾株樹木在此成精也。」八戒道：「哥哥怎得知成精者是樹？」行者道：「十八公乃松樹，孤直公乃柏樹，凌空子乃檜樹，拂雲叟乃竹竿，赤身鬼乃楓樹，杏仙即杏樹，女童即丹桂、臘梅也。」八戒聞言，不論好歹，一頓釘鈀，三五長嘴，連拱帶築，把兩株臘梅、丹桂、老杏、楓楊俱揮倒在地，果然那根下俱鮮血淋漓。三藏近前扯住道：「悟能，不可傷了他！他雖成了氣候，卻不曾傷我。我等找路去罷。」行者道：「師父不可惜他，恐日後成了大怪，害人不淺也。」那獃子索性一頓鈀，將松、柏、檜、竹一齊皆築倒，◎18卻才請師父上馬，順大路一齊西行。畢竟不知前去如何，且聽下回分解。

總批

昔人在荊棘中談詩，今日談詩中有荊棘矣。可爲發嘆。（李評）

悟一子曰：王道蕩蕩，世途坦坦，原無荊棘。荊棘生於人之胸中。人胸中在在荊棘，人人胸中有荊棘。……此篇特借荊棘嶺，以概自古及今，莫不皆然。（陳評節錄）

悟元子曰：上回結出修眞之道，必須腳踏實地，而不得著空執相矣。然或人疑爲無修無證，而遂隱居深藏，清高自貴，立言著書，獨調狂歌。殊不知隱居則仍著空，著作則已著相，總非非色非空之大道。故此回直示人以隱居之不眞，著作之爲假也。提綱所謂「木仙庵三藏談詩」，是言迷徒無知，而以三藏眞經之道，於語言文字中求成，此其所以爲木仙也。……詩曰：「修行急早戒荊棘，不戒荊棘道路迷。饒爾談天還論地，棄眞入假總庸愚。」（劉評節錄）

評點

◎18. 可惜幾個詩翁，都被老獃斷送。（周評）

第六十五回 妖邪假設小雷音 四衆皆遭大厄難

這回因果，勸人爲善，切休作惡。一念生，神明照鑒，任他爲作。拙蠢乖能君怎學，兩般還是無心藥。趁生前有道正該修，莫浪泊※1。認根源，脱本殼。訪長生，須把捉。要時時明見，醍醐※2斟酌。貫徹三關塡黑海，管教善者乘鸞鶴。那其間愍故※3更慈悲，登極樂。

話表唐三藏一念虔誠，◎1且休言天神保護，似這草木之靈，尚來引送，雅會一宵，脱出荊棘針刺，再無蘿蓏攀纏。四衆西進，行彀多時，又值冬殘，正是那三春之日：◎2

物華交泰，斗柄回寅※4。草芽遍地綠，柳眼滿堤青。一嶺桃花紅錦涴，半溪烟水碧羅明。幾多風雨，無限心情。日曬花心豔，燕啣苔蕊輕。山色王維畫濃淡※5，鳥聲季子舌縱橫※6。芳菲鋪繡無人賞，◎3蝶舞蜂歌卻有情。◎4

師徒們也自尋芳踏翠，緩隨馬步。◎5正行之間，忽見一座高山，遠望著與天相接。三藏揚鞭指道：「悟空，那座山也不知有多少高，可便似接著青天，透沖碧漢。」行者道：

《新説西遊記圖像》描繪第六十五回精采場景：圖下方是唐僧與豬八戒、沙和尚拜假如來被捉；上方是行者去搬救兵，拜訪真武。（古版畫，選自《新説西遊記圖像》）

「古詩不云：『只有天在上，更無山與齊。』但言山之極高，無可與他比並，豈有接天之理！」◎6八戒道：「若不接天，如何把崑崙山號為天柱？」行者道：「你不知。自古『天不滿西北』。崑崙山在西北乾位上，故有頂天塞空之意，遂名天柱。」沙僧笑道：「大哥把這好話兒莫與他說，他聽了去，又降別人。◎7我們且走路，等上了那山，就知高下也。」

那獃子趕著沙僧，廝耍廝鬥。老師父馬快如飛。須臾，到那山崖之邊。一步步往上行來，只見那山：

林中風颯颯，澗底水潺潺。鴉雀飛不過，神仙也道難。千崖萬壑，億曲百灣。塵埃滾滾無人到，怪石森森不厭看。有處有雲如水混，是方是樹鳥聲繁。鹿啣芝去，猿摘桃還。狐貉往來崖上跳，麞獐出入嶺頭頑。忽聞虎嘯驚人膽，斑豹蒼狼把路攔。

唐三藏一見心驚，孫行者神通廣大，你看他一條金箍棒，哮吼一聲，嚇過了狼蟲虎豹，剖

註

※1 浪泊：等閑、隨便消耗。

※2 醍醐：古代指從牛奶中提煉出來的酥油，佛教喻最高的佛法，如「醍醐灌頂」（喻把佛法、智慧、悟性灌輸給人，使人徹底醒悟，亦借指聽了精闢的言論深受啓發教育）。

※3 愍故：哀傷的緣故。

※4 斗柄回寅：成語，中國古代是以地平座標系中的正北順時針偏六十度的地方爲寅，比農曆立春節氣（從正北起順時針東偏四十五度）還多偏十五度。這句成語的意思是北斗星的斗柄指向寅方，即在時間上到達了農曆正月，一元復始，萬象更新，大地回春，代表一年之開始的意思。

※5 山色王維畫濃淡：王維（西元七〇一年至七六一年），字摩詰，盛唐時期的著名詩人，擅畫人物、叢竹、山水。這裏形容風景如畫的意思。

※6 鳥聲季子舌縱橫：戰國時縱橫家蘇秦號季子，以舌辯聞名於世。這裏形容鳥的舌頭像蘇秦一樣。

評點

◎1. 截清上意，便已扣定篤字。（張評）
◎2. 先籠色莊，便已清出題界。（張評）
◎3. 調高者寡和，此句是籠君子。（張評）
◎4. 巴人下里偏有人聽，此句落到色莊。（張評）
◎5. 便有抱琴訪道之意。（張評）
◎6. 若非天礙，幾何而不識破也。（張評）
◎7. 道聽而塗說，其不足與也明矣。（張評）

開路，引師父直上高山。行過嶺頭，下西平處，忽見祥光藹藹，彩霧紛紛，有一所樓臺殿閣，隱隱的鐘磬悠揚。◎8三藏道：「徒弟們，看是個甚麼去處？」行者抬頭，用手搭涼篷，仔細觀看，那壁廂好個所在！真箇是：

珍樓寶座，上刹名方。谷虛繁地籟，境寂散天香。青松帶雨遮高閣，翠竹留雲護講堂。霞光縹緲龍宮顯，彩色飄颻沙界長。朱欄玉戶，畫棟雕梁。談經香滿座，語籙月當窗。鳥啼丹樹內，鶴飲石泉旁。四圍花發琪園秀，三面門開舍衛光。樓臺突兀門迎嶂，鐘磬虛徐聲韻長。窗開風細，簾捲烟茫。有僧情散淡，無俗意和昌。紅塵不到眞仙境，靜土招提好道場。◎9

行者看罷，回覆道：「師父，那去處是便是座寺院，卻不知禪光瑞藹之中，又有些凶氣何也。觀此景象，也似雷音，卻又路道差池。◎10我們到那廂，決不可擅入，恐遭毒手。」唐僧道：「既有雷音之景，莫不就是靈山？你休誤了我誠心，耽擱了我來意。」行者道：「不是，不是。靈山之路，我也走過幾遍，那是這路途！」八戒道：「縱然不是，也必有個好人居住。」沙僧道：「不必多疑。此條路未免從那門首過，是不是，一見可知也。」行者道：「悟淨說得有理。」

那長老策馬加鞭，至山門前，見「雷音寺」三個大字，慌得滾下馬來，倒在地下，口裏罵道：「潑猢猻，害殺我也！現是雷音寺，還哄我哩。」◎11行者陪笑道：「師父莫惱，你再看看。山門上乃四個字，你怎麼只念出三個來，倒還怪我？」長老戰兢兢的爬起來再

看，真箇是四個字，乃「小雷音寺」。三藏道：「就是小雷音寺，必定也有個佛祖在內。經上言三千諸佛，想是不在一方：似觀音在南海，普賢在峨眉，文殊在五臺。這不知是那一位佛祖的道場。古人云：『有佛有經，無方無寶。』我們可進去來。」行者道：「不可進去，此處少吉多凶。若有禍患，你莫怪我。」三藏道：「就是無佛，也必有個佛像。我弟子心願，遇佛拜佛，如何怪你。」即命八戒取袈裟，換僧帽，結束了衣冠，舉步前進。

只聽得山門裏有人叫道：「唐僧，你自東土來拜見我佛，◎12怎麼還這等怠慢？」三藏聞言，即便下拜。八戒也磕頭，沙僧也跪倒；惟大聖牽馬，收拾行李在後。方入到二層門內，就見如來大殿。殿門外寶臺之下，擺列著五百羅漢、三千揭諦、四金剛、八菩薩、比丘尼、優婆塞※7、無數的聖僧、道者，真箇也香花豔麗，瑞氣繽紛。慌得那長老與八戒、沙僧一步一拜，拜上靈臺之間。行者公然不拜。又聞得蓮臺座上厲聲高叫道：「那孫悟空，見如來怎麼不拜？」不知行者又仔細觀看，見得是假，遂丟了馬匹、行囊，掣棒在手，喝道：「你這夥孽畜，十分膽大！怎麼假倚佛名，敗壞如來清德！不要走！」雙手輪棒，上前便打。只聽得半空中叮噹一聲，撇下一副金鐃，把行者連頭帶足，合在金鐃之內。慌得個豬八戒、沙和尚連忙使起鈀杖，就被些阿羅、揭諦、聖僧、道者一擁近前圍繞。◎13他兩個措手不及，盡被拿了。將三藏捉住，一齊都繩穿索綁，緊縛牢拴。

原來那蓮花座上裝佛祖者乃是個妖王，衆阿羅等都是些小怪。遂收了佛祖體像，依然

註

※7 優婆塞：梵文，指善男，參見第五十二回注釋第五條。

評點

◎8. 儼然有雍容大雅之風。（張評）
◎9. 卻於風情景物之中，寫出一位高明道學之士。（張評）
◎10. 既云路道差池，豈得復言雷音？（周評）
◎11. 論篤是與其神如畫。（張評）
◎12. 公然是佛，原以賢聖自居。（張評）
◎13. 善哉，善哉！（周評）

現出妖身，將三衆抬入後邊收藏；把行者合在金鐃之中，永不開放，只擱在寶臺之上，限三晝夜化為膿血。化後，才將鐵籠蒸他三個受用。這正是：

碧眼猢兒識假真，禪機見像拜金身。黃婆盲目同參禮，木母痴心共話論。
邪怪生強欺本性，魔頭懷惡詐天人。誠爲道小魔頭大，錯入傍門枉費身。◎14

那時群妖將唐僧三衆收藏在後，把馬拴在後邊；把他的袈裟、僧帽安在行李擔內，亦收藏了。一壁廂嚴緊不題。

卻說行者合在金鐃裏，黑洞洞的，燥得滿身流汗，左拱右撞，不能得出。急得他使鐵棒亂打，莫想得動分毫。他心裏沒了算計，將身往外一掙，卻要掙破那金鐃；遂捻著一個訣，就長有千百丈高，那金鐃也隨他身長，全無一些瑕縫光明。卻又捻訣把身子往下一小，小如芥菜子兒，那鐃也就隨身小了，更沒

✦妖怪用一副金鐃，把行者合在金鐃之內，唐僧三人也被擒拿。（古版畫，選自李卓吾批評本《西遊記》）

些些孔竅。◎15他又把鐵棒吹口仙氣，叫：「變！」即變作幡竿一樣，撐住金鐃。他卻把腦後毫毛選長的拔下兩根，叫：「變！」即變作梅花頭五瓣鑽兒，挨著棒下，鑽有千百下，只鑽得蒼蒼響喨，再不鑽動一些。◎16行者急了，卻捻個訣，念一聲「唵藍靜法界，乾元亨利貞」的咒語，拘得那五方揭諦、六丁六甲、一十八位護教伽藍，都在金鐃之外道：「大聖，我等俱保護著師父，不教妖魔傷害，你又拘喚我等做甚？」行者道：「我那師父，不聽我勸解，就弄死他也不虧！但只你等怎麼快作法將這鐃鈸掀開，放我出來，再作處治。這裏面不通光亮，滿身暴燥，卻不悶殺我也？」眾神真箇掀鐃，就如長就的一般，莫想揭得分毫。金頭揭諦道：「大聖，這鐃鈸不知是件甚麼寶貝，連上帶下，合成一塊。小神力薄，不能掀動。」行者道：「我在裏面，不知使了多少神通，也不得動。」

揭諦聞言，即著六丁神保護著唐僧，六甲神看守著金鐃，眾伽藍前後照察。他卻縱起祥光，須臾間，闖入南天門裏。不待宣召，直上靈霄寶殿之下見玉帝，俯伏啟奏道：「主公，臣乃五方揭諦使。今有齊天大聖保唐僧取經，路遇一山，名小雷音寺。唐僧錯認靈山進拜，原來是妖魔假設，困陷他師徒，將大聖合在一副金鐃之內，進退無門，看看至死，特來啟奏。」即傳旨：「差二十八宿星辰，快去釋厄降妖。」

那星宿不敢少緩，隨同揭諦出了天門。至山門之內，有二更時分。那些大小妖精，因獲了唐僧，老妖俱犒賞了，各去睡覺。眾星宿更不驚張，都到鐃鈸之外，報道：「大聖，我等是玉帝差來二十八宿，到此救你。」行者聽說大喜，便教：「動兵器打破，老孫就出

評點

◎14. 此時已大遭魔毒，豈止傍門之錯？（周評）

◎15. 好描畫。（李評）

◎16. 這個話說費解。（張評）

亢金龍用角頂進金鐃，孫悟空鑽在他的角裏，才逃了出來。（朱寶榮繪）

來了！」衆星宿道：「不敢打，此物乃渾金之寶，打著必響；響時驚動妖魔，卻難救拔。等我們用兵器捎他，你那裏但見有一些光處就走。」行者道：「正是。」你看他們使鎗的使鎗，使劍的使劍，使刀的使刀，使斧的使斧；扛的扛，抬的抬，掀的掀，捎的捎，弄到有三更天氣，漠然不動，就是鑄成了囫圇的一般。◎17 那行者在裏邊東張張，西望望，爬過來，滾過去，莫想看見一些光亮。◎18

亢金龍道：「大聖啊，且休焦躁，觀此寶定是個如意之物，斷然也能變化。你在那裏面，於那合縫之處，用手摸著，等我使角尖兒拱進來，你可變化了，順鬆處脫身。」行者依言，真箇在裏面亂摸。這星宿把身變小了，那角尖兒就似個針尖一樣，順著鈸合縫口上，伸將進去。可憐用盡千斤之力，方能穿透裏面。卻將本身與角使法相，叫：「長！

評點

◎17. 似此囫圇話，天人且不解，何況凡人。（張評）
◎18. 好描畫。（李評）
◎19. 然則此鈸非不可碎者，先何以如此之難！（周評）

長！長！」角就長有碗來粗細。那鈸口倒也不像金鑄的，好似皮肉長成的，順著亢金龍的角，緊緊噙住，四下裏更無一絲拔縫。行者摸著他的角，叫道：「不濟事！上下沒有一毫鬆處。沒奈何，你忍著些兒疼，帶我出去。」好大聖，即將金箍棒變作一把鋼鑽兒，將他那角尖上鑽了一個孔竅，把身子變得似個芥菜子兒，拱在那鑽眼裏蹲著，叫：「扯出角去！扯出角去！」這星宿又不知費了多少力，方才拔出，使得力盡筋柔，倒在地下。

行者卻自他角尖鑽眼裏鑽出，現了原身，掣出鐵棒，照鏡鈸噹的一聲打去，就如崩倒銅山，咋開金鐃。可惜把個佛門之器，打作個千百塊散碎之金！◎19諕得那二十八宿驚張，五方揭諦發豎，大小群妖皆夢醒。老妖王睡裏慌張，急起來披衣擂鼓，聚點群妖，各執器械。此時天將黎明。一擁趕到寶臺之下，只見孫行者與列宿圍在碎破金鐃之外，大驚失色，即令：「小的們！緊關了前門，不要放出人去！」

行者聽說，即攜星衆，駕雲跳在九霄空裏。那妖王收了碎金，排開妖卒，列在山門外。妖王懷恨，沒奈何披掛了，使一根短軟狼牙棒，出營高叫：「孫行者！好男子不可遠走高飛，快向前與我交戰三合！」行者忍不住，即引星衆，按落雲頭，觀看那妖精怎生

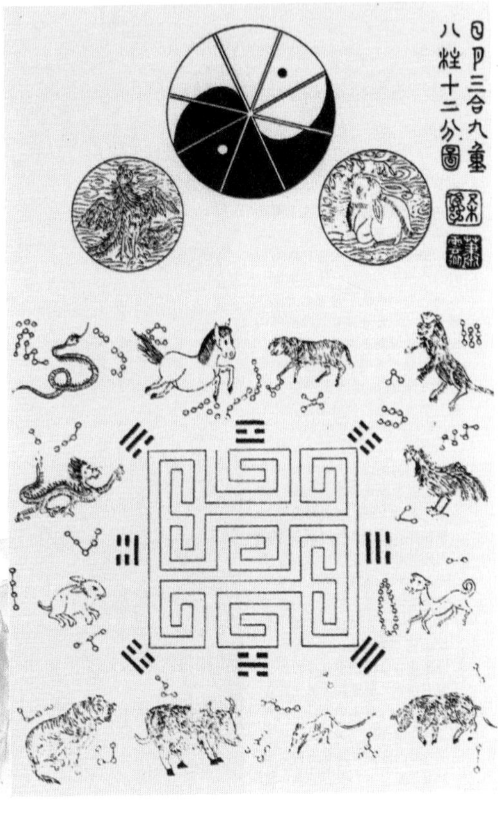

《天問圖》。清初畫家蕭雲從（西元1596年）作。該圖上部中間為一陰陽符號，表示古人對宇宙起源的認識。左為太陽，繪有古代表示太陽的三足鳥。右為月亮，繪有古代表示月亮的玉兔。下部中間代表地域地形的方陣，周圍是古人試圖用來闡釋宇宙和社會發展變化規律的八卦符號。外圈短線連接的鏈圈，為二十八星宿。十二種動物表示一晝夜的十二時辰。（fotoe提供）

模樣？但見他：

蓬著頭，勒一條扁薄金箍；光著眼，簇兩道黃眉的豎。懸膽鼻，孔竅開查※8；四方口，牙齒尖利。穿一副叩結連環鎧，勒一條生絲攢穗縧。腳踏烏喇鞋※9一對，手執狼牙棒一根。此形似獸不如獸，相貌非人卻似人。

行者挺著鐵棒喝道：「你是個甚麼怪物，擅敢假裝佛祖，侵佔山頭，虛設小雷音寺！」那妖王道：「這猴兒是也不知我的姓名，故來冒犯仙山。此處喚作小西天，因我修行，得了正果，天賜與我的寶閣珍樓。◎20我名乃是黃眉老佛，這裏人不知，但稱我為黃眉大王、黃眉爺爺。一向久知你往西去，有些手段，故此設像顯能，誘你師父進來，要和你打個賭賽。如若鬥得過我，饒你師徒，讓汝等成個正果；如若不能，將汝等打死，等我去見如來取經，果正中華也。」◎21行者笑道：「妖精不必海口，既要賭，快上來領棒！」那妖王喜孜孜，使狼牙棒抵住。這一場好殺：

兩條棒，不一樣，說將起來有形狀：一條短軟佛家兵，一條堅硬藏海藏。都有隨心變化功，今番相遇爭強壯。短軟狼牙雜錦妝，堅硬金箍蛟龍像。若粗若細實可誇，要短要長甚停當。猴與魔，齊打仗，這場眞箇無虛誑。馴猴秉教作心猿，潑怪欺天弄假像。嗔嗔恨恨各無情，惡惡兇兇都有樣。那一個當頭手起不放鬆，這一個架丟劈面難推讓。噴雲照日昏，吐霧遮峰嶂。棒來棒去兩相迎，忘生忘死因三藏。

看他兩個鬥經五十回合，不見輸贏。那山門口鳴鑼擂鼓，衆妖精吶喊搖旗。這壁廂有

二十八宿天兵共五方揭諦衆聖，各掮器械，吆喝一聲，把那魔頭圍在中間，嚇得那山門外群妖難擂鼓，戰兢兢手軟不敲鑼。

老妖魔公然不懼，一隻手使狼牙棒，架著衆兵；一隻手去腰間解下一條舊白布搭包兒，往上一抛，滑的一聲響喨，把孫大聖、二十八宿與五方揭諦，一搭包兒通裝將去，挎在肩上，◎22拽步回身。衆小妖個個歡然得勝而回。老妖教小的們取了三五十條麻索，解開搭包，拿一個，捆一個。一個個都骨軟筋麻，皮膚窊皺※10。捆了抬去後邊，不分好歹，俱擲之於地。妖王又命排筵暢飲，自旦至暮方散，各歸寢處不題。

卻說孫大聖與衆神捆至夜半，忽聞有悲泣之聲。側耳聽時，卻原來是三藏聲音，哭道：「悟空啊！我

自恨當時不聽伊，致令今日受災危。金鐃之內傷了你，麻繩捆我有誰知。

四人遭逢緣命苦，三千功行盡傾頹。何由解得迍邅難，坦蕩西方去復歸！」◎23

行者聽言，暗自憐憫道：「那師父雖是未聽吾言，今遭此害，然於患難之中，還有憶念老孫之意。趁此夜靜妖眠，無人防備，且去解脫衆等逃生也。」

好大聖，使了個遁身法，將身一小，脫下繩來，走近唐僧身邊，叫聲：「師父。」長老認得聲音，叫道：「你為何到此？」行者悄悄的把前項事告訴了一遍。長老甚喜道：

註

※8 孔竅開查：鼻孔開張的意思。

※9 烏喇鞋：一種用熟牛皮縫的靴子。

※10 窊皺：形容皮膚凹陷下去的樣子。窊，音哇：低下，又作「窳」，猶皺癟。

評點

◎20. 信有之乎？（周評）

◎21. 此妖口角，卻又與諸妖不同。（周評）

◎22. 一搭包裝三十四人，而負之而趨，吾不難其裝而難其負。（周評）

◎23. 與之者其苦若是。（張評）

武當山，又名太和山、仙室山、玄嶽山，主峰天柱峰，海拔1612.1公尺，湖北省十堰市。相傳北方真武大帝在此修煉得道升仙，因有「非真武不足以當之」之說得名。攝於2003年。（稅曉潔／fotoe提供）

「徒弟，快救我一救！向後事，但憑你處，再不強了。」行者才動手，先解了師父，放了八戒、沙僧，又將二十八宿、五方揭諦個個解了，又牽過馬來，教快先走出去。方出門，卻不知行李在何處，又來找尋。亢金龍道：「你好重物輕人！既救了你師父就彀了，又還尋甚行李？」行者道：「人固要緊，衣鉢尤要緊。包袱中有通關文牒、錦襴袈裟、紫金鉢盂，俱是佛門至寶，如何不要！」八戒道：「哥哥，你去找尋，我等先去路上等你。」你看那星眾簇擁著唐僧，使個攝法，共弄神通，一陣風撮出垣圍，奔大路下了山坡，卻屯於平處等候。

約有三更時分，孫大聖輕挪慢步，走入裏面，原來一層層門戶甚

緊。他就爬上高樓看時，窗牖皆關。欲要下去，又恐怕窗櫺兒響，不敢推動。捻著訣，搖身一變，變作一個仙鼠，俗名蝙蝠。你道他怎生模樣：

頭尖還似鼠，眼亮亦如之。有翅黃昏出，無光白晝居。
藏身穿瓦穴，覓食撲蚊兒。偏喜晴明月，飛騰最識時。

他順著不封瓦口椽子之下，鑽將進去。越門過戶，到了中間看時，只見那第三重樓窗之下，閃灼灼一道毫光，也不是燈燭之光、螢火之光，又不是飛霞之光、掣電之光。他半飛半跳，近於窗前看時，卻是包袱放光。那妖精把唐僧的袈裟脫了，不曾摺，就亂亂的揌在包袱之內。那袈裟本是佛寶，上邊有如意珠、摩尼珠、紅瑪瑙、紫珊瑚、舍利子、夜明珠，所以透得光彩。他見了此衣鉢，心中一喜，就現了本相，拿將過來，也不管擔繩偏正，抬上肩，往下就走。◎24不期脫了一頭，撲的落在樓板上，◎25唿喇的一聲響喨。噫！有這般事：可可的老妖精在樓下睡覺，一聲響，把他驚醒，跳起來亂叫道：「有人了！有人了！」那些大小妖都起來，點燈打火，一齊吆喝，前後去看。有的來報道：「唐僧走了！」又有的來報道：「行者眾人俱走了！」老妖急傳號令，教：「拿！各門上謹慎！」行者聽言，恐又遭他羅網，挑不成包袱，縱觔斗，就跳出樓窗外走了。

那妖精前前後後尋不著唐僧等，又見天色將明，取了棒，帥眾來趕。只見那二十八宿與五方揭諦等神，雲霧騰騰，屯住山坡之下。妖王喝了一聲：「那裏去？吾來也！」角木蛟急喚：「兄弟們，怪物來了！」亢金龍、女土蝠、房日兔、心月狐、尾火虎、箕水

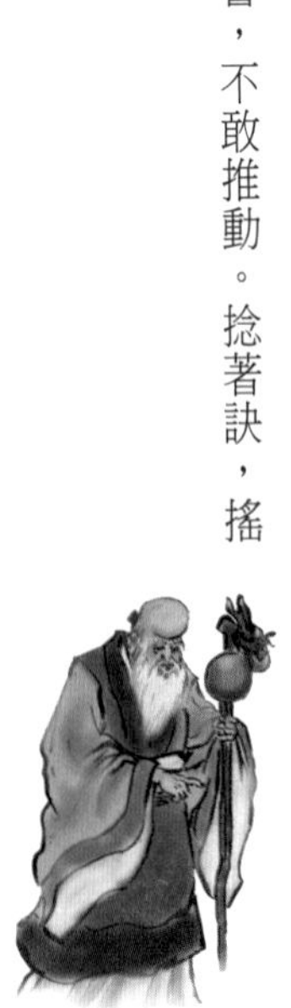

評點

◎24.何不用攝法乎？(周評)
◎25.慣幹這脫卯事。(張評)

豹、斗木獬、牛金牛、氐土貉、虛日鼠、危月燕、室火豬、壁水貐、奎木狼、婁金狗、胃土彘、昴日雞、畢月烏、觜火猴、參水猿、井木犴、鬼金羊、柳土獐、星日馬、張月鹿、翼火蛇、軫水蚓，領著金頭揭諦、銀頭揭諦、六甲六丁神、護教伽藍，同八戒、沙僧，不領唐三藏，丟了白龍馬，各執兵器，一擁而上。這妖王見了，呵呵冷笑，叫一聲哨子，有四五千大小妖精，一個個威強力勝，渾戰在西山坡上。好殺：

　魔頭潑惡欺眞性，眞性溫柔怎奈魔。百計施爲難脫苦，千方妙用不能和。諸天來擁護，衆聖助干戈。留情虧木母，定志感黃婆。渾戰驚天並振地，強爭設網與張羅。那壁廂搖旗吶喊，這壁廂擂鼓篩鑼。鎗刀密密寒光蕩，劍戟紛紛殺氣多。妖卒兇還勇，神兵怎奈何！愁雲遮日月，慘霧罩山河。苦掤苦拽來相戰，皆因三藏拜彌陀。

那妖精倍加勇猛，帥衆上前掩殺。

　正在那不分勝敗之際，只聞得行者叱吒一聲道：「老孫來了！」八戒迎著道：「行李如何？」行者道：「老孫的性命幾乎難免，卻便說甚麼行李！」沙僧執著寶杖道：「且休敘話，快去打妖精也！」那星宿、揭諦、丁甲等神，被群妖圍在垓心渾殺。老妖使棒來打他三個，這行者、八戒、沙僧丟開棍杖，輪著釘鈀抵住。眞箇是地暗天昏，不能取勝。只殺得太陽星，西沒山根；太陰星，東生海嶠。那妖見天晚，打個哨子，教群妖各各留心，他卻取出寶貝。孫行者看得分明，那怪解下搭包，拿在手中。行者道聲：「不好了！走啊！」他就顧不得八戒、沙僧、諸天等衆，一路觔斗，跳上九霄空裏。衆神、八戒、沙僧

不解其意，被他抛起去，又都裝在裏面，◎26只是走了行者。那妖王收兵回寺，又教取出繩索，照舊綁了。將唐僧、八戒、沙僧懸梁高吊，白馬拴在後邊；諸神亦俱綁縛，抬在地窖子內，封了蓋鎖。那衆妖遵依，一一收了不題。

卻說行者跳在九霄，全了性命，見妖兵回轉，不張旗號，已知衆等遭擒。他卻按下祥光，落在那東山頂上，咬牙恨怪物，滴淚想唐僧，仰面朝天望，悲嗟忽失聲，叫道：「師父呵！你是那世裏造下這迍邅難，今生裏步步遇妖精。似這般苦楚難逃，怎生是好！」獨自一個，嗟嘆多時，復又寧神思慮，以心問心道：「這妖魔不知是個甚麼搭包子，那般裝得許多物件？如今將天神、天將許多人又都裝進去了。我待求救於天，奈恐玉帝見怪。我記得有個北方真武，號曰蕩魔天尊，他如今現在南贍部洲武當山上，等我去請他來搭救師父一難。」正是：

仙道未成猿馬散，心神無主五行枯。

畢竟不知此去端的如何，且聽下回分解。

總批

人多從似處錯了，小雷音寺便是樣子。世上無一物不有似者，最能誤人，所以似是而非，深爲可惡。（李評）

悟一子曰：此篇假佛竊取名理，工飾外貌，多誘善惑，人莫辨識，似是而非以爲妖。……乃以學術殺天下後世也，所以爲大厄難。（陳評節錄）

悟元子曰：上回結出除去一切虛妄之假，而後可以入大道之眞矣。然不知者，或疑一空其心，即可成道，殊不曉空心，即是執心，執心者頑空，頑空非最上一乘之道，乃中下二乘之法。故仙翁於此回合下篇，力批著空之害，使學者棄小乘而歸大覺也。篇首「三藏脫出荊棘針刺，再無蘿蕂攀纏」，正當修持大道，可以有爲之時。（劉評節錄）

評點

◎26.此一搭包共裝六十八人一馬，較前又多一十矣。（周評）

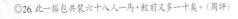

第六十六回

諸神遭毒手　彌勒縛妖魔

話表孫大聖無計可施，縱一朵祥雲，駕觔斗，徑轉南贍部洲◎1去拜武當山，參請蕩魔天尊，解釋三藏、八戒、沙僧、天兵等衆之災。◎2他在半空裏無停止，不一日，早望見祖師仙境，輕輕按落雲頭，定睛觀看，好去處：

巨鎮東南，中天神岳。芙蓉峰竦傑※1，紫蓋嶺巍峨。九江水盡荊揚遠，百越山連翼軫多※2。上有太虛之寶洞，朱陸之靈臺。三十六宮金磬響，百千萬客進香來。◎3舜巡禹禱，玉簡金書※3。樓閣飛青鳥，幢幡擺赤裾。地設名山雄宇宙，天開仙境透空虛。幾樹榔梅花正放，滿山瑤草色皆舒。龍潛澗底，虎伏崖中。幽含如訴語，馴鹿近人行。白鶴伴雲棲老檜，青鸞丹鳳向陽

《新說西遊記圖像》描繪第六十六回精采場景：圖下方為天兵天將協同行者大戰妖魔，上方是彌勒佛。（古版畫，選自《新說西遊記圖像》）

鳴。玉虛師相真仙地※4，金闕仁慈治世門※5。

上帝祖師，乃淨樂國王與善勝皇后夢吞日光，覺而有孕，懷胎一十四個月，於開皇元年甲辰之歲三月初一日午時降誕於王宮。那爺爺：

幼而勇猛，長而神靈。不統王位，惟務修行。父母難禁，棄舍皇宮。參玄入定，在此山中。功完行滿，白日飛升。玉皇敕號，真武之名。玄虛上應，龜蛇合形。周天六合※6，皆稱萬靈。無幽不察，無顯不成。劫終劫始，剪伐魔精。

孫大聖翫著仙境景致，早來到一天門、二天門、三天門。卻至太和宮外，忽見那祥光瑞氣之間，簇擁著五百靈官。那靈官上前迎著道：「那來的是誰？」大聖道：「我乃齊天大聖孫悟空，要見師相。」◎4眾靈官聽說，隨報。祖師即下殿，迎到太和宮。行者作禮道：「我有一事奉勞。」問：「何事？」行者道：「保唐僧西天取經，路遭險難。至西牛賀洲，有座山喚小西天，小雷音寺有一妖魔。我師父進得山門，見有阿羅、揭諦、比丘、聖僧排列，以為真佛，倒身才拜，忽被他拿住綁了。我又失於防閑，被他拋一副金鐃，將我罩在裏面，無纖毫之縫，口合如鉗。甚虧金頭揭諦請奏玉帝，欽差二十八宿，當夜下

註

※1 竦傑：竦立出衆。

※2 翼軫多：軫翼，二十八宿中的翼宿和軫宿。翼宿：屬火，爲蛇；爲南方第六宿，居朱雀翅膀之位，故而得名「翼」。軫宿：屬水，爲蚓；爲南方第七宿。

※3 玉簡金書：用玉和黃金做的書簡，形容珍貴、難得的書簡。

※4 玉虛師相真仙地：玉虛，傳說玉皇大帝的妹妹是玉虛神女，這裏指武當山的玉虛峰是神仙居住的好地方。

※5 金闕仁慈治世門：金闕，代指居住在金闕的天帝，這句話的意思是仁慈是治理世間的不二法門。

※6 周天六合：六合是道教的概念，它的含義是東、西、南、北和四方上、下組合的空間。

評點

◎1.行者來南贍部洲，可謂空谷足音。（周評）
◎2.天人俱遭難，若輩作孽太甚。（張評）
◎3.可知金頂進香，由來已久。（張評）
◎4.特點師字，全爲下章立案。（張評）

界，掀揭不起。幸得亢金龍將角透入鐃內，將我度出，被我打碎金鐃，驚醒怪物。趕戰之間，又被撒一個白布搭包兒，◎5將我與二十八宿並五方揭諦盡皆裝去，復用繩捆了。是我當夜脫逃，救了星辰等眾與我唐僧等。後為找尋衣鉢，又驚醒那妖，與天兵趕戰。那怪又拿出搭包兒，理弄之時，我卻知道前音，遂走了；眾等被他依然裝去。我無計可施，特來拜求師相一助力也。」

祖師道：「我當年威鎮北方，統攝真武之位，剪伐天下妖邪，乃奉玉帝敕旨；後又披髮跣足，踏騰蛇神龜，領五雷神將、巨虯獅子、猛獸毒龍，收降東北方黑氣妖氛，乃奉元始天尊符召。今日靜享武當山，安逸太和殿，一向海岳平寧，乾坤清泰。奈何我南贍部洲並北俱蘆洲之地，妖魔剪伐，邪鬼潛蹤。今蒙大聖下降，不得不行；只是上界無有旨意，不敢擅動干戈。◎6假若法遣眾神，又恐玉帝見罪；十分卻了大聖，又是我逆了人情。我諒著那西路上縱有妖邪，也不為大害。我今著龜、蛇二將並五大神龍與你助力，管教擒妖精，救你師之難。」

行者拜謝了祖師，即同龜、蛇、龍神各帶精銳之兵，復轉西洲之界。不一日，到了小雷音寺，按下雲頭，徑至山門外叫戰。

卻說那黃眉大王聚眾怪在寶閣下，說：「孫行者這兩日不來，又不知往何方去借兵也。」說不了，只見前門上小妖報道：「行者引幾個龍蛇龜相，在門外叫戰！」妖魔道：「這猴兒怎麼得個龍蛇龜相？此等之類，卻是何方來

者？」隨即披掛，走出山門高叫：「汝等是那路龍神，敢來造吾仙境？」◎7五龍二將相貌崢嶸，精神抖擻，喝道：「那潑怪！我乃武當山太和宮混元教主蕩魔天尊之前五位龍神，龜、蛇二將。今蒙齊天大聖相邀，我天尊符召，到此捕你這妖精，快送唐僧與天星等出來，免你一死！不然，將這一山之怪，碎劈其屍；幾間之房，燒為灰燼！」那怪聞言，心中大怒道：「這畜生有何法力，敢出大言！不要走，吃吾一棒！」這五條龍翻雲使雨，那兩員將播土揚沙，各執鎗刀劍戟，一擁而攻。孫大聖又使鐵棒隨後。這一場好殺：

兇魔施武，行者求兵。兇魔施武，擅據珍樓施佛像；行者求兵，遠參寶境借龍神。龜蛇生水火，妖怪動刀兵。五龍奉旨來西路，行者因師在後收。劍戟光明搖彩電，鎗刀晃亮閃霓虹。這個狼牙棒，強能短軟；那個金箍棒，隨意如心。只聽得扢撲響聲如爆竹，叮噹音韻似敲金。水火齊來征怪物，刀兵共簇繞精靈。喊殺驚狼虎，喧嘩振鬼神。渾戰正當無勝處，妖魔又取寶和珍。

行者帥五龍、二將，與妖魔戰經半個時辰，那妖精即解下搭包在手。行者見了心驚，叫道：「列位仔細！」那龍神、蛇、龜不知甚麼仔細，◎8一個個都停住兵，近前抵擋。那妖精幌的一聲，把搭包兒撇將起去。孫大聖顧不得五龍、二將，駕觔斗，跳在九霄逃脫。他把個龍神、龜、蛇一搭包子又裝將去了。◎9妖精得勝回寺，也將繩捆了，抬在地窖子裏蓋住不題。

你看那大聖落下雲頭，斜欹在山巔之上，沒精沒采，懊恨道：「這怪物十分利害！」

評點

◎5. 全憑這副面皮。（張評）
◎6. 推推諉諉，眞人亦怕假人。（張評）
◎7. 公然仙境，焉知其非有也。（張評）
◎8. 行者何不先說明搭包之故，殊覺疏漏。（周評）
◎9. 極寫色莊，天然有此奇妙。（張評）

✦龜、蛇、龍神等人被怪物用口袋裝住，只有孫悟空逃了出來。（朱寶榮繪）

不覺的合著眼，似睡一般。猛聽得有人叫道：「大聖，休推睡，快早上緊求救。你師父性命，只在須臾間矣！」行者急睜睛跳起來看，原來是日值功曹。行者喝道：「你這毛神，一向在那方貪圖血食，不來點卯，今日卻來驚我！伸過孤拐來，讓老孫打兩棒解悶！」功曹慌忙施禮道：「大聖，你是人間之喜仙◎[10]，何悶之有？我等早奉菩薩旨令，教我等暗中護佑唐僧，乃同土地等神，不敢暫離左右，是以不得常來參見，怎麼反見責也？」行者道：「你既是保護，如今那衆星、揭諦、伽藍並我師等，被妖精困在何方？受甚罪苦？」功曹道：「你師父、師弟都吊在寶殿廊下，星辰等衆都收在地窖之間受罪。這兩日不聞大聖消息，卻才見妖精又拿了神龍、龜、蛇，又送在地窖裏去了，方知是大聖請來之兵，小神特來尋大聖。大聖莫辭勞倦，千萬再急急去求救援。」

行者聞言及此，不覺對功曹滴淚道：「我如今愧上天宮，羞臨海藏！怕問菩

大足石窟內的臥佛，衆位護法羅列於前。（美工圖書社：中國圖片大系提供）

薩之原由，愁見如來之玉像！才拿去者，乃真武師相之龜、蛇、五龍聖衆。教我再無方求救，奈何？」◎11功曹笑道：「大聖寬懷，小神想起一處精兵，請來斷然可降。適才大聖至武當，是南贍部洲之地。這枝兵也在南贍部洲盱眙山※7蠙城※8，即今泗洲是也。那裏有個大聖國師王菩薩◎12，神通廣大。他手下有一個徒弟，喚名小張太子，還有四大神將，昔年曾降伏水母娘娘。你今若去請他，他來施恩相助，準可捉怪救師也。」行者心喜道：「你且去保護我師父，勿令傷他，待老孫去請也。」

行者縱起觔斗雲，躲離怪處，直奔盱眙山。不一日早到，細觀，真好去處：

南近江津，北臨淮水。東通海嶠，西接封浮。山頂上有樓觀崢嶸，山凹裏有澗泉浩湧。嵯峨怪石，槃秀喬松。百般果品應時新，千樣花枝迎日放。人如蟻陣往來多，船似雁行歸去廣。上邊有瑞巖觀、東岳宮、五顯祠、龜山寺，鐘韻香烟沖碧漢；又有玻璃泉、五塔峪、八仙臺、杏花園，山光樹色映蠙城。白雲橫不度，

註

※7 盱眙山：位於江蘇淮安附近盱眙縣，是一座由火山噴發的玄武岩組成的小山。高不過兩百公尺，作者對此山敘述十分眞實。雖然它名不見經傳，但作者卻對它評價很高。

※8 蠙城：江蘇掘港，又稱蠙城。文中虛構的很多地名沿用了淮安附近的城市名。

評點

◎10. 二字新奇。（張評）
◎11. 只言不能成功，便已照定下意。（張評）
◎12. 此又是一位君子。（張評）

幽鳥倦還鳴。說甚泰嵩衡華秀，此間仙景若蓬瀛。

大聖觀翫不盡，徑過了淮河，入蠙城之內，到大聖禪寺山門外。又見那殿宇軒昂，長廊彩麗，有一座寶塔崢嶸。真是：

插雲倚漢高千丈，仰視金瓶透碧空。上下有光凝宇宙，東西無影映簾櫳。
風吹寶鐸聞天樂，日映冰虬對梵宮。飛宿靈禽時訴語，遙瞻淮水渺無窮。

行者且觀且走，直至二層門下。那國師王菩薩早已知之，即與小張太子出門迎迓。相見敘禮畢，行者道：「我保唐僧西天取經，路上有個小雷音寺，那裏有個黃眉怪，假充佛祖。我師父不辨真偽就下拜，被他拿了。又將金鐃把我罩住，幸虧天降星辰救出。是我打碎金鐃，◎13與他賭鬥，又將一個布搭包兒，把天神、揭諦、伽藍與我師父、師弟盡皆裝了進去。我前去武當山請玄天上帝救援，他差五龍、龜、蛇拿怪，又被他一搭包子裝去。弟子無依無倚，故來拜請菩薩，大展威力，將那收水母之神通，拯生民之妙用，同弟子去救師父一難！取得經回，永傳中國，揚我佛之智慧，興般若之波羅也。」國師王道：「你今日之事，誠我佛教之興隆，理當親去；奈時值初夏，正淮水泛漲之時，新收了水猿大聖，那廝遇水即興，恐我去後，他乘空生頑，無神可治。今著小徒領四將，和你去助力煉魔收伏罷。」

行者稱謝，即同四將並小張太子，又駕雲回小西天，直至小雷音寺。小張太子使一條楮白鎗，四大將輪四把鋸鋘劍，和孫大聖上前罵戰。小妖又去報知，那妖王復

帥群妖，鼓噪而出道：「猢猻！你今又請得何人來也？」說不了，小張太子指揮四將上前喝道：「潑妖精！你面上無肉，不認得我等在此！」妖王道：「是那方小將，敢來與他助力？」太子道：「吾乃泗州大聖國師王菩薩弟子，帥領四大神將，奉令擒你！」妖王笑道：「你這孩兒有甚武藝，擅敢到此輕薄？」◎14太子道：「你要知我武藝，等我道來：

祖居西土流沙國，我父原為沙國王。自幼一身多疾苦，命干華蓋惡星妨。
因師遠慕長生訣，有分相逢捨藥方。半粒丹砂祛病退，願從修行不為王。
學成不老同天壽，容顏永似少年郎。也曾趕赴龍華會，也曾騰雲到佛堂。
捉霧拿風收水怪，擒龍伏虎鎮山場。撫民高立浮屠塔，靜海深明舍利光。
楮白鎗尖能縛怪，淡緇衣袖把妖降。如今靜樂蠙城內，大地揚名說小張！」

妖王聽說，微微冷笑道：「那太子，你捨了國家，從那國師王菩薩，修的是甚麼長生不老之術？只好收捕淮河水怪。卻怎麼聽信孫行者誑謬之言，◎15千山萬水，來此納命？看你可長生可不老也！」

小張聞言，心中大怒，纏鎗當面便刺，四大將一擁齊攻，孫大聖使鐵棒上前又打。好妖精，公然不懼，輪著他那短軟狼牙棒，左遮右架，直挺橫衝。這場好殺：

小太子，楮白鎗，四柄錕鋘劍更強。悟空又使金箍棒，齊心圍繞殺妖王。妖王其實神通大，不懼分毫左右搪。狼牙棒是佛中寶，劍砍鎗輪莫可傷。只聽狂風聲吼吼，又覩惡氣混茫茫。那個有意思凡弄本事，這個專心拜佛取經章。幾番馳騁，數次張狂。噴雲霧，閉

評點

◎13. 若不打破，此時還要怕哩。（張評）
◎14. 二字絕妙，孟優學孫叔遠不及此。（張評）
◎15. 倒反責人，不實更妙。（張評）

三光，奮怒懷嗔各不良。多時三乘無上法，致令百藝苦相將。

概衆爭戰多時，不分勝負，那妖精又解搭包兒。行者又叫：「列位仔細！」太子並衆等不知「仔細」之意。那怪滑的一聲，把四大將與太子一搭包又裝將進去，只是行者預先知覺走了。那妖王得勝回寺，又教取繩捆了，送在地窖，牢封固鎖不題。

小張太子領四神將來到小雷音寺助戰，也被怪物用口袋裝走。（古版畫，選自李卓吾批評本《西遊記》）

這行者縱觔斗雲，起在空中，見那怪回兵閉門，方才按下祥光，立於西山坡上，悵望悲啼道：「師父呵！我

自從秉教入禪林，感荷菩薩脫難深。保你西來求大道，相同輔助上雷音。
只言平坦羊腸路，豈料崔巍怪物侵。百計千方難救你，東求西告枉勞心！」◎16

大聖正當淒慘之時，忽見那西南上一朵彩雲墜地，滿山頭大雨繽紛，有人叫道：「悟空，認得我麼？」◎17行者急走前看處，那個人：

大耳橫頤方面相※9，肩查腹滿身軀胖。一腔春意喜盈盈，兩眼秋波光蕩蕩。

評點

◎16. 爲下無有成一嘆。(張評)
◎17. 可謂喜從天降，恍如久旱甘雨、他鄉故知，令人破涕爲笑。(周評)
◎18. 幸是後天人種袋，止於裝人；若是先天袋，豈不連天都裝卻乎？(周評)
◎19. 此是本旨。(周評)

敞袖飄然福氣多，芒鞋灑落精神壯。極樂場中第一尊，南無彌勒笑和尚。

行者見了，連忙下拜道：「東來佛祖那裏去？弟子失迴避了。萬罪！萬罪！」佛祖道：「我此來，專為這小雷音妖怪也。」行者道：「多蒙老爺盛德大恩。敢問那妖是那方怪物，何處精魔？不知他那搭包兒是件甚麼寶貝？煩老爺指示指示。」佛祖道：「他是我面前司磬的一個黃眉童兒。三月三日，我因赴元始會去，留他在宮看守，他把我這幾件寶貝拐來，假佛成精。那搭包兒是我的後天袋子，俗名喚作『人種袋』。◎18那條狼牙棒是個敲磬的槌兒。」行者聽說，高叫一聲道：「好個笑和尚！你走了這童兒，教他誑稱佛祖，陷害老孫，未免有個家法不謹之過！」彌勒道：「一則是我不謹，走失人口；二則是你師徒們魔障未完，故此百靈下界，應該受難。◎19我今來與你收他去也。」行者道：「這妖精神通廣大，你又無些兵器，何以收之？」

彌勒笑道：「我在這山坡下，設一草庵，種一田瓜果在此，你去與他索戰。交戰之時，許敗不許勝，引他到我這瓜田裏。我別的瓜都是生的，你卻變作一個大熟瓜。他來定要瓜吃，我卻將你與他吃。吃下肚中，任你怎麼在內擺佈他。那時等我取了他的搭包兒，裝他回去。」行者道：「此計雖妙，你卻怎麼認得變的熟瓜？他怎麼就肯跟我來此？」彌勒笑道：「我為治世之尊，慧眼高明，豈不認得你！憑你變作甚物，我皆知之。但恐那怪不肯跟來耳，我卻教你一個法術。」行者道：「他斷然是以搭包兒裝我，怎肯跟來！有何

註

※9 大耳橫頤方面相：耳朵大、臉是方型。

觀音寺的彌勒佛像，雲南昆明官渡古鎮。（楊興斌／fotoe提供）

法術可來也？」彌勒笑道：「你伸手來。」行者即舒左手，遞將過去。彌勒將右手食指蘸著口中神水，在行者掌上寫了一個「禁」字，[20]教他捏著拳頭，見妖精當面放手，他就跟來。

行者揝拳，欣然領教。一隻手輪著鐵棒，直至山門外，高叫道：「妖魔，你孫爺爺又來了！可快出來，與你見個上下！」小妖又忙忙奔告，妖王問道：「他又領多少兵來叫戰？」小妖道：「別無甚兵，止他一個。」妖王笑道：「那猴兒計窮力竭，無處求人，斷然是送命來也。」隨又結束整齊，帶了寶貝，舉著那輕軟狼牙棒，走出門來，叫道：「孫悟空，今番掙挫不得了！」行者罵道：「潑怪物！我怎麼掙挫不得？」妖王道：「我見你計窮力竭，無處求人，獨自個強來支持，如今拿住，再沒個甚麼神兵救拔，此所以說你掙挫不得也。」行者道：「這怪不知死活！莫說嘴，吃我一棒！」那妖王見他一隻手輪棒，忍不住笑道：「這猴兒，你看他弄巧！怎麼一隻手使棒支吾？」行者道：「兒子，你禁不得我兩隻手打。若是不使搭包子，再著三五個，也打不過老孫這一隻手！」妖王聞言道：「也罷，也罷！我如今不使寶貝，只與你實打，比個雌雄。」即舉狼牙棒，上前來鬥。孫行者迎著面，把拳頭一放，雙手輪棒。那妖精著了禁，不思退步，果然不弄搭包，只顧使棒來趕。行者虛幌一下，敗陣就走。那妖精直趕到西山坡下。

行者見有瓜田，打個滾，鑽入裏面，即變作一個大熟瓜，又熟又甜。那妖精停身四望，不知行者那方去了，他卻趕至庵邊叫道：「瓜是誰人種的？」彌勒變作一個種瓜

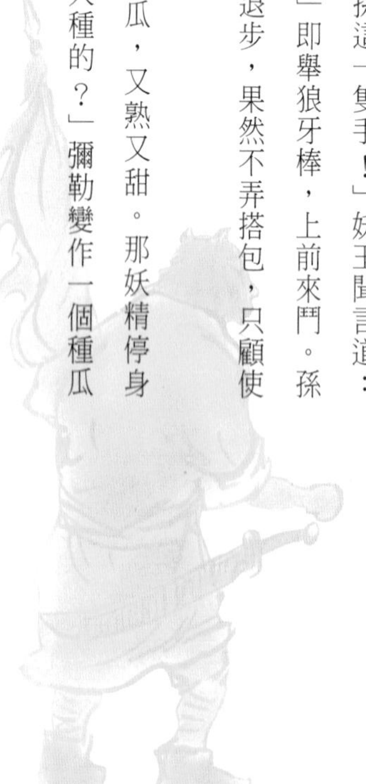

叟，出草庵答道：「大王，瓜是小人種的。」妖王道：「可有熟瓜麼？」彌勒道：「有熟的。」妖王叫：「摘個熟的來，我解渴。」彌勒即把行者變的那瓜，雙手遞與妖王。妖王更不察情，到此接過手，張口便啃。那行者乘此機會，一轂轆鑽入咽喉之下，等不得好歹，就弄手腳，抓腸蒯※10腹，翻根頭，豎蜻蜓，任他在裏面擺佈。◎21那妖精疼得傞牙倈嘴※11，眼淚汪汪，把一塊種瓜之地，滾得似個打麥之場，口中只叫：「罷了，罷了！誰人救我一救！」◎22彌勒卻現了本相，嘻嘻笑，叫道：「孽畜！認得我麼？」

那妖抬頭看見，慌忙跪倒在地，雙手揉著肚子，磕頭撞腦，只叫：「主人公，饒我命罷，饒我命罷！再不敢了！」彌勒上前一把揪住，解了他的後天袋兒，奪了他的敲磬槌兒，叫：「孫悟空，看我面上，饒他命罷。」行者十分恨苦，卻又左一拳，右一腳，在裏面亂掏亂搗。那怪萬分疼痛難忍，倒在地下。彌勒又道：「悟空，他也彀了，你饒他罷。」行者才叫：「你張大口，等老孫出來。」那怪雖是肚腹絞痛，還未傷心。俗語云：「人未傷心不得死，花殘葉落是根枯。」他聽見叫張口，即便忍著疼，把口大張。行者方才跳出，現了本相，急掣棒還要打時，早被佛祖把妖精裝在袋裏，斜跨在腰間，手執著磬槌，罵道：「孽畜！金鐃偷了那裏去了？」那怪卻只要憐生，在後天袋內哼哼唧唧的道：「金鐃是孫悟空打破了。」佛祖道：「鐃破，還我金來。」◎23那怪道：「碎金堆在殿蓮臺上哩。」

註

※10 蒯：撓、抓、搔。

※11 傞牙倈嘴：即呲牙咧嘴之狀。

評點

◎20. 又與紅孩「迷」字不同。（周評）

◎21. 此時裝入妖王腹內，卻是布搭包化爲皮搭包矣。（周評）

◎22. 好描畫。（李評）

◎23. 佛祖也只要金。（李評）

◆妖怪吃了孫悟空變化的西瓜，肚疼不止。（朱寶榮繪）

那佛祖提著袋子，執著磬槌，嘻嘻笑，叫道：「悟空，我和你去尋金還我。」行者見此法力，怎敢違誤，只得引佛上山，回至寺內，收取碎金。只見那山門緊閉，佛祖使槌一指，門開入裏看時，那些小妖，已得知老妖被擒，各自收拾囊底，都要逃生四散。被行者見一個打一個，見兩個打兩個，把五七百個小妖盡皆打死，各現原身，都是些山精樹怪、獸孽禽魔。佛祖將金收攢一處，吹口仙氣，念聲咒語，即時返本還原，復得金鐃一副；別了行者，駕祥雲，徑轉極樂世界。

這大聖卻才解下唐僧、八戒、沙僧。那獃子吊了幾日，餓得慌了，且不謝大

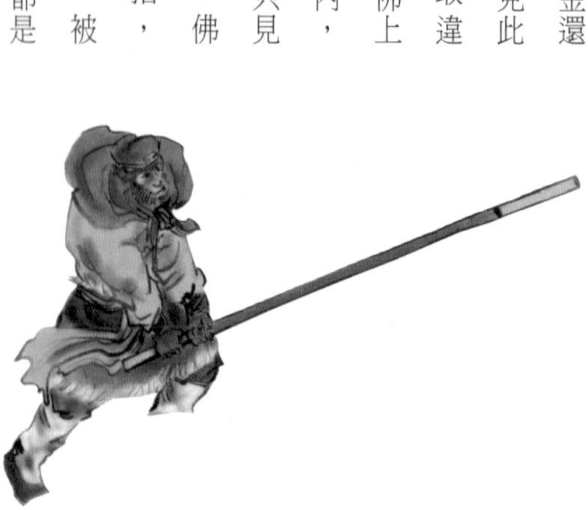

聖，卻就鰕※12著腰，跑到廚房尋飯吃。原來那怪正安排了午飯，因行者索戰，還未得吃。這獃子看見，即吃了半鍋，卻拿出兩鉢頭，叫師父、師弟們各吃了兩碗，然後才謝了行者。問及妖怪原由，行者把先請祖師龜、蛇，後請大聖借太子，並彌勒收降之事，細陳了一遍。三藏聞言，謝之不盡，頂禮了諸天，道：「徒弟，這些神聖困於何所？」行者道：「昨日日值功曹對老孫說，都在地窖之內。」叫：「八戒，我與你去解脫他等。」

那獃子得食力壯，抖擻精神，尋著他的釘鈀，即同大聖到後面，打開地窖，將衆等解了繩，請出珍樓之下。三藏披了袈裟，朝上一一拜謝。這大聖才送五龍、二將回武當，送小張太子與四將回蠙城，後送二十八宿歸天府，發放揭諦、伽藍各回境。師徒們卻寬住了半日，喂飽了白馬，收拾行囊，至次早登程。臨行時，放上一把火，將那些珍樓、寶座、高閣、講堂，俱盡燒為灰燼。這裏才：

無掛無牽逃難去，消災消障脫身行。

畢竟不知幾時才到大雷音，◎24且聽下回分解。

總批

笑和尚只是要金子，不然，便做個哭和尚了。有金便笑，無金便哭。和尚尚如此，而況世人乎！（李評）

悟元子曰：上回言聲音虛學，作妖西天、大有傷於如來正教；此回言聲音虛學，流禍東土，最有害於世道人心。使學者棄邪歸正，急求三教一家之理，保性命而課實功也。先哲云：「天地無二道，聖人無兩心。」則是先聖後聖，道有同揆；中華外國，理無二致。儒、釋、道三聖人之教，一而三，三而一，不得分而視之。（劉評節錄）

註

※12 鰕：音蝦，蝦的異體字，指如蝦般的彎曲。

評點

◎24.因小雷音而及大雷音，語自有致。（周評）

第六十七回

拯救駝羅禪性穩　脫離穢污道心清

話說三藏四眾，躲離了小西天，欣然上路。行經個月程途，正是春深花放之時，◎1見了幾處園林皆綠暗，一番風雨又黃昏。三藏勒馬道：「徒弟呵，天色晚矣，往那條路上求宿去？」行者笑道：「師父放心。若是沒有借宿處，我三人都有些本事，叫八戒砍草，沙和尚扳松，老孫會做木匠，就在這路上搭個蓬庵，好道也住得年把。你忙怎的！」八戒道：「哥呀，這個所在，豈是住場！滿山多虎豹狼蟲，遍地有魑魅魍魎。白日裏尚且難行，黑夜裏怎生敢宿？」行者道：「獃子越發不長進了！◎2不是老孫海口，只這條棒子搯在手裏，就是塌下天來，也撐得住！」◎3

《新說西遊記圖像》描繪第六十七回精采場景：圖下方唐僧師徒在山莊人家休息，上方是豬八戒變作大豬拱路。（古版畫，選自《新說西遊記圖像》）

師徒們正然講論，忽見一座山莊不遠。行者道：「好了，有宿處了。」長老問：「在何處？」行者指道：「那樹叢裏不是個人家？我們去借宿一宵，明早走路。」長老欣然促馬，至莊門外下馬，只見那柴扉緊閉。長老敲門道：「開門，開門。」裏面有一老者，手拖藜杖，足踏蒲鞋，頭頂烏巾，身穿素服，開了門，便問：「是甚人在此大呼小叫？」三藏合掌當胸，躬身施禮道：「老施主，貧僧乃東土差往西天取經者。適到貴地，天晚，特造尊府借宿一宵，萬望方便方便。」老者道：「和尚，你要西行，卻是去不得呵！此處乃小西天，若到大西天，路途甚遠。◎4且休道前去艱難，只這個地方，已此難過。」三藏問：「怎麼難過？」老者用手指道：「我這莊村西去三十餘里，有一條稀柿衕※1，山名七絕。」◎5三藏道：「何為七絕？」老者道：「這山徑過有八百里，滿山盡是柿果。古云：『柿樹有七絕：一益壽，二多陰，三無鳥巢，四無蟲，五霜葉可翫，六嘉實，七枝葉肥大。』故名七絕山。我這敝處地闊人稀，那深山亙古無人走到。每年家熟爛柿子落在路上，將一條夾石衚衕，盡皆填滿；又被雨露雪霜，經黴過夏，作成一路污穢。這方人家，俗呼為稀屎衕。但刮西風，有一股穢氣，就是淘東圊※2也不似這般惡臭。◎6如今正值春深，東南風大作，所以還不聞見也。」三藏心中煩悶不言。

行者忍不住，高叫道：「你這老兒甚不通便！我等遠來投宿，你就說出這許多話來諕人。十分你家窄逼沒處睡，我等在此樹下蹲一蹲，也就過了此宵，何故這般絮聒？」那老

註

※1 衕：同衕，胡同的意思。

※2 東圊：圊音輕，即廁所。古代房屋建築，廁所多半在屋子東角，故稱「東圊」。

評點

◎1. 花香撲鼻正當英發之際，與下臭字相應。（張評）

◎2. 輕輕將無有成一逗。（張評）

◎3. 東坡云「此間有甚麼歇不得處」，亦是此意。（周評）

◎4. 莫厭經史煩，只恐工夫少。（張評）

◎5. 此稀，此絕，乃路絕人稀之謂。（周評）

◎6. 這卻是人絕了。（李評）

者見了他相貌醜陋，便也擰住口，驚嘬嘬※3的，硬著膽，喝了一聲，用藜杖指定道：「你這廝，骨撾臉，磕額頭，塌鼻子，◎7凹頡腮，毛眼毛睛，癆病鬼，不知高低，尖著個嘴，敢來沖撞我老人家！」行者陪笑道：「老官兒，你原來有眼無珠，不識我這癆病鬼哩！相法云：『形容古怪，石中有美玉之藏。』你若以言貌取人，乾淨差了。我雖醜便醜，卻倒有些手段。」老者道：「你是那方人氏？姓甚名誰？有何手段？」行者笑道：「我

祖居東勝大神洲，花果山前自幼修。身拜靈臺方寸祖，學成武藝甚全周。
也能攪海降龍母，善會擔山趕日頭。縛怪擒魔稱第一，移星換斗鬼神愁。
偷天轉地英名大，我是變化無窮美石猴！」◎8

老者聞言，回嗔作喜，躬著身便教：「請！請入寒舍安置。」遂此，四衆牽馬挑擔，一齊進去。只見那荊針棘刺，鋪設兩邊；二層門是磚石壘的牆壁，又是荊棘苫蓋，入裏才是三間瓦房。老者便扯椅安坐待茶，又叫辦飯。少頃，移過桌子，擺著許多麵筋、豆腐、芋苗、蘿白、辣芥、蔓菁、香稻米飯、醋燒葵湯，師徒們盡飽一餐。◎9吃畢，八戒扯過行者，背云：「師兄，這老兒始初不肯留宿，今反設此盛齋，何也？」行者道：「這個能值多少錢？到明日，還要他十果十菜的送我們哩。」八戒道：「不羞！憑你那幾句大話，哄他一頓飯吃了，明日卻要跑路，他又管待送你怎的？」行者道：「不要忙，我自有個處治。」

柿子樹上掛滿柿子，垂鮮欲滴。（Tomomarusan提供）

不多時，漸漸黃昏，老者又叫掌燈。行者躬身問道：「公公高姓？」老者道：「姓李。」行者道：「貴地想就是李家莊？」老者道：「不是，這裏喚作駝羅莊，共有五百多人家居住。別姓俱多，惟我姓李。」行者道：「李施主，府上有何善意，賜我等盛齋？」那老者起身道：「才聞得你說會拿妖怪，我這裏卻有個妖怪，累你替我們拿拿，自有重謝。」行者就朝上唱個喏道：「承照顧了！」◎10八戒道：「你看他惹禍！聽見說拿妖怪，就是他外公也不這般親熱，預先就唱個喏。」行者道：「賢弟，你不知。我唱個喏就是下了個定錢，他再不去請別人了。」◎11

三藏聞言道：「這猴兒，凡事便要自專。倘或那妖精神通廣大，你拿他不住，可不是我出家人打誑語麼？」行者笑道：「師父莫怪，等我再問了看。」那老者道：「還問甚？」行者道：「你這貴處地勢清平，又許多人家居住，更不是偏僻之方，有甚麼妖精，敢上你這高門大戶？」◎12老者道：「實不瞞你說，我這裏久矣康寧。只這三年六月間，忽然一陣風起，那時人家甚忙，打麥的在場上，插秧的在田裏，俱著了慌，只說是天變了。誰知風過處，有個妖精，將人家牧放的牛馬吃了，豬羊吃了，見雞鵝囫圇咽，遇男女夾活吞。自從那次，這二年常來傷害。長老呵，你若有手段，拿了妖怪，掃淨此土，我等決然重謝，不敢輕慢。」行者道：「這個卻是難拿。」八戒道：「真是難拿，難拿！◎13我們乃行腳僧，借宿一宵，明日走路，拿甚麼妖精？」老者道：「你原來是騙飯吃的和尚！初見

註

※3 驚嘬嘬：嘬，音踹，耽心害怕、不敢動彈的樣子。

評點

◎7. 此臭定自不聞。（張評）
◎8. 這個頑皮就是個活猴。（張評）
◎9. 腹飽知足極其不厭，此所以爲老猷也。（張評）
◎10. 人各有癖，行者當有拿妖之癖。（周評）
◎11. 人之患已於此伏案。（張評）
◎12. 不知惟高門大户此怪更多。（張評）
◎13. 爲何輕率便諾。（張評）

時誇口弄舌，說會換斗移星，降妖縛怪；及說起此事，就推卻難拿。」

行者道：「老兒，妖精好拿。只是你這方人家不齊心，所以難拿。」老者道：「怎見得人心不齊？」行者道：「妖精攪擾了三年，也不知傷害了多少生靈。我想著每家只出銀一兩，五百家可湊五百兩銀子，不拘到那裏，也尋一個法官把妖拿了，卻怎麼就甘受他三年磨折？」老者道：「若論說使錢，好道也羞殺人。我們那家不花費三五兩銀子！前年曾訪著山南裏有個和尚，◎14請他到此拿妖，未曾得勝。」行者道：「那和尚怎的拿來？」老者道：

「那個僧伽，披領袈裟。先談《孔雀》，後念《法華》。香焚爐內，手把鈴拿。正然念處，驚動妖邪。風生雲起，徑至莊家。僧和怪鬥，其實堪誇：一遞一拳搗，一遞一把抓。和尚還相應，相應沒頭髮。須臾妖怪勝，徑直返烟霞。原來曬乾疤。我等近前看，光頭打得似個爛西瓜！」◎15

行者笑道：「這等說，吃了虧也。」老者道：「他只拚得一命，還是我們吃虧：與他買棺木殯葬，又把些銀子與他徒弟。那徒弟心還不歇，至今還要告狀，不得乾淨！」

行者道：「再可曾請甚麼人拿他？」老者道：「舊年又請了一個道士。」行者道：「那道士怎麼拿他？」老者道：「那道士：

頭戴金冠，身穿法衣。權杖敲響，符水施爲。驅神使將，拘到妖魑。狂風滾滾，黑霧迷迷。即與道士，兩個相持；鬥到天晚，怪返雲霓。乾坤清朗朗，我等衆人齊。出來尋道

士，渰死在山溪。◎16撈得上來大家看，卻如一個落湯雞！」◎17

行者笑道：「這等說，也吃虧了。」老者道：「他也只捨得一命，我們又使彀悶數錢糧※4。」行者道：「不打緊，不打緊，等我替你拿他來。」老者道：「你若果有手段拿得他，我請幾個本莊長者與你寫個文書：若得勝，憑你要多少銀子相謝，半分不少；如若有虧，切莫和我等放賴，各聽天命。」◎18行者笑道：「這老兒被人賴怕了。我等不是那樣人，快請長者去。」

那老者滿心歡喜，即命家僮請幾個左鄰右舍、表弟姨兄、親家朋友，共有八九位老者，都來相見。會了唐僧，言及拿妖一事，無不欣然。眾老問：「是那一位高徒去拿？」行者叉手道：「是我小和尚。」眾老悚然道：「不濟，不濟！那妖精神通廣大，身體狼犺。你這個長老，瘦瘦小小，還不彀他填牙齒縫哩！」行者笑道：「老官兒，你估不出人來。我小自小，結實，都是『吃了磨刀水的，秀氣在內』哩。」眾老見說，只得依從道：「長老，拿住妖精，你要多少謝禮？」行者道：「何必說要甚麼謝禮！俗語云：『說金子幌眼，說銀子傻白，說銅錢腥氣。』我等乃積德的和尚，決不要錢。」◎19眾老道：「既如此說，都是受戒的高僧。既不要錢，豈有空勞之理！我等各家俱以魚田為活，若果降了妖孽，淨了地方，我等每家送你兩畝良田，共湊一千畝，坐落一處，

註

※4 悶數錢糧：冤枉錢。

評點

◎14. 先請一位明師。（張評）
◎15. 遊戲處甚妙。（李評）
◎16. 重複便沒趣。（李評）
◎17. 爛西瓜可吞而不吞，落湯雞可啖而不啖，豈和尚、道士皆非佳味耶？（周評）如今和尚、道士，那一個不如此？（李評）
◎18. 煩倒不厭，反有些害怕。（張評）
◎19. 這層是照下爲仁不富。（張評）

你師徒們在上起蓋寺院，打坐參禪，強似方上雲遊。」行者又笑道：「越不停當！但說要了田，就要養馬當差，納糧辦草，黃昏不得睡，五鼓不得眠，好倒弄殺人也！」眾老道：「諸般不要，卻將何謝？」行者道：「我出家人，但只是一茶一飯，便是謝了。」眾老喜道：「這個容易。但不知你怎麼拿他？」行者道：「他但來，我就拿住他。」眾老道：「那怪大著哩！上拄天，下拄地；來時風，去時霧。你卻怎生近得他？」行者笑道：「若論呼風駕霧的妖精，我把他當孫子罷了；若說身體長大，有那手段打他！」

正講處，只聽得呼呼風響，慌得那八九個老者戰戰兢兢道：「這和尚鹽醬口※5！說妖精，妖精就來了！」那老李開了腰門，把幾個親戚連唐僧都叫：「進來，進來！妖怪來了！」諕得那八戒也要進去，沙僧也要進去。行者兩隻手扯住兩個道：「你們忒不循理！出家人怎麼不分內外！站住，不要走！跟我去天井裏，看看是個甚麼妖精。」八戒道：「哥啊，他們都是經過帳的，風響便是妖來。他都去躲，我們又不與他有親，又不相識，又不是交契故人，看他做甚？」原來行者力量大，不容說，一把拉在天井裏站下。那陣風越發大了，好風：

倒樹摧林狼虎憂，播江攪海鬼神愁。掀翻華岳三峰石，提起乾坤四部洲。
村舍人家皆閉户，滿莊兒女盡藏頭。黑雲漠漠遮星漢，燈火無光遍地幽。

慌得那八戒戰戰兢兢，伏之於地，把嘴拱開土，埋在地下，卻如釘了釘一般。沙僧蒙著頭臉，眼也難睜。

評點

◎20.是個有錢的子弟。(張評)

行者聞風認怪，一霎時，風頭過處，只見那半空中隱隱的兩盞燈來，即低頭叫道：「兄弟們，風過了。起來看！」那獃子扯出嘴來，抖抖灰土，仰著臉朝天一望，見有兩盞燈光，忽失聲笑道：「好耍子，好耍子！原來是個有行止的妖精，該和他做朋友。」沙僧道：「這般黑夜，又不曾覿面相逢，怎麼就知好歹？」八戒道：「古人云：『夜行以燭，無燭則止。』你看他打一對燈籠引路，必定是個好的。」◎20沙僧道：「你錯看了，那不是一對燈籠，是妖精的兩隻眼亮。」這獃子就諕矮了三寸，道：「爺爺呀！眼有這般大啊，不知口有多少大哩！」行者道：「賢弟莫怕。你兩個護持著師父，待老孫上去討他個口氣，看他是甚妖精。」八戒道：「哥哥，不要供出我們來。」

好行者，縱身打個唿哨，跳到空中，執鐵棒，厲聲高叫道：「慢來，慢來！有吾在此！」那怪見了，挺住身軀，將一根長鎗亂舞。行者執了棍勢，問道：「你是那方妖怪，何處精靈？」那怪更不答應，只是舞鎗。行者又問，又不答，只是舞鎗。行者暗笑道：「好是耳聾口啞！不要走，看棍！」那怪更不怕，亂舞鎗遮攔。在那半空中，一來一往，一上一下，鬥到三更時分，未見勝敗。八戒、沙僧在李家天井裏看得明白，原來那怪只是舞鎗遮架，更無半

奈良大佛。（富爾特影像提供）

註

※5 鹽醬口：烏鴉嘴的意思，不吉利的話偏偏應驗。

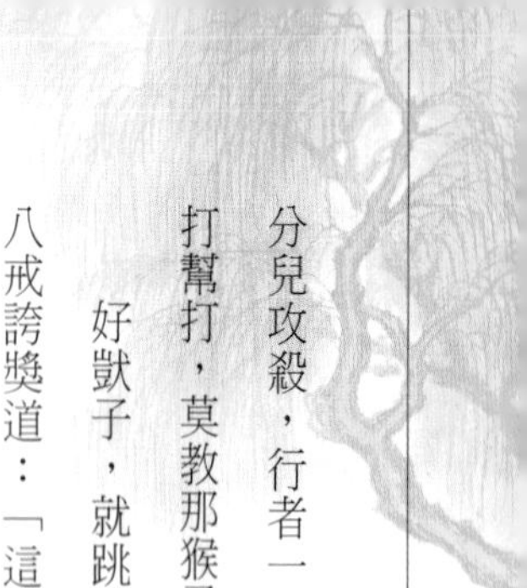

分兒攻殺，行者一條棒不離那怪的頭上。八戒笑道：「沙僧，你在這裏護持，讓老豬去幫打幫打，莫教那猴子獨幹這功，領頭一鍾酒。」

好獃子，就跳起雲頭，趕上就築。那怪物又使一條鎗抵住。兩條鎗，就如飛蛇掣電。八戒誇獎道：「這妖精好鎗法！不是『山後鎗』，乃是『纏絲鎗』；也不是『馬家鎗』，卻叫作個『軟柄鎗』。」行者道：「獃子莫胡說！那裏有個甚麼軟柄鎗？」八戒道：「你看他使出鎗尖來架住我們，不見鎗柄，不知收在何處。」行者道：「或者是個軟柄鎗。但這怪物還不會說話，想是還未歸人道，陰氣還重。只怕天明時陽氣勝，他必要走。但走時，一定趕上，不可放他。」八戒道：「正是，正是！」

又鬥多時，不覺東方發白，那怪不敢戀戰，回頭就走。行者與八戒一齊趕來，忽聞得污穢之氣旭人※6，乃是七絕山稀柿衕也。八戒道：「是那家淘毛廁哩？哏！臭氣難聞！」行者侮著鼻子，只叫：「快趕妖精！快趕妖精！」那怪物攛過山去，現了本相，乃是一條紅鱗大蟒。你看他：

眼射曉星，鼻噴朝霧。密密牙排鋼劍，彎彎爪曲金鉤。頭戴一條肉角，好便似千千塊瑪瑙攢成；身披一派紅鱗，卻就如萬萬片胭脂砌就。盤地只疑爲錦被，飛空錯認作虹霓。歇臥處有腥氣沖天，行動時有赤雲罩體。大不大，兩邊人不見東西；長不長，一座山跨佔南北。

八戒道：「原來是這般一個長蛇！若要吃人啊，一頓也得五百個，還不飽足。」行者道：

「那軟柄鎗，乃是兩條信掭※7。我們趕他軟了，從後打出去！」這八戒縱身趕上，將鈀便築。那怪物一頭鑽進窟裏，還有七八尺長尾巴丟在外邊。八戒放下鈀，一把撾住道：「著手！著手！」盡力氣往外亂扯，莫想扯得動一毫。行者笑道：「獃子！放他進去，自有處置，不要這等倒扯蛇。」八戒真箇撒了手，那怪縮進去了。八戒怨道：「才不放手時，半截子已是我們的了！是這般縮了，卻怎麼得他出來？這不是叫作沒蛇弄了？」行者道：「這廝身體狼犺，窟穴窄小，斷然轉身不得，一定是個照直攛的，定有個後門出頭。你快去後門外攔住，等我在前門外打。」

　　那獃子真箇一溜烟跑過山去，果見有個孔窟，他就扎定腳。還不曾站穩，不期行者在前門外使棍子往裏一搗，那怪物護疼，徑往後門攛出。八戒未曾防備，被他一尾巴打了一跌，莫能掙挫得起，睡在地下忍疼。行者見窟中無物，搴著棒，穿進去叫：「趕妖怪！」那八戒聽得吆喝，自己害羞，忍著疼爬起來，使鈀亂撲。行者見了笑道：「妖怪走了，你還撲甚的了？」八戒道：「老豬在此『打草驚蛇』哩！」行者道：「活獃子，快趕上！」

　　二人趕過澗去，見那怪盤做一團，豎起頭來，張開巨口，要吞八戒。八戒慌得往後便退。這行者反迎上前，被他一口吞之。八戒搥胸跌腳，大叫道：「哥耶！傾了你也！」行者在妖精肚裏，支著鐵棒道：「八戒莫愁，我叫他搭個橋兒你看！」那怪物躬起腰來，就似一道路東虹。八戒道：「雖是像橋，只是沒人敢走。」行者道：「我再叫他變作個船兒

註

※6 旭人：熏人。

※7 信掭：蟒蛇的舌芯。

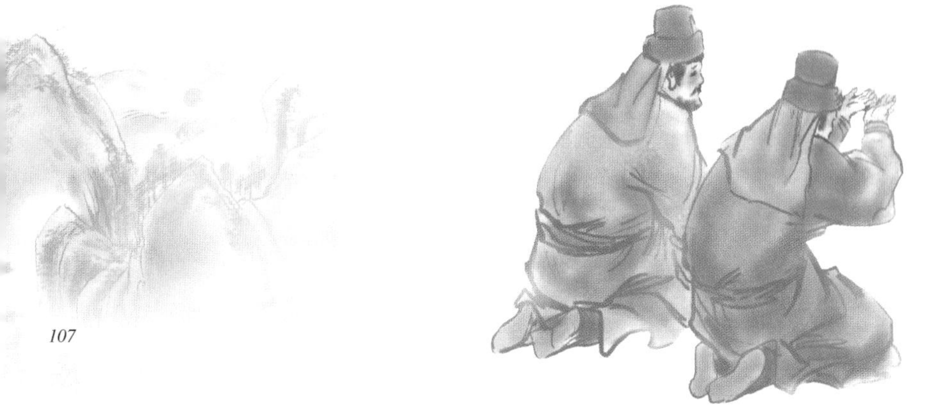

農戶說的妖怪，原來是一條巨大的蛇。（朱寶榮繪）

你看！」在肚裏將鐵棒撐著肚皮。那怪物肚皮貼地，翹起頭來，就似一隻贛保船。八戒道：「雖是像船，只是沒有桅篷，不好使風。」行者道：「你讓開路，等我叫他使個風你看！」又在裏面盡著力，把鐵棒從脊背上一搠將出去，約有五七丈長，就似一根桅杆。那廝忍疼掙命，往前一攛，比使風更快，攛回舊路，下了山有二十餘里，卻才倒在塵埃，動蕩不得，嗚呼喪矣。◎21八戒隨後趕上來，又舉鈀亂築。行者把那物穿了一個大洞，鑽將出來道：「獃子！他死也死了，你還築他怎的？」八戒道：「哥呵，你不知我老豬一生好打死蛇？」遂此收了兵器，抓著尾巴，倒拉將來。

卻說那駝羅莊上，李老兒與眾等對唐僧道：「你那兩個徒弟一夜不回，斷然傾了命也。」三藏道：「決不妨事，我們出去看看。」須臾間，只見行者與八戒拖著

評點

◎21. 以行者之神通，要立斃此蟒何難？妙在從容頑弄，視如蜻蜓、蜥蜴，所謂貫堅射牛，正以不中爲奇耳。（周評）

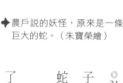

一條大蟒，吆吆喝喝前來，衆人卻才歡喜。滿莊上老幼男女，都來跪拜道：「爺爺，正是這個妖精在此傷人。今幸老爺施法，斬怪除邪，我輩庶各得安生也！」衆家都是感激，東請西邀，各各酬謝。師徒們被留住五七日，苦辭無奈，方肯放行。又各家見他不要錢物，都辦些乾糧果品，騎騾壓馬，花紅彩旗，盡來餞行。此處五百人家，到有七八百人相送。

一路上喜喜歡歡，不時到了七絕山稀柿衕口。三藏聞得那般惡穢，又見路道填塞，道：「悟空，似此怎生過得？」行者侮著鼻子道：「這個卻難也。」三藏見行者說難，便就眼中垂淚。李老兒與衆上前道：「老爺勿得心焦。我等送到此處，都已約定意思了。令高徒與我們降了妖精，除了一莊禍害，我們各辦虔心，另開一條好路，送老爺過去。」行者笑道：「你這老兒，俱言之欠當。你初然說這山徑過有八百里，你等又不是大禹的神兵，那裏會開山鑿路！若要我師父過去，還得我們著力，你們都成不得。」三藏下馬道：「悟空，怎生著力麼？」行者笑道：「眼下就要過山，卻也是難；若說再開條路，卻又難也。須是還從舊衕衕過去，只恐無人管飯。」李老兒道：「長老說那裏話！憑你四位擔擱多少時，我等俱養得起，怎麼說無人管飯！」行者道：「既如此，你們去辦得兩石米的乾飯，再做些蒸餅饃饃來。等我那長嘴和尚吃飽了，變了大豬，拱開舊路，我師父騎在馬上，我等扶持著，管情過去了。」

豬八戒變作大豬，在前面開路，師徒順利過山。（朱寶榮繪）

八戒聞言道：「哥哥，你們都要圖個乾淨，怎麼獨教老豬出臭？」三藏道：「悟能，你果有本事拱開衚衕，領我過山，注你這場頭功。」八戒笑道：「師父在上，列位施主們都在此，休笑話。我老豬本來有三十六般變化，若說變輕巧華麗飛騰之物，委實不能；若說變山，變樹，變石塊，變土墩，變賴象、科豬、水牛、駱駝，真箇全會。只是身體變得大，肚腸越發大，須是吃得飽了，才好幹事。」眾人道：「有東西，有東西！我們都帶得有乾糧、果品、燒餅、餶飿※8在此，原要開山相送的，且都拿出來，憑你受用。待變化了，行動之時，我們再著人回去做飯送來。」八戒滿心歡喜，脫了皂直裰，丟了九齒鈀，對眾道：「休笑話，看老豬幹這場臭功。」◎22

好獃子，捻著訣，搖身一變，果然變作一個大豬。真箇是：

嘴長毛短半脂膘，自幼山中食藥苗。黑面環睛如日月，圓頭大耳似芭蕉。
修成堅骨同天壽，煉就粗皮比鐵牢。齆齆鼻音呱詀叫，喳喳喉響噴喁哮※9。
白蹄四隻高千尺，劍鬣長身百丈饒。從見人間肥豕彘，未觀今日老豬魈。
唐僧等眾齊稱讚，羨美天蓬法力高。

孫行者見八戒變得如此，即命那些相送人等快將乾糧等物推攢一處，叫八戒受用。那獃子不分生熟，一澇食之，卻上前拱路。行者叫沙僧脫了腳，好生挑擔，請師父穩坐雕鞍。他也脫了鞝鞋，分付眾人回去：「若有情，快早送些飯來與我師弟接力。」那些人有七八百相送隨行，多一半有騾馬的，飛星回莊做飯；還有三百人步行的，立於山下遙望他行。原

評點

◎22.此臭功非老獃不能幹，行者當拜下風矣。（周評）

來此莊至山有三十餘里，待回取飯來又三十餘里，往回擔擱，約有百里之遙，他師徒們已此去得遠了。衆人不捨，催趲騾馬，進衚衕，連夜趕至，次日方才趕上。叫道：「取經的老爺，慢行，慢行！我等送飯來也！」

長老聞言，謝之不盡道：「真是善信之人！」叫八戒住了，再吃些飯食壯神。那獃子拱了兩日，正在飢餓之際，那許多人何止有七八石飯食！他也不論米飯、麵飯，收積來一滂用之，飽餐一頓，卻又上前拱路。三藏與行者、沙僧謝了衆人，分手兩別。正是：

駝羅莊客回家去，八戒開山過衕來。三藏心誠神力擁，悟空法顯怪魔衰。
千年稀柿今朝淨，七絕衚衕此日開。六欲塵情皆剪絕，平安無阻拜蓮臺。

這一去不知還有多少路程，還遇甚麼妖怪，且聽下回分解。

豬八戒在衆人的勸說下脫了衣服，準備變作大豬拱出道路。（古版畫，選自李卓吾批評本《西遊記》）

總批

「倒扯蛇」、「沒蛇弄了」、「打草驚蛇」、「好打死蛇」，都是趣話，惹人噴飯。（李評）

悟一子曰：此篇書明大隱不妨居市，而不可為市孳所侵，離塵不妨入塵，而不可被塵跡所染。（陳評節錄）

悟元子曰：上回結出空言無補，非三教一家之理，而真履實踐，乃性命雙修之功矣。然煉已待時，仙真之要訣：存心養性，聖賢之首務。若不先除去心中之障礙，則隨緣逐境，性亂心迷，欲向其前反成落後矣。故此回叫學者，去其舊染之污，打徹道路，盡性至命，完成大道耳。（劉評節錄）

註

※8 餶飿：一種麵製食品。
※9 喁哮：獸類喘息聲。

第六十八回

朱紫國唐僧論前世　孫行者施爲三折肱※1

善正萬緣收，名譽傳揚四部洲。智慧光明登彼岸，颼颼，霎霎※2雲生天際頭。
諸佛共相酬，永住瑤臺萬萬秋。打破人間蝴蝶夢※3，休休，滌淨塵氛不惹愁。

話表三藏師徒，洗污穢之衚衕，上逍遙之道路，光陰迅速，又值炎天。正是：

海榴舒錦彈，荷葉綻青盤。兩路綠楊藏乳燕，行人避暑扇搖紈。

進前行處，忽見有一城池相近。三藏勒馬叫：「徒弟們，你看那是甚麼去處？」行者道：「師父原來不識字，虧你怎麼領唐王旨意離朝也！」三藏道：「我自幼為僧，千經萬典皆通，◎1怎麼說我不識字？」行者道：「既識字，怎麼那城頭上『杏黃旗』明書三個大字，就不認得，卻問是甚去處何也？」三藏喝道：「這潑猴胡說！那旗被風吹得亂擺，縱有字也看不明白！」行者道：「老孫偏怎看見？」八戒、沙僧道：

◆《新說西遊記圖像》描繪第六十八回精采場景：圖下方是唐僧師徒初到朱紫國情景，上方是國王聽唐僧講述唐王故事。（古版畫，選自《新說西遊記圖像》）

「師父，莫聽師兄搗鬼。這般遙望，城池尚不明白，如何就見是甚字號？」行者道：「卻不是『朱紫國』三字？」◎2三藏道：「朱紫國必是西邦王位，卻要倒換關文。」行者道：「不消講了。」

不多時，至城門下馬過橋，入進三層門裏，真箇好個皇州！但見：

門樓高聳，垛疊齊排。周圍活水通流，南北高山相對。六街三市貨資多，萬戶千家生意盛。果然是個帝王都會處，天府大京城。絕域梯航至，遐方玉帛盈。形勝連山遠，宮垣接漢清。三關嚴鎖鑰，萬古樂昇平。◎3

師徒們在那大街市上行時，但見人物軒昂，衣冠齊整，言語清朗，真不亞大唐世界。那兩邊做買做賣的，忽見豬八戒相貌醜陋，沙和尚面黑身長，孫行者臉毛額廓，丟了買賣，都來爭看。◎4三藏只叫：「不要撞禍！低著頭走！」八戒遵依，把個蓮蓬嘴揣在懷裏；沙僧不敢仰視；惟行者東張西望，緊隨唐僧左右。那些人有知事的，看看兒就回去了。有那遊手好閑的，並那頑童們，烘烘笑笑，都上前拋瓦丟磚，與八戒作戲。唐僧捏著一把汗，只教：「莫要生事！」那獃子不敢抬頭。

不多時，轉過隅頭，忽見一座門牆，上有「會同館」※4三字。唐僧道：「徒弟，我

註

※1 三折肱：三，形容次數多。肱，臂。三次折臂，就有治療優劣的比較，從而提高醫療的效果。比喻醫生有實務經驗，閱歷豐富。

※2 靉靆：雲彩很厚的樣子。

※3 蝴蝶夢：《莊子》中記載莊周在夢中夢見自己化成蝴蝶，醒來以後不知道到底是自己變成了蝴蝶，還是蝴蝶變成了自己。這個故事後來被廣泛引用，還被演爲小說和戲曲。

※4 會同館：明代接待各國使者的地方。由此可見作者是明代之人，而非元代的丘處機。

評點

◎1. 世盡有千經萬典皆通，原不識一字者。(李評)

◎2. 國名自佳，但取紓朱拖紫，卻不惡紫奪朱乎！(周評)
好國名。(李評)

◎3. 高樓大廈財阜充盈，總將富字一讚。(張評)

◎4. 嘴臉醜惡賽太歲，已隱隱欲現。(張評)

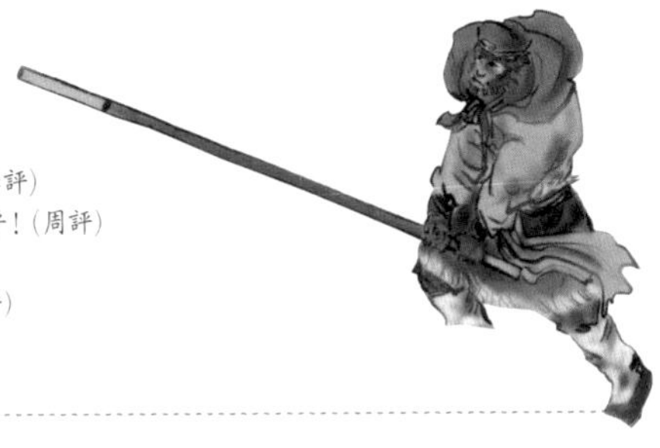

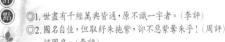

們進這衙門去也。」行者道：「進去怎的？」唐僧道：「會同館乃天下通會通同之所，我們也打攪得。且到裏面歇下，待我見駕倒換了關文，再趕出城走路。」八戒聞言，掣出嘴來，把那些隨看的人諕倒了數十個。他上前道：「師父說得是。我們且到裏邊藏下，免得這夥鳥人吵嚷。」遂進館去。那些人方漸漸而退。

卻說那館中有兩個館使，乃是一正一副，都在廳上查點人夫，要往那裏接官。忽見唐僧來到，個個心驚，齊道：「是甚麼人？是甚麼人？往那裏走？」三藏合掌道：「貧僧乃東土大唐駕下，差往西天取經者。◎5今到寶方，不敢私過，有關文欲倒驗放行，權借高衙暫歇。」那兩個館使聽言，屏退左右，一個個整冠束帶，下廳迎上相見。即命打掃客房安歇，教辦清素支應。三藏謝了。二官帶領人夫，出廳而去。手下人：「請老爺客房安歇。」三藏便走。行者恨道：「這廝憊懶！怎麼不讓老孫在正廳？」三藏道：「他這裏不服我大唐管屬，又不與我國相連，況不時又有上司過客來往，所以不好留此相待。」行者道：「這等說，我偏要他相待！」

正說處，有管事的送支應來，乃是一盤白米、一盤白麵、兩把青菜、四塊豆腐、兩個麵筋、一盤乾筍、一盤木耳。三藏教徒弟收了，謝了管事的。管事的道：「西房裏有乾淨鍋灶，柴火方便，◎6請自去做飯。」三藏道：「我問你一聲，國王可在殿上麼？」管事的道：「我萬歲爺爺久不上朝，今日乃黃道良辰，正與文武多官議出黃榜。你若要倒換關文，趁此急去，還趕上；到明日，就不能彀了，◎7不知還有多少時伺候哩。」三藏道：

評點

◎5. 只提取經便是爲仁之意，無怪其爲貧僧也。(張評)
◎6. 眞正寶方，色色齊備。(張評)
◎7. 先只渾含，極得佈置之妙。(張評)
◎8. 病自何來，層層安頓下文，便不突。(張評)

「悟空，你們在此安排齋飯，等我急急去驗了關文回來，吃了走路。」八戒急取出袈裟、關文。三藏整束了進朝，只是分付徒弟們不可出外去生事。

不一時，已到五鳳樓前，說不盡那殿閣崢嶸，樓臺壯麗。直至端門外，煩奏事官轉達天廷，欲倒驗關文。那黃門官果至玉階前啟奏道：「朝門外有東土大唐欽差一員僧，前往西天雷音寺拜佛求經，欲倒換通關文牒，聽宣。」國王聞言，喜道：「寡人久病，◎8不曾登基。今上殿出榜招醫，就有高僧來國！」即傳旨宣至階下。三藏即禮拜俯伏。國王又宣上金殿賜坐，命光祿寺辦齋。三藏謝了恩，將關文獻上。國王看畢，十分歡喜道：「法師，你那大唐，幾朝君正？幾輩臣賢？至於唐王，因甚作疾回生，著你遠涉山川求經？」這長老因問，即欠身合掌道：「貧僧那裏：

三皇治世，五帝分倫。堯舜正位，禹湯安民。成周子眾，各立乾坤。倚強欺弱，分國稱君。邦君十八，分野邊塵。後成十二，宇宙安淳。因無車馬，卻又相吞。七雄爭勝，六國歸秦。天生魯沛，各懷不仁。江山屬漢，約法欽遵。漢歸司馬，晉又紛紜。南北十二，宋齊梁陳。列祖相繼，大隋紹真。賞花無道，塗炭多民。我王李氏，國號唐君。高祖晏駕，當今世民。河清海晏※5，大德寬仁。茲因長安城北，有個怪水龍神，刻減甘雨，應該

朱紫國國王接見唐僧師徒，唐僧為其講述唐太宗的事蹟。（古版畫，選自李卓吾批評本《西遊記》）

註

※5 河清海晏：河，黃河。晏，平靜。據說聖人出現的標誌就是河清海晏，這也成為歷代統治者治理黃河的一個動力。

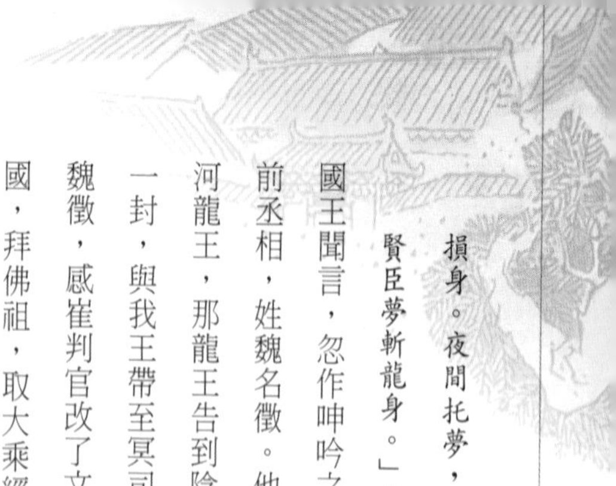

損身。夜間托夢，告王救迤。王言准赦，早召賢臣。款留殿內，慢把棋輪。時當日午，那賢臣夢斬龍身。」◎9

國王聞言，忽作呻吟之聲，問道：「法師，那賢臣是那邦來者？」三藏道：「就是我王駕前丞相，姓魏名徵。他識天文，知地理，辨陰陽，乃安邦立國之大宰輔也。因他夢斬了涇河龍王，那龍王告到陰司，說我王許救又殺之，故我王遂得促病，漸覺身危。魏徵又寫書一封，與我王帶至冥司，寄與酆都城判官崔珏。少時，唐王身死，至三日復得回生。虧了魏徵，感崔判官改了文書，加王二十年壽。今要做水陸大會，故遣貧僧遠涉道途，詢求諸國，拜佛祖，取大乘經三藏，超度孽苦升天也。」◎10那國王又呻吟嘆道：「誠乃是天朝大國，君正臣賢！似我寡人久病多時，並無一臣拯救。」長老聽說，偷睛觀看，見那皇帝面黃肌瘦，形脫神衰。長老正欲啟問，有光祿寺官奏請唐僧奉齋。王傳旨，教：「在披香殿，連朕之膳擺下，與法師同享。」三藏謝了恩，與王同進膳進齋不題。

卻說行者在會同館中，著沙僧安排茶飯，並整治素菜。沙僧道：「茶飯易煮，蔬菜不好安排。」行者問道：「如何？」沙僧道：「油、鹽、醬、醋俱無也。」行者道：「我這裏有幾文襯錢，教八戒上街買去。」那獃子躲懶道：「我不敢去。嘴臉欠俊，恐惹下禍來，師父怪我。」行者道：「公平交易，又不化他，又不搶他，何禍之有？」◎11八戒道：「你才不曾看見獐智※6？在這門前扯出嘴來，把人諕倒了十來個；若到鬧市叢中，也不知諕殺多少人哩！」行者道：「你只知鬧市叢中，你可曾看見那市上賣的是甚麼東西？」八

戒道：「師父只教我低著頭，莫撞禍，實是不曾看見。」行者道：「酒店、米鋪、磨坊，並綾羅雜貨不消說，著然又好茶房、麵店，大燒餅、大饃饃；飯店又有好湯飯、好椒料、好蔬菜，與那異品的糖糕、蒸酥、點心、饊子、油食、蜜食……，無數好東西。我去買些兒請你如何？」◎12

那呆子聞說，口內流涎，喉嚨裏嘓嘓的咽唾，跳起來道：「哥哥！這遭我擾你，待下次攢錢，我也請你回席。」◎13行者暗笑道：「沙僧，好生煮飯，等我們去買調和來。」沙僧也知是耍呆子，只得順口應承道：「你們去，須是多買些，吃飽了來。」那呆子撈個碗盞拿了，就跟行者出門。有兩個在官人問道：「長老那裏去？」行者道：「買調和。」那人道：「這條街往西去，轉過拐角鼓樓，那鄭家雜貨店，憑你買多少，油、鹽、醬、醋、薑、椒、茶葉俱全。」

他二人攜手相攙，徑上街西而去。行者過了幾處茶房、幾家飯店，當買的不買，當吃的不吃。八戒叫道：「師兄，這裏將就買些用罷！」那行者原是耍他，那裏肯買，道：「賢弟，你好不經紀※7！再走走，揀大的買吃。」兩個人說說話兒，又領了許多人跟隨爭看。不時，到了鼓樓邊，只見那樓下無數人喧嚷，擠擠挨挨，填街塞路。八戒見了道：「哥哥，我不去了。那裏人嚷得緊，只怕是拿和尚的。又況是面生可疑之人，拿了去，怎的了？」行者道：「胡談！和尚又不犯法，拿我怎的？我們走過去，到鄭家店買些調和

註

※6 獐智：本是靈變、聰明之意，這裏指模樣、神態。

※7 不經紀：不懂買賣要領。

評點

◎9. 一部十七史，欲以立談罄之，如此好學之王，亦前此所未有。(周評)

◎10. 只寫唐王為仁，正與朱紫不仁作一反照。(張評)

◎11. 先將為字一註，用筆極妙。(張評)

◎12. 頑猴，惡猴。(李評)

◎13. 聽說吃嘴便無忌憚，此而肯為又何不肯為也。(張評)

來。」八戒道：「罷，罷，罷！我不撞禍。這一擠到人叢裏，把耳朵捽了兩扯，諕得他跌跌爬爬，跌死幾個，我倒償命哩！」行者道：「既然如此，你在這壁根下站定，等我過去買了回來，與你買素麵、燒餅吃罷。」那獃子將碗盞遞與行者，把嘴拄著牆根，背著臉，死也不動。

這行者走至樓邊，果然擠塞。直挨入人叢裏聽時，原來是那皇榜張掛樓下，故多人爭看。行者擠到近處，閃開火眼金睛，仔細看時，那榜上卻云：

「朕西牛賀洲朱紫國王，自立業以來，四方平服，百姓清安。近因國事不祥，沉痾※8伏枕，淹延日久難痊。本國太醫院，屢選良方，未能調治。今出此榜文，普招天下賢士。不拘北往東來，中華外國，若有精醫藥者，請登寶殿，療理朕躬。稍得病癒，願將社稷平分，決不虛示。為此出給張掛。須至榜者。」◎14

覽畢，滿心歡喜道：「古人云：『行動有三分財氣。』早是不在館中獃坐。即此不必買甚調和，且把取經事寧耐一日，等老孫做個醫生耍耍。」好大聖，彎倒腰丟了碗盞，拈一撮土，往上灑去，念聲咒語，使個隱身法，輕輕的上前揭了榜。又朝著巽地上吸口仙氣吹來，那陣旋風起處，他卻回身，徑到八戒站處，只見那獃子嘴拄著牆根，卻是睡著了一般。行者更不驚他，將榜文摺了，輕輕揣在他懷裏，拽轉步，先往會同館去了不題。◎15

卻說那樓下眾人見風起時，各各蒙頭閉眼。不覺風過時，沒了皇榜，眾皆悚懼。那榜原有十二個太監、十二個校尉早朝領出，才掛不上三個時辰，被風吹去，戰兢兢左右追

尋。忽見豬八戒懷中露出個紙邊兒來，眾人近前道：「你揭了榜來耶？」那獃子猛抬頭，把嘴一撬，諕得那幾個校尉踉踉蹡蹡跌倒在地。他卻轉身要走，又被面前幾個膽大的扯住道：「你揭了招醫的皇榜，還不進朝醫治我萬歲去，卻待何往？」那獃子慌慌張張道：「你兒子便揭了皇榜，你孫子便會醫治！」校尉道：「你懷中揣的是甚？」獃子卻才低頭看時，真箇有一張字紙。展開一看，咬著牙罵道：「那猢猻害殺我也！」恨一聲，便要扯破，早被眾人架住道：「你是死了！此乃當今國王出的榜文，誰敢扯壞？你既揭在懷中，必有醫國之手，快同我去！」八戒喝道：「汝等不知，這榜不是我揭的，是我師兄孫悟空揭的。◎16他暗暗揣在我懷中，他卻丟下我去了。若得此事明白，我與你尋他去。」眾人道：「說甚麼亂話，『現鐘不打打鑄鐘』？你現揭了榜文，教我們尋誰！不管你，扯了去見主上！」那夥人不分清白，將獃子推推扯扯。這獃子立定腳，就如生了根一般，十來個人也弄他不動。八戒道：「汝等不知高低，再扯一會，扯得我獃性子發了，你卻休怪！」

不多時，鬧動了街坊，將他圍繞。內有兩個年老的太監道：「你這相貌稀奇，聲音不對，是那裏來的，這般村強※9？」八戒道：「我們是東土差往西天取經的。我師父乃唐王御弟法師，卻才入朝倒換關文去了。我與師兄來此買辦調和，我見樓下人多，未曾敢去，是我師兄教我在此等候。他原來見有榜文，弄陣旋風揭了，暗揣我懷內，先去了。」那太監道：「我頭前見個白面胖和尚，徑奔朝門而去，想就是你師父？」八戒道：「正是，正

註

※8 沉痾：重病。

※9 村強：愚蠢又倔強，也含有指人老土的意思。

評點

◎14. 社稷平分，謝禮太重，難保後不食言。（周評）

◎15. 徑揭榜文，有何趣味？妙在此一曲折，無限烟波！（周評）

◎16. 怪不得行者請他，不想極有用處。（張評）

清代科舉考試皇榜，北京首都博物館藏。

是。」太監道：「你師兄往那裏去了？」八戒道：「我們一行四衆，師父去倒換關文，我三衆並行囊、馬匹俱歇在會同館。師兄弄了我，他先回館中去了。」太監道：「校尉不要扯他，我等同到館中，便知端的。」八戒道：「你這兩個奶奶知事。」衆校尉道：「這和尚委不識貨，怎麼趕著公公叫起奶奶來耶？」八戒笑道：「不羞！你這反了陰陽的！他二位老媽媽兒，不叫他作婆婆、奶奶，倒叫他作公公！」◎17衆人道：「莫弄嘴！快尋你師兄去。」

那街上人吵吵鬧鬧，何止三五百，共扛到館門首。八戒道：「列位住了。我師兄卻不比我任你們作戲，他卻是個猛烈認真之士。汝等見了，須要行個大禮，叫他聲『孫老爺』，他就招架了。◎18不然呵，他就變了嘴臉，這事卻弄不成也。」衆太監、校尉俱道：「你師兄果有手段，醫好國王，他也該有一半江山，我等合該下拜。」

孫悟空作弄豬八戒，把皇榜刮到豬八戒身上。（朱寶榮繪）

那些閑雜人都在門外喧嘩。八戒領著一行太監、校尉，徑入館中，只聽得行者與沙僧在客房裏正說那揭榜之事耍笑哩。八戒上前扯住，亂嚷道：「你可成個人！哄我去買素麵、燒餅、饃饃我吃，原來都是空頭！又弄旋風，揭了甚麼皇榜，暗暗的揣在我懷裏，拿我裝胖※10，這可成個弟兄？」行者笑道：「你這獃子，想是錯了路，走向別處去。我過鼓樓，買了調和，急回來尋你不見，我先來了。在那裏揭甚皇榜？」八戒道：「現在看榜的官員在此。」說不了，只見那幾個太監、校尉朝上禮拜道：「孫老爺，今日我王有緣，天遣老爺下降。是必大展經綸手※11，微施三折肱；治得我王病癒，江山有分，社稷平分也。」行者聞言，正了聲色，接了八戒的榜文，對衆道：「你們想是看榜的官麼？」太監叩頭道：「奴婢乃司禮監內臣，這幾個是錦衣校尉。」行者道：「這招醫榜，委是我揭的，故遣我師弟引見。既然你主有病，常言道：『藥不輕賣，病不討醫。』你去教那國王親來請我，我有手到病除之功。」太監聞言，無不驚駭。校尉道：「口出大言，必有度量。我等著一半在此啞請，著一半入朝啟奏。」

當分了四個太監、六個校尉，更不待宣召，徑入朝，當階奏道：「主公萬千之喜！」那國王正與三藏膳畢清談，忽聞此奏，問道：「喜自何來？」太監奏道：「奴婢等早領出招醫皇榜，鼓樓下張掛，有東土大唐遠來取經的一個聖僧孫長老揭了，現在會同館內，要王親自去請他，他有手到病除之功。故此特來啟奏。」國王聞言，滿心歡喜，就問唐僧

註

※10 裝胖：充數、頂缸、裝幌子。
※11 經綸手：名醫、回春妙手。

評點

◎17. 以公公爲奶奶，轉說他人反陰陽，誰知鳥之雌雄耶？（周評）
◎18. 這一扛抬的妙。（張評）

道：「法師有幾位高徒？」三藏合掌答曰：「貧僧有三個頑徒。」國王問：「那一位高徒善醫？」三藏道：「實不瞞陛下說。我那頑徒俱是山野庸才，只會挑包背馬，轉澗尋波，帶領貧僧登山踄嶺，或者到峻險之處，可以伏魔擒怪、捉虎降龍而已，更無一個能知藥性者。」國王道：「法師何必太謙？朕當今日登殿，幸遇法師來朝，誠天緣也。高徒既不知醫，他怎肯揭我榜文，教寡人親迎？斷然有醫國之能也。」叫：「文武眾卿，寡人身虛力怯，不敢乘輦。汝等可替寡人，俱到朝外，敦請孫長老看朕之病。汝等見他，切不可輕慢，稱他作『神僧孫長老』，皆以君臣之禮相見。」

那眾臣領旨，與看榜的太監、校尉徑至會同館，排班參拜。諕得那八戒躲在廂房，沙僧閃於壁下。那大聖，看他坐在當中，端然不動。八戒暗地裏怨惡道：「這猢猻活活的折殺也！怎麼這許多官員禮拜，更不還禮，也不站將起來？」不多時，禮拜畢，分班啟奏道：「上告神僧孫長老，我等俱朱紫國王之臣，今奉王旨，敬以潔禮參請神僧，入朝看病。」行者方才立起身來，對眾道：「你王如何不來？」眾臣道：「我王身虛力怯，不敢乘輦，特令臣等行代君之禮，拜請神僧也。」行者道：「既如此說，列位請前行，我當隨至。」眾臣各依品從，作隊而走。行者整衣而起。八戒道：「哥哥，切莫攀出我們來。」行者道：「我不攀你，只要你兩個與我收藥。」沙僧道：「收甚麼藥？」行者道：「凡有人送藥來與我，照數收下，待我回來取用。」二人領諾不題。

這行者即同多官，頃間便到。眾臣先走奏知。那國王高捲珠簾，閃龍睛鳳目，開金口

御言，便問：「那一位是神僧孫長老？」行者進前一步，厲聲道：「老孫便是。」那國王聽得聲音兇狠，又見相貌刁鑽，諕得戰兢兢跌在龍牀之上。慌得那女官、內宦，急扶入宮中。道：「諕殺寡人也！」眾官都嗔怨行者道：「這和尚怎麼這等粗魯村疏！怎敢就擅揭榜？」

行者聞言笑道：「列位錯怪了我也。若像這等慢人，你國王之病，就是一千年也不得好。」眾臣道：「人生能有幾多陽壽，就一千年也還不好？」行者道：「他如今是個病君，死了是個病鬼，再轉世也還是個病人，卻不是一千年也還不好？」◎19眾臣怒曰：「你這和尚甚不知禮！怎麼敢這等滿口胡柴！」行者笑道：「不是胡柴，你都聽我道來：

醫門理法至微玄，大要心中有轉旋。望聞問切※12四般事，缺一之時不備全：

第一望他神氣色，潤枯肥瘦起和眠；第二聞聲清與濁，聽他眞語及狂言；

三問病原經幾日，如何飲食怎生便；四才切脈明經絡，浮沉表裏※13是何般。

我不望聞並問切，今生莫想得安然。」

那兩班文武叢中，有太醫院官，一聞此言，對眾稱揚道：「這和尚也說得有理。就是神仙看病，也須望、聞、問、切，謹合著神聖功巧也。」眾官依此言，著近侍傳奏道：「長老要用望聞問切之理，方可認病用藥。」那國王睡在龍牀上，聲聲喚道：「叫他去罷，寡人見不得生人面了！」近侍的出宮來道：「那和尚，我王旨意，教你去罷，見不得生人面

註

※12 望聞問切：中醫診斷病人的四種方法，包括：望色、聞聲、問狀、切脈。也叫四診。

※13 浮沉表裏：中醫切脈的四種脈象。

評點

◎19. 世無千年之人，而有千年之病。彼流浪生死、永劫沉淪者皆是也，人可不猛省乎！（周評）

哩。」行者道：「若見不得生人面啊，我會『懸絲診脈』。」衆官暗喜道：「懸絲診脈，我等耳聞，不曾眼見。再奏去來。」那近侍的又入宮奏道：「主公，那孫長老不見主公之面，他會懸絲診脈。」國王心中暗想道：「寡人病了三年，未曾試此，宣他進來。」近侍的即忙傳出道：「主公已許他懸絲診脈，快宣孫長老進宮診視。」

行者卻就上了寶殿，唐僧迎著罵道：「你這潑猴，害了我也！」行者笑道：「好師父，我倒與你壯觀，你反說我害你？」三藏喝道：「你跟我這幾年，那曾見你醫好誰來？你連藥性也不知，醫書也未讀，怎麼大膽撞這個大禍！」行者笑道：「師父，你原來不曉得。我有幾個草頭方兒，能治大病，管情醫得他好便了。就是醫死了，也只問得個庸醫殺人罪名，也不該死，你怕怎的！◎[20]不打緊，不打緊，你且坐下，看我的脈理如何。」長老又道：「你那曾見《素問》、《難經》、《本草》、《脈訣》※[14]，是甚般章句，怎生注解，就這等胡說亂道，會甚麼懸絲診脈！」行者笑道：「我有金線在身，你不曾見哩。」即伸手下去，尾上拔了三根毫毛，捻一把，叫聲：「變！」即變作三條絲線，每條

《切脈引線》，岐山縣周公廟藥王洞壁畫，為唐代名醫孫思邈為一貴婦引線切脈的情景。引線切脈是在「男女授受不親」的禮教束縛下，切脈時用一根細線拴在女性病人的寸口，醫生透過切摸此線來瞭解脈象。（fotoe提供）

各長二丈四尺，按二十四氣，托於手內，對唐僧道：「這不是我的金線？」◎21近侍宦官在旁道：「長老且休講口，請入宮中診視去來。」行者別了唐僧，隨著近侍入宮看病。正是那：

心有秘方能治國，內藏妙訣注長生。

畢竟這去不知看出甚麼病來，用甚麼藥品。欲知端的，且聽下回分解。

總批

三藏眞是個痴和尚，如今的醫生，那一個是知藥性、讀醫書的？說甚麼《素問》、《難經》、《本草》、《脈訣》！又批：「如今是個病君，死了是個病鬼，再轉世還是個病人」，極說得好。人有病痛，急去醫。噫！此所以今世多病人也。（李評）

悟一子曰：此篇至七十一，皆明修煉金丹大道，惟張紫陽《悟眞篇》爲得其宗。（陳評節錄）

悟元子曰：上回結出剪絕塵情，性穩心清，可以打通修道之路矣。然或人於塵情小處，能以剪絕；而於塵情大處，不能剪絕。終是性不穩心不清，而修道之路，仍未打通，前途有阻。故此回合下三回，示人以大作大用，使學者在塵出塵，居世出世也。（劉評節錄）

註

※14《素問》、《難經》、《本草》、《脈訣》：《黃帝內經素問》與《靈樞經》同爲《黃帝內經》之組成部分，而《黃帝內經》則是現存最早、最重要的一部醫學著作。

《難經》，原名《黃帝八十一難經》，作者及成書年代皆不詳，傳說爲戰國時秦越人扁鵲所作；共計三卷本書以問答解釋疑難的形式編撰而成，共討論了八十一個問題，故又稱《八十一難》，是《黃帝內經》之後的又一醫學大作。《神農本草經》簡稱《本草》，是從神農嘗百草的傳說時代到東漢時期，古代先民們累積了豐富的藥物學知識之作，乃中國現存最早的藥物學典籍。

《脈訣》，脈學著作，分別有四部：（一）宋·崔嘉彥撰。又名《崔氏脈訣》、《崔眞人脈訣》、《紫虛脈訣》，一卷，撰年不詳。作者鑒於脈理難明，「非言可傳，非圖可狀。」遂以較通俗易曉的文筆，以四言歌訣的形式闡述脈學義理，便於習誦。崔氏論脈以「浮、沉、遲、數爲宗」，對後世脈學有相當影響，明·李言聞曾予補訂，改名《四言舉要》，李時珍將其輯入《瀕湖脈學》中。（二）《王叔和脈訣》的簡稱，詳見該條。（三）南宋·劉開撰，又名《劉三點脈訣》、《復眞劉三點先生脈訣》，撰於西元一二四一年。本書將七表八裏脈法總括爲浮、沉、遲、數四類，分別就寸、關、尺三部四類脈的主病做了概述。（四）清代劉璞、葉盛、董西園、朱銘石、陳璞等分別曾撰《脈訣》，但流傳不廣。

評點

◎20.如今醫生都是這般主意。（李評）
◎21.渾如兒戲。（周評）

第六十九回

心主夜間修藥物　君王筵上論妖邪

話表孫大聖同近侍宦官，到於皇宮內院，直至寢宮門外立定，將三條金線與宦官拿入裏面，分付：「教內宮妃后，或近侍太監，先繫在聖躬左手腕下，按寸、關、尺※1三部上，卻將線頭從窗櫺兒穿出與我。」真箇那宦官依此言，請國王坐在龍牀，按寸、關尺，以金線一頭繫了，一頭理出窗外。◎1行者接了線頭，以自己右手大指先托著食指，看了寸脈；次將中指按大指，看了關脈；又將大指托定無名指，看了尺脈；調停自家呼吸，分定四氣※2、五鬱※3、七表※4、八裏※5、九候※6、浮中沉、沉中浮※7，辨明了虛實之端；又教解下左手，依前繫在右手腕下部位。行者即以左手指，一一從頭診視畢，卻將身抖了一抖，把金線收上身來，厲聲高呼道：「陛下左手寸脈強而緊，關脈濇而緩，尺脈芤且沉；右手寸脈浮而滑，關脈遲而結，尺脈數而牢。夫左寸強而緊者，中虛心痛也；關濇而緩者，汗出肌麻也；尺芤而沉者，小便赤而大便帶血也。右手寸脈浮而滑者，內結經閉也；關遲而結者，宿食留飲也；尺數而牢者，煩滿虛寒相持也。◎2診此貴恙，是一個驚

《新說西遊記圖像》描繪第六十九回精采場景：圖下方是師兄弟配藥，上方是第二天宴會場景。用假山樹木隔開兩處場景，處理得簡單自然。（古版畫，選自《新說西遊記圖像》）

恐憂思，號為『雙鳥失群』之證。」那國王在內聞言，滿心歡喜，打起精神，高聲應道：「指下明白，指下明白！果是此疾！請出外面用藥來也。」

大聖卻才緩步出宮。早有在旁聽見的太監，已先對眾報知。須臾，行者出來，唐僧即問如何。行者道：「診了脈，如今對症製藥哩。」眾官上前道：「神僧長老，適才說『雙鳥失群』之症，何也？」行者笑道：「有雌雄二鳥，原在一處同飛，忽被暴風驟雨驚散，雌不能見雄，雄不能見雌，雌乃想雄，雄亦想雌——這不是雙鳥失群也？」◎3眾官聞說，齊聲喝采道：「真是神僧！真是神醫！」稱讚不已。當有太醫官問道：「病勢已看出矣，但不知用何藥治之？」行者道：「不必執方，見藥就要。」醫官道：「經云：『藥有八百八味，人有四百四病。』病不在一人之身，藥豈有全用之理！如何見藥就要？」行者道：「古人云：『藥不執方，合宜而用。』故此全徵藥品，而隨便加減也。」那醫官不復再言，即出朝門之外，差本衙當值之人，遍曉滿城生熟藥舖，即將藥品每味各辦三斤，送與行者。◎4行者道：「此間不是製藥處，可將諸藥之數並製藥一應器皿，都送入會同館，

註

※1寸、關、尺（脈）：脈學術語，中醫切的脈，按的地方在手腕部大約一寸長的位置，稱爲「寸口」。這個地方能夠摸到脈的跳動，中醫把這一寸長的脈給分成三截：橈骨莖突處的脈叫關脈，關脈之前的那小段爲寸脈，關脈之後爲尺脈。這叫作三部。

※2四氣：四氣是指寒、熱、溫、涼，中醫有「寒者熱之，熱者寒之，虛則補之，實則瀉之」的原則。

※3五鬱：心、肝、脾、肺、腎，或土、金、水、木、火。

※4七表：脈學術語，分浮、芤、滑、實、弦、緊、洪七種。

※5八裏：脈學術語，分微、沉、緩、澀、遲、伏、濡、弱等八種。

※6九候：指三部九候，脈學術語。具體是三部是寸、關、尺三個診脈部位，每個部位按浮、中、沉、三種力度，這樣合稱爲三部九候。

※7浮中沉、沉中浮：浮、中、沉，乃指切脈指法。切脈時用輕、中、重三種不同的指力，以測候脈象。

評點

◎1.敘得有來歷。（李評）

◎2.脈理如此爛熟，卻似日日讀《難經》、《脈訣》者。（周評）

◎3.活神仙。（李評）

此又《難經》、《脈訣》所不載矣。（周評）

◎4.幸是富家，貧人焉能害得起這病。（張評）

交與我師弟二人收下。」◎5醫官聽命，即將八百八味每味三斤及藥碾、藥磨、藥羅、藥乳並乳鉢、乳槌之類都送至館中，一一交付收訖。

行者往殿上請師父同至館中製藥。那長老正自起身，忽見內宮傳旨，教閣下留住法師，同宿文華殿，待明朝服藥之後，病痊酬謝，倒換關文送行。三藏大驚道：「徒弟啊，此意是留我作當頭※8哩。若醫得好，歡喜起送；若醫不好，我命休矣。你須仔細上心，精虔製度也！」行者笑道：「師父放心在此受用，老孫自有醫國之手。」

好大聖，別了三藏，辭了眾臣，徑至館中。八戒迎著笑道：「師兄，我知道你了。」行者道：「你知甚麼？」八戒道：「知你取經之事不果，欲作生涯無本，今日見此處富庶，設法要開藥鋪哩。」◎6行者喝道：「莫胡說！醫好國王，得意處辭朝走路，開甚麼藥鋪！」八戒道：「終不然，這八百八味藥，每味三斤，共計二千四百二十四斤，只醫一人，能用多少？不知多少年代方吃得了哩！」行者道：「那裏用得許多？他那太醫院官都是些愚盲之輩，所以取這許多藥品，教他沒處捉摸，不知我用的是那幾味，難識我神妙之方也。」

正說處，只見兩個館使當面跪下道：「請神僧老爺進晚齋。」行者道：「早間那般待我，如今卻跪而請之，何也？」館使叩頭道：「老爺來時，下官有眼無珠，不識尊顏。今聞老爺大展三折之肱，治我一國之主，若主上病癒，老爺江山有分，◎7我輩皆臣子也，禮當拜請。」行者見說，欣然登堂上坐，八戒、沙僧分坐左右，擺上齋來。沙僧便問道：

評點

◎5.爲字之妙如此。(張評)
◎6.數筆點透爲富之意。(張評)
◎7.再點富字，爲字不拽而自動。(張評)
◎8.莫非又有庸醫以此方殺人者？不可不慮。(李評)
◎9.原來八戒、沙僧都曾讀過《本草》來。(周評)

「師兄，師父在那裏哩？」行者笑道：「師父被國王留住作當頭哩。只待醫好了病，方才酬謝送行。」沙僧又問：「可有些受用麼？」行者道：「國王豈無受用！我來時，他已有三個閣老陪侍左右，請入文華殿去也。」八戒道：「這等說，還是師父大哩。他倒有閣老陪侍，我們只得兩個館使奉承。且莫管他，讓老豬吃頓飽飯也。」兄弟們遂自在受用一番。

天色已晚，行者叫館使：「收了家火，多辦些油蠟，我等到夜靜時，方好製藥。」館使果送若干油蠟，各命散訖。至半夜，天街人靜，萬籟無聲。八戒道：「哥哥，製何藥？趕早幹事，我瞌睡了。」行者道：「你將大黃取一兩來，碾為細末。」沙僧乃道：「大黃味苦，性寒無毒；其性沉而不浮，其用走而不守；奪諸鬱而無壅滯，定禍亂而致太平，名之曰『將軍』。此行藥耳，但恐久病虛弱，不可用此。」◎8行者笑道：「賢弟不知。此藥利痰順氣，蕩肚中凝滯之寒熱。你莫管我。你去取一兩巴豆，去殼去膜，搥去油毒，碾為細末來。」八戒道：「巴豆味辛，性熱有毒；削堅積，蕩肺腑之沉寒；通閉塞，利水穀之道路。乃斬關奪門之將，不可輕用。」◎9行者道：「賢弟，你也不知。此藥破結宣腸，能理心膨水脹。快製來，我還有佐使之味輔之也。」

註

※8 當頭：本作用以典押的東西，此處指人質。

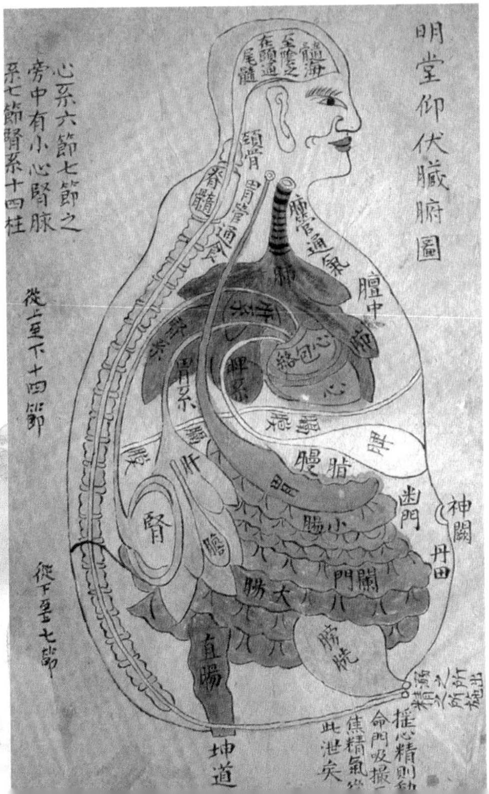

◆清代林鐘《歷代名醫畫像》中的彩繪臟腑圖。（fotoe提供）

他二人即時將二藥碾細，道：「師兄，還用那幾十味？」行者道：「不用了。」八戒道：「八百八味，每味三斤，只用此二兩，誠為起奪※9人了。」行者將一個花磁盞子，道：「賢弟莫講，你拿這個盞兒，將鍋臍灰刮半盞過來。」八戒道：「要怎的？」行者道：「藥內要用。」沙僧道：「小弟不曾見藥內用鍋灰。」行者道：「鍋灰名為『百草霜』，能調百病，你不知道。」那獃子真箇刮了半盞，又碾細了。行者又將盞子遞與他道：「你再去把我們的馬尿等半盞來。」八戒道：「要他怎的？」行者道：「要丸藥。」沙僧又笑道：「哥哥，這事不是耍子。馬尿腥臊，如何入得藥品？我只見醋糊為丸，陳米糊為丸，煉蜜為丸，或只是清水為丸，那曾見馬尿為丸？那東西腥腥臊臊，脾虛的人一聞就吐；再服巴豆、大黃，弄得人上吐下瀉，可是耍子？」行者道：「你不知就裏。我那馬不是凡馬，他本是西海龍身。若得他肯去便溺，憑你何疾，服之即癒。◎10但急不可得耳。」

八戒聞言，真箇去到馬邊。那馬斜伏地下睡哩。獃子一頓腳踢起，襯在肚下，等了半會，全不見撒尿。他跑將來對行者說：「哥啊，且莫去醫皇帝，且快去醫醫馬來。那亡人乾結了，莫想尿得出一點兒！」行者笑道：「我和你去。」沙僧道：「我也去看看。」

✦孫悟空為國王合藥，讓豬八戒去接白龍馬的尿。（古版畫，選自李卓吾批評本《西遊記》）

三人都到馬邊。那馬跳將起來，口吐人言，厲聲高叫道：「師兄，你豈不知？我本是西海飛龍，因為犯了天條，觀音菩薩救了我，將我鋸了角，退了鱗，變作馬，馱師父往西天取經，將功折罪。我若過水撒尿，水中游魚食了成龍；過山撒尿，山中草頭得味，變作靈芝，仙僮採去長壽。我怎肯在此塵俗之處輕拋卻也？」◎11行者道：「兄弟謹言。此間乃西方國王，非塵俗也，亦非輕拋棄也。常言道：『衆毛攢裘。』要與本國之王治病哩。醫得好時，大家光輝；不然，恐俱不得善離此地也。」那馬才叫聲：「等著！」你看他往前撲了一撲，往後蹲了一蹲，咬得那滿口牙齕支支的響喨，僅努出幾點兒，將身立起。八戒道：「這個亡人！就是金汁子，再撒些兒也罷！」那行者見有小半盞，道：「彀了，彀了！拿去罷。」沙僧方才歡喜。

三人回至廳上，把前項藥餌攪和一處，搓了三個大丸子。行者道：「兄弟，忒大了。」八戒道：「只有核桃大，若論我吃，還不彀一口哩！」遂此收在一個小盒兒裏。兄弟們連衣睡下，一夜無詞。

早是天曉。卻說那國王耽病設朝，請唐僧見了，即命衆官快往會同館參拜神僧孫長老取藥去。多官隨至館中，對行者拜伏於地道：「我王特命臣等拜領妙劑。」行者叫八戒取盒兒，揭開蓋子，遞與多官。多官啟問：「此藥何名？好見王回話。」行者道：「此名『烏金丹』。」八戒二人暗中作笑道：「鍋灰拌的，怎麼不是烏金！」多官又問道：「用

註

※9 起奪：拿人開玩笑、耍人的意思。

評點

◎10. 仗此說明，不然就有馬尿郎中乎！（李評）
◎11. 的是佛尿，又像慳吝人家的酒。（李評）

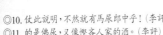

孫悟空把用白龍馬尿合成的藥交給國王，豬八戒在旁邊樂得直笑。（朱寶榮繪）

何引子？」行者道：「藥引兒兩般都下得。有一般易取者，乃六物煎湯送下。」多官問：「是何六物？」行者道：「半空飛的老鴉屁，緊水負的鯉魚尿，王母娘娘搽臉粉，老君爐裏煉丹灰，玉皇戴破的頭巾要三塊，還要五根困龍鬚。六物煎湯送此藥，你王憂病等時除。」◎[12]

多官聞言道：「此物乃世間所無者。◎[13]請問那一般引子是何？」行者道：「用無根水送下。」眾官笑道：「這個易取。」行者道：「怎見得易取？」多官道：「我這裏人家俗論：若用無根水，將一個碗盞，到井邊或河下，舀了水，急轉步，更不落地，亦不回頭，到家與病人吃藥便是。」行者道：「井中、河內之水，俱是有根的。我這無根水，非此之論，乃是天上落下者，不沾地就吃，才叫作『無根水』。」多官又道：「這也容易。等到天陰下雨時，再吃藥便罷了。」遂拜謝了行者，將藥持回獻上。

國王大喜，即命近侍接上來，看了道：「此是甚麼丸子？」多官道：「神僧說是烏金丹，用無根水送下。」國王便教宮人取無根水。衆官道：「神僧說，無根水不是井河中者，乃是天上落下不沾地的才是。」國王即喚當駕官傳旨，教請法官求雨。衆官遵依出榜不題。

卻說行者在會同館廳上，叫豬八戒道：「適間允他天落之水，才可用藥，此時急忙，怎麼得個雨水？我看這王倒也是個大賢大德之君，我與你助他些兒雨下藥，如何？」八戒道：「怎麼樣助？」行者道：「你在我左邊立下，做個輔星。」又叫沙僧：「你在我右邊立下，做個弼宿。等老孫助他些無根水兒。」好大聖，步了罡訣，念聲咒語。早見那正東上一朵烏雲，漸近於頭頂上。叫道：「大聖，東海龍王敖廣來見。」行者道：「無事不敢捻煩，請你來助些無根水與國王下藥。」龍王道：「大聖呼喚時，不曾說用水，小龍隻身來了，不曾帶得雨器，亦未有風雲雷電，怎生降雨？」行者道：「如今用不著風雲雷電，亦不須多雨，只要些須引藥之水便了。」龍王道：「既如此，待我打兩個噴涕，吐些涎津溢，與他吃藥罷。」行者大喜道：「最好，最好！不必遲疑，趁早行事。」

那老龍在空中，漸漸低下烏雲，直至皇宮之上，隱身潛像，噀一口津唾，遂化作甘霖。◎14那滿朝官齊聲喝采道：「我主萬千之喜！天公降下甘雨來也！」國王即傳旨，教：「取器皿盛著，不拘宮內外及官大小，都要等貯仙水，拯救寡人。」你看那文武多官並三宮六院妃嬪與三千綵女、八百嬌娥，一個個擎杯托盞，舉碗持盤，等接甘雨。那老龍在半空，運化津涎，不離了王宮前後。將有一個時辰，龍王辭了大聖回海。衆臣將杯盂碗盞收

評點

◎12. 趣甚。此方醫說謊病極效。（李評）
◎13. 說的絕世稀奇，方見其難而不輕賣。（張評）
◎14. 前用龍尿，此復用龍涎，則此藥可名二龍丹。（周評）

來，也有等著一點兩點者，也有等著三點五點者，也有一點不曾等著者，共合一處，約有三盞之多，總獻至御案。真箇是異香滿襲金鑾殿，佳味熏飄天子庭！

那國王辭了法師，將著烏金丹並甘雨至宮中，先吞了一丸，吃了一盞甘雨；再吞了一丸，又飲了一盞甘雨；三次，三丸俱吞了，三盞甘雨俱送下。不多時，腹中作響，如轆轤之聲不絕。即取淨桶，連行了三五次，服了些米飲，欹倒在龍牀之上。有兩個妃子將淨桶撿看，說不盡那穢污痰涎，內有糯米飯塊一團。妃子近龍牀前來報：「病根都行下來也。」國王聞此言甚喜，又進一次米飯。少頃，漸覺心胸寬泰，氣血調和，就精神抖擻，腳力強健。下了龍牀，穿上朝服，即登寶殿，見了唐僧，輒倒身下拜。那長老忙忙還禮。拜畢，以御手攙著，便教閣下：「快具簡帖，帖上寫『朕再拜頓首』字樣，差官奉請法師高徒三位。一壁廂大開東閣，光祿寺排宴酬謝。」多官領旨，具簡的具簡，排宴的排宴。正是國家有倒山之力，霎時俱完。

卻說八戒見官投簡，喜不自勝道：「哥啊，果是好妙藥！今來酬謝，乃兄長之功。」沙僧道：「二哥說那裏話！常言道：『一人有福，帶挈一屋。』我們在此合藥，俱是有功之人，只管受用去，再休多話。」咦！你看他弟兄們俱歡歡喜喜，徑入朝來。◎15眾官接引，上了東閣，早見唐僧、國王、閣老已都在那裏安排筵宴哩。

這行者與八戒、沙僧，對師父唱了個喏，隨後眾官都至。只見那上面有四張素桌面，都是吃一看十的筵席；前面有一張葷桌面，也是吃一看十的珍饈。左右有四五百張單桌

面，真箇排得齊整：

古云：「珍饈百味，美祿千鍾。瓊膏酥酪，錦縷肥紅。」寶妝花彩豔，果品味香濃。斗糖龍纏列獅仙※10，餅錠拖爐擺鳳侶。葷有豬羊雞鵝魚鴨般般肉，素有蔬殽筍芽木耳並蘑菇。幾樣香湯餅，數次透酥糖。滑軟黃粱飯，清新菰米糊。色色粉湯香又辣，般般添換美還甜。◎16君臣舉盞方安席，名分品級慢傳壺。

那國王御手擎杯，先與唐僧安坐。三藏道：「貧僧不會飲酒。」國王道：「素酒。法師飲此一杯，何如？」三藏道：「酒乃僧家第一戒。」國王甚不過意道：「法師戒飲，卻以何物為敬？」三藏道：「頑徒三眾代飲罷。」國王卻才歡喜，轉金卮，遞與行者。行者接了酒，對眾禮畢，吃了一杯。國王見他吃得爽利，又奉一杯。行者不辭，又吃了。國王笑道：「吃個三寶鍾兒。」行者不辭，又吃了。國王又叫斟上，「吃個四季杯兒。」

八戒在旁，見酒不到他，忍得他嘓嘓咽唾，又見那國王苦勸行者，他就叫將起來道：「陛下，吃的藥也虧了我，那藥裏有馬——」◎17這行者聽說，恐怕獃子走了消息，卻將手中酒遞與八戒。八戒接著就吃，卻不言語。國王問道：「神僧說藥裏有馬，是甚麼馬？」行者接過口來道：「我這兄弟是這般口敞，但有個經驗的好方兒，他就要說與人。陛下早間吃藥，內有馬兜鈴。」◎18國王問眾官道：「馬兜鈴是何品味？能醫何症？」時有太醫院官在旁道：「主公：

註

※10 獅仙：獅子、八仙形狀的糖果。現在叫糖人兒、糖獅子。

評點

◎15. 半分家私拿定矣。(張評)
◎16. 點染富字，無不奇絕。(張評)
◎17. 妙人，妙語。(周評)
◎18. 馬兜鈴轉語尤妙，如此波瀾，俱極老成。(周評)

兜鈴味苦寒無毒，定喘消痰大有功。通氣最能除血蠱，補虛寧嗽又寬中。」◎19

國王笑道：「用得當，用得當！豬長老再飲一杯。」獃子亦不言語，卻也吃了個三寶鍾。國王又遞了沙僧酒，也吃了三杯，卻俱敘坐。

飲宴多時，國王又擎大爵，奉與行者。行者道：「陛下請坐，老孫依巡痛飲，決不敢推辭。」國王道：「神僧恩重如山，寡人酬謝不盡，好歹進此一巨觥，朕有話說。」行者道：「有甚話說了，老孫好飲。」國王道：「寡人有數載憂疑病，被神僧一貼靈丹打通，所以就好了。」行者笑道：「昨日老孫看了陛下，已知是憂疑之疾，但不知憂驚何事？」國王道：「古人云：『家醜不可外談。』奈神僧是朕恩主，惟不笑方可告之。」行者道：「怎敢笑話，請說無妨。」國王道：「神僧東來，不知經過幾個邦國？」行者道：「經有五六處。」又問：「他國之后，不知是何稱呼？」行者道：「國王之后，都稱為正宮、東宮、西宮。」國王道：「寡人不是這等稱呼：將正宮稱為金聖宮，東宮稱為玉聖宮，西宮稱為銀聖宮。現今只有銀、玉二后在宮。」行者道：「金聖宮因何不在宮中？」國王滴淚道：「不在已三年矣。」行者道：「向那廂去了？」國王道：「三年前，正值端陽之節，朕與嬪后都在御花園海榴亭下解粽插艾，飲菖蒲雄黃酒，看鬥龍舟。忽然一陣

◆國王一藥而癒，開宴席感謝孫悟空。席間國王講述起賽太歲奪走金聖宮娘娘的事情。（朱寶榮繪）

風至，半空中現出一個妖精，自稱賽太歲，說他在麒麟山獬豸洞居住，洞中少個夫人，訪得我金聖宮生得美貌嬌姿，要做個夫人，教朕快早送出。如若三聲不獻出來，就要先吃寡人，後吃眾臣，將滿城黎民盡皆吃絕。那時節，朕卻憂國憂民，無奈將金聖宮推出海榴亭外，被那妖響一聲攝將去了。◎20寡人為此著了驚恐，把那粽子凝滯在內；況又晝夜憂思不息，所以成此苦疾三年。今得神僧靈丹服後，行了數次，盡是那三年前積滯之物，所以這會體健身輕，精神如舊。今日之命，皆是神僧所賜，豈但如泰山之重而已乎！」

行者聞得此言，滿心喜悅，將那巨觥之酒，兩口吞之，笑問國王曰：「陛下原來是這般驚憂！今遇老孫，幸而獲癒，但不知可要金聖宮回國？」那國王滴淚道：「朕切切思思，無晝無夜，但只是沒一個能獲得妖精的。豈有不要他回國之理！」行者道：「我老孫與你去伏妖邪，何如？」國王跪下道：「若救得朕后，朕願領三宮九嬪，出城為民，將一國江山盡付神僧，讓你為帝。」八戒在旁，見出此言、行此禮，忍不住呵呵大笑道：「這皇帝失了體統！怎麼為老婆就不要江山，跪著和尚？」◎21

行者急上前，將國王攙起道：「陛下，那妖精自得金聖宮去後，這一向可曾再來？」國王道：「他前年五月節攝了金聖宮，至十月間來，要取兩個宮娥，說是去伏侍娘娘，朕即獻出兩個。至舊年三月間，又來要兩個宮娥；七月間，又要去兩個；今年二月裏，又要去兩個。不知到幾時又要來也。」◎22行者道：「似他這等頻來，你們可怕他麼？」國王道：「寡人見他來得多遭，一則懼怕，二來又恐有傷害之意，舊年四月內，是朕命工起了一座避妖樓。但聞風響，知是他來，即

重慶市酆都縣名山「鬼城」鬼怪石雕塑，攝於2005年7月17日。（影哥／fotoe提供）

評點

◎19. 敘得有趣。（李評）
此醫《本草》何其爛熟。（周評）
◎20. 亦是奇事，可補入《太平廣記》。（周評）
◎21. 爲老婆跪和尚者，豈止一朱紫國王也哉！（李評）
◎22. 贈嫁太多。（李評）
攝后已可恨矣，所宮娥尤可恨，豈亦爲宮娥消災乎？（周評）

與二后九嬪入樓躲避。」行者道：「陛下不棄，可攜老孫去看那避妖樓一番，何如？」那國王即將左手攙著行者出席，衆官亦皆起身。豬八戒道：「哥哥，你不達理！這般御酒不吃，搖席破坐的，且去看甚麼哩？」國王聞說，情知八戒是為嘴，即命當駕官抬兩張素桌面，看酒在避妖樓外伺候。獃子卻才不嚷，同師父、沙僧笑道：「翻席去也。」

一行文武官引導，那國王並行者相攙，穿過皇宮，到了御花園後，更不見樓臺殿閣。行者道：「避妖樓何在？」說不了，只見兩個太監拿兩根紅漆扛子，往那空地上掬起一塊四方石板。國王道：「此間便是。這底下有三丈多深，挖成的九間朝殿。內有四個大缸，缸內滿注清油，點著燈火，晝夜不息。寡人聽得風響，就入裏邊躲避，外面著人蓋上石板。」◎23行者笑道：「那妖精還是不害你，若要害你，這裏如何躲得？」◎24正說間，只見那正南上，呼呼的吹得風響，播土揚塵。諕得那多官齊聲報怨道：「這和尚鹽醬口，講起甚麼妖精，妖精就來了！」慌得那國王丟了行者，即鑽入地穴；唐僧也就跟入，衆官亦躲個乾淨。

八戒、沙僧也都要躲，被行者左右手扯住他兩個道：「兄弟們，不要怕得。我和你認他一認，看是個甚麼妖精。」八戒道：「可是扯淡！認他怎的？衆官躲了，師父藏了，國王避了，我們不去了罷，衒的是那家世※11！」那獃子左掙右掙，掙不得脫手，被行者拿定。不多時，只見那半空裏閃出一個妖精。你看他怎生模樣：

九尺長身多惡獰，一雙環眼閃金燈。兩輪查耳如撐扇，四個鋼牙似插釘。

鬢繞紅毛眉豎焰，鼻垂糟準孔開明。髭鬚幾縷硃砂線，顴骨崚嶒滿面青。
兩臂紅筋藍靛手，十條尖爪把鎗拏。豹皮裙子腰間繫，赤腳蓬頭若鬼形。

行者見了道：「沙僧，你可認得他？」沙僧道：「我又不曾與他相識，那裏認得！」又問：「八戒，你可認得他？」八戒道：「我又不曾與他會茶會酒，又不是賓朋鄰里，我怎麼認得他！」行者道：「他卻像東岳天齊手下把門的那個醮面金睛鬼。」八戒道：「不是，不是！」行者道：「你怎知他不是？」八戒道：「我豈不知，鬼乃陰靈也，一日至晚，交申酉戌亥時方出。今日還在巳時，那裏有鬼敢出來？就是鬼，也不會駕雲；縱會弄風，也只是一陣旋風耳，有這等狂風？或者他就是賽太歲也。」行者笑道：「好獃子！倒也有些論頭。既如此說，你兩個護持在此，等老孫去問他個名號，好與國王救取金聖宮來朝。」八戒道：「你去自去，切莫供出我們來。」

行者昂然不答，急縱祥光，跳將上去。咦！正是：

安邦先卻君王病，守道須除愛惡心。

畢竟不知此去到於空中，勝敗如何，怎麼擒得妖怪，救得金聖宮，且聽下回分解。

總批

今日也不少大黃、巴豆醫生。或有以大黃、巴豆、鍋灰、馬尿爲秘方者，亦未可知。（李評）

悟一子曰：仙師此篇，特提清夜之良心，指示修眞之覺路，令人自認自識。蓋欲修道，莫先清心。（陳評節錄）

悟元子曰：上回因假悟眞，則知假之不可不去，眞之不可不歸也。然欲去假歸眞，莫若先除吾心固必之病，心病一除，眞假顯然，而大道易成。故此回叫人盡心知性，以爲造命起腳之根本耳。（劉評節錄）

註

※11 衒的是那家世：衒，誇耀；家世，古代社會的門閥、世胄。這裏意同充好漢。

評點

◎23. 以窖爲樓，此亦從古所未有。（周評）
◎24. 該笑，該笑，此笑不差。（周評）

第七十回

妖魔寶放烟沙火　悟空計盜紫金鈴

《新說西遊記圖像》描繪第七十回精采場景：圖下方是孫悟空在朝廷用杯中酒水滅火，上方則是妖怪在洞穴噴火。（古版畫，選自《新說西遊記圖像》）

卻說那孫行者抖擻神威，持著鐵棒，踏祥光起在空中，迎面喝道：「你是那裏來的邪魔，待往何方猖獗！」那怪物厲聲高叫道：「吾黨不是別人，乃麒麟山獬豸洞賽太歲大王爺爺部下先鋒。◎1今奉大王令，到此取宮女二名，伏侍金聖娘娘。你是何人，敢來問我？」行者道：「吾乃齊天大聖孫悟空，因保東土唐僧西天拜佛，路過此國，知你這夥邪魔欺主，特展雄才，治國祛邪。正沒處尋你，卻來此送命！」那怪聞言，不知好歹，展長鎗就刺行者。行者舉鐵棒劈面相迎。在半空裏這一場好殺：

棍是龍宮鎮海珍，鎗乃人間轉煉鐵。凡兵怎敢比仙兵，擦著些兒神氣泄。大聖原來

太乙仙，妖精本是邪魔孽。鬼祟焉能近正人，一正之時邪就滅。那個弄風播土誑皇王，這個踏霧騰雲遮日月。丟開架子賭輸贏，無能誰敢誇豪傑！還是齊天大聖能，乒乓一棍鎗先折。

那妖精被行者一鐵棒把根鎗打作兩截，◎2慌得顧性命，撥轉風頭，徑往西方敗走。

行者且不趕他，按下雲頭，來至避妖樓地穴之外，叫道：「師父，請同陛下出來。怪物已趕去矣。」◎3那唐僧才扶著君王，同出穴外。見滿天清朗，更無妖邪之氣。那皇帝即至酒席前，自己拿壺把盞，滿斟金杯，奉與行者道：「神僧，權謝！權謝！」這行者接杯在手，還未回言，只聽得朝門外有官來報：「西門上火起了！」行者聞說，將金杯連酒望空一撇，噹的一聲響喨，那個金杯落地。君王著了忙，躬身施禮道：「神僧，恕罪！恕罪！是寡人不是了。禮當請上殿拜謝，只因有這方便酒在此，故就奉耳。神僧卻把杯子撇了，卻不是有見怪之意？」行者笑道：「不是這話，不是這話。」少頃間，又有官來報：「好雨呀！才西門上起火，被一場大雨，把火滅了。滿街上流水，盡都是酒氣。」◎4行者又笑道：「陛下，你見我撇杯，疑有見怪之意，非也。那妖敗走西方，我不曾趕他，他就放起火來。這一杯酒，卻是我滅了妖火，救了西城裏外人家，豈有他意！」

國王更十分歡喜加敬，即請三藏四衆同上寶殿，就有推位讓國之意。行者笑道：「陛下，方才那妖精，他稱是賽太歲部下先鋒，來此取宮女的。他如今戰敗而回，定然報與那廝，那廝定要來與我相爭。我恐他一時興師帥衆，未

評點

◎1. 妙在還不是賽太歲，而太歲之不仁已可概見。（張評）
◎2. 打折宣花斧，便劈不得羅眞人。（張評）
◎3. 趕去不仁，便是爲仁的正面。（張評）
◎4. 欒巴不得專美於前矣。（周評）

免又驚傷百姓，恐諕陛下。◎5欲去迎他一迎，就在那半空中擒了他，取回聖后。但不知向那方去？這裏到他那山洞有多少遠近？」國王道：「寡人曾差『夜不收』※1軍馬到那裏探聽聲息，往來要行五十餘日。坐落南方，約有三千餘里。」行者聞言，叫：「八戒、沙僧，護持在此，老孫去來！」國王扯住道：「神僧且從容一日，待安排些乾糧烘炒，與你些盤纏銀兩，選一匹快馬，方才可去。」行者笑道：「陛下說的是巴山轉嶺步行之話。我老孫不瞞你說，似這三千里路，斟酒在鍾不冷，就打個往回。」國王道：「神僧，你不要怪我說。你這尊貌，卻像個猿猴一般，怎生有這等法力會走路也？」行者道：

「我身雖是猿猴數，自幼打開生死路。遍訪明師把道傳，山前修煉無朝暮。
倚天為頂地為爐，兩般藥物團烏兔※2。採取陰陽水火交，時間頓把玄關悟。
全仗天罡搬運功，也憑斗柄遷移步。退爐進火最依時，抽鉛添汞相交顧。
攢簇五行造化生，合和四象※3分時度。二氣歸於黃道間，三家會在金丹路。
悟通法律歸四肢，本來觔斗如神助。一縱縱過太行山，一打打過凌雲渡。
何愁峻嶺幾千重，不怕長江百十數。只因變化沒遮攔，一打十萬八千路！」◎6

那國王見說，又驚又喜，笑吟吟捧著一杯御酒，遞與行者道：「神僧遠勞，進此一杯引意。」這大聖一心要去降妖，那裏有心吃酒，只叫：「且放下，等我去了回來再飲。」好行者，說聲去，唿哨一聲，寂然不見。那一國君臣皆驚訝不題。

卻說行者將身一縱，早見一座高山阻住霧角，即按雲頭，立在那巔峰之上，仔細觀

看。好山：

沖天佔地，礙日生雲。沖天處，尖峰矗矗；佔地處，遠脈迢迢。礙日的，乃嶺頭松鬱鬱；生雲的，乃崖下石磷磷。松鬱鬱，四時八節常青；石磷磷，萬載千年不改。林中每聽夜猿啼，澗內常聞妖蟒過。山禽聲咽咽，山獸吼呼呼。山獐山鹿，成雙作對紛紛走；山鴉山鵲，打陣※4攢群密密飛。山草山花看不盡，山桃山果映時新。雖然倚險不堪行，卻是妖仙隱逸處。◎7

這大聖看看不厭，正欲找尋洞口，只見那山凹裏烘烘火光飛出，霎時間，撲天紅焰，紅焰之中冒出一股惡烟，比火更毒，好烟！但見那：

火光迸萬點金燈，火焰飛千條紅虹。那烟不是灶筩烟，不是草木烟，烟卻有五色：青紅白黑黃。燻著南天門外柱，燎著靈霄殿上梁。燒得那窩中走獸連皮爛，林內飛禽羽盡光。但看這烟如此惡，怎入深山伏怪王！

大聖正自恐懼，又見那山中迸出一道沙來。好沙，真箇是遮天蔽日！你看：

紛紛絯絯※5遍天涯，鄧鄧渾渾※6大地遮。細塵到處迷人目，粗灰滿谷滾芝麻。採藥仙僮迷失伴，打柴樵子沒尋家。手中就有明珠現，時間刮得眼生花。◎8

註

※1「夜不收」：從前軍中司巡邏、偵察之事的人。
※2烏兔：古代神話傳說日中有烏，月中有兔。因稱太陽爲金烏，月亮爲玉兔，合稱日月爲「烏兔」。
※3四象：四象源於中國古代星相學，指的是東方蒼龍（青龍）、西方白虎、南方朱雀、北方玄武。
※4打陣：禽、獸在天空、陸地成群密集，叫「打陣」。
※5絯絯：形容叢聚的樣子。
※6鄧鄧渾渾：昏昏濛濛一大片。

評點

◎5.念及人民，便是善意。（張評）
◎6.我欲仁斯仁至矣，亦何遠之有？（張評）
◎7.前爲遠字安根，此爲視字伏案。（張評）
◎8.仗財恃勢倚富凌人，人正在那裏作惡。（張評）

這行者只顧看翫，不覺沙灰飛入鼻內，癢斯斯的，打了兩個噴嚏，即回頭伸手在岩下摸了兩個鵝卵石，塞住鼻子，搖身一變，變作一個攢火的鷂子，飛入烟火中間，驀※7了幾驀，卻就沒了沙灰，烟火也息了。急現本相下來。又看時，只聽得丁丁東東的一個銅鑼聲響，卻道：「我走錯了路也！這裏不是妖精住處。鑼聲似鋪兵之鑼，想是通國的大路，有鋪兵去下文書。且等老孫去問他一問。」

正走處，忽見似個小妖兒，擔著黃旗，背著文書，敲著鑼兒，急走如飛而來。行者笑道：「原來是這廝打鑼。他不知送的是甚麼書信，等我聽他一聽。」好大聖，搖身一變，變作個猛蟲兒，輕輕的飛在他書包之上。只聽得那妖精敲著鑼，絮絮聒聒的自念自誦道◎9：「我家大王忒也心毒。◎10三年前到朱紫國強奪了金聖皇后，一向無緣，未得沾身，只苦了要來的宮女頂缸。兩個來弄殺了，四個來也弄殺了。前年要了，去年又要，今年又要；如今還要，卻撞個對頭來了。那個要宮女的先鋒被個甚麼孫行者打敗了，不發宮女。我大王因此發

◆賽太歲的烟火法寶太厲害，烟燻火燎，孫悟空只得逃走。（古版畫，選自李卓吾批評本《西遊記》）

怒，要與他國爭持，教我去下甚麼戰書。這一去，那國王不戰則可，戰必不利。我大王使烟火飛沙，那國王君臣百姓等，莫想一個得活。那時我等佔了他的城池，大王稱帝，我等稱臣，——雖然也有個大小官爵，只是天理難容也！」◎11

行者聽了，暗喜道：「妖精也有存心好的。似他後邊這兩句話說天理難容，卻不是個好的？——但只說金聖皇后一向無緣，未得沾身，此話卻不解其意。等我問他一問。」嚶的一聲，一翅飛離了妖精，轉向前路，有十數里地，搖身一變，又變作了一個道童：

頭挽雙抓髻，身穿百衲衣。手敲魚鼓簡，口唱道情詞。

轉山坡，迎著小妖，打個起手道：「長官，那裏去？送的是甚麼公文？」那妖物就像認得他的一般，住了鑼槌，笑嘻嘻的還禮道：「我大王差我到朱紫國下戰書的。」行者接口問道：「朱紫國那話兒，可曾與大王配合哩？」小妖道：「自前年攝得來，當時就有一個神仙，送一件五彩仙衣與金聖宮妝新。他自穿了那衣，就渾身上下都生了針刺，我大王摸也不敢摸他一摸。但挽著些兒，手心就痛，不知是甚緣故。自始至今，尚未沾身。早間差先鋒去要宮女伏侍，被一個甚麼孫行者戰敗了。大王奮怒，所以教我去下戰書，明日與他交戰也。」行者道：「怎的大王卻著惱呵？」小妖道：「正在那裏著惱哩！你去與他唱個道情詞兒解解悶也好。」

註

※7 驀：跨越、越過。

評點

◎9. 自言自語妙，此即天理發現處也。（周評）
◎10. 定然不會吃素，足見其不仁。（張評）
◎11. 著眼，妖魔尚說天理，世人倒把天理擱起。（李評）
不但天理難容，恐齊天之人亦不容。（周評）

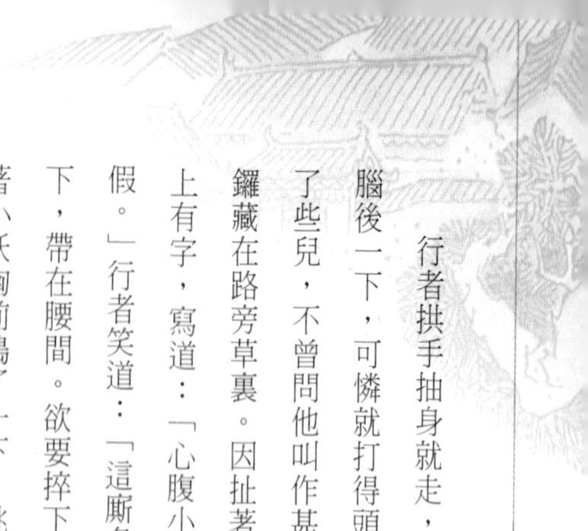

行者拱手抽身就走，那妖依舊敲鑼前行。行者就行起兇來，掣出棒，復轉身，望小妖腦後一下，可憐就打得頭爛血流漿迸出，皮開頸折命傾之！收了棍子，卻又自悔道：「急了些兒，不曾問他叫作甚麼名字。罷了！」卻去取下他的戰書，藏於袖內，將他黃旗、銅鑼藏在路旁草裏。因扯著腳要往澗下摔時，只聽噹的一聲，腰間露出一個鑲金的牙牌。牌上有字，寫道：「心腹小校一名：有來有去。五短身材，扢撻臉，無鬚。長川懸掛，無牌即假。」行者笑道：「這廝名字叫作『有來有去』，這一棍子，打得有去無來也！」將牙牌解下，帶在腰間。欲要摔下屍骸，卻又思量起烟火之毒，且不敢尋他洞府，即將棍子舉起，著小妖胸前搗了一下，挑在空中，徑回本國，且當報一個頭功。你看他自思自念，唿哨一聲，到了國界。

那八戒在金鑾殿前，正護持著王、師，忽回頭看見行者半空中將個妖精挑來，他卻怨道：「噯，不打緊的買賣！早知老豬去拿來，卻不算我一功？」說未畢，行者按落雲頭，將妖精摔在階下。八戒跑上去，就築了一鈀道：「此是老豬之功！」行者道：「是你甚功？」八戒道：「莫賴我，我有證見。你不看一鈀築了九個眼子哩！」行者道：「你看看可有頭沒頭。」八戒笑道：「原來是沒頭的！我道如何築他也不動動兒。」行者道：「師父在那裏？」八戒道：「在殿裏與王敘話哩。」行者道：「你且去請他出來。」八戒急上殿點點頭，三藏即便起身下殿，迎著行者。行者將一封戰書揣在三藏袖裏道：「師父收下，且莫與國王看見。」

說不了，那國王也下殿，迎著行者道：「神僧長老來了！拿妖之事如何？」行者用手指道：「那階下不是妖精？被老孫打殺了也。」國王見了道：「是便是個妖屍，卻不是賽太歲。賽太歲寡人親見他兩次：身長丈八，膊闊五停※8，面似金光，聲如霹靂。那裏是這般鄙矮？」行者笑道：「陛下認得，果然不是。這是一個報事的小妖，撞見老孫，卻先打死，挑回來報功。」國王大喜道：「好，好，好！該算頭功！寡人這裏常差人去打探，更不曾得個的實。似神僧一出，就捉了一個回來，真神通也！」叫：「看暖酒來！與長老賀功。」

行者道：「吃酒還是小事。我問陛下，金聖宮別時，可曾留下個甚麼表記？你與我些兒。」那國王聽說「表記」二字，卻似刀劍剜心，忍不住失聲淚下，說道：

「當年佳節慶朱明，太歲兇妖發喊聲。強奪御妻爲壓寨，寡人獻出爲蒼生。
更無會話並離話，那有長亭共短亭？表記香囊全沒影，至今撇我苦伶仃！」◎12

行者道：「陛下在邇，何以為惱？那娘娘既無表記，他在宮內可有甚麼心愛之物，與我一件也罷。」國王道：「你要怎的？」行者道：「那妖王實有神通，我見他放烟、放火、放沙，果是難收。縱收了，又恐娘娘見我面生，不肯跟我回國。須是得他平日心愛之物一件，他方信我，我好帶他回來。為此故要帶去。」國王道：「昭陽宮裏梳妝閣上，有一雙黃金寶串，原是金聖宮手上帶的。只因那日端午要縛五色彩線，故此褪下，不曾帶上。◎13

註

※8 五停：成數，總數分成幾份，其中一份叫「一停」。

評點

◎12. 言之淒然！（周評）
◎13. 好照管。（李評）

此乃是他心愛之物，如今現收在減粧盒裏。寡人見他遭此離別，更不忍見；一見即如見他玉容，病又重幾分也。」行者道：「且休題這話。且將金串取來，如捨得，都與我拿去；如不捨，只拿一隻去也。」國王遂命玉聖宮取出。取出即遞與國王。國王見了，叫了幾聲「知疼著熱的娘娘」，遂遞與行者。行者接了，套在肐膊上。

好大聖，不吃得功酒，且駕觔斗雲，唿哨一聲，又至麒麟山上。無心翫景，徑尋洞府而去。正行時，只聽得人語喧嚷，即佇立凝睛觀看。原來那獬豸洞口把門的大小頭目，約摸有五百名，在那裏：

森森羅列，密密挨排。森森羅列執干戈，映日光明；密密挨排展旌旗，迎風飄閃。虎將熊師能變化，豹頭彪帥弄精神。蒼狼多猛烈。獺象更驍雄。狡兔乖獐輪劍戟，長蛇大蟒挎刀弓。猩猩能解人言語，引陣安營識汛風。

行者見了，不敢前進，抽身徑轉舊路。你道他抽身怎麼？不是怕他。他卻至那打死小妖之處，尋出黃旗、銅鑼，迎風捏訣，想像騰那，即搖身一變，變作那有來有去的模樣，乒乓敲著鑼，大踏步，一直前來，徑撞至獬豸洞。正欲看看洞景，只聞得猩猩出語道：「有來

✦孫悟空碰到小妖怪「有來有去」。（朱寶榮繪）

有去，你回來了？」行者只得答應道：「來了。」猩猩道：「快走！大王爺爺正在剝皮亭上等你回話哩。」行者聞言，拽開步，敲著鑼，徑入前門裏看處，原來是懸崖削壁，石屋虛堂，左右有琪花瑤草，前後多古柏喬松。不覺又至二門之內，忽抬頭，見一座八窗明亮的亭子，亭子中間有一張戧金※9的交椅，椅子上端坐著一個魔王，真箇生得惡相。但見他：

幌幌霞光生頂上，威威殺氣迸胸前。口外獠牙排利刃，鬢邊焦髮放紅烟。
嘴上髭鬚如插箭，遍體昂毛似疊氈。眼突銅鈴欺太歲，手持鐵杵若摩天。

行者見了，公然傲慢那妖精，更不循一些兒禮法，調轉臉朝著外，只管敲鑼。妖王問道：「你來了？」行者不答。又問：「有來有去，你來了？」也不答應。妖王上前扯住道：「你怎麼到了家還篩鑼？問之又不答，何也？」行者把鑼往地下一摜，道：「甚麼『何也，何也』！我說我不去，你卻教我去。行到那廂，只見無數的人馬列成陣勢，見了我，就都叫：『拿妖精！拿妖精！』把我推推扯扯，拽拽扛扛，拿進城去，見了那國王。國王便教斬了，幸虧那兩班謀士道：『兩家相爭，不斬來使。』把我饒了。收了戰書，又押出城外，對軍前打了三十順腿，放我來回話。他那裏不久就要來此與你交戰哩。」

妖王道：「這等說，是你吃虧了，怪不道問你更不言語。」行者道：「卻不是怎的，◎14只為護疼，所以不曾答應。」妖王道：「那裏有多少人馬？」行者道：「我也諕昏了，

註

※9 戧金：戧，音嗆。器物上作嵌金的花紋。

評點

◎14. 如此許多做作，皆從「心腹小校」四字而生，不心腹安敢爾爾！（周評）

又吃他打怕了，那裏曾查他人馬數目？只見那裏森森兵器擺列著：

弓箭刀鎗甲與衣，干戈劍戟並纓旗。剽鎗月鏟兜鍪鎧，大斧團牌鐵蒺藜。長悶棍，短窩槌，鋼叉銃鉋及頭盔。打扮得鞴鞋護頂並胖襖，簡鞭袖彈與銅鎚。

那王聽了笑道：「不打緊，不打緊！似這般兵器，一火皆空。你且去報與金聖娘娘得知，教他莫惱。今早他聽見我發狠，要去戰鬥，他就眼淚汪汪的不乾。你如今去說那裏人馬驍勇，必然勝我，且寬他一時之心。」◎15

行者聞言，十分歡喜道：「正中老孫之意！」你看他偏是路熟，轉過角門，穿過廳堂，那裏邊盡都是高堂大廈，更不似前邊的模樣。直到後面宮裏，遠見彩門壯麗，乃是金聖娘娘住處。直入裏面看時，有兩班妖狐、妖鹿，一個個都妝成美女之形，侍立左右。正中間坐著那個娘娘，手托著香腮，雙眸滴淚。果然是：

玉容嬌嫩，美貌妖嬈。懶梳妝，散鬢堆鴉；怕打扮，釵環不戴。面無粉，冷淡了胭脂；髮無油，蓬鬆了雲鬢。努櫻唇，緊咬銀牙；皺蛾眉，淚淹星眼。一片心，只憶著朱紫君王；一時間，恨不離天羅地網。誠然是：自古紅顏多薄命，懨懨無語對東風！

行者上前打了個問訊道：「接喏。」那娘娘道：「這潑村怪，十分無狀！想我在那朱紫國中，與王同享榮華之時，那太師、宰相見了，就俯伏塵埃，不敢仰視。這野怪怎麼叫聲『接喏』？是那裏來的這般村潑？」衆侍婢上前道：「太太息怒。他是大王爺爺心腹的小校，喚名『有來有去』。今早差下戰書的是他。」娘娘聽說，忍怒問曰：「你下戰書，可曾到朱紫國界？」行者道：「我持書直至城裏，到於金鑾殿，面見君王，已討回音來也。」娘娘道：「你面君，君有何言？」行者道：「那君王敵戰之言，與排兵佈陣之事，才與大王說了。只是那君王有思想娘娘之意，有一句合心的話兒，特來上稟。奈何左右人衆，不是說處。」

娘娘聞言，喝退兩班狐、鹿。行者掩上宮門，把臉一抹，現了本相，◎16對娘娘道：「你休怕我。我是東土大唐差往大西天天竺國雷音寺見佛求經的和尚。我師父是唐王御弟唐三藏，我是他大徒弟孫悟空。因過你國倒換關文，見你君臣出榜招醫，是我大施三折之肱，把他相思之病治好了。排宴謝我，飲酒之間，說出你被妖攝來；我會降龍伏虎，特請我來捉怪，救你回國。那戰敗先鋒是我，打死小妖也是我。我見他門外兇狂，是我變作有來有去模樣，捨身到此，與你通信。」◎17那娘娘聽說，沉吟不語。行者取出寶串，雙手奉上道：「你若不信，看此物何來？」◎18娘娘一見垂淚，下座拜謝道：「長老，你果是救得我回朝，沒齒不忘大恩！」

行者道：「我且問你，他那放火、放烟、放沙的，是件甚麼寶貝？」娘娘道：「那裏是甚寶貝，乃是三個金鈴。他將頭一個幌一幌，有三百丈火光燒人；第二個幌一幌，有三百丈烟光燻人；第三個幌一幌，有三百丈黃沙迷人。烟火還不打緊，只是黃沙最毒，若鑽入人鼻孔，就傷了性命。」行者道：「利害，利害！我曾經著，打了兩個噴嚏。卻不知他的鈴兒放在何處？」娘娘道：「他那肯放下，只是帶在腰間，行住坐臥，再不離身。」

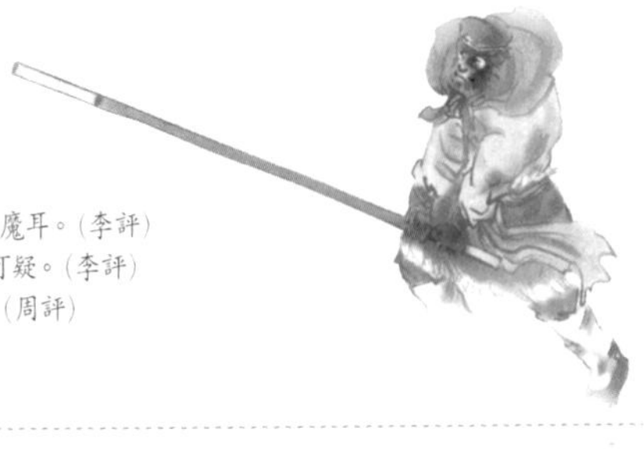

評點

◎15. 痴妖魔。非干妖魔痴事，還是女人更妖魔耳。（李評）
◎16. 一個娘娘，一個和尚，關在門裏，甚是可疑。（李評）
◎17. 此心腹小校，卻又做娘娘心腹和尚矣。（周評）
◎18. 所以寶串不可少。（周評）

行者道：「你若有意於朱紫國，還要相會國王，把那煩惱憂愁都且權解，使出個風流喜悅之容，與他敘個夫妻之情，教他把鈴兒與你收貯。待我取便偷了，降了這妖怪，那時節，好帶你回去，重諧鸞鳳，共用安寧也。」那娘娘依言。

這行者還變作心腹小校，開了宮門，喚進左右侍婢。娘娘叫：「有來有去，快往前亭請你大王來，與他說話。」好行者，應了一聲，即至剝皮亭，對妖精道：「大王，聖宮娘娘有請。」妖王歡喜道：「娘娘常時只罵，怎麼今日有請？」行者道：「那娘娘問朱紫國王之事，是我說：『他不要你了，他國中另扶了皇后。』娘娘聽說，故此沒了想頭，方才命我來奉請。」◎19妖王大喜道：「你卻中用！待我剿除了他國，封你為個隨朝的太宰。」

行者順口謝恩，疾與妖王來至後宮門首。

蒙兀兒皇朝的宮殿紅堡，位印度首都新德里。攝於2003年3月28日。（張國聲／fotoe提供）

那娘娘歡容迎接，就去用手相攙。那妖王喏喏而退道：「不敢，不敢！多承娘娘下愛，我怕手痛，不敢相傍。」娘娘道：「大王請坐，我與你說。」妖王道：「有話但說不妨。」娘娘道：「我蒙大王辱愛，今已三年，未得共枕同衾。也是前世之緣，做了這場夫妻，誰知大王有外我之意，不以夫妻相待。我想著當時在朱紫國為后，外邦凡有進貢之寶，君看畢，一定與后收之。你這裏更無甚麼寶貝，左右穿的是貂裘，吃的是血食，那曾見綾錦金珠，◎20只一味鋪皮蓋毯。或者就有些寶貝，你因外我，也不教我看見，也不與我收著。且如聞得你有三個鈴鐺，想就是件寶貝，你怎麼走也帶著，坐也帶著？你就拿與我收著，待你用時取出，未為不可。此也是做夫妻一場，也有個心腹相托之意。如此不相托付，非外我而何？」妖王大笑，陪禮道：「娘娘怪得是，怪得是！寶貝在此，今日就當付你收之。」便即揭衣取寶。行者在旁，眼不轉睛看著那怪揭起兩三層衣服，貼身帶著三個鈴兒。他解下來，將些綿花塞了口兒，把一塊豹皮作一個包袱兒包了，遞與娘娘道：「物雖微賤，卻要用心收藏，切不可搖幌著他。」娘娘接過手道：「我曉得。安在這妝臺之上，無人搖動。」叫：「小的們，安排酒來，我與大王交歡會喜，飲幾杯兒。」眾侍婢聞言，即鋪排果菜，擺上些獐、鹿、

唐三彩女立俑。

評點

◎19. 儀（張儀）、秦（蘇秦）無此妙舌。（周評）
◎20. 這娘娘甚用得。（李評）

兔之肉，將椰子酒斟來奉上。那娘娘做出妖嬈之態，哄著精靈。

孫行者在旁取事，但挨挨摸摸，行近妝臺，把三個金鈴輕輕拿過，慢慢移步，溜出宮門，徑離洞府。到了剝皮亭前無人處，展開豹皮幅子看時，中間一個，有茶鍾大；兩頭兩個，有拳頭大。他不知利害，就把綿花扯了，只聞得噹的一聲響喨，骨都都的迸出烟火、黃沙，急收不住，滿亭中烘烘火起。◎21諕得那把門精怪一擁撞入後宮，驚動了妖王，慌忙教：「去救火！救火！」出來看時，原來是有來有去拿了金鈴兒哩。妖王上前喝道：「好賤奴！怎麼偷了我的金鈴寶貝，在此胡弄！」叫：「拿來，拿來！」那門前虎將、熊師、豹頭、彪帥、獺象、蒼狼、乖獐、狡兔、長蛇、大蟒、猩猩，帥眾妖一齊攢簇。

那行者慌了手腳，丟了金鈴，現出本相，掣出金箍如意棒，撒開解數，往前亂打。那妖王收了寶貝，傳號令，教：「關了前門！」眾妖聽了，關門的關門，打仗的打仗。那行者難得脫身，收了棒，搖身一變，變作個痴蒼蠅兒，釘在那無火處石壁上。眾妖尋不見，報道：「大王，走了賊也！走了賊也！」妖王問：「可曾自門裏走出去？」眾妖都說：「前門緊鎖牢拴在此，不曾走出。」妖王只說：「仔細搜尋！」有的取水潑火，有的仔細搜尋，更無踪跡。

妖王怒道：「是個甚麼賊子，好大膽，變作有來有去的模樣，進來見我回話，又跟在身邊，乘機盜我寶貝！早是不曾拿將出去；若拿出山頭，見了天風，怎生是好？」虎將

上前道：「大王的洪福齊天，我等的氣數不盡，故此知覺了。」熊師上前道：「大王，這賊不是別人，定是那戰敗先鋒的那個孫悟空。想必路上遇著有來有去，傷了性命，奪了黃旗、銅鑼、牙牌，變作他的模樣，到此欺騙了大王也。」妖王道：「正是，正是！見得有理。」叫：「小的們，仔細搜求防避，切莫開門放出走了！」這才是個有分教：

弄巧翻成拙，作耍卻爲眞。

畢竟不知孫行者怎麼脫得妖門，且聽下回分解。

總批

這猴頭偷鈴尚不知掩耳，如何偷得？（李評）

悟一子曰：金丹之道，《易》道也。《乾》、《坤》其門戶，《坎》、《離》其妙用。……陰陽消長，循環無端。即篇中所謂「有來有去」者。（陳評節錄）

悟元子曰：上回虛心而識心，已是盡心而知性矣。然性之盡者，即命之至，頓悟之後，不妨漸修之功，方能自有爲而入無爲，歸於形神俱妙之地。故此回言金丹下手之功，使學者鑽研火候之奧妙耳。（劉評節錄）

評點

◎21. 此非行者性急，還是妖狁時節未到。（周評）
此猴猴急，弄不得事。（李評）

第七十一回

行者假名降怪狨　觀音現像伏妖王

色即空兮自古，空言是色如然。人能悟徹色空禪，何用丹砂炮煉。
德行全修休懈，工夫苦用熬煎。有時行滿始朝天，永駐仙顏不變。

《新說西遊記圖像》描繪第七十一回精采場景：下方是行者用怪物的金鈴燒賽太歲，上方是觀音菩薩前來幫忙。（古版畫，選自《新說西遊記圖像》）

話說那賽太歲緊關了前後門戶，搜尋行者，直嚷到黃昏時分，不見踪跡。坐在那剝皮亭上，點聚群妖，發號施令，都教各門上提鈴喝號，擊鼓敲梆，一個個弓上弦，刀出鞘，支更坐夜。原來孫大聖變作個痴蒼蠅，釘在門旁。見前面防備甚緊，他即抖開翅，飛入後宮門首看處，見金聖娘娘伏在御案上，清清滴淚，隱隱聲悲。行者飛進門去，輕輕的落在他那烏雲散髻之上，聽他哭的甚麼。少頃間，那娘娘忽失聲道：「主公

啊！我和你：

前生燒了斷頭香，今世遭逢潑怪王。拆鳳三年何日會？分鸞兩處致悲傷。差來長老才通信，驚散佳姻一命亡。只為金鈴難解識，相思又比舊時狂。」◎1

行者聞言，即移身到他耳根後，悄悄的叫道：「聖宮娘娘，你休恐懼。我還是你國差來的神僧孫長老，未曾傷命。只因自家性急，近妝臺偷了金鈴，你與妖王吃酒之時，我卻脫身私出了前亭，忍不住打開看看；不期扯動那塞口的綿花，那鈴響一聲，迸出烟火黃沙。我就慌了手腳，把金鈴丟了，現出原身，使鐵棒，苦戰不出，恐遭毒手，故變作一個蒼蠅兒，釘在門樞上，躲到如今。那妖王愈加嚴緊，不肯開門。你可再以夫妻之禮，哄他進來安寢，我好脫身行事，別作區處救你也。」

娘娘一聞此言，戰兢兢髮似神揪，虛怯怯心如杵築，淚汪汪的道：「你如今是人是鬼？」行者道：「我也不是人，我也不是鬼，如今變作個蒼蠅兒在此。你休怕，快去請那妖王也。」娘娘不信，淚滴滴悄語低聲道：「你莫魘寐※1我。」行者道：「我豈敢魘寐你？你若不信，展開手，等我跳下來你看。」那娘娘真箇把左手張開，行者輕輕飛下，落在他玉掌之間，◎2好便似：

菡萏蕊頭釘黑豆，牡丹花上歇遊蜂；繡毬心裏葡萄落，百合枝邊黑點濃。◎3

金聖宮高擎玉掌，叫聲：「神僧。」行者嚶嚶的應道：「我是神僧變的。」那娘娘方才信

註

※1魘寐：俗稱鬼壓身，這裏是迷糊、糊弄的意思。

評點

◎1.情景可憐。(周評)
◎2.和尚卻在娘娘手裏。(李評)
◎3.反照視遠，天然巧絕。(張評)

了，悄悄的道：「我去請那妖王來時，你卻怎生行事？」行者道：「古人云：『斷送一生惟有酒。』又云：『破除萬事無過酒。』酒之為用多端，你只以飲酒為上。你將那貼身的侍婢喚一個進來，指與我看，我就變作他的模樣，在旁邊伏侍，卻好下手。」

那娘娘真箇依言，即叫：「春嬌何在？」那屏風後轉出一個玉面狐狸來，跪下道：「娘娘喚春嬌有何使令？」娘娘道：「你去叫他們來點紗燈，焚腦麝，扶我上前庭，請大王安寢也。」那春嬌即轉前面，叫了七八個怪鹿妖狐，打著兩對燈籠，一對提爐，擺列左右。娘娘欠身叉手，那大聖早已飛去。

好行者，展開翅，徑飛到那玉面狐狸頭上，拔下一根毫毛，吹口仙氣，叫：「變！」變作一個瞌睡蟲，輕輕的放在他臉上。原來瞌睡蟲到了人臉上，往鼻孔裏爬，爬進孔中，即瞌睡了。那春嬌果然漸覺困倦，立不住腳，搖椿打盹，即忙尋著原睡處，丟倒頭，只情呼呼的睡起。行者跳下來，搖身一變，變作那春嬌一般模樣，◎4轉屏風，與衆排立不題。

卻說那金聖宮娘娘往前正走，有小妖看見，即報賽太歲道：「大王，娘娘來了。」那妖王急出剝皮亭外迎迓。娘娘道：「大王啊，今烟火既息，賊已無踪，深夜之際，特請大王安置。」那妖滿心歡喜道：「娘娘珍重。卻才那賊乃是孫悟空。他敗了我先鋒，打殺我小校，變化進來，哄了我們。我們這般搜檢，他卻渺無踪跡，故此心上不安。」娘娘道：「那廝想是走脫了。大王放心勿慮，且自安寢去也。」◎5妖精見娘娘侍立敬請，不敢堅辭，只得分付群妖：「各要小心火燭，謹防盜賊。」遂與娘娘徑往後宮。行者假變春嬌，

從兩班侍婢引入。娘娘叫：「安排酒來與大王解勞。」妖王笑道：「正是，正是。快將酒來，我與娘娘壓驚。」假春嬌即同衆怪鋪排了果品，整頓些腥肉，調開桌椅。那娘娘擎杯，這妖王也以一杯奉上，二人穿換了酒杯。假春嬌在旁執著酒壺道：「大王與娘娘今夜才遞交杯盞，請各飲乾，穿個雙喜杯兒。」真箇又各斟上，又飲乾了。假春嬌又道：「大王、娘娘喜會，衆侍婢會唱的供唱，善舞的起舞來耶！」說未畢，只聽得一派歌聲，齊調音律，唱的唱，舞的舞。他兩個又飲了許多，娘娘叫住了歌舞。衆侍婢分班，出屏風外擺列，惟有假春嬌執壺，上下奉酒。娘娘與那妖王專說的是夫妻之話。你看那娘娘一片雲情雨意，哄得那妖王骨軟筋麻，◎6只是沒福，不得沾身。可憐！真是貓咬尿胞——空歡喜。

敘了一會，笑了一會，娘娘問道：「大王，寶貝不曾傷損麼？」妖王道：「這寶貝乃先天摶鑄之物，如何得損！只是被那賊扯開塞口之綿，燒了豹皮包袱也。」娘娘說：「怎生收拾？」妖王道：「不用收拾，我帶在腰間哩。」假春嬌聞得此言，即拔下毫毛一把，嚼得粉碎，輕輕挨近妖王，將那毫毛放在他身上，吹了三口仙氣，暗暗的叫：「變！」那些毫毛即變作三樣惡物，乃虱子、虼蚤、臭蟲，攻入妖王身內，挨著皮膚亂咬。那妖王燥癢難禁，伸手入懷揣摸揉癢，用指頭捏出幾個虱子來，拿近燈前觀看。娘娘見了，含忖※2

註

※2 含忖：寒傖的意思。此處指捉他人的缺處加以羞辱。

評點

◎4. 心腹小校又作心腹侍婢，漸入佳境矣。（周評）
◎5. 爲富的人此心再放不下，如何得早睡。（張評）
◎6. 恁地好漢亦見不得金子，可笑。（張評）

道：「大王，想是襯衣穢了，久不曾漿洗，故生此物耳。」妖王慚愧道：「我從來不生此物，可可的今宵出醜。」娘娘笑道：「大王何為出醜？常言道：『皇帝身上也有三個御虱』哩。且脫下衣服來，等我替你捉捉。」妖王真箇解帶脫衣。

假春嬌在旁，著意看著那妖王身上衣服，層層皆有虼蚤跳，件件皆排大臭蟲；子母虱，密密濃濃，就如螻蟻出窩中。◎7不覺的揭到第三層見肉之處，那金鈴上紛紛垓垓的，也不勝其數。假春嬌道：「大王，拿鈴子來，等我也與你捉捉虱子。」那妖王一則羞，二則慌，卻也不認得真假，將三個鈴兒遞與假春嬌。假春嬌接在手中，賣弄多時。見那妖王低著頭抖這衣服，他即將金鈴藏了，拔下一根毫毛，變作三個鈴兒，一般無二，拿向燈前翻檢；卻又把身子扭扭捏捏的，抖了一抖，將那虱子、臭蟲、虼蚤，收了歸在身上，把假金鈴兒遞與那怪。那怪接在手中，一發朦朧無措，那裏認得甚麼真假，雙手托著那鈴兒，遞與娘娘道：「今番你收好了，卻要仔細仔細，不要像前一番。」那娘娘接過來，輕輕的揭開衣箱，把那假鈴收了，用黃金鎖鎖了。卻又與妖王敘飲了幾杯酒，教侍婢：「淨拂牙牀，展開錦被，我與大王同寢。」那妖王諾諾連聲道：「沒福，沒福！◎8不敢奉陪。我還帶個宮女往西宮裏睡去，娘娘請自安置。」遂此各歸寢處不題。

卻說假春嬌得了手，將他寶貝帶在腰間，現了本相，把身子抖一抖，收去那個瞌睡蟲兒，徑往前走。只聽得梆鈴齊響，緊打三更。好行者，捏著訣，念動真言，使個隱身法，直至門邊。又見那門上拴鎖甚密，卻就取出金箍棒，望門一指，使出那解鎖之法，那門就

輕輕開了。急拽步出門站下，厲聲高叫道：「賽太歲，還我金聖娘娘來！」連叫兩三遍，驚動大小群妖，急急看處，前門開了，即忙掌燈尋鎖，把門兒依然鎖上。著幾個跑入裏邊去報道：「大王，有人在大門外呼喚大王尊號，要金聖娘娘哩！」那裏邊侍婢即出宮門，悄悄的傳言道：「莫吆喝，大王才睡著了。」行者又在門前高叫，那小妖又不敢去驚動。如此者三四遍，俱不敢去通報。那大聖在外嚷嚷鬧鬧的，直弄到天曉，忍不住手輪著鐵棒上前打門。慌得那大小群妖，頂門的頂門，報信的報信。那妖王一覺方醒，只聞得亂攛攛的喧嘩，起身穿了衣服，即出羅帳之外問道：「嚷甚麼？」眾侍婢才跪下道：「爺爺，不知是甚人在洞外叫罵了半夜，如今卻又打門。」

妖王走出宮門，只見那幾個傳報的小妖慌張張的磕頭道：「外面有人叫罵，要金聖宮娘娘哩。若說半個『不』字，他就說出無數的歪話，甚不中聽。見天曉大王不出，逼得打門也。」那妖道：「且休開門。你去問他是那裏來的，姓甚名誰，快來回報。」小妖急出去，隔門問道：「打門的是誰？」行者道：「我是朱紫國拜請來的外公，來取聖宮娘娘回國哩！」那小妖聽得，即以此言回報。那妖隨往後宮，查問來歷。原來那娘娘才起來，還未梳洗，早見侍婢來報：「爺爺來了。」那娘娘急整衣，散挽黑雲，出宮迎迓；才坐下，還未及問，又聽得小妖來報：「那來的外

評點

◎7. 銅臭齷齪，伏下溼垢。（張評）
◎8. 糟鼻子不吃酒，枉擔虛名耳。（張評）

公已將門打破矣！」那妖笑道：「娘娘，你朝中有多少將帥？」娘娘道：「在朝有四十八衛人馬，良將千員；各邊上元帥、總兵，不計其數。」妖王道：「可有個姓外的麼？」娘娘道：「我在宮，只知內裏輔助君王，早晚教誨妃嬪，外事無邊，我怎記得名姓？」妖王道：「這來者稱為外公，我想著《百家姓》上，更無個姓外的。◎9娘娘賦性聰明，出身高貴，居皇宮之中，必多覽書籍。記得那本書上有此姓也？」娘娘道：「止《千字文》上有句『外受傅訓』※3，想必就是此矣。」◎10

妖王喜道：「定是，定是。」即起身辭了娘娘，到剝皮亭上，結束整齊，點出妖兵；開了門，直至外面，手持一柄宣花鉞斧，厲聲高叫道：「那個是朱紫國來的外公？」行者把金箍棒揝在右手，將左手指定道：「賢甥，叫我怎的？」那妖王見了，心中大怒道：「你這廝：

相貌若猴子，嘴臉似猢猻。七分眞是鬼，大膽敢欺人！」◎11

行者笑道：「你這個誑上欺君的潑怪，原來沒眼！想我五百年前大鬧天宮時，九天神將見了我，無一個『老』字，不敢稱呼。你叫我聲『外公』，那裏虧了你！」妖王喝道：「快早說出姓甚名誰，有些甚麼武藝，敢到我這裏猖獗！」行者道：「你若不問姓名猶可，若要我說出姓名，只怕你立身無地！你上來，站穩著，聽我道：

生身父母是天地，日月精華結聖胎。仙石懷抱無歲數，靈根孕育甚奇哉。

當年產我三陽泰，今日歸眞萬會諧。曾聚衆妖稱帥首，能降衆怪拜丹崖。

玉皇大帝傳宣旨，太白金星捧詔來。請我上天承職裔，官封弼馬不開懷。
初心造反謀山洞，大膽興兵鬧御階。托塔天王並太子，交鋒一陣盡猥衰※4。
金星復奏玄穹帝，再降招安敕旨來。封做齊天眞大聖，那時方稱棟梁材。
又因攪亂蟠桃會，仗酒偷丹惹下災。太上老君親奏駕，西池王母拜瑤臺。
情知是我欺王法，即點天兵發火牌。十萬凶星並惡曜，干戈劍戟密排排。
天羅地網漫山佈，齊舉刀兵大會垓。惡鬥一場無勝敗，觀音推薦二郎來。
兩家對敵分高下，他有梅山兄弟儕。各逞英雄施變化，天門三聖撥雲開。
老君丟了金鋼套，衆神擒我到金階。不須詳允書供狀，罪犯凌遲※5殺斬災。
斧剁鎚敲難損命，刀輪劍砍怎傷懷！火燒雷打只如此，無計摧殘長壽胎。
押赴太清兜率院，爐中煅煉盡安排。日期滿足才開鼎，我向當中跳出來。
手挺這條如意棒，翻身打上玉龍臺。各星各象皆潛躲，大鬧天宮任我歪。
巡視靈官忙請佛，釋迦與我逞英才。手心之內翻觔斗，遊遍周天去復來。
佛使先知賺哄法，被他壓住在天崖。到今五百餘年矣，解脫微軀又弄乖。
特保唐僧西域去，悟空行者甚明白。西方路上降妖怪，那個妖邪不懼哉！」

那妖王聽他說出悟空行者，遂道：「你原來是大鬧天宮的那廝。你既脫身保唐僧西

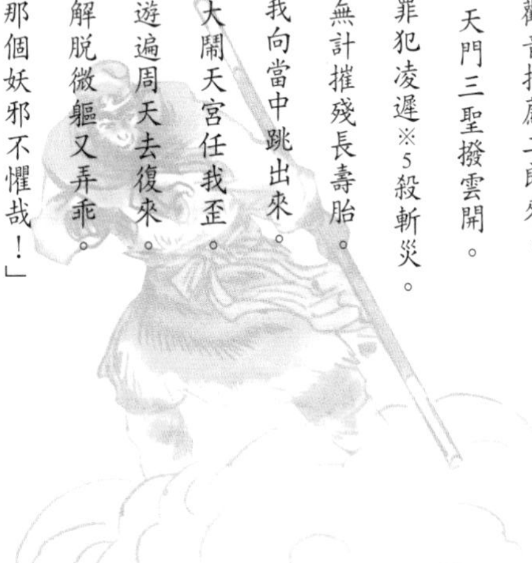

註

※3 外受傅訓：《千字文》：「外受傅訓，入奉母儀。」指在外接受師傅教導。
※4 猥衰：猥獕、狼狽。
※5 凌遲：一種殘酷的刑法。「凌遲」酷刑，亦作「陵遲」，還可通稱爲「千刀萬剮」。

評點

◎9. 妖怪自然認不得外公。（李評）
◎10. 眞聰明！若非多覽書籍，何以知之？（周評）
以幻爲眞，奇絕，奇絕。（李評）
◎11. 此時方知不是，大抵不識外公者也。（張評）

去，你走你的路去便罷了，怎麼羅織管事，替那朱紫國為奴，卻到我這裏尋死！」行者喝道：「賊潑怪，說話無知！我受朱紫國拜請之禮，又蒙他稱呼管待之恩，我老孫比那王位還高千倍，他敬之如父母，事之如神明，你怎麼說出『為奴』二字？我把你這誑上欺君之怪，不要走！吃外公一棒！」那妖慌了手腳，即閃身躲過，使宣花斧劈面相迎。這一場好殺！你看：

金箍如意棒，風刃宣花斧。一個咬牙發狠兇，一個切齒施威武。這個是齊天大聖降臨凡，那個是作怪妖王來下土。兩個噴雲曖霧照天宮，真是走石揚沙遮斗府。往往來來解數多，翻翻復復金光吐。齊將本事施，各把神通賭。這個要取娘娘轉帝都，那個喜同皇后居山塢。這場都是沒來由，捨死忘生因國主。

他兩個戰經五十回合，不分勝負。那妖王見行者手段高強，料不能取勝，將斧架住他的鐵棒道：「孫行者，你且住了。我今日還未早膳，待我進了膳，再來與你定雌雄。」行者情知是要取鈴鐺，收了鐵棒道：「『好漢子不趕乏兔兒。』你去，你去！吃飽些，好來領死！」

那妖急轉身闖入裏邊，對娘娘道：「快將寶貝拿來！」娘娘道：「要寶貝何幹？」妖王道：「今早叫戰者，乃是取經的和尚之徒，叫作孫悟空行者，假稱外公。我與他戰到此時，不分勝負。等我拿寶貝出去，放些烟火，燒這猴頭。」娘娘見說，心中怛突※6：欲不取出鈴兒，恐他見疑；欲取出鈴兒，又恐傷了孫行者

✦騎著金毛犼的觀音像。（莫健超／fotoe提供）

性命。◎12正自躊躇未定，那妖王又催逼道：「快拿出來！」這娘娘無奈，只得將鎖鑰開了，把三個鈴兒遞與妖王。妖王拿了，就走出洞。娘娘坐在宮中，淚如雨下，思量行者不知可能逃得性命。兩人卻俱不知是假鈴也。

那妖出了門，就佔起上風，叫道：「孫行者休走！看我搖搖鈴兒！」行者笑道：「你有鈴，我就沒鈴？你會搖，我就不會搖？」妖王道：「你有甚麼鈴兒，拿出來我看。」行者將鐵棒捏作個繡花針兒，藏在耳內，卻去腰間解下三個真寶貝來，對妖王說：「這不是我的紫金鈴兒？」妖王見了，心驚道：「蹺蹊，蹺蹊！他的鈴兒怎麼與我的鈴兒就一般無二！縱然是一個模子鑄的，好道打磨不到，也有多個瘢兒，少個蒂兒，卻怎麼這等一毫不差？」又問：「你那鈴兒是那裏來的？」行者道：「賢甥，你那鈴兒卻是那裏來的？」妖王老實，便就說道：「我這鈴兒是：

太清仙君道源深，八卦爐中久煉金。結就鈴兒稱至寶，老君留下到如今。」

行者笑道：「老孫的鈴兒，也是那時來的。」妖王道：「怎生出處？」行者道：「我這鈴兒是：

道祖燒丹兜率宮，金鈴摶煉在爐中。二三如六循環寶，我的雌來你的雄。」◎13

妖王道：「鈴兒乃金丹之寶，又不是飛禽走獸，如何辨得雌雄？但只是搖出寶來，就是好的。」行者道：「口說無憑，做出便見。且讓你先搖。」那妖王真箇將頭一個鈴兒幌了三

註

※6 怛突：忐忑、驚懼、不安。

評點

◎12. 娘娘一心只爲著和尚。（李評）

◎13. 不認雄而認雌，可謂知其雄守其雌矣。（周評）

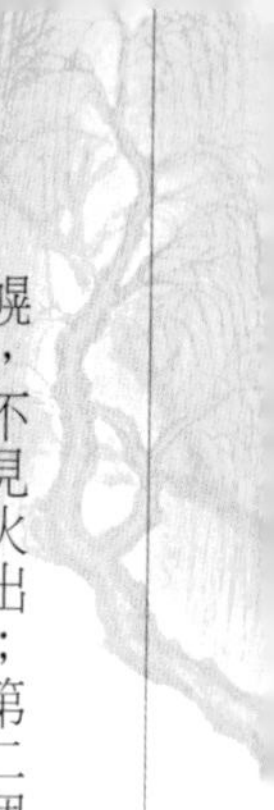

幌，不見火出；第二個幌了三幌，不見烟出；第三個幌了三幌，也不見沙出。妖王慌了手腳道：「怪哉，怪哉！世情變了！這鈴兒想是懼內，雄見了雌，所以不出來了。」行者道：「賢甥，住了手，等我也搖搖你看。」好猴子，一把揝了三個鈴兒，一齊搖起。你看那紅火、青烟、黃沙，一齊滾出，骨都都燎樹燒山！大聖口裏又念個咒語，望巽地上叫：「風來！」真箇是風催火勢，火挾風威，紅燄燄，黑沉沉，滿天烟火，遍地黃沙。把那賽太歲諕得魄散魂飛，走頭無路，在那火當中，怎逃性命！

只聞得半空中厲聲高叫：「孫悟空，我來了也！」行者急回頭上望，原來是觀音菩薩，左手托著淨瓶，右手拿著楊柳，灑下甘露救火哩。慌得行者把鈴兒藏在腰間，即合掌倒身下拜。那菩薩將柳枝連拂幾點甘露，霎時間，烟火俱無，黃沙絕跡。行者叩頭道：「不知大慈臨凡，有失迴避。敢問菩薩何往？」菩薩道：「我特來收尋這個妖怪。」行者道：「這怪是何來歷，敢勞金身下降收之？」菩薩道：「他是我跨的個金毛犼。因牧童盹睡，失於防守，這孽畜咬斷鐵索走來，卻與朱紫國王消災也。」

行者聞言，急欠身道：「菩薩反說了。他在這裏欺君騙后，敗俗傷風，與那國王生災，卻說是消災，何也？」◎14菩薩道：「你不知之。當時朱紫國先王在位之時，這個王還做東宮太子，未曾登基。他年幼間，極好射獵。他率領人馬，縱放鷹犬，正來到落鳳坡前。有西方佛母孔雀大明王菩薩所生二子，乃雌雄兩個雀雛，停翅在山坡之下，被此王弓開處，射傷了雄孔雀，那雌孔雀也帶箭歸西。佛母懺悔以後，分付教他拆鳳三年，身耽啾

評點

◎14. 以生災爲消災，佛眼都是如此。（李評）
◎15. 此處卻是繫鈴還問解鈴人。（周評）

疾※7。那時節，我跨著這犼，同聽此言。不期這孽畜留心，故來騙了皇后，與王消災。至今三年，冤愆滿足，幸你來救治王患。我特來收妖邪也。」行者道：「菩薩，雖是這般故事，奈何他玷污了皇后，敗俗傷風，壞倫亂法，卻是該他死罪。今蒙菩薩親臨，饒得他死罪，卻饒不得他活罪。讓我打他二十棒，與你帶去罷。」菩薩道：「悟空，你既知我臨凡，就當看我分上，一發都饒了罷，也算你一番降妖之功。若是動了棍子，他也就是死了。」行者不敢違言，只得拜道：「菩薩既收他回海，再不可令他私降人間，貽害不淺。」

那菩薩才喝了一聲：「孽畜！還不還原，待何時也！」只見那怪打個滾，現了原身，將毛衣抖抖，菩薩騎上。菩薩又望項下一看，不見那三個金鈴。菩薩道：「悟空，還我鈴來。」行者道：「老孫不知。」菩薩喝道：「你這賊猴！若不是你偷了這鈴，莫說一個悟空，就是十個，也不敢近身。快拿出來！」行者笑道：「實不曾見。」菩薩道：「既不曾見，等我念念《緊箍兒咒》。」那行者慌了，只教：「莫念，莫念！鈴兒在這裏哩。」這正是：犼項金鈴何人解？解鈴人還問繫鈴人。◎15菩薩將鈴兒套在犼項下，飛身高坐。你看他四足蓮花生燄燄，滿身金縷迸森森，大慈悲回南海不題。

卻說孫大聖整束了衣裙，輪鐵棒打進獬豸洞去，把群妖衆怪盡情打死，剿除乾淨。直至宮中，請聖宮娘娘回國。那娘娘頂禮不盡。行者將菩薩降妖並拆鳳原由備說了一遍，尋

註

※7啾疾：啾唧。這裏指鳥失侶時的鳴叫。

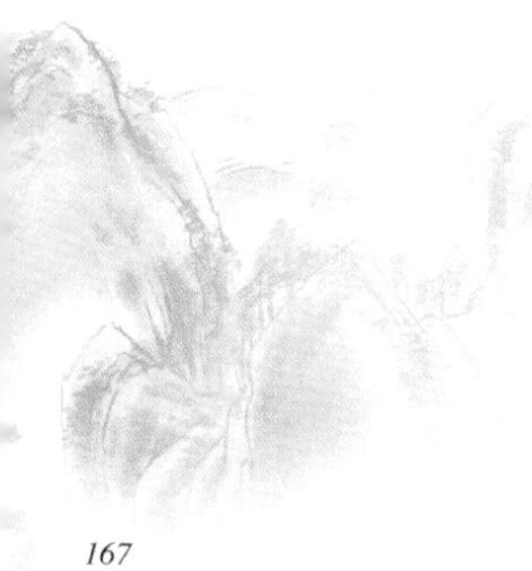

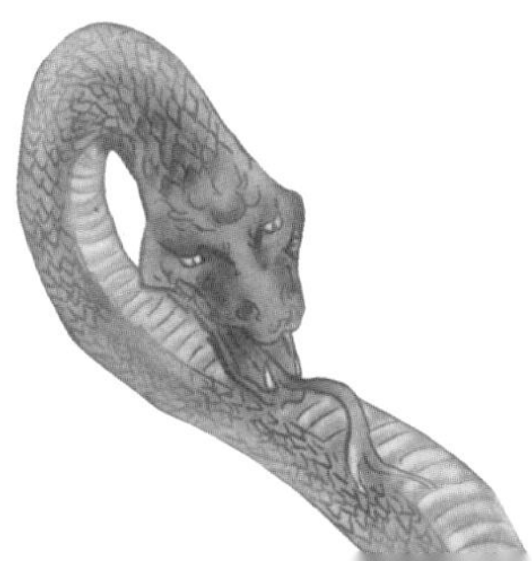

✦孫悟空用妖怪的鈴鐺放出烟火來燒妖怪。（朱寶榮繪）

些軟草，扎了一條草龍，教：「娘娘跨上，合著眼，莫怕。我帶你回朝見主也。」那娘娘謹遵分付，行者使起神通，只聽得耳內風響。

半個時辰，帶進城，按落雲頭，叫：「娘娘開眼。」那皇后睜開眼看，認得是鳳閣龍樓，心中歡喜，撇了草龍，與行者同登寶殿。那國王見了，急下龍牀，就來扯娘娘玉手，欲訴離情，猛然跌倒在地，只叫：「手疼！手疼！」八戒哈哈大笑道：「嘴臉！沒福消受。一見面就蟄殺了也！」◎16行者道：「獃子，你敢扯他扯兒麼？」八戒道：「就扯他扯兒便怎的？」行者道：「娘娘身上生了毒刺，手上有蜇陽之毒。自到麒麟山，與那賽太歲三年，那妖更不曾沾身。但沾身就害身疼，但沾手就害手疼。」◎17眾官聽說，道：「似此怎生奈何？」此時外面眾官憂疑，內裏妃嬪悚懼。旁有玉聖、銀聖二宮，將君王扶起。

俱正在愴惶之際，忽聽得那半空中有人叫道：「大聖，我來也！」行者抬頭觀看，只見那：

肅肅沖天鶴唳，飄飄徑至朝前。繚繞祥光道道，氤氳瑞氣翩翩。棕衣苫體放雲烟，足踏芒鞋罕見。手執龍鬚蠅帚，絲絛腰下圍纏。乾坤處處結人緣，大地逍遙遊遍。此乃是大羅天上紫雲仙，今日臨凡解魔。

行者上前迎住道：「張紫陽何往？」紫陽真人直至殿前，躬身施禮道：「大聖，小仙張伯端

評點

◎16. 此笑又不差。（周評）
◎17. 此娘娘可謂完璧歸趙，與百花羞公主不同。（周評）

※8起手。」行者答禮道：「你從何來？」真人道：「小仙三年前曾赴佛會，因打這裏經過，見朱紫國王有拆鳳之憂。我恐那妖將皇后玷辱，有壞人倫，後日難與國王復合，是我將一件舊棕衣變作一領新霞裳，光生五彩，進與妖王，教皇后穿了妝新。那皇后穿上身，即生一身毒刺。毒刺者，乃棕毛也。今知大聖成功，特來解魘。」◎18行者道：「既如此，累你遠來，且快解脫。」真人走向前，對娘娘用手一指，即脫下那件棕衣，那娘娘遍體如舊。真人將衣抖一抖，披在身上，對行者道：「大聖勿罪，小仙告辭。」行者道：「且住，待君王謝謝。」真人笑道：「不勞，不勞。」遂長揖一聲，騰空而去。慌得那皇帝、皇后及大小衆臣，一個個望空禮拜。

拜畢，即命大開東閣，酬謝四僧。那君王領衆跪拜，夫妻才得重諧。◎19正當歡宴時，行者叫：「師父，拿那戰書來。」長老袖中取出，遞與行者。行者遞與國王道：「此書乃

觀音菩薩收走了作怪的金毛犼。（古版畫，選自李卓吾批評本《西遊記》）

那怪差小校送來者。那小校已先被我打死，送來報功。後復至山中，變作小校，進洞回覆，因得見娘娘，盜出金鈴，幾乎被他拿住；又變化，復偷出，與他對敵。幸遇觀音菩薩將他收去，又與我說拆鳳之故。……」從頭至尾，細說了一遍。那舉國君臣內外，無一人不感謝稱讚。唐僧道：「一則是賢王之福，二來是小徒之功。今蒙盛宴，至矣，至矣！就此拜別，不要誤貧僧向西去也。」那國王懇留不得，遂換了關文，大排鑾駕，請唐僧穩坐龍車，那君王、妃后俱捧轂推輪，相送而別。正是：

有緣洗盡憂疑病，絕念無思心自寧。

畢竟這去後面再有甚麼吉凶之事，且聽下回分解。

總批

雄鈴也怕雌鈴，何懼內之風。不遺一物如此！若今日，可謂鈴世界矣。識得生災乃是消災，若海中俱極樂世界也。此《西遊記》度人處，讀者著眼。（李評）

悟元子曰：上回採藥時刻，下手功用，無不詳明且備矣。然大道須當循序而進，不得躐等而求，若火候不到而金丹難成。故此回叫學者自有爲而入無爲，由勉強而歸自然也。篇首一詞，言淺而意深，學者細翫。「色即空兮自古，空言是色如然。」言大道色不離空，空不高色，無色而不見空，無空而不見色，色空無礙，有無一致。但所謂色者，非是有形之色，乃不色之色；所謂空者，非是頑空之空，乃不空之空，即眞空妙有之色空也。（劉評節錄）

註

※8 張伯端：張伯端生於宋代，是道教南宗紫陽派的鼻祖，號「紫陽眞人」。

評點

◎18. 安得張眞人棕衣，凡婦人都與他一件也。（李評）
偶爾經過，輒如此濟人利物，可見天上無不熱腸之神仙。（周評）

◎19. 竟不說起社稷平分、推位讓國何也？（周評）

第七十二回

盤絲洞七情※1迷本　濯垢泉八戒忘形

話表三藏別了朱紫國王，整頓鞍馬西進。行彀多少山原，歷盡無窮水道，不覺的秋去冬殘，又值春光明媚。◎1師徒們正在路踏青翫景，忽見一座庵林。三藏滾鞍下馬，站立大道之旁。行者問道：「師父，這條路平坦無邪，因何不走？」八戒道：「師兄好不通情！師父在馬上坐得困了，也讓他下來關關風※2是。」三藏道：「不是關風，我看那裏是個人家，意欲自去化些齋吃。」行者笑道：「你看師父說的是那裏話。你要吃齋，我自去化。俗語云：『一日為師，終身為父。』豈有為弟子者高坐，教師父去化齋之理？」三藏道：「不是這等說。平日間一望無邊無際，你們沒遠沒近的去化齋；今日人家逼近，可以叫應，也讓我去化一個來。」八戒道：「師父沒主張。常言道：『三人出外，小的兒苦。』你況是個父輩，我等俱是弟子。古書云：『有事弟子服其勞。』等我老豬去。」三藏道：「徒弟呵，今日天氣晴明，與那風雨之時不同。那時節，汝等必定遠

✦《新説西遊記圖像》描繪第七十二回精采場景：圖下方是豬八戒調戲女怪，上方是女怪們找她們師兄幫忙。（古版畫，選自《新説西遊記圖像》）

去。此個人家，等我去，有齋無齋，可以就回走路。」沙僧在旁笑道：「師兄不必多講，師父的心性如此，不必違拗。◎2若惱了他，就化將齋來，他也不吃。」八戒依言，即取出鉢盂，與他換了衣帽。拽開步，直至那莊前觀看，卻也好座住場。但見：

石橋高聳，古樹森齊。石橋高聳，潺潺流水接長溪；古樹森齊，聒聒幽禽鳴遠岱。橋那邊有數椽茅屋，清清雅雅若仙庵；又有那一座蓬窗，白白明明欺道院。窗前忽見四佳人，都在那裏刺鳳描鸞做針線。◎3

長老見那人家沒個男兒，只有四個女子，不敢進去，將身立定，閃在喬林之下。只見那女子，◎4一個個：

閨心堅似石，蘭性喜如春。嬌臉紅霞襯，朱唇絳脂勻。蛾眉橫月小，蟬鬢疊雲新。若到花間立，遊蜂錯認眞。◎5

少停有半個時辰，一發靜悄悄，雞犬無聲。自家思慮道：「我若沒本事化頓齋飯，也惹那徒弟笑我，敢道為師的化不出齋來，為徒的怎能去拜佛？」

長老沒計奈何，也帶了幾分不是，趨步上橋。又走了幾步，只見那茅屋裏面有一座木香亭，亭子下又有三個女子在那裏踢氣毬哩。你看那三個女子，比那四個又生得不同。◎6

但見那：

註

※1 七情：中醫指喜、怒、憂、思、悲、恐、驚七種情志變化。另有一說，指喜、怒、哀、懼、愛、惡、欲。

※2 關關風：吹風、散心。

評點

◎1. 春乃情也，盧籠惟明，極盡其妙。（張評）
◎2. 情興潑潑，勢不可扼。（張評）
◎3. 可謂有情人遇有情人。前後俱以針字相應。（張評）
◎4. 妙只說他遠嫌迴避，卻不道餓眼偷瞧。（張評）
◎5. 詩好。但蜘蛛安得有如此之美？（周評）
◎6. 左顧右盼，目不暇用。（張評）

飄揚翠袖，搖拽緗裙。飄揚翠袖，低籠著玉笋纖纖；搖拽緗裙，半露出金蓮窄窄。形容體勢十分全，動靜腳跟千樣躧。拿頭※3過論有高低，張泛送來真又楷。轉身踢個出牆花，退步翻成大過海。輕接一團泥，單鎗急對拐。明珠上佛頭，實捏來尖靴。窄磚偏會拿，臥魚將腳絆。平腰折膝蹲，扭頂翹跟躧。扳凳能喧泛，披肩甚脫灑。絞襠任往來，鎖項隨搖擺。◎7踢的是黃河水倒流，金魚灘上買。那個錯認是頭兒，這個轉身就打拐。端然捧上臁※4，周正尖來捽。提跟潠※5草鞋，倒插回頭採。退步泛肩妝，鉤兒只一歹。販簍下來長，便把奪門揣。踢到美心時，佳人齊喝采。一個個汗流粉膩透羅裳，興懶情疏方叫海※6。◎8

言不盡，又有詩為證，詩曰：

蹴踘當場三月天，仙風吹下素嬋娟。
汗沾粉面花含露，塵染蛾眉柳帶烟。
翠袖低垂籠玉笋，緗裙斜拽露金蓮。
幾回踢罷嬌無力，雲鬢蓬鬆寶髻偏。

三藏看得時辰久了，只得走上橋頭，應聲高叫道：「女菩薩，貧僧這裏隨緣佈施些兒齋吃。」那些女子聽見，一個個喜喜歡歡抛了針線，撇了氣毬，都笑笑吟吟的接出門來道：「長老，失迎了。今到荒莊，決不敢攔路齋僧，請裏面坐。」三藏聞言，心中暗道：「善哉，善哉。西方正是佛地！女流尚且注意齋僧，男子豈不虔心向佛？」◎9

評點

◎7. 似此奇文，何得而來！（張評）
◎8. 好一奇觀！好一大觀！和尚眼中幾曾見此。（張評）
◎9. 唐僧到此，自然要七縱七擒矣。（李評）
◎10. 何不就走？（周評）

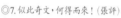

那長老向前問訊了，相隨衆女入茅屋。過木香亭看處，呀！原來那裏邊沒甚房廊，只見那：

巒頭高聳，地脈遙長。巒頭高聳接雲烟，地脈遙長通海岳。門近石橋，九曲九灣流水顧；園栽桃李，千株千棵鬥穠華。藤薜掛懸三五樹，芝蘭香散萬千花。遠觀洞府欺蓬島，近睹山林壓太華。正是妖仙尋隱處，更無鄰舍獨成家。

有一女子上前，把石頭門推開兩扇，請唐僧裏面坐。那長老只得進去。忽抬頭看時，鋪設的都是石桌、石凳，冷氣陰陰。長老心驚，暗自思忖道：「這去處少吉多凶，◎10斷然不善。」

唐僧要求親自去化齋，不想卻碰到了七個女妖怪。女怪的形象有明代仕女的風采。（古版畫，選自李卓吾批評本《西遊記》）

註

※3拿頭：蹴鞠的招數。

※4臁：小腿的兩側。

※5潠：潠音訓，口中噴出水或液狀物。

※6興懶情疏方叫海：這段話裏，從拿頭、張泛、出牆花、大過海等都是漢、唐、宋以來蹴鞠的招數以及身體形狀的描寫。

衆女子喜笑吟吟，都道：「長老請坐。」長老沒奈何，只得坐了。少時間，打個冷禁。衆女子問道：「長老是何寶山？化甚麼緣？還是修橋補路，建寺禮塔，還是造佛印經？請緣簿出來看看。」長老道：「我不是化緣的和尚。」女子道：「既不化緣，到此何幹？」長老道：「我是東土大唐差去西天大雷音求經者。適過寶方，腹間飢餒，特造檀府，募化一齋，貧僧就行也。」衆女子道：「好，好，好！◎11常言道：『遠來的和尚好看經。』妹妹們，不可怠慢，快辦齋來。」

此時有三個女子陪著，言來語去，論說些因緣。那四個到廚中，撩衣斂袖，炊火刷鍋。你道他安排的是些甚麼東西？原來是人油炒煉，人肉煎熬。熬得黑糊，充作麵筋樣子；剜的人腦，煎作豆腐塊片。◎12兩盤兒捧到石桌上放下，對長老道：「請了。倉卒間，不曾備得好齋，且將就吃些充腹，後面還有添換來也。」那長老聞了一聞，見那腥膻，不敢開口，欠身合掌道：「女菩薩，貧僧是胎裏素。」衆女子笑道：「長老，此是素的。」長老道：「阿彌陀佛！若像這等素的啊，我和尚吃了，莫想見得世尊，取得經卷。」衆女子道：「長老，你出家人，切莫揀人佈施。」長老道：「怎敢，怎敢！我和尚奉大唐旨意，一路西來，微生不損，見苦就救，遇穀粒手拈入口，逢絲縷聯綴遮身，怎敢揀主佈施？」◎13衆女子笑道：「長老雖不揀人佈施，卻只有些上門怪人。莫嫌粗淡，吃些兒罷。」長老道：「實是不敢吃，恐破了戒。望菩薩養生不若放生，放我和尚出去罷。」

那長老掙著要走，那女子攔住門，怎麼肯放，俱道：「上門的買賣，倒不好做！『放

了屁兒，卻使手掩。』你往那裏去？」他一個個都會些武藝，手腳又活，把長老扯住，順手牽羊，撲的攢倒在地。眾人按住，將繩子捆了，懸梁高吊。◎14這吊有個名色，叫作「仙人指路」。原來是一隻手向前，牽絲吊起；一隻手攔腰捆住，將繩吊起；兩隻腳向後，一條繩吊起。三條繩把長老吊在梁上，卻是脊背朝上，肚皮朝下。那長老忍著疼，噙著淚，心中暗恨道：「我和尚這等命苦！只說是好人家，化頓齋吃，豈知道落了火坑！徒弟呵，速來救我，還得見面；但遲兩個時辰，我命休矣。」

那長老雖然苦惱，卻還留心看著那些女子。◎15那些女子把他吊得停當，便去脫剝衣服。長老心驚，暗自忖道：「這一脫了衣服，是要打我的情了，或者夾生兒吃我的情也有哩。」原來那女子們只解了上身羅衫，露出肚腹，各顯神通：一個個腰眼中冒出絲繩，有鴨蛋粗細，骨都都的，迸玉飛銀，時下把莊門瞞了不題。

卻說那行者、八戒、沙僧，都在大道之旁。他二人都放馬看擔，惟行者是個頑皮，他且跳樹攀枝，摘葉尋果。忽回頭，只見一片光亮，慌得跳下樹來，吆喝道：「不好，不好！師父造化低了！」行者用手指道：「你看那莊院如何？」八戒、沙僧共目視之，那一片，如雪又亮如雪，似銀又光似銀。八戒道：「罷了，罷了！師父遇著妖精了，我們快去救他也！」行者道：「賢弟莫嚷。你都不見怎的，等老孫去來。」沙僧道：「哥哥仔細。」行者道：「我自有處。」

好大聖，束一束虎皮裙，掣出金箍棒，拽開腳，兩三步跑到前邊，看見那絲繩纏了有千百層厚，穿穿道道，卻似經緯之勢。用手按了一按，有些黏軟沾人。行者更不知是甚麼

評點

◎11. 此三個「好」字，有唐僧肉在。（周評）
◎12. 好素菜。（李評）
◎13. 渴情餓眼，寫出餓鬼景況。（張評）
◎14. 化得好齋。（周評）
◎15. 此時還要看，死期更快。（張評）

東西，他即舉棒道：「這一棒，莫說是幾千層，就有幾萬層，也打斷了！」正欲打，又停住手道：「若是硬的便可打斷，這個軟的，只好打匾罷了。假如驚了他，纏住老孫，反為不美。等我且問他一問再打。」

你道他問誰？即捻一個訣，念一個咒，拘得個土地老兒在廟裏似推磨的一般亂轉。土地婆兒道：「老兒，你轉怎的？好道是羊兒風發了。」土地道：「你不知，你不知。有一個齊天大聖來了，我不曾接他，他那裏拘我哩。」婆兒道：「你去見他便了，卻如何在這裏打轉？」土地道：「若去見他，他那棍子好不重！他管你好歹，就打哩。」婆兒道：「他見你這等老了，那裏就打你？」土地道：「他一生好吃沒錢酒，偏打老年人。」兩口兒講一會，沒奈何，只得走出去，戰兢兢的跪在路旁，叫道：「大聖，當境土地叩頭。」行者道：「你且起來，不要假忙。我且不打你，寄下在那裏。我問你，此間是甚地方？」土地道：「大聖從那廂來？」行者道：「我自東土往西來的。」土地道：「大聖東來，可曾在那山嶺上？」行者道：「正在那山嶺上。我們行李、馬匹還歇在那嶺上不是！」土地道：「那嶺叫作盤絲嶺。嶺下有洞叫作盤絲洞，洞裏有七個妖精。」◎16行者道：「是男怪，是女怪？」土地道：「是女怪。」行者道：「他有多大神通？」土地道：「小神力薄威短，不知他有多大手段。只知那正南上，離此有三里之遙，有一座濯垢泉，乃天生的熱水，原是上方七仙姑的浴池。自妖精到此居住，佔了他的濯垢泉，仙姑更不曾與他爭競，平白地就讓與他了。我見天仙不惹妖魔怪，必定精靈有大能。」行者道：「佔了此泉

何幹？」土地道：「這怪佔了浴池，一日三遭，出來洗澡。◎17如今巳時已過，午時將來呀。」行者聽言道：「土地，你且回去，等我自家拿他罷。」那土地老兒磕了一個頭，戰兢兢的回本廟去了。

這大聖獨顯神通，搖身一變，變作個麻蒼蠅兒，釘在路旁草梢上等待。須臾間，只聽得呼呼吸吸之聲，猶如蠶食葉，卻似海生潮。只好有半盞茶時，絲繩皆盡，依然現出村莊，還像當初模樣。又聽得呀的一聲，柴扉響處，裏邊笑語喧嘩，走出七個女子。行者在暗中細看，見他一個個攜手相攙，挨肩執袂，有說有笑的走過橋來，果是標致。但見：

比玉香尤勝，如花語更真。柳眉橫遠岫，檀口破櫻唇。釵頭翹翡翠，金蓮閃絳裙。卻似嫦娥臨下界，仙子落凡塵。

行者笑道：「怪不得我師父要來化齋，原來是這一般好處。這七個美人兒，假若留住我師父，要吃也不彀一頓吃，要用也不彀兩日用；◎18要動手輪流，一擺佈就是死了。且等我去聽他一聽，看他怎的算計。」

好大聖，嚶的一聲，飛在那前面走的女子雲髻上釘住。才過橋來，後邊的走向前來呼道：「姐姐，我們洗了澡，來蒸那胖和尚吃去。」行者暗笑道：「這怪物好沒算計，煮還省些柴，怎麼轉要蒸了吃？」那些女子採花鬥草向南來，不多時，到了浴池。但見一座門牆，十分壯麗，遍地野花香豔豔，滿旁蘭蕙密森森。後面一個女子走上前，唿哨的一聲，把兩扇門兒推開，那中間果有一塘熱水。這水：

自開闢以來，太陽星原貞有十，後被羿善開弓，射落九烏墜地，止存金烏一星，乃太

評點

◎16. 乃「七情」喜、怒、哀、懼、愛、惡、欲是也。(張評)
◎17. 蜘蛛如此好潔。(周評)
◎18. 如何用，思之。(李評)

陽之眞火也。天地有九處湯泉，俱是衆鳥所化。那九陽泉，乃香冷泉、伴山泉、溫泉、東合泉、潢山泉、孝安泉、廣汾泉、湯泉，此泉乃濯垢泉。◎19

有詩為證，詩曰：

一氣無冬夏，三秋永注春。炎波如鼎沸，熱浪似湯新。
分溜滋禾稼，停流蕩俗塵。涓涓珠淚泛，滾滾玉團津。
潤滑原非釀，清平還自溫。瑞祥本地秀，造化乃天眞。
佳人洗處冰肌滑，滌蕩塵煩玉體新。◎20

那浴池約有五丈餘闊，十丈多長，內有四尺深淺，但見水清徹底。底下水一似滾珠泛玉，骨都都冒將上來，四面有六七個孔竅通流；流去二三里之遙，淌到田裏，還是溫水。池上又有三間亭子。亭子中近後壁，放著一張八隻腳的板凳。兩山頭放著兩個描金彩漆的衣架。行者暗中喜嚶嚶的，一翅飛在那衣架頭上釘住。

那些女子見水又清又熱，便要洗浴，即一齊脫了衣服，搭在衣架上，一齊下去。被行者看見：

褪放紐扣兒，解開羅帶結。酥胸白似銀，玉體渾如雪。
肘膊賽冰鋪，香肩疑粉捏。肚皮軟又綿，脊背光還潔。

✦后羿射日後，落下的太陽形成溫泉。圖為湖北十堰明清時期古建築：高家花屋壁畫雕刻「后羿射日」，攝於2003年6月8日。（稅曉潔／fotoe提供）

膝腕半圍團，金蓮三寸窄。中間一段情，露出風流穴。◎21

那女子都跳下水去，一個個躍浪翻波，負水頑耍。行者道：「我若打他啊，只消把這棍子往池中一攪，就叫作『滾湯潑老鼠，一窩兒都是死』。可憐，可憐！打便打死他，只是低了老孫的名頭。常言道：『男不與女鬥。』我這般一個漢子，打殺這幾個丫頭，著實不濟。不要打他，只送他一個絕後計，教他動不得身，出不得水，多少是好。」好大聖，捏著訣，念個咒，搖身一變，變作一個餓老鷹。◎22但見：

毛猶霜雪，眼若明星。妖狐見處魂皆喪，狡兔逢時膽盡驚。鋼爪鋒芒快，雄姿猛氣橫。會使老拳供口腹，不辭親手逐飛騰。萬里寒空隨上下，穿雲檢物任他行。

呼的一翅飛向前，輪並利爪，把他那衣架上搭的七套衣服，盡情叼去。徑轉嶺頭，現出本相來見八戒、沙僧。

你看那獃子迎著，對沙僧笑道：「師父原來是典當舖裏拿了去的。」沙僧道：「怎見得？」八戒道：「你不見師兄把他些衣服都搶將來也？」行者放下道：「此是妖精穿的衣服。」八戒道：「怎麼就有這許多？」行者道：「七套。」八戒道：「如何這般剝得容易，又剝得乾淨？」行者道：「那曾用剝！原來此處喚作盤絲嶺，那莊村喚作盤絲洞。洞中有七個女怪，把我師父拿住，吊在洞裏，都向濯垢泉去洗浴。那泉卻是天地產成的一塘子熱水。他都算計著洗了澡，要把師父蒸吃。是我跟到那裏，見他脫了衣服下水，我要打他，恐怕污了棍子，又怕低了名頭，是以不曾動棍，只變作一個餓老鷹，叼了他的衣服。

評點

◎19. 敘湯泉出處，可謂聞所未聞。（周評）

◎20. 莊子有云：「觀於濁水而迷於清淵」，正此之謂。（張評）

◎21. 蜘蛛本黑，又安得如此之白？（周評）

◎22. 妙極，妙極！此鷹更勝於無底洞之鷹。（周評）

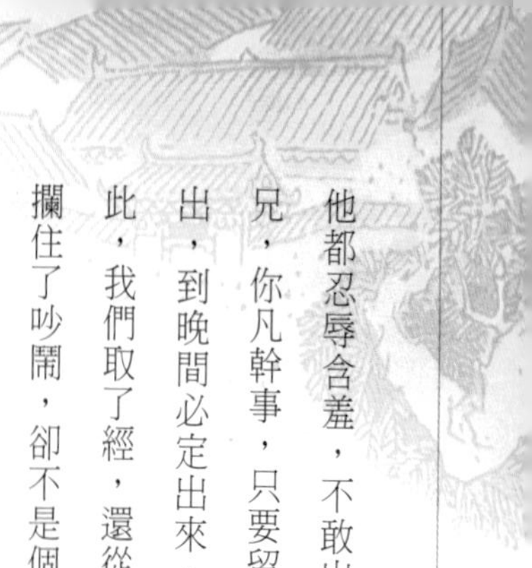

他都忍辱含羞，不敢出頭，蹲在水中哩。我等快去解下師父走路罷。」八戒笑道：「師兄，你凡幹事，只要留根。既見妖精，如何不打殺他，卻就去解師父？他如今縱然藏羞不出，到晚間必定出來。他家裏還有舊衣服，穿上一套，來趕我們。縱然不趕，他久住在此，我們取了經，還從那條路回去。常言道：『寧少路邊錢，莫少路邊拳。』那時節，他攔住了吵鬧，卻不是個仇人也？」行者道：「憑你如何主張？」八戒道：「依我，先打殺了妖精，再去解放師父。此乃斬草除根之計。」行者道：「我是不打他。你要打，你去打他。」

八戒抖擻精神，歡天喜地，舉著釘鈀，拽開步，徑直跑到那裏。忽的推開門看時，只見那七個女子蹲在水裏，口中亂罵那鷹哩，道：「這個匾毛畜生！貓嚼頭的亡人！把我們衣服都叼去了，教我們怎的動手！」八戒忍不住笑道：「女菩薩在這裏洗澡哩。也攜帶我和尚洗洗，何如？」◎23那怪見了，作怒道：「你這和尚，十分無禮！我們是在家的女流，你是個出家的男子。古書云：『七年男女不同席。』你好和我們同塘洗澡？」八戒道：「天氣炎熱，沒奈何，將就容我洗洗兒罷。那裏調甚麼書擔兒※7，同席不同席！」◎24

獃子不容說，丟下釘鈀，脫了皂錦直裰，撲的跳下水來。那怪心中煩惱，一齊上前要打。不知八戒水勢極熟，到水裏搖身一變，變作一個鮎魚精。◎25那怪就都摸魚，趕上拿他不住：東邊摸，忽的又漬了西去；西邊摸，忽的又漬了東去；滑扢虀※8的，只在那腿襠裏亂鑽。◎26原來那水有攙胸之深，水上盤了一會，又盤在水底，都盤倒了，喘噓噓的，精神

倦怠。

八戒卻才跳將上來，現了本相，穿了直裰，執著釘鈀喝道：「我是那個？你把我當鮎魚精哩！」那怪見了，心驚膽戰，對八戒道：「你先來是個和尚，到水裏變作鮎魚，及拿你不住，卻又這般打扮。你端的是從何到此？是必留名。」八戒道：「這夥潑怪當真的不認得我！我是東土大唐取經的唐長老之徒弟，乃天蓬元帥悟能八戒是也。你把我師父吊在洞裏，算計要蒸他受用！我的師父，又好蒸吃？快早伸過頭來，各築一鈀，教你斷根！」那些妖聞此言，魂飛魄散，就在水中跪拜道：「望老爺方便方便！我等有眼無珠，誤捉了你師父，雖然吊在那裏，不曾敢加刑受苦。望慈悲饒了我的性命，情願貼些盤費，送你師父往西天去也。」八戒搖頭道：「莫說這話。俗語說得好：『曾著賣糖君子哄，到今不信口甜人。』是便築一鈀，各人走路！」

獃子一味粗夯，顯手段，那有憐香惜玉之心，舉著鈀，不分好歹，趕上前亂築。那怪慌了手腳，那裏顧甚麼羞恥，只是性命要緊，隨用手侮著羞處，跳出水來，都跑在亭子裏站立，作出法來：臍孔中骨都都冒出絲繩，瞞天搭了個大絲篷，把八戒罩在當中。那獃子忽抬頭，不見天日，即抽身往外便走，那裏舉得腳步！原來放了絆腳索，滿地都是絲繩，動動腳，跌個躘踵：左邊去，一個面磕地；右邊去，一個倒栽葱；急轉身，又跌了個嘴搵地；忙爬起，又跌了個豎蜻蜓。也不知跌了多少跟頭，把個獃子跌得身麻腳軟，頭暈眼

註

※7 調甚麼書擔兒：吊書袋，指搬出經綸、咬文嚼字。

※8 滑扢虀：滑溜溜的。

評點

◎23. 獃和尚、獃和尚，你五戒何曾講。（張評）

◎24. 看到好處便不明此禮，不見此遠翻論更醒。（張評）

◎25. 變得妙，老獃生平無此一變，惜乎不變鰍、鱔耳。（周評）

◎26. 從來倚玉偎香，無如此之親切受用者，八戒毋乃太忘形乎！（周評）

花，爬也爬不動，只睡在地下呻吟。◎27那怪物卻將他困住，也不打他，也不傷他，一個個跳出門來，將絲篷遮住天光，各回本洞。

到了石橋上站下，念動真言，霎時間把絲篷收了，赤條條的跑入洞裏，侮著那話，從唐僧面前笑嘻嘻的跑過去。◎28走入石房，取幾件舊衣穿了，徑至後門口立定，叫：「孩兒們何在？」原來那妖精一個有一個兒子，卻不是他養的，都是他結拜的乾兒子。有名喚作蜜、螞、蠦、班、蜢、蠟、蜻：蜜是蜜蜂，螞是螞蜂，蠦是蠦蜂，班是班毛※9，蜢是牛蜢，蠟是抹蠟，蜻是蜻蜓。原來那妖精幔天結網，擄住這七般蟲蛭，卻要吃他。古云：「禽有禽言，獸有獸語。」當時這些蟲哀告饒命，願拜為母，遂此春採百花供怪物，夏尋諸卉孝妖精。忽聞一聲呼喚，都到面前問：「母親有何使令？」眾怪道：「兒呵，早間我們錯惹了唐朝來的和尚，才然被他徒弟攔在池裏，出了多少醜，幾乎喪了性命。汝等努力，快出門前去退他一退。如得勝

七個蜘蛛精把豬八戒捆綁了起來。（朱寶榮繪）

後，可到你舅舅家來會我。」那些怪既得逃生，往他師兄處孽嘴生災不題。你看這些蟲蛭，一個個摩拳擦掌，出來迎敵。

卻說八戒跌得昏頭昏腦，猛抬頭，見絲篷絲索俱無，他才一步一探爬將起來，忍著疼，找回原路。見了行者，用手扯住道：「哥哥，我的頭可腫、臉可青麼？」行者道：「你怎的來？」八戒道：「我被那廝將絲繩罩住，放了絆腳索，不知跌了多少跟頭，跌得我腰拖背折，寸步難移。卻才絲篷索子俱空，方得了性命回來也。」沙僧見了道：「罷了，罷了。你闖下禍來也！那怪一定往洞裏去傷害師父。我等快去救他！」

行者聞言，急拽步便走，八戒牽著馬。急急來到莊前，但見那石橋上有七個小妖兒擋住道：「慢來，慢來！吾等在此！」行者看了道：「好笑！乾淨都是些小人兒！長的也只有二尺五六寸，不滿三尺；重的也只有八九斤，不滿十斤。」喝道：「你是誰？」那怪道：「我乃七仙姑的兒子。你把我母親欺辱了，還敢無知打上我門！不要走，仔細！」好

哈爾濱植物園的蜘蛛剪影。攝於2005年9月1日。（冰城雪野／fotoe提供）

註

※9 班毛：斑蝥，呈長圓形，有較大的複眼及觸角各一對，背部具革質鞘翅一對，黑色，有三條黃色或棕黃色的橫紋，具藥用價值。又名花斑蝥、花殼蟲。

評點

◎27. 比莫寡婦家撞天婚跌法何如？（周評）
◎28. 此必唐僧生平所未見，腹飢而眼則飽，良不虛此化齋一行。（周評）

怪物！一個個手之舞之，足之蹈之，亂打將來。八戒見了生嗔，本是跌惱了的性子，又見那夥蟲蛭小巧，就發狠舉鈀來築。

那些怪見獃子兇猛，一個個現了本相，飛將起去，叫聲：「變！」須臾間，一個變十個，十個變百個，百個變千個，千個變萬個，個個都變成無窮之數。只見：

滿天飛抹蠟，遍地舞蜻蜓。蜜螞追頭額，蠦蜂扎眼睛。
班毛前後咬，牛蝨上下叮。撲面漫漫黑，翛翛※10神鬼驚。

八戒慌了道：「哥啊，只說經好取，西方路上，蟲兒也欺負人哩。」行者道：「兄弟，不要怕，快上前打！」八戒道：「撲頭撲臉，渾身上下，都叮有十數層厚，卻怎麼打？」行者道：「沒事，沒事！我自有手段。」沙僧道：「哥啊，有甚手段，快使出來罷！一會子光頭上都叮腫了。」

好大聖，拔了一把毫毛，嚼得粉碎，噴將出去，即變作些黃、麻、鵵、白、鵰、魚、鷂。八戒道：「師兄，又打甚麼市語，黃啊、麻啊哩？」行者道：「你不知。黃是黃鷹，麻是麻鷹，鵵是鵵鷹，白是白鷹，鵰是鵰鷹，魚是魚鷹，鷂是鷂鷹。那妖精的兒子是七樣蟲，我的毫毛是七樣鷹。」鷹最能嗛蟲，一嘴一個，爪打翅敲，須臾打得罄盡，滿空無跡，地積尺餘。

三兄弟方才闖過橋去，徑入洞裏。只見老師父吊在那裏哼哼的哭哩。八戒近前道：「師父，你是要來這裏吊了耍子，不知作成我跌了多少跟頭哩！」沙僧道：「且解下師父

再說。」行者即將繩索挑斷，放下唐僧。都問道：「師父，妖精那裏去了？」唐僧道：「那七個怪都赤條條的往後邊叫兒子去了。」行者道：「兄弟們，跟我來尋去。」

三人各持兵器，往後園裏尋處，不見踪跡。都到那桃李樹上尋遍不見。八戒道：「去了，去了！」沙僧道：「不必尋他，等我扶師父去也。」弟兄們復來前面，請唐僧上馬，道：「師父，下次化齋，還讓我們去。」唐僧道：「徒弟呵，以後就是餓死，也再不自專了。」八戒道：「你們扶師父走著，等老豬一頓鈀築倒他這房子，教他來時沒處安身。」行者笑道：「築還費力，不若尋些柴來，與他個斷根罷。」好獃子，尋了些朽松破竹、乾柳枯藤，點上一把火，烘烘的都燒得乾淨。◎29師徒卻才放心前來。咦！畢竟這去，不知那怪的吉凶如何，且聽下回分解。

總批

「七情迷本」、「八戒忘形」八個字，最有深意。戒則不迷，迷則不戒，反掌間耳。女子最會纏人，誰人能解此縛？（李評）

悟一子曰：前結「洗盡」、「無思」之語，似起下「盤絲」、「濯垢」之義。讀者未免視七情為喜、怒、哀、懼、愛、惡、欲，因而迷其本心。（陳評節錄）

悟元子曰：上回結出修真大道，須要調和陰陽，方能成丹矣。然迷徒不知真陰真陽之理，聞陰陽相交之說，便認為世間男女之陰陽，流於御女閨丹之術，或采首經以服食，或取梅子以吞咽，或隔體神交，或隔簾取氣，或三峰采戰。如此等類，數百餘條，皆是在色欲中作工夫，不特敗壞於聖教，而且自促其性命。故仙翁於此回提綱內，指出「迷本忘形」四字，批邪救正，大振聾聵耳。詩曰：「可嘆忘形迷本徒，忘形採取盡糊塗。邪行醜態不知戒，羅網纏身氣轉枯。」（劉評節錄）

註

※10 翛翛：翛音消。本來形容羽毛殘破，這裏形容蟲蟻振羽飛行的迅疾。

評點

◎29.房屋已付一火，七套衣服作何下落？（周評）

第七十三回

情因舊恨生災毒　心主遭魔幸破光

話說孫大聖扶持著唐僧，與八戒、沙僧奔上大路，一直西來。◎1不半晌，忽見一處樓閣重重，宮殿巍巍。唐僧勒馬道：「徒弟，你看那是個甚麼去處？」行者舉頭觀看，忽然見：

　　山環樓閣，溪繞亭臺。
門前雜樹密森森，宅外野花香豔豔。柳間棲白鷺，渾如烟裏玉無瑕；桃內囀黃鶯，卻似火中金有色。雙雙野鹿，忘情閑踏綠莎茵；對對山禽，飛語高鳴紅樹杪。眞如劉阮天臺洞※1，不亞神仙閬苑家。

行者報道：「師父，那所在也不是王侯第宅，也不是豪富

◆《新説西遊記圖像》描繪第七十三回精采場景：圖下方道士用毒茶欺騙唐僧師徒，上方怪物施展其眼睛妖法，照得孫悟空落荒而逃。（古版畫，選自《新説西遊記圖像》）

人家，卻像一個庵觀寺院。到那裏方知端的。」三藏聞言，加鞭促馬。師徒們來至門前觀看，門上嵌著一塊石板，上有「黃花觀」三字。◎2三藏下馬，八戒道：「黃花觀乃道士之家，我們進去會他一會也好。他與我們衣冠雖別，修行一般。」沙僧道：「說得是。一則進去看看景致，二來也當撒貨頭口※2。看方便處，安排些齋飯與師父吃。」

長老依言，四衆共入。但見二門上有一對春聯：

黃芽白雪神仙府　瑤草琪花羽士家

行者笑道：「這個是燒茅煉藥、弄爐火、提罐子的道士。」三藏捻他一把道：「謹言，謹言！我們不與他相識，又不認親，左右暫時一會，管他怎的？」說不了，進了二門，只見那正殿謹閉，東廊下坐著一個道士，在那裏丸藥。◎3你看他怎生打扮：

戴一頂紅豔豔戧金冠，穿一領黑淄淄烏皂服，踏一雙綠陣陣雲頭履，繫一條黃拂拂呂公絛。面如瓜鐵，目若朗星。◎4準頭※3高大類回回，唇口翻張如達達※4。道心一片隱轟雷，伏虎降龍眞羽士。

三藏見了，厲聲高叫道：「老神仙，貧僧問訊了。」那道士猛抬頭，一見心驚，丟了手中

註

※1 劉阮天臺洞：《古小說鉤沉》輯《幽明錄》記載：漢明帝永平五年，剡縣劉晨、阮肇共入天臺山取谷皮，迷不得返。經十三日，採山上桃食之。下山以杯取水，見鞠青葉流下甚鮮，復有胡麻飯一杯流下，二人相謂曰：「去人不遠矣。」乃渡水，又過一山，見二女，容顏妙絕，呼晨、肇姓名，問郎來何晚也。因相款待，行酒作樂，被留半年。求歸，至家，子孫已七世矣。

※2 撒貨頭口：放馬、餵牲口的意思。「頭口」指牲口。

※3 準頭：額頭。

※4 達達：即韃靼，蒙古人。

評點

◎1. 此是玉郎追舟，切莫認作秋江送別。（張評）

◎2. 黃花女兒十七八前看不足，趕此又來觀也。（張評）

◎3. 此道士自可與人無爭者，後來乃爲七怪操戈，豈非其天性兇毒使然耶？（周評）

◎4. 又毒似和尚。（張評）

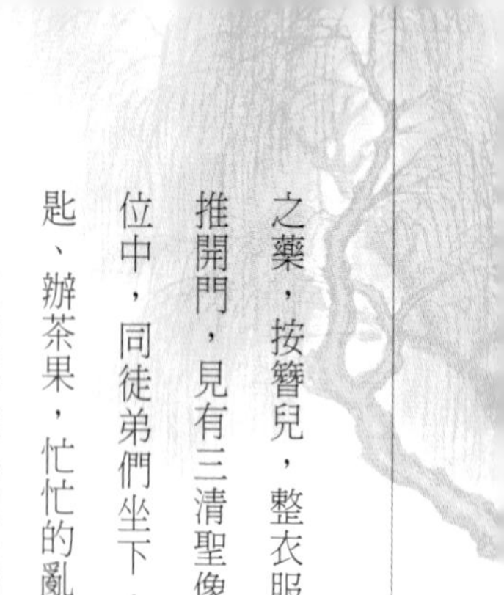

之藥，按簪兒，整衣服，降階迎接道：「老師父，失迎了。請裏面坐。」長老歡喜上殿。推開門，見有三清聖像，供桌有爐有香，即拈香注爐，禮拜三匝，方與道士行禮。遂至客位中，同徒弟們坐下。急喚仙童看茶。當有兩個小童，即入裏邊尋茶盤、洗茶盞、擦茶匙、辦茶果，忙忙的亂走，早驚動那幾個冤家。

原來那盤絲洞七個女怪與這道士同堂學藝，自從穿了舊衣，喚出兒子，徑來此處。◎5正在後面裁剪衣服，忽見那童子看茶，便問道：「童兒，有甚客來了，這般忙冗？」仙童道：「適間有四個和尚進來，師父教來看茶。」女怪道：「可有個白胖和尚？」道：「有。」又問：「可有個長嘴大耳朵的？」道：「有。」女怪道：「你快去遞了茶，對你師父丟個眼色，著他進來，我有要緊的話說。」

果然那仙童將五杯茶拿出去。道士斂衣，雙手拿一杯遞與三藏，然後與八戒、沙僧、行者。茶罷，收鍾，小童丟個眼色，那道士就欠身道：「列位請坐。」教：「童兒，放了茶盤陪侍，等我去去就來。」此時長老與徒弟們並一個小童，出殿上觀翫不題。

卻說道士走進方丈中，只見七個女子齊齊跪倒，叫：「師兄，師兄！聽小妹子一言。」道士用手攙起道：「你們早間來時，要與我說甚麼話，可可的今日丸藥，這枝藥忌見陰人，所以不曾答你。如今又有客在外面，有話且慢慢說罷。」眾怪道：「告稟師兄，這樁事，專為客來，方敢告訴；若客去了，縱說也沒用了。」道士笑道：「你看賢妹說話，怎麼專為客來才說？卻不瘋了？且莫說我是個清靜修仙之輩，◎6就是個俗人家，有妻

子老小家務事，也等客去了再處。怎麼這等不賢，替我裝幌子※5哩！且讓我出去。」眾怪一齊扯住道：「師兄息怒。我問你，前邊那客是那方來的？」道士唾著臉，不答應。眾怪道：「方才小童進來取茶，我聞得他說，是四個和尚。」道士作怒道：「和尚便怎麼？」眾怪道：「四個和尚，內有一個白面胖的，有一個長嘴大耳的，師兄可曾問他是那裏來的？」道士道：「內中是有這兩個，你怎麼知道？想是在那裏見他來？」

女子道：「師兄原不知這個委曲。那和尚乃唐朝差往西天取經去的，今早到我洞裏化齋。委是妹子們聞得唐僧之名，將他拿了。」道士道：「你拿他怎的？」女子道：「我等久聞人說，唐僧乃十世修行的真體，有人吃他一塊肉，延壽長生，故此拿了他。後被那個長嘴大耳朵的和尚把我們攔在濯垢泉裏，先搶了衣服，後弄本事，強要同我等洗浴，也止他不住。他就跳下水，變作一個鮎魚，在我們腿襠裏鑽來鑽去，欲行姦騙之事。果有十分憊懶！他又跳出水去，現了本相。見我們不肯相從，◎7他就使一柄九齒釘鈀，要傷我們性命。若不是我們有些見識，幾乎遭他毒手。故此戰兢兢逃生，又著你愚外甥與他敵鬥，不知存亡如何。我們特來投兄長，望兄長念昔日同窗之雅，與我今日做個報冤之人。」

那道士聞此言，卻就惱恨，遂變了聲色道：「這和尚原來這等無禮！這等憊懶！你們都放心，等我擺佈他。」眾女子謝道：「師兄如若動手，等我們都來相幫打他。」道士道：「不用打，不用打。常言道：『一打三分低。』你們都跟我來。」

註

※5 裝幌子：指出醜。

評點

◎5. 偏他要往眼裏鑽，可怪。（張評）
◎6. 定修個長眉大仙。（張評）
◎7. 誰來見，可笑。（張評）

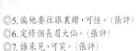

衆女子相隨左右。他入房內，取了梯子，轉過牀後，爬上屋梁，拿下一個小皮箱兒。那箱兒有八寸高下，一尺長短，四寸寬窄，上有一把小銅鎖兒鎖住。即於袖中拿出一方鵝黃綾汗巾兒來，汗巾鬚上繫著一把小鑰匙兒。開了鎖，取出一包兒藥來。◎8此藥乃是：

山中百鳥糞，掃積上千斤。是用銅鍋煮，煎熬火候匀。
千斤熬一杓，一杓煉三分。三分還要炒，再煅再重熏。
製成此毒藥，貴似寶和珍。如若嘗他味，入口見閻君！◎9

道士對七個女子道：「妹妹，我這寶貝，若與凡人吃，只消一釐，入腹就死；若與神仙吃，也只消三釐就絕。這些和尚，只怕也有些道行，須得三釐。快取等子※6來。」內一女子急拿了一把等子道：「稱出一分二釐，分作四分。」卻拿了十二個紅棗兒，將棗掐破些兒，搋上一釐，◎10分在四個茶鍾內；又將兩個黑棗兒作一隻茶鍾，著一個托盤安了，對衆女說：「等我去問他。不是唐朝的便罷；若是唐朝來的，就教換茶，你卻將此茶令童兒拿出。但吃了，個個身亡，就與你報了此仇，解了煩惱也。」七女感激不盡。

那道士換了一件衣服，虛禮謙恭，走將出去，請唐僧等又至客位坐下，道：「老師父莫怪。適間去後面分付小徒，教他們挑些青菜、蘿蔔，安排一頓素齋供養，所以失陪。」三藏道：「貧僧素手※7進拜，怎麼敢勞賜齋？」道士笑云：「你我都是出家人，見山門就有三升俸糧，何言素手？敢問老師父，在何寶山？到此何幹？」三藏道：「貧僧乃東土大唐駕下差往西天大雷音寺取經者。卻才路過仙宮，竭誠進拜。」道士聞言，滿面生春

道：「老師乃忠誠大德之佛，小道不知，失於遠候。恕罪，恕罪！」叫：「童兒，快去換茶來，一廂作速辦齋。」那小童走將進去，眾女子招呼他來道：「這裏有現成好茶，拿出去。」那童子果然將五鍾茶拿出。道士連忙雙手拿一個紅棗兒茶鍾，奉與唐僧。他見八戒身軀大，就認作大徒弟，沙僧認作二徒弟；見行者身量小，認作三徒弟，所以第四鍾才奉與行者。

行者眼乖，接了茶鍾，早已見盤子裏那茶鍾是兩個黑棗兒。他道：「先生，我與你穿換一杯。」道士笑道：「不瞞長老說，山野中貧道士，茶果一時不備。才然在後面親自尋果子，止有這十二個紅棗，做四鍾茶奉敬。小道又不可空陪，所以將兩個下色棗兒作一杯奉陪。此乃貧道恭敬之意也。」行者笑道：「說那裏話？古人云：『在家不是貧，路貧貧殺人。』你是住家兒的，何以言貧！像我們這行腳僧，才是真貧哩。我和你換換，我和你換換。」三藏聞言道：「悟空，這仙長實乃愛客之意，你吃了罷，換怎的？」行者無奈，將左手接了，右手蓋住，看著他們。

卻說那八戒，一則飢，二則渴，原來是食腸大大的，見那鍾子裏有三個紅棗兒，拿起來嘓的都咽在肚裏。師父也吃了，沙僧也吃了。一霎時，只見八戒臉上變色，沙僧滿眼流淚，唐僧口中吐沫。他們都坐不住，暈倒在地。

註

※6 等子：一種小型的秤，用來稱金、銀、藥品等分量小的東西，亦稱「戥子」。

※7 素手：空手。

評點

◎8. 今日所丸者莫非即是此藥？（周評）

◎9. 淫婦痴情，甚是藥毒。此日之所以爲害也。（張評）

◎10. 人只見此中之甜，再不悟此中之苦，可嘆！（張評）

這大聖情知是毒，將茶鍾手舉起來，望道士劈臉一摜。道士將袍袖隔起，噹的一聲，把個鍾子跌得粉碎。道士怒道：「你這和尚，十分村魯！怎麼把我鍾子碎了？」行者罵道：「你這畜生！你看我那三個人是怎麼說！我與你有甚相干，你卻將毒藥茶藥倒我的人？」◎11道士道：「你這個村畜生闖下禍來，你豈不知？」行者道：「我們才進你門，方敘了坐次，道及鄉貫，又不曾有個高言，那裏闖下甚禍？」道士道：「你可曾在盤絲洞化齋麼？你可曾在濯垢泉洗澡麼？」行者道：「濯垢泉乃七個女怪。你既說出這話，必定與他苟合，必定也是妖精。不要走，吃我一棒！」好大聖，去耳朵裏摸出金箍棒，幌一幌，碗來粗細，望道士劈臉打來。那道士急轉身躲過，取一口寶劍來迎。

他兩個廝罵廝打，早驚動那裏邊的女怪。他七個一擁出來，叫道：「師兄且莫勞心，待小妹子拿他！」行者見了，越生嗔怒，雙手輪鐵棒，丟開解數，滾將進去亂打。只見那七個敞開懷，腆著雪白肚子，◎12臍孔中作出法來：骨都都絲繩亂冒，搭起一個天篷，把行者蓋在底下。

行者見事不諧，即翻身，念聲咒語，打個觔斗，撲的撞破天篷走了。忍著性氣，淤淤的立在空中看處，見那怪絲繩幌亮，穿穿道道，卻是穿梭的經緯，頃刻間，把黃花觀的樓臺殿閣都遮得無影無形。行者道：「利害，利害！早是不曾著他手。怪道豬八戒跌了若干！似這般怎生是好？我師父與師弟卻又中了毒藥。這夥怪合意同心，卻不知是個甚來歷，待我還去問那土地神也。」

妖道在女怪的乞求下，用毒茶毒倒了唐僧師徒，只有孫悟空逃脫。（古版畫，選自李卓吾批評本《西遊記》）

好大聖，按落雲頭，捻著訣，念聲「唵」字真言，把個土地老兒又拘來了，戰兢兢跪下路旁，叩頭道：「大聖，你去救你師父的，為何又轉來也？」行者道：「早間救了師父，前去不遠，遇一座黃花觀。我與師父等進去看看，那觀主迎接。才敘話間，被他把毒藥茶藥倒我師父等。我幸不曾吃茶，使棒就打，他卻說出盤絲洞化齋、濯垢泉洗澡之事，我就知那廝是怪。才舉手相敵，只見那七個女子跑出，吐放絲繩，老孫虧有見識走了。我想你在此間為神，定知他的來歷。是個甚麼妖精，老實說來，免打！」土地叩頭道：「那妖精到此，住不上十年。小神自三年前檢點之後，方見他的本相，乃是七個蜘蛛精。◎13他吐那些絲繩，乃是蛛絲。」行者聞言，十分歡喜道：「據你說，卻是小可。既這般，你回去，等我作法降他也。」那土地叩頭而去。

行者卻到黃花觀外，將尾巴上毛捋下七十根，吹口仙氣，叫：「變！」即變作七十個

評點

◎11. 想是看得發昏。（張評）
◎12. 此腹不負妖怪，妖怪負此腹耳。（周評）
◎13. 情本最痴，故云蜘蛛。（張評）

孫悟空變化出七十個小孫悟空，把蜘蛛精的蛛絲全部收取。（朱寶榮繪）

小行者；又將金箍棒吹口仙氣，叫：「變！」即變作七十個雙角叉兒棒。每一個小行者與他一根，他自家使一根，站在外邊，將叉兒攪那絲繩，一齊著力，打個號子，把那絲繩都攪斷，各攪了有十餘斤。裏面拖出七個蜘蛛，足有巴斗大的身軀，一個個攢著手腳，索著頭，只叫：「饒命！饒命！」◎14此時七十個小行者，按住七個蜘蛛，那裏肯放。行者道：「且不要打他，只教還我師父、師弟來。」那怪厲聲高叫道：「師兄，還他唐僧，救我命也！」那道士從裏邊跑出道：「妹妹，我要吃唐僧哩，救不得你了。」行者聞言，大怒道：「你既不還我師父，且看你妹妹的樣子！」好大聖，把叉兒棒幌一幌，復了一根鐵棒，雙手舉起，把七個蜘蛛精盡情打爛，卻似七個鶻肉※8布袋兒，膿血淋淋。◎15卻又將尾巴搖了兩搖，收了毫毛，單身輪棒，趕入裏邊來打道士。

那道士見他打死了師妹，心甚不忍，即發狠舉劍來迎。這一場，各懷忿怒，一個個大

評點

◎14. 技止此耳，何謂神通！（周評）
◎15. 美人安在哉？（周評）
◎16. 形容視字，妙不可言。（張評）

展神通。這一場好殺：

妖精輪寶劍，大聖舉金箍。都爲唐朝三藏，先教七女嗚呼。如今大展經綸手，施威弄法逞金吾，大聖神光壯，妖仙膽氣粗。渾身解數如花錦，雙手騰那似轆轤。乒乓劍棒響，慘澹野雲浮。劖言語，使機謀，一來一往如畫圖。殺得風響沙飛狼虎怕，天昏地暗斗星無。

那道士與大聖戰經五六十合，漸覺手軟，一時間鬆了筋節，便解開衣帶，忽辣的響一聲，脫了皂袍。行者笑道：「我兒子！打不過人，就脫剝了也是不能彀的！」原來這道士剝了衣裳，把手一齊抬起，只見那兩脅下有一千隻眼，眼中迸放金光，十分利害：

森森黃霧，豔豔金光，森森黃霧，兩邊脅下似噴雲；豔豔金光，千隻眼中如放火。左右卻如金桶，東西猶似銅鐘。此乃妖仙施法力，道士顯神通；幌眼迷天遮日月，罩人爆燥氣朦朧；把個齊天孫大聖，困在金光黃霧中。

行者慌了手腳，只在那金光影裏亂轉，◎16向前不能舉步，退後不能動腳，卻便似在個桶裏轉的一般。

註

※8 劖肉：指剁碎的肉。劖音蟬，用銳利的器具鑿或鏟。

蜈蚣精用千眼金光照得孫悟空眼花繚亂。（朱寶榮繪）

無奈又爆燥不過，他急了，往上著實一跳，卻撞破金光，撲的跌了一個倒栽葱，覺道撞得頭疼，急伸頭摸摸，把頂梁皮都撞軟了。自家心焦道：「晦氣，晦氣！這顆頭今日也不濟了。常時刀砍斧剁，莫能傷損，卻怎麼被這金光撞軟了皮肉？◎17久以後定要貢膿※9。縱然好了，也是個破傷風。」一會家爆燥難禁，卻又自家計較道：「前去不得，後退不得，左行不得，右行不得，往上又撞不得，卻怎麼好？——往下走他娘罷！」

好大聖，念個咒語，搖身一變，變作個穿山甲，又名鯪鯉鱗。真箇是：

四隻鐵爪，鑽山碎石如撾粉；滿身鱗甲，破嶺穿巖似切蔥。兩眼光明，好便似雙星幌亮；一嘴尖利，勝強如鋼鑽金錐。藥中有性穿山甲，俗語呼爲鯪鯉鱗。

你看他硬著頭，往地下一鑽，就鑽了有二十餘里，方才出頭。原來那金光只罩得十餘里。出來現了本相，力軟筋麻，渾身疼痛，止不住眼中流淚。忽失聲叫道：「師父呵！

當年秉教出山中，共往西來苦用工。大海洪波無恐懼，陽溝之內卻遭風！」

美猴王正當悲切，忽聽得山背後有人啼哭，即欠身揩了眼淚，回頭觀看。但見一個婦人，身穿重孝，左手托一盞涼漿水飯，右手執幾張燒紙黃錢，從那廂一步一聲，哭著走來。行者點頭嗟嘆道：「正是『流淚眼逢流淚眼，斷腸人遇斷腸人』！這一個婦人，不知所哭何事。待我問他一問。」那婦人不一時走上路來，迎著行者。行者躬身問道：「女菩薩，你哭的是甚人？」婦人噙淚道：「我丈夫因與黃花觀觀主買竹竿爭講，被他將毒藥茶藥死。我將這陌紙錢燒化，以報夫婦之情。」行者聽言，眼中淚下。那女子見了，作怒

道：「你甚無知！我為丈夫煩惱生悲，你怎麼淚眼愁眉，欺心戲我？」

行者躬身道：「女菩薩息怒。我本是東土大唐欽差御弟唐三藏大徒弟孫悟空行者。因往西天，行過黃花觀歇馬。那觀中道士，不知是個甚麼妖精，他與七個蜘蛛精結為兄妹。蜘蛛精在盤絲洞要害我師父，是我與師弟八戒、沙僧救解得脫。那蜘蛛精走到他這裏，背了是非，說我等有欺騙之意。道士將毒藥茶藥倒我師父、師弟共三人，連馬四口，陷在他觀裏。惟我不曾吃他茶，將茶鍾摜碎，他就與我相打。正嚷時，那七個蜘蛛精跑出來，吐放絲繩，將我捆住，是我使法力走脫。問及土地，說他本相。我卻又使分身法攪絕絲繩，拖出妖來，一頓棒打死。這道士即與他報仇，舉寶劍與我相鬥。鬥經六十回合，他敗了陣，隨脫了衣裳，兩脅下放出千隻眼，有萬道金光，把我罩定。所以進退兩難，才變作一個鯪鯉鱗，從地下鑽出來。正自悲切，忽聽得你哭，故此相問。因見你為丈夫，有此紙錢報答；我師父喪身，更無一物相酬，所以自怨生悲，豈敢相戲？」

那婦女放下水飯、紙錢，對行者陪禮道：「莫怪，莫怪，我不知你是被難者。才據你說將起來，你不認得那道士。他本是個百眼魔君，又喚作多目怪。◎18你既然有此變化，脫得金光，戰得許久，必定有大神通，卻只是還近不得那廝。我教你去請一位聖賢，他能破得金光，降得道士。」行者聞言，連忙唱喏道：「女菩薩知此來歷，煩為指教指教。果是那位聖賢，我去請來救我師父之難，就報你丈夫之仇。」婦人道：「我就說出來，你去

註

※9 貢膿：瘡口內腐爛生膿。

評點

◎17. 金光不若天蓬之嚴密，能擋天蓬而不能擋金光，殊不可解。（周評）
◎18. 就是位看婦女的祖師。（張評）

請他，降了道士，只可報仇而已，恐不能救你師父。」行者道：「怎不能救？」婦人道：「那廝毒藥最狠：藥倒人，三日之間，骨髓俱爛。你此往回恐遲了，故不能救。」行者道：「我會走路，憑他多遠，千里只消半日。」女子道：「你既會走路，聽我說：此處到那裏有千里之遙。那廂有一座山，名喚紫雲山。山中有個千花洞，◎19洞中有位聖賢，喚作毗藍婆，他能降得此怪。」行者道：「那山坐落何方？卻從何方去？」女子用手指定道：「那直南上便是。」行者回頭看時，那女子早不見了。

行者慌忙禮拜道：「是那位菩薩？我弟子鑽昏了，不能相識，千乞留名，好謝！」只見那半空中叫道：「大聖，是我！」行者急抬頭看處，原是黎山老姆。趕至空中謝道：「老姆從何來指教我也？」老姆道：「我才自龍華會上回來，見你師父有難，假做孝婦，借夫喪之名，免他一死。你快去請他。但不可說出是我指教，那聖賢有些多怪人。」

行者謝了，辭別。把觔斗雲一縱，隨到紫雲山上，按定雲頭，就見那千花洞。那洞外：

青松遮勝境，翠柏繞仙居。綠柳盈山道，奇花滿澗渠。香蘭圍石屋，芳草映巖嵎。流水連溪碧，雲封古樹虛。野禽聲聒聒，幽鹿步徐徐。修竹枝枝秀，紅梅葉葉舒。寒鴉棲古樹，春鳥噪高樗。夏麥盈田廣，秋禾遍地餘。四時無葉落，八節有花如。每生瑞靄連霄漢，常放祥雲接太虛。

這大聖喜喜歡歡走將進去，一程一節，看不盡無邊的景致。直入裏面，更

◆百眼魔君，又叫作「多目怪」，住在黃花觀，原身是蜈蚣精。（fotoe提供）

沒個人兒，見靜靜悄悄的，雞犬之聲也無，心中暗道：「這聖賢想是不在家了。」又進數里看時，見一個女道姑坐在榻上。你看他怎生模樣：

頭戴五花納錦帽，身穿一領織金袍。腳踏雲尖鳳頭履，腰繫攢絲雙穗絛。
面似秋容霜後老，聲如春燕社前嬌。腹中久諳三乘法，心上常修四諦※10饒。
悟出空空眞正果，煉成了了自逍遙。正是千花洞裏佛，毗藍菩薩姓名高。

行者止不住腳，近前叫道：「毗藍婆菩薩，問訊了。」那菩薩即下榻，合掌回禮道：「大聖，失迎了。你從那裏來的？」行者道：「你怎麼就認得我是大聖？」毗藍婆道：「你當年大鬧天宮時，普地裏傳了你的形像，誰人不知，那個不識？」行者道：「正是『好事不出門，惡事傳千里』。像我如今皈正佛門，你就不曉的了！」毗藍道：「幾時皈正？恭喜！恭喜！」行者道：「近能脫命，保師父唐僧上西天取經，師父遇黃花觀道士，將毒藥茶藥倒。我與那廝賭鬥，他就放金光罩住我，是我使神通走脫了。聞菩薩能滅他的金光，特來拜請。」菩薩道：「是誰與你說的？我自赴了盂蘭會，到今三百餘年，不曾出門。我隱姓埋名，更無一人知得，你卻怎麼知道？」行者道：「我是個地裏鬼，◎20不管那裏，自家都會訪著。」毗藍道：「也罷，也罷。我本當不去，奈蒙大聖下臨，不可滅了求經之善，我和你去來。」

行者稱謝了，道：「我忒無知，擅自催促。但不知曾帶甚麼兵器？」菩薩道：「我

註

※10 四諦：四諦是佛教的基本教義，是佛教大小乘各宗共修、必修之法。佛說四諦是要衆生了知四諦的眞理，斷煩惱、證涅槃，若專修四諦。具體四諦包括：苦諦、集諦、滅諦、道諦。

評點

◎19. 好洞名。(李評)
◎20. 才從土裏出來者。(張評)

有個繡花針兒，能破那廝。」行者忍不住道：「老姆誤了我！早知是繡花針，不須勞你，就問老孫要一擔也是有的。」毗藍道：「你那繡花針，無非是鋼鐵金針，用不得。我這寶貝，非鋼，非鐵，非金，乃我小兒日眼裏煉成的。」◎21行者道：「令郎是誰？」毗藍道：「小兒乃昴日星官。」行者驚駭不已。早望見金光豔豔，即回向毗藍道：「金光處便是黃花觀也。」毗藍隨於衣領裏取出一個繡花針，似眉毛粗細，有五六分長短，拈在手，望空拋去。少時間，響一聲，破了金光。行者喜道：「菩薩，妙哉，妙哉！尋針，尋針！」毗藍托在手掌內道：「這不是？」行者卻同按下雲頭，走入觀裏，只見那道士合了眼，不能舉步。行者罵道：「你這潑怪裝瞎子哩。」◎22耳朵裏取出棒來就打。毗藍扯住道：「大聖莫打，且看你師父去。」

行者徑至後面客位裏看時，他三人都睡在地上吐痰吐沫哩。◎23行者垂淚道：「卻怎麼好？卻怎麼好？」毗藍道：「大聖休悲。也是我今日出門一場，索性積個陰德。我這裏有解毒丹，送你三丸。」行者轉身拜求。那菩薩袖中取出一個破紙包兒，內將三粒紅丸子遞與行者，教放入口裏。行者把藥扳開他們牙關，每人捴了一丸。須臾，藥味入腹，便就一齊嘔噦，遂吐出毒味，得了性命。那八戒先爬起道：「悶殺我也！」三藏、沙僧俱醒了，道：「好暈也！」行者道：「你們那茶裏中了毒了，虧這毗藍菩薩搭救。快都來拜謝。」三藏欠身整衣謝了。八戒道：「師兄，那道士在那裏？等我問他一問，為何這般害我。」行者把

◆女媧煉石補天。

蜘蛛精上項事說了一遍。八戒發狠道：「這廝既與蜘蛛為姊妹，定是妖精！」行者指道：「他在那殿外立定，裝瞎子哩。」八戒拿鈀就築，又被毗藍止住道：「天蓬息怒。大聖知我洞裏無人，待我收他去看守門戶也。」行者道：「感蒙大德，豈不奉承！但只是教他現本相，我們看看。」毗藍道：「容易。」即上前用手一指，那道士撲的倒在塵埃，現了原身，乃是一條七尺長短的大蜈蚣精。毗藍使小指頭挑起，駕祥雲，徑轉千花洞去。

八戒打仰道：「這媽媽兒卻也利害，怎麼就降這般惡物？」行者笑道：「我問他有甚兵器破他金光，他道有個繡花針兒，是他兒子在日眼裏煉的。及問他令郎是誰，他道是昴日星官。我想昴日星是隻公雞，這老媽媽必定是個母雞。雞最能降蜈蚣，所以能收伏也。」

三藏聞言，頂禮不盡，教：「徒弟們，收拾去罷。」那沙僧即在裏面尋了些米糧，安排了些齋，俱飽餐一頓。牽馬挑擔，請師父出門。行者從他廚中放了一把火，把一座觀霎時燒得煨燼，卻拽步長行。正是：

唐僧得命感毗藍，了性消除多目怪。

畢竟向前去還有甚麼事體，且聽下回分解。

總批

蜈蚣前號「百眼魔君」，後來卻成瞎子：使盡聰明，到底成個大獃子也。此喻最妙。七個大蜘蛛，一條老蜈蚣，人以爲怪矣毒矣！豈知不過是你妄心別號，切不可看在外邊也。（李評）

悟元子曰：上回言采戰之徒，自害本身。此回批燒煉之術，終落空亡。蓋以世人惑於「金丹」二字，隨疑爲世間凡鉛凡汞燒煉而成，信任邪師，傾家敗產，指底罄囊而莫悟，甚至吞服五金八石，傷生害命，古今來遭其禍者，不可枚舉。故仙翁於提綱深批其毒，使學者早自醒悟，以歸正道耳。（劉評節錄）

評點

◎21. 當名爲太陽針。（周評）
◎22. 百眼化爲無眼，多目化爲無目，自是盈虛至理，不如此何以結金光之局！（周評）
◎23. 奇病。不纏到此際不休。（張評）

第七十四回　長庚傳報魔頭狠　行者施爲變化能

情欲原因總一般，有情有欲自如然。沙門修煉紛紛士，斷欲忘情即是禪。
須著意，要心堅，一塵不染月當天。行功進步休教錯，行滿功完大覺仙。

話表三藏師徒們打開欲網，跳出情牢，◎1放馬西行。走不多時，又是夏盡秋初，◎2新涼透體。但見那：

急雨收殘暑，梧桐一葉驚。螢飛莎徑晚，蛩語月華明。
黃葵開映露，紅蓼遍沙汀。蒲柳先零落，寒蟬應律鳴。

三藏正然行處，忽見一座高山，峰插碧空，真箇是摩星礙日。長老心中害怕，叫悟空道：「你看前面這山，十分高聳，但不知有路通行否？」行者笑道：「師父說那裏話。自古道：『山高自有客行路，水深自有渡船人。』◎3豈無通達之理？可放心前去。」長老聞言，喜笑花生，揚鞭策馬而進，徑上高巖。

行不數里，見一老者，鬢蓬鬆，白髮飄

✦《新說西遊記圖像》描繪第七十四回精采場景：唐僧師徒走到一座高山之前，唐僧擔心有妖怪，詢問孫悟空。長庚星變化來報警。（古版畫，選自《新說西遊記圖像》）

搔；鬚稀朗，銀絲擺動；項掛一串數珠子，手持拐杖現龍頭，遠遠的立在那山坡上高呼：「西進的長老，且暫住驊騮，緊兜玉勒。這山上有一夥妖魔，吃盡了閻浮世上人，不可前進！」三藏聞言，大驚失色。一是馬的足下不平，二是坐個雕鞍不穩，撲的跌下馬來，掙挫不動，睡在草裏哼哩。行者近前攙起道：「莫怕，莫怕！有我哩。」長老道：「你聽那高巖上老者，報道這山上有夥妖魔，吃盡閻浮世上人。誰敢去問他一個真實端的？」行者道：「你且坐地，等我去問他。」三藏道：「你的相貌醜陋，言語粗俗，怕沖撞了他，問不出個實信。」行者笑道：「我變個俊些兒的去問他。」三藏道：「你是變了我看。」好大聖，捻著訣，搖身一變，變作個乾乾淨淨的小和尚兒，真箇是目秀眉清，頭圓臉正，行動有斯文之氣象，開口無俗類之言辭。抖一抖錦衣直裰，拽步上前，向唐僧道：「師父，我可變得好麼？」三藏見了大喜道：「變得好！」八戒道：「怎麼不好？只是把我們都比下去了。老豬就滾上二三年，也變不得這等俊俏。」

好大聖，躲離了他們，徑直近前，對那老者躬身道：「老公公，貧僧問訊了。」那老兒見他生得俊雅，年少身輕，待答不答的還了他個禮，用手摸著他頭兒，笑嘻嘻問道：「小和尚，你是那裏來的？」行者道：「我們是東土大唐來的，特上西天拜佛求經。適到此間，聞得公公報道有妖怪，我師父膽小怕懼，著我來問一聲，端的是甚妖精，他敢這般短路！煩公公細說與我知之，我好把他貶解※1起身。」那老兒笑道：「你這小和尚年幼，

註

※1 貶解：放逐、打發。

評點

◎1. 只挽上意，便已照定結尾，埋伏下傳矣。（張評）
◎2. 緊承黃花觀，與雪夜有別。（張評）
◎3. 只寫山高水深，其行之險可知。（張評）

不知好歹，言不幫襯。那妖魔神通廣大得緊，怎敢就說貶解他起身？」行者笑道：「據你之言，似有護他之意，必定與他有親，或是緊鄰契友；不然，怎麼長他的威智，興他的節概，不肯傾心吐膽說他個來歷？」公公點頭笑道：「這和尚倒會弄嘴！◎4想是跟你師父遊方，到處兒學些法術，或者會驅縛魍魎，與人家鎮宅降邪，你不曾撞見十分狠怪哩。」行者道：「怎的狠？」公公道：「那妖精

一封書到靈山，五百阿羅都來迎接；一紙簡上天宮，十一大曜個個相欽。四海龍曾與他爲友，八洞仙常與他作會；十地閻君以兄弟相稱，社令、城隍以賓朋相愛。」

大聖聞言，忍不住呵呵大笑，用手扯著老者道：「不要說，不要說！那妖精與我後生小廝為兄弟朋友，也不見十分高作。若知是我小和尚來啊，他連夜就搬起身去了。」公公道：「你這小和尚胡說，不當人子！那個神聖是你的後生小廝？」行者笑道：「實不瞞你說。我小和尚祖居傲來國花果山水簾洞，姓孫，名悟空。當年也曾做過妖精，幹過大事。曾因會眾魔，多飲了幾杯酒睡著，夢中見二人將批勾我去到陰司。一時怒發，將金箍棒打傷鬼判，諕倒閻王，幾乎掀翻了森羅殿。◎5嚇得那掌案的判官拿紙，十閻王簽名畫字，教我饒他打，情願與我做後生小廝。」那公公聞說道：「阿彌陀佛！這和尚說了這過頭話，莫想再長得大了。」行者道：「官兒，似我這般大也彀了。」公公道：「你年幾歲了？」行者道：「你猜猜看。」老者道：「有七八歲罷了。」行者笑道：「有一萬個七八歲！我把舊嘴臉拿出來你看看，你即莫怪。」公公道：「怎麼又有個嘴臉？」行者道：「我小和尚有

七十二副嘴臉哩。」◎6

那公公不識竅，只管問他。他就把臉抹一抹，即現出本相，咨牙倈嘴，兩股通紅，腰間繫一條虎皮裙，手裏執一根金箍棒，立在石崖之下，就像個活雷公。◎7那老者見了，唬得面容失色，腿腳酸麻站不穩，撲的一跌；爬起來，又一個躘踵。大聖上前道：「老官兒，不要虛驚。我等面惡人善，莫怕，莫怕！適間蒙你好意，報有妖魔。委的有多少怪，一發累你說說，我好謝你。」那老兒戰戰兢兢，口不能言，又推耳聾，一句不應。

行者見他不言，即抽身回坡。長老道：「悟空，你來了？所問如何？」行者笑道：「不打緊，不打緊。西天有便有個把妖精兒，只是這裏人膽小，把他放在心上。沒事，沒事！有我哩。」長老道：「你可曾問他此處是甚麼山，甚麼洞，有多少妖怪，那條路通得雷音？」八戒道：「師父，莫怪我說。若論賭變化，使促掐，捉弄人，我們三五個也不如師兄；若論老實，像師兄就擺一隊伍，也不如我。」唐僧道：「正是，正是，你還老實。」八戒道：「他不知怎麼鑽過頭不顧尾的，問了兩聲，不猜不魀※2的就跑回來了。等老豬去問他個實信來。」唐僧道：「悟能，你仔細著。」

好獃子，把釘鈀撒在腰裏，整一整皂直裰，扭扭捏捏，奔上山坡，對老者叫道：「公公，唱喏了。」那老兒見行者回去，方拄著杖掙得起來，戰戰兢兢的要走，忽見八戒，愈覺驚怕道：「爺爺呀！今夜做的甚麼惡夢，遇著這夥惡人！為先的那和尚醜便醜，還有

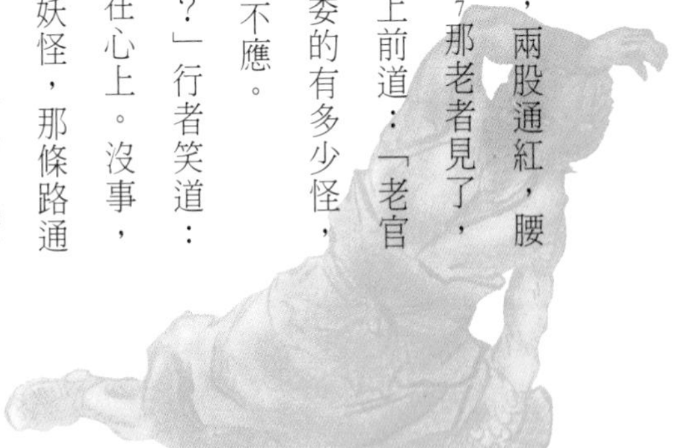

註

※2 不猜不魀：比喻左右為難，不好處理；也形容樣子彆扭。這裏指不清不楚的意思。

評點

◎4. 如今和尚，那個不會弄嘴。（李評）
◎5. 會說夢話。（李評）
◎6. 如今和尚嘴臉更多。（李評）
◎7. 妙寫小人，其形如畫。（張評）

三分人相；這個和尚，怎麼這等個碓梃嘴、蒲扇耳朵、鐵片臉、毬毛頸項，一分人氣兒也沒有了！」◎8八戒笑道：「你這老公公不高興，有些兒好褒貶人。你是怎的看我哩？醜便醜，奈※3看，再停一時就俊了。」那老者見他說出人話來，只得開言問他：「你是那裏來的？」八戒道：「我是唐僧第二個徒弟，法名叫作悟能八戒。才自先問的，叫作悟空行者，是我師兄。師父怪他沖撞了公公，不曾問得實信，所以特著我來拜問。此處果是甚山、甚洞？洞裏果是甚妖精？那裏是西去大路？煩公公指示指示。」老者道：「可老實麼？」八戒道：「我生平不敢有一毫虛的。」老者道：「你莫像才來的那個和尚走花弄水※4的胡纏。」八戒道：「我不像他。」

公公拄著杖，對八戒說：「此山叫作八百里獅駝嶺，中間有座獅駝洞，洞裏有三個魔頭。」八戒啐了一聲：「你這老兒卻也多心！三個妖魔，也費心勞力的來報遭信！」公公道：「你不怕麼？」八戒道：「不瞞你說。這三個妖魔，我師兄一棍就打死一個，我一鈀就築死一個；我還有個師弟，他一降妖杖又打死一個。三個都打死，我師父就過去了，有何難哉！」那老者笑道：「這和尚不知深淺！那三個魔頭，神通廣大得緊哩。他手下小妖，南嶺上有五千，北嶺上有五千，東路口有一萬，西路口有一萬；巡哨的有四五千，把門的也有一萬；燒火的無數，打柴的也無數：共計算有四萬七八千。這都是有名字帶牌兒的，專在此吃人。」

那獃子聞得此言，戰兢兢跑將轉來，相近唐僧，且不回話，放下鈀，在那裏出恭。行

評點

◎8.如今沒人氣過地多。（李評）
◎9.其險可知。（張評）

者見了，喝道：「你不回話，卻蹲在那裏怎的？」八戒道：「諕出屎來了！◎9如今也不消說，趕早兒各自顧命去罷。」行者道：「這個獃根！我問信偏不驚恐，你去問就這等慌張失智！」長老道：「端的何如？」八戒道：「這老兒說：此山叫作八百里獅駝山，中間有座獅駝洞，洞裏有三個老妖，有四萬八千小妖，專在那裏吃人。我們若躧著他些山邊兒，就是他口裏食了。莫想去得！」三藏聞言，戰兢兢，毛骨悚然道：「悟空，如何是好？」行者笑道：「師父放心，沒大事。想是這裏有便有幾個妖精，只是這裏人膽小，把他就說出許多人，許多大，所以自驚自怪。有我哩！」八戒道：「哥哥說的是那裏話！我比你不同，我問的是實，決無虛謬之言。滿山滿谷都是妖魔，怎生前進？」行者笑道：「獃子嘴臉！不要虛驚。若論滿山滿谷之魔，只消老孫一路棒，半夜打個罄盡。」八戒道：「不羞，不羞！莫說大話！那些妖精點卯也得七八日，怎麼就打得罄盡？」行者道：「你說怎樣打？」八戒道：「憑你抓倒、捆倒，使定身法定倒，也沒有這等快的。」行者笑道：「不用甚麼抓拿捆縛。我把這棍子兩頭一扯，叫：『長！』就有四十丈長短；幌一幌，叫：『粗！』就有八丈圍圓粗細。往山南一滾，滾殺五千；山北一滾，滾殺五千；從東往西一滾，只怕四五萬砑作肉泥爛醬！」八戒道：「哥哥，若是這等趕麵打，或者二更時也都了了。」沙僧在旁笑道：「師父，有大師兄恁樣神通，怕他怎的！請上馬走啊。」唐僧見他們講論手段，沒奈何，只得寬心上馬而走。

註

※3奈：耐字的借音。

※4走花弄水：順嘴說大話、吹牛。

✦長庚，即太白金星，早期形象為女性，後發展成老頭形象。中國神話中的太白金星，也就是天文領域裏的金星。圖中由左至右分別為水星、金星、地球和火星。（美國太空總署NASA提供）

正行間，不見了那報信的老者。沙僧道：「他就是妖怪，故意狐假虎威的來傳報，恐諕我們哩。」行者道：「不要忙，等我去看看。」好大聖，跳上高峰，四顧無跡，急轉面，見半空中有彩霞幌亮，即縱雲趕上看時，乃是太白金星。走到身邊，用手扯住，口口聲聲只叫他的小名道：「李長庚，李長庚，你好憊懶！有甚話，當面來說便好，怎麼裝作個山林之老，魘樣混我！」金星慌忙施禮道：「大聖，報信來遲，乞勿罪！乞勿罪！這魔頭果是神通廣大，勢要崢嶸。只看你挪移變化，乖巧機謀，可便過去；如若怠慢些兒，其實難去。」行者謝道：「感激，感激！果然此處難行，望老星上界與玉帝說聲，借些天兵幫助老孫幫助。」金星道：「有，有，有！你只口信帶去，就是十萬天兵，也是有的。」

大聖別了金星，按落雲頭，見了三藏道：「適才那個老兒，原是太白星來與我們報信的。」長老合掌道：「徒弟，快趕上他，問他那裏另有個路，我們轉了去罷。」行者道：「轉不得。◎[10]此山徑過有八百里，四周圍不知更有多少路哩，怎麼轉得！」三藏聞言，止不住眼中流淚道：「徒弟，似此艱難，怎生拜佛？」行者道：「莫哭，莫哭。一哭便膿包行了！他這報信，必有幾分虛話，只是要我們著意留心，誠所謂：『以告者，過也。』你且下馬來坐著。」八戒道：「又有甚商議？」行者道：「沒甚商議。你且在這裏用心保守師父，沙僧好生看守行李、馬匹。等老孫先上嶺打聽打聽，看前後共有多少妖怪，拿住一個，問他個詳細，教他寫個執結，開個花名，把他老老小小一一查明，分付他關了洞門，不許阻路；卻請師父靜靜悄悄的過去，方顯得老孫手段。」沙僧只教：「仔細，仔細！」

行者笑道：「不消囑付。我這一去，就是東洋大海也蕩開路，就是鐵裹銀山也撞透門！」

好大聖，唿哨一聲，縱觔斗雲，跳上高峰。扳藤負葛，平山觀看，那山裏靜悄無人。忽失聲道：「錯了，錯了！不該放這金星老兒去了。他原來恐諕我。這裏那有個甚麼妖精！他就出來跳風頑耍，必定拈鎗弄棒，操演武藝，如何沒有一個？」正自家揣度，只聽得山背後叮叮噹噹、辟辟剝剝，梆鈴之聲。急回頭看處，原來是個小妖兒，掮著一桿「令」字旗，腰間懸著鈴子，手裏敲著梆子，從北向南而走。仔細看他，有一丈二尺的身子。行者暗笑道：「他必是個鋪兵，想是送公文下報帖的。且等我去聽他一聽，看他說些甚話。」

好大聖，捻著訣，念個咒，搖身一變，變作個蒼蠅兒，輕輕飛在他帽子上，側耳聽之。只見那小妖走上大路，敲著梆，搖著鈴，口裏作念道：「我等尋山的，各人要謹慎提防孫行者：他會變蒼蠅。」◎11行者聞言，暗自驚疑道：「這廝看見我了？若未看見，怎麼就知我的名字，又知我會變蒼蠅！」原來那小妖也不曾見他，只是那魔頭不知怎麼就分付他這話，卻是個謠言，著他這等胡念。行者不知，反疑他看見，就要取出棒來打他，卻又停住，暗想道：「曾記得八戒問金星時，他說老妖三個，小妖有四萬七八千名。似這小妖，再多幾萬，也不打緊，卻不知這三個老魔有多大手段。等我問他一問，動手不遲。」

好大聖！你道他怎麼去問？跳下他的帽子來，釘在樹頭上，讓那小妖先行幾步，急轉身騰那，也變作個小妖兒，照依他敲著梆，搖著鈴，掮著旗，一般衣服，只是比他略長了三五寸，口裏也那般念著，趕上前叫道：「走路的，等我一等。」那小妖回頭道：「你是

評點

◎10. 一轉即是外道，邪魔豈不更多！（周評）
◎11. 四句妙絕，宛如偈頌之體。（周評）

那裏來的？」行者笑道：「好人呀，一家人也不認得？」小妖道：「我家沒你呀！」行者道：「怎的沒我？你認認看。」小妖道：「面生，認不得，認不得。」行者道：「可知道面生。我是燒火的，你會得我少。」小妖搖頭道：「沒有，沒有！我洞裏就是燒火的那些兄弟，也沒有這個嘴尖的。」行者暗想道：「這個嘴好的變尖了些了。」即低頭，把手侮著嘴揉一揉道：「我的嘴不尖啊。」真箇就不尖了。那小妖道：「你剛才是個尖嘴，怎麼揉一揉就不尖了？疑惑人子！大不好認！不是我一家的。少會，少會！可疑，可疑！我那大王家法甚嚴，燒火的只管燒火，巡山的只管巡山，終不然教你燒火，又教你來巡山？」行者口乖，就趁過來道：「你不知道。大王見我燒得火好，就陞我來巡山。」

小妖道：「也罷。我們這巡山的，一班有四十名，十班共四百名，各自年貌，各自名色。大王怕我們亂了班次，不好點卯，一家與我們一個牌兒為號。你可有牌兒？」行者只見他那般打扮，那般報事，遂照他的模樣變了；因不曾看見他的牌兒，所以身上沒有。好大聖，更不說沒有，就滿口應承道：「我怎麼沒牌？但只是剛才領的新牌。拿你的出來我看。」那小妖那裏知這個機括※5，即揭起衣服，貼身帶著個金漆牌兒，穿條絨線繩兒，扯與行者看看。行者見那牌背是個「威鎮諸魔」的金牌，正面有三個真字，是「小鑽

✦長庚星報信之後，唐僧師徒談論情況。
（朱寶榮繪）

◆黃山陡峭尖直的峰石，正有如小妖口中所提及的筆峰。（美工圖書社：中國圖片大系提供）

風」，他卻心中暗想道：「不消說了，但是巡山的，必有個『風』字墜腳。」便道：「你且放下衣走過，等我拿牌兒你看。」即轉身，插下手，將尾巴梢兒的小毫毛拔下一根，捻他一把，叫：「變！」即變作個金漆牌兒，也穿上個綠絨繩兒，上書三個真字，乃「總巡風」，拿出來，遞與他看了。◎12小妖大驚道：「我們都叫作個小鑽風，偏你又叫作個甚麼總巡風！」行者幹事找絕，說話合宜，就道：「你實不知。大王見我燒得火好，把我陞個巡風，又與我個新牌，叫作『總巡風』，教我管你這一班四十名兄弟也。」那妖聞言，即忙唱喏道：「長官，長官，新點出來的，實是面生。言語沖撞，莫怪。」行者還著禮笑道：「怪便不怪你，只是一件：見面錢卻要哩。每人拿出五兩來罷。」小妖道：「長官不要忙，待我向南嶺頭會了我這一班的人，一總打發罷。」行者道：「既如此，我和你同去。」那小妖真箇前走，大聖隨後相跟。

不數里，忽見一座筆峰。何以謂之筆峰？那山頭上長出一條峰來，約有四五丈高，如筆插在架上一般，◎13故以為名。行者到邊前，把尾巴搠一搠，跳上去，坐在峰尖兒上叫道：「鑽風，都過來！」那些小鑽風在下面躬身道：「長官，伺候。」行者道：「你可知大王點我出來之故？」小妖道：「不

註

※5 機括：機關、訣竅、心機。

評點

◎12. 若此牌亦與小妖相同，有何意致？妙處全在同異之間。（周評）
◎13. 好一管良中書。（張評）

知。」行者道：「大王要吃唐僧，只怕孫行者神通廣大，說他會變化，只恐他變作小鑽風，來這裏躧著路徑，打探消息，把我陞作總巡風，來查勘你們這一班可有假的。」小鑽風連聲應道：「長官，我們俱是真的。」行者道：「你既是真的，大王有甚本事，你可曉得？」◎14小鑽風道：「我曉得。」行者道：「你曉得，快說來我聽。如若說得合著我，便是真的；若說差了一些兒，便是假的，我定拿去見大王處治。」◎15那小鑽風見他坐在高處，弄獐弄智，呼呼喝喝的，沒奈何，只得實說道：「我大王神通廣大，本事高強，一口曾吞了十萬天兵。」行者聞說，吐出一聲道：「你是假的！」小鑽風慌了道：「長官老爺，我是真的，怎麼說是假的？」行者道：「你既是真的，如何胡說！大王身子能有多大，一口都吞了十萬天兵？」小鑽風道：「長官原來不知。我大王會變化：要大能撐天堂，要小就如菜子。因那年王母娘娘設蟠桃大會，邀請諸仙，他不曾具柬來請，我大王意欲爭天，◎16被玉皇差十萬天兵來降我大王；是我大王變化法身，張開大口，似城門一般，◎17用力吞將去，諕得眾天兵不敢交鋒，關了南天門。故此是一口曾吞十萬兵。」◎18行者聞言暗笑道：「若是講手頭之話，老孫也曾幹過。」又應聲道：「二大王有何本事？」小鑽風道：「二大王身高三丈，臥蠶眉，丹鳳眼，美人聲，匾擔牙，鼻似蛟龍。若與人爭鬥，只消一鼻子捲去，就是鐵背銅身，也就魂亡魄喪！」行者道：「鼻子捲人的妖精也好拿。」又應聲道：「三大王也有幾多手段？」小鑽風道：「我三大王不是凡間之怪物，名號雲程萬里鵬。行動時，摶風運海，振北圖南。隨身有一件兒寶貝，喚作陰陽二氣瓶；◎19

評點

◎14. 妙猴，妙猴，膽智雙絕。（李評）
◎15. 有如此探詰之法，何假廣漢鉤距。（周評）
◎16. 爭天奇。（周評）
◎17. 此樣口，今世上極多。（李評）
◎18. 此事在何年，無奈效猴王之顰耶？（周評）
◎19. 又奇，似羊脂玉淨瓶！（張評）
◎20. 此一國人不知作何罪業，遭此吞噬之慘。（周評）
◎21. 妖魔之聲氣如此。（周評）

假若是把人裝在瓶中，一時三刻，化為漿水。」

行者聽說，心中暗驚道：「妖魔倒也不怕，只是仔細防他瓶兒。」又應聲道：「三個大王的本事，你倒也說得不差，與我知道的一樣。但只是那個大王要吃唐僧哩？」小鑽風道：「長官，你不知道？」行者喝道：「我比你不知些兒！因恐汝等不知底細，分付我來著實盤問你哩。」小鑽風道：「我大大王與二大王久住在獅駝嶺獅駝洞。三大王不在這裏住，他原住處離此西下有四百里遠近。那廂有座城，喚作獅駝國。他五百年前吃了這城國王及文武官僚，滿城大小男女也盡被他吃了乾淨，因此上奪了他的江山，如今盡是些妖怪。◎20不知那一年打聽得東土唐朝差一個僧人去西天取經，說那唐僧乃十世修行的好人，有人吃他一塊肉，就延壽長生不老；只因怕他一個徒弟孫行者十分利害，自家一個難為，徑來此處與我這兩個大王結為兄弟，合意同心，打夥兒捉那個唐僧也。」◎21

行者聞言，心中大怒道：「這潑魔十分無禮！我保唐僧成正果，他怎麼算計要吃我的人！」恨一聲，咬響鋼牙，掣出鐵棒，跳下高峰，把棍子望小妖頭上研了一研，可憐，就研得像一個肉陀！自家見了，又不忍道：「咦！他倒是個好意，把些家常話兒都與我說了，我怎麼卻這一下子就結果了他？也罷，也罷！左右是左右。」好大聖，只為師父阻路，沒奈何幹出這件事來。就把他牌兒解下，帶在自家腰裏，將「令」字旗掮在背上，腰間掛了鈴，手裏敲著梆子，迎風捻個訣，口裏念個咒語，搖身一變，變的就像小鑽風模

孫悟空化作小妖怪，與真妖怪搭話。（古版畫，選自李卓吾批評本《西遊記》）

樣，拽回步，徑轉舊路，找尋洞府，去打探那三個老妖魔的虛實。這正是：千般變化美猴王，萬樣騰那真本事。

闖入深山，依著舊路。正走處，忽聽得人喊馬嘶之聲，即舉目觀之，原來是獅駝洞口有萬數小妖排列著鎗刀劍戟、旗幟旌旄。這大聖心中暗喜道：「李長庚之言，真是不妄！真是不妄！」原來這擺列的有些路數：二百五十名作一大隊伍。他只見有四十名雜彩長旗，迎風亂舞，就知有萬名人馬。卻又自揣自度道：「老孫變作小鑽風，這一進去，那老魔若問我巡山的話，我必隨機答應；倘或一時言語差訛，認得我呵，怎生脫體？就要往外跑時，那夥把門的擋住，如何出得門去？要拿洞裏妖王，必先除了門前衆怪。」你道他怎麼除得衆怪？好大聖，想著：「那老魔不曾與我會面，就知我老孫的名頭。我且倚著我的這個名頭，仗著威風，說些大話，嚇他一嚇看。果然中土衆僧有緣有分，取得經回，這一去，只消我幾句英雄之言，就嚇退那門前若干之怪；假若衆僧無緣無分，取不得真經啊，就是縱然說得蓮花現，也除不得西方洞外精。」心問口，口問心，思量此計，敲著梆，搖著鈴，徑直闖到獅駝洞口。早被前營上小妖擋住道：「小鑽風來了？」行者不應，低著頭就走。

走至二層營裏，又被小妖扯住道：「小鑽風來了？」行者道：「來了。」衆妖道：「你今早巡風去，可曾撞見甚麼孫行者麼？」行者道：「撞見的，正在那裏磨扛子哩。」

✦孫悟空騙衆怪，說自己是總巡風。（朱寶榮繪）

衆妖害怕道：「他怎麼個模樣？磨甚麼扛子？」行者道：「他蹲在那澗邊，還似個開路神；若站起來，好道有十數丈長。手裏拿著一條鐵棒，就似碗來粗細的一根大扛子，在那石崖上抄※6一把水，磨一磨，口裏又念著：『扛子啊！這一向不曾拿你出來顯顯神通，這一去就有十萬妖精，也都替我打死，等我殺了那三個魔頭祭你！』他要磨得明了，先打死你門前一萬精哩。」那些小妖聞得此言，一個個心驚膽戰，魂散魄飛。行者又道：「列位，那唐僧的肉也不多幾斤，也分不到我處，我們替他頂這個缸怎的？不如我們各自散一散罷。」衆妖都道：「說得是，我們各自顧命去罷。」假若是些軍民人等，服了聖化，就死也不敢走。原來此輩都是些狼蟲虎豹，走獸飛禽，嗚的一聲，都鬨然而去了。◎22這個倒不像孫大聖幾句鋪頭話，卻就如楚歌聲吹散了八千兵！

行者暗自喜道：「好了，老妖是死了！聞言就走，怎敢覿面相逢？這進去，還似此言方好；若說差了，才這夥小妖有一兩個倒走進去聽見，卻不走了風汛？」你看他：

存心來古洞，仗膽入深門。

畢竟不知見那個老魔頭有甚吉凶，且聽下回分解。

總批

劈頭「打開欲網，跳出情牢」八個字極妙。可惜世人自投欲網，佔住情牢耳！（李評）

悟一子曰：枯修採煉，無益長生，反多促死，是魔非道矣。捨此之外，再向何處討尋消息？（陳評節錄）

悟元子曰：上回言采戰爐火，俱無關於聖道，急須猛醒回頭矣。然傍門三千六百，外道七十二家，絕不關於聖道者易知，有似道而實非道者難認。故此回至七十七回，使學者早求明師口訣，識破一切傍門外道，去假修眞，以歸妙覺也。篇首一詞，言一切情欲皆係妄念，沙門多少執空之徒，不知斷欲忘情即是眞禪，而以口頭三昧爲要，仍是有欲有情，禪何在乎？（劉評節錄）

註

※6抄：用手凹作瓢形輕快的舀水。

評點

◎22.此一萬妖大造化，免了後來半夜一剿。（周評）

第七十五回　心猿鑽透陰陽竅　魔王還歸大道眞

卻說孫大聖進於洞口，兩邊觀看。只見：

骷髏若嶺，骸骨如林。人頭髮躧成氈片，人皮肉爛作泥塵。人筋纏在樹上，乾焦幌亮如銀。眞箇是屍山血海，果然腥臭難聞。東邊小妖，將活人拿了剮肉；西下潑魔，把人肉鮮煮鮮烹。若非美猴王如此英雄膽，第二個凡夫也進不得他門。

不多時，行入二層門裏看時，呀！這裏卻比外面不同：清奇幽雅，秀麗寬平；左右有瑤草仙花，前後有喬松翠竹。又行七八里遠近，才到三層門。閃著身，偷著眼看處，那上面高坐三個老妖，十分獰惡。中間的那個生得：◎1

鑿牙鋸齒，圓頭方面。聲吼若雷，眼光如電。仰鼻朝天，赤眉飄焰。但行處，百獸心慌；若坐下，群魔膽戰。這一個是獸中王——青毛獅子怪。

左手下那個生得：

鳳目金睛，黃牙粗腿。長鼻銀毛，看頭似尾。圓額皺眉，身軀磊磊。細聲如窈窕佳人，玉面似牛頭惡鬼。這一個是藏齒

《新說西遊記圖像》描繪第七十五回精采場景：圖上方是三個妖怪與兩個小妖，妖怪形象比較溫順，下方是悟空與妖怪爭鬥。（古版畫，選自《新說西遊記圖像》）

修身多年的黃牙老象。

右手下那一個生得：

金翅鯤頭，星睛豹眼。振北圖南，剛強勇敢。變生翱翔，鷃笑※1龍慘。摶風翮，百鳥藏頭；舒利爪，諸禽喪膽。這個是雲程九萬的大鵬鵰。

那兩下列著有百十大小頭目，一個個全裝披掛，介胄整齊，威風凜凜，殺氣騰騰。行者見了，心中歡喜，一些兒不怕，大踏步徑直進門，把梆鈴卸下，朝上叫聲：「大王。」三個老魔笑呵呵問道：「小鑽風，你來了？」行者應聲道：「來了。」你去巡山，打聽孫行者的下落何如？」行者道：「大王在上，我也不敢說起。」老魔道：「怎麼不敢說？」行者道：「我奉大王命，敲著梆鈴，正然走處，猛抬頭，只看見一個人，蹲在那裏磨扛子，還像個開路神，若站將起來，足有十數丈長短。他就著那澗崖石上，抄一把水，磨一磨，口裏又念一聲，說他那扛子到此還不曾顯個神通，他要磨明，就來打大王。我因此知他是孫行者，特來報知。」

那老魔聞此言，渾身是汗，諕得戰呵呵的道：「兄弟，我說莫惹唐僧。他徒弟神通廣大，預先作了準備，磨棍打我們，卻怎生是好？」教：「小的們，把洞外大小俱叫進來，關了門，讓他過去罷。」那頭目中有知道的報：「大王，門外小妖已都散了。」老魔道：「怎麼都散了？想是聞得風聲不好也。快早關門！快早關門！」眾妖乒乓把前後門盡皆牢

註

※1 鷃笑：《莊子．逍遙遊》中對大小不齊的引喻，意思說大鵬能夠水擊三千里，乘風一飛九萬里，小鳥鷃雀卻以他自己飛行蓬蒿之間來嘲笑大鵬。

評點

◎1. 華山有云：君子小心，九里三分，其險無容再道。（張評）

拴緊閉。

　　行者自心驚道：「這一關了門，他再問我家長裏短的事，我對不來，卻不弄走了風，被他拿住？且再謊他一謊，教他開著門，好跑。」又上前道：「大王，他還說得不好。」老魔道：「他又說甚麼？」行者道：「他說拿大大王剝皮，二大王剮骨，三大王抽筋。你們若關了門不出去啊，他會變化，一時變了個蒼蠅兒，自門縫裏飛進，把我們都拿出去，卻怎生是好？」老魔道：「兄弟們仔細！我這洞裏遞年家沒個蒼蠅，但是有蒼蠅進來，就是孫行者。」行者暗笑道：「就變個蒼蠅謊他一謊，好開門。」大聖閃在旁邊，伸手去腦後拔了一根毫毛，吹一口仙氣，叫：「變！」即變作一個金蒼蠅，飛去望老魔劈臉撞了一頭。那老怪慌了道：「兄弟，不停當！那話兒進門來了！」驚得那大小群妖，一個個丫鈀掃帚，都上前亂撲蒼蠅。

　　這大聖忍不住，赦赦※2的笑出聲來。乾淨他不宜笑，這一笑笑出原嘴臉來了。卻被那第三個老妖魔跳上前，一把扯住道：「哥哥，險些兒被他瞞了！」老魔道：「賢弟，誰瞞誰？」三怪道：「剛才這個回話的小妖，不是小鑽風，他就是孫行者。必定撞見小鑽風，不知是他怎麼打殺了，卻變化來哄我們哩。」行者慌了道：「他認得我了。」即把手摸摸，對老怪道：「我怎麼是孫行者？我是小鑽風。大王錯認了。」老魔笑道：「兄弟，他是小鑽風。他一日三次在面前點卯，我認得他。」又問：「你有牌兒麼？」行者道：「有。」擄著衣服，就拿出牌子。老怪一發認實道：「兄弟，莫屈了他。」三怪道：

「哥哥，你不曾看見他？他才子※3閃著身笑了一聲，我見他就露出個雷公嘴來。見我扯住時，他又變作個這等模樣。」叫：「小的們，拿繩來！」衆頭目即取繩索。三怪把行者扳翻倒，四馬攢蹄捆住，揭起衣裳看時，足足是個弼馬溫。◎2——原來行者有七十二般變化，若是變飛禽走獸、花木器皿、昆蟲之類，卻就連身子滾去了；但變人物，卻只是頭臉變了，身子變不過來。——果然一身黃毛，兩塊紅股，一條尾巴。◎3老妖看著道：「是孫行者的身子，小鑽風的臉皮。是他了！」教：「小的們，先安排酒來，與你三大王遞個得功之杯。既拿倒了孫行者，唐僧坐定是我們口裏食也。」三怪道：「且不要吃酒。孫行者溜撒，他會逃遁之法，只怕走了。教小的們抬出瓶來，把孫行者裝在瓶裏，我們才好吃酒。」

老魔大笑道：「正是，正是！」即點三十六個小妖，入裏面開了庫房門，抬出瓶來。你說那瓶有多大？只得二尺四寸高。怎麼用得三十六個人抬？那瓶乃陰陽二氣之寶，內有七寶※4八卦※5、二十四氣※6，要三十六人，按天罡之數，才抬得動。不一時，將寶瓶抬出，放在三層門外，展※7得乾淨，揭開蓋，把行者解了繩索，剝了衣服，就著那瓶中仙氣，颼的一聲，吸入裏面，將蓋子蓋上，貼了封皮。卻去吃酒道：「猴兒今番入我寶瓶之

註

※2 款款：同「嘻」，嘻嘻，笑聲。
※3 才子：剛才、方才。
※4 七寶：指佛教七寶，《般若經》以金、銀、琉璃、硨磲、瑪瑙、琥珀、珊瑚爲七寶。
※5 八卦：八卦爲單卦，一卦三爻，每爻又有陰爻與陽爻兩種可能，因此卦數一定是八卦。
※6 二十四氣：即一年中的二十四個節氣。
※7 展：揩抹。

評點

◎2.他亦要鑽，可笑。（張評）
◎3.藏頭露尾，出盡醜態。（張評）

中，再莫想那西方之路！若還能彀拜佛求經，除是轉背搖車，再去投胎奪舍是。」你看那大小群妖，一個個笑呵呵都去賀功不題。

卻說大聖到了瓶中，被那寶貝將身束得小了，索性變化，蹲在當中。半晌，倒還陰涼，忽失聲笑道：「這妖精外有虛名，內無實事。怎麼告誦人說這瓶裝了人，一時三刻化為膿血？若似這般涼快，就住上七八年也無事。」咦！大聖原來不知那寶貝根由：假若裝了人，一年不語，一年陰涼；但聞得人言，就有火來燒了。大聖未曾說完，只見滿瓶都是火焰。幸得他有本事，坐在中間，捻著避火訣，全然不懼。耐到半個時辰，四周圍鑽出四十條蛇來咬。行者輪開手，抓將過來，盡力氣一揝，揝作八十段。少時間，又有三條火龍出來，把行者上下盤繞，著實難禁，自覺慌張無措道：「別事好處，這三條火龍難為。再過一會不出，弄得火氣攻心怎了？」他想道：「我把身子長一長，券※8破罷。」

好大聖，捻著訣，念聲咒，叫：「長！」即長了丈數高下，那瓶緊靠著身，也就長起去；他把身子往下一小，那瓶兒也就小下來了。行者心驚道：「難，難，難！怎麼我長他也長，我小他也小？如之奈何！」說不了，孤拐上有些疼痛，急伸手摸摸，卻被火燒軟了。自己心焦道：「怎麼好？孤拐燒軟了，弄作個殘疾之人了！」忍不住吊下淚來。這正是：遭魔遇苦懷三藏，著難臨危慮聖僧。道：「師父呵！當年皈正，蒙觀音菩薩勸善，脫離天災。我與你苦歷諸山，收殄多怪，降八戒，得沙僧，千辛萬苦，指望同證西方，共成正果。何期今日遭此毒魔，老孫誤入於此，傾了性命，撇你在半山之中，不能前進。想是

我昔日名高，故有今朝之難！」◎4

正此悽愴，忽想起：「菩薩當年在蛇盤山曾賜我三根救命毫毛，不知有無，且等我尋一尋看。」即伸手渾身摸了一把，只見腦後有三根毫毛，十分挺硬，忽喜道：「身上毛都如彼軟熟，只此三根如此硬鎗，必然是救我命的。」即便咬著牙，忍著疼，拔下毛，吹口仙氣，叫：「變！」一根即變作金鋼鑽，一根變作竹片，一根變作綿繩。扳張篾片弓兒，牽著那鑽，照瓶底下颼颼的一頓鑽，鑽成一個眼孔，誘進光亮。喜道：「造化，造化！卻好出去也！」才變化出身，那瓶復陰涼了。怎麼就涼？原來被他鑽破，把陰陽之氣泄了，故此遂涼。◎5

好大聖，收了毫毛，將身一小，就變作個蟭蟟蟲兒，十分輕巧，細如鬚髮，長似眉毛，自孔中鑽出；且還不走，徑飛在老魔頭上釘著。那老魔正飲酒，猛然放下杯兒道：「三弟，孫行者這回化了麼？」三魔笑道：「還到此時哩？」老魔教傳令抬上瓶來。那下面三十六個小妖即便抬瓶，瓶就輕了許多，慌得眾小妖報道：「大王，瓶輕了。」老魔喝道：「胡說！寶貝乃陰陽二氣之全功，如何輕了！」內中有一個勉強的小妖，把瓶提上來道：「你看這不輕了？」老魔揭蓋看時，只見裏面透亮，忍不住失聲叫道：「這瓶裏空者，控也！」◎6大聖在他頭上，也忍不住道一聲：「我的兒啊！搜者，走也！」眾怪聽見道：「走了！走了！」即傳令：「關門！關門！」

註

※8 券：這裏是鑽、撐的意思。

評點

◎4. 著眼。虛名極能取實禍。（李評）
◎5. 此瓶如此易破，不及黃眉怪金鈸多矣。（周評）
◎6. 四字一連讀，方見其妙。（周評）

那行者將身一抖，收了剝去的衣服，現本相，跳出洞外，回頭罵道：「妖精不要無禮！瓶子鑽破，裝不得人了，只好拿來出恭！」喜喜歡歡，嚷嚷鬧鬧，踏著雲頭，徑轉唐僧處。那長老正在那裏撮土為香，望空禱祝。行者且停雲頭，聽他禱祝甚的。那長老合掌朝天道：

「祈請雲霞眾位仙，六丁六甲與諸天。願保賢徒孫行者，神通廣大法無邊。」

大聖聽得這般言語，更加努力，收斂雲光，近前叫道：「師父，我來了！」長老攙住道：「悟空勞碌，你遠探高山，許久不回，我甚憂慮。端的這山中有何吉凶？」行者笑道：「師父，才這一去，一則是東土

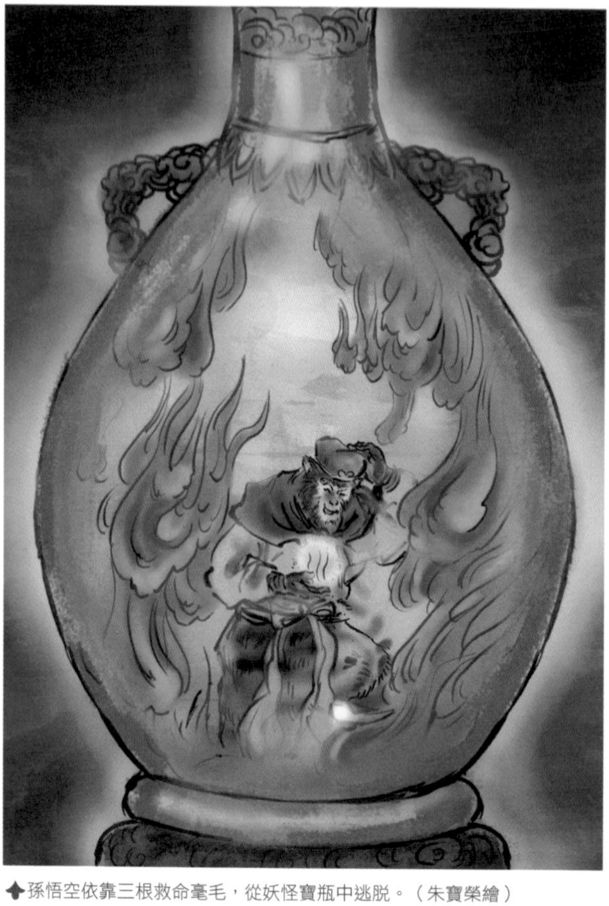

✦孫悟空依靠三根救命毫毛，從妖怪寶瓶中逃脫。（朱寶榮繪）

衆僧有緣有分，二來是師父功德無量無邊，三也虧弟子法力。」將前項妝鑽風、陷瓶裏及脫身之事，細陳了一遍，「今得見尊師之面，實為兩世之人也！」◎7長老感謝不盡，道：「你這番不曾與妖精賭鬥麼？」行者道：「不曾。」長老道：「這等保不得我過山了。」行者是個好勝的人，叫喊道：「我怎麼保你過山不得？」長老道：「不曾與他見個勝負，只這般含糊，我怎敢前進？」大聖笑道：「師父，你也忒不通變。常言道：『單絲不線，孤掌難鳴。』那魔三個，小妖千萬，教老孫一人怎生與他賭鬥？」長老道：「寡不敵衆，是你一人也難處。八戒、沙僧他也都有本事，教他們都去，與你協力同心，掃淨山路，保我過去罷。」行者沉吟道：「師言最當。著沙僧保護你，著八戒跟我去罷。」那獃子慌了道：「哥哥沒眼色！我又粗夯，無甚本事，走路扛風，跟你何益？」行者道：「兄弟，你雖無甚本事，好道也是個人。俗云：『放屁添風』，你也可壯我些膽氣。」八戒道：「也罷，也罷，望你帶挈帶挈。但只急溜處，莫捉弄我。」長老道：「八戒在意，我與沙僧在此。」

那獃子抖擻神威，與行者縱著狂風，駕著雲霧，跳上高山，即至洞口。早見那洞門緊閉，四顧無人。行者上前，執鐵棒，厲聲高叫道：「妖怪開門！快出來與老孫打耶！」那洞裏小妖報入，老魔心驚膽戰道：「幾年都說猴兒狠，話不虛傳果是真！」二老怪在旁問道：「哥哥怎麼說？」老魔道：「那行者早間變小鑽風混進來，我等不能相識，幸三賢弟認得。把他裝在瓶裏，他弄本事，鑽破瓶兒，卻又攝去衣服走了。如今在外叫戰，誰敢與

評點

◎7.提心吊膽，險字已見辭色。（張評）

他打個頭仗？」更無一人答應。又問，又無人答，都是那裝聾推啞。老魔發怒道：「我等在西方大路上，忝著個醜名，今日孫行者這般藐視，若不出去與他見陣，也低了名頭。等我捨了這老性命去與他戰上三合！三合戰得過，唐僧還是我們口裏食；戰不過，那時關了門，讓他過去罷。」遂取披掛結束了，開門前走。

行者與八戒在門旁觀看，真是好一個怪物：

鐵額銅頭戴寶盔，盔纓飄舞甚光輝。輝輝掣電雙睛亮，亮亮鋪霞兩鬢飛。
勾爪如銀尖且利，鋸牙似鑿密還齊。身披金甲無絲縫，腰束龍縧有見機。
手執鋼刀明晃晃，英雄威武世間稀。一聲吆喝如雷震，問道「敲門者是誰？」◎8

大聖轉身道：「是你孫老爺齊天大聖也。」老魔笑道：「你是孫行者？大膽潑猴！我不惹你，你卻為何在此叫戰？」行者道：「有風方起浪，無潮水自平。你不惹我，我好尋你？只因你狐群狗黨，結為一夥，算計吃我師父，所以來此施為。」老魔道：「你這等雄糾糾的嚷上我門，莫不是要打壓？」行者道：「正是。」老魔道：「你休猖獗！我若調出妖兵，擺開陣勢，搖旗擂鼓，與你交戰，顯得我是坐家虎，欺負你了。我只與你一個對一個，不許幫丁！」行者聞言，叫：「豬八戒走過，看他把老孫怎的！」那獃子真箇閃在一邊。老魔道：「你過來，先與我做個樁兒，讓我盡力氣著光頭砍上三刀，就讓你唐僧過去；假若禁不得，快送你唐僧來，與我做一頓下飯！」行者聞言笑道：「妖怪，你洞裏若有紙筆，取出來，與你立個合同。自今日起，就砍到明年，我也不與你當真。」

那老魔抖擻威風，丁字步站定，雙手舉刀，望大聖劈頂就砍。這大聖把頭往上一迎，只聞扢扠一聲響，頭皮兒紅也不紅。那老魔大驚道：「這猴子好個硬頭兒！」大聖笑道：「你不知。老孫是：

生就銅頭鐵腦蓋，天地乾坤世上無。斧砍鎚敲不得碎，幼年曾入老君爐。四斗星官監臨造，二十八宿用工夫。水浸幾番不得壞，周圍扢搭板筋鋪。唐僧還恐不堅固，預先又上紫金箍。」◎9

老魔道：「猴兒不要說嘴！看我這二刀來，決不容你性命！」行者道：「不見怎的，左右也只這般砍罷了。」老魔道：「猴兒，你不知這刀：

金火爐中造，神功百煉熬。鋒刃依三略，剛強按六韜。卻似蒼蠅尾，猶如白蟒腰。入山雲蕩蕩，下海浪滔滔。琢磨無遍數，煎熬幾百遭。深山古洞放，上陣有功勞。攙著你這和尚天靈蓋，一削就是兩個瓢！」◎10

大聖笑道：「這妖精沒眼色，把老孫認作個瓢頭哩！也罷，誤砍誤讓，教你再砍一刀看怎麼。」

那老魔舉刀又砍，大聖把頭迎一迎，乒乓的劈作兩半個。大聖就地打個滾，變作兩個身子。那妖一見慌了，手按下鋼刀。豬八戒遠遠望見，笑道：「老魔好砍兩刀的！卻不是四個人了？」老魔指定行者道：「聞你能使分身法，怎麼把這法兒拿出在我面前使！」大聖道：「何為分身法？」老魔道：「為甚麼先砍你一刀不動，如今砍你一刀，就是兩個

評點

◎8. 亂談有云：說出誰來便是誰。（張評）
◎9. 怪不得敢於行險，不謂頭上有鋼。（張評）
◎10. 眞乃寶刀，所謂殺人不見血也。（張評）

人？」大聖笑道：「妖怪，你切莫害怕。砍上一萬刀，還你二萬個人！」老魔道：「你這猴兒，你只會分身，不會收身。你若有本事收作一個，打我一棍去罷。」◎11大聖道：「不許說謊！你要砍三刀，只砍了我兩刀；教我打一棍，若打了棍半，就不姓孫！」老魔道：「正是，正是。」

好大聖，就把身摟上來，打個滾，依然一個身子，掣棒劈頭就打。那老魔舉刀架住道：「潑猴無禮！甚麼樣個哭喪棒，敢上門打人？」大聖喝道：「你若問我這條棍，天上地下都有名聲。」老魔道：「怎見名聲？」他道：

「棒是九轉鑌鐵煉，老君親手爐中煅。禹王求得號神珍，四海八河※9為定驗。
中間星斗暗鋪陳，兩頭箝裹黃金片。花紋密佈鬼神驚，上造龍紋與鳳篆。
名號靈陽棒一條，深藏海藏人難見。成形變化要飛騰，飄颻五色霞光現。
老孫得道取歸山，無窮變化多經驗。時間要大甕來粗，或小些微如鐵線。

◆《老子傳鉛汞仙丹圖》。老子是武器鍛造大師，金箍棒、老魔的刀都是老子的作品。老子用三足鼎煉出一顆仙丹，弟子立於爐前傾聽老子專講煉丹之術。

評點

◎11. 分身奇矣，收身更奇。（李評）

粗如南岳細如針，長短隨吾心意變。輕輕舉動彩雲生，亮亮飛騰如閃電。
攸攸冷氣逼人寒，條條殺霧空中現。降龍伏虎謹隨身，天涯海角都遊遍。
曾將此棍鬧天宮，威風打散蟠桃宴。天王賭鬥未曾贏，哪吒對敵難交戰。
棍打諸神沒躲藏，天兵十萬都逃竄。雷霆衆將護靈霄，飛身打上通明殿。
掌朝天使盡皆驚，護駕仙卿俱攪亂。舉棒掀翻北斗宮，回首振開南極院。
金闕天皇見棍兇，特請如來與我見。兵家勝負自如然，困苦災危無可辨。
整整挨排五百年，虧了南海菩薩勸。大唐有個出家僧，對天發下洪誓願。
枉死城中度鬼魂，靈山會上求經卷。西方一路有妖魔，行動甚是不方便。
已知鐵棒世無雙，央我途中爲侶伴。邪魔湯著赴幽冥，肉化紅塵骨化麵。
處處妖精棒下亡，論萬成千無打算。上方擊壞斗牛宮，下方壓損森羅殿。
天將曾將九曜追，地府打傷催命判。半空丟下振山川，勝如太歲新華劍。
全憑此棍保唐僧，天下妖魔都打遍！」

註

※9 四海八河：四海：謂渤海、黃海、東海、南海。這裏泛指所有的河海。

◆《紫氣東來圖軸》，清代任頤繪。取材於老子騎青牛出函谷關的故事。

那魔聞言，戰兢兢捨著性命，舉刀就砍。猴王笑吟吟，使鐵棒前迎。他兩個先時在洞前撐持，然後跳起去，都在半空裏廝殺。這一場好殺：

天河定底神珍棒，棒名如意世間高。誇稱手段魔頭惱，大捍刀擎法力豪。門外爭持還可近，空中賭鬥怎相饒！一個隨心更面目，一個立地長身腰。殺得滿天雲氣重，遍野霧飄飄。那一個幾番立意吃三藏，這一個廣施法力保唐朝。都因佛祖傳經典，邪正分明恨苦交。

那老魔與大聖鬥經二十餘合，不分輸贏。

原來八戒在底下見他兩個戰到好處，忍不住掣鈀架風，跳將起去，望妖魔劈臉就築。那魔慌了，不知八戒是個嚕頭※10性子，冒冒失失的諕人，他只道嘴長耳大，手硬鈀兇，敗了陣，丟了刀，回頭就走。大聖喝道：「趕上！趕上！」這獃子仗著威風，舉著釘鈀，即忙趕下怪去。老魔見他趕得相近，在坡前立定，迎著風頭，幌一幌現了原身，張開大口，就要來吞八戒。八戒害怕，急抽身往草裏一鑽，也管不得荊針棘刺，也顧不得刮破頭疼，戰兢兢的在草裏聽著梆聲。隨後行者趕到，那怪也張口來吞，卻中了他的機關，收了鐵棒，迎將上去，被老魔一口吞之。諕得個獃子在草裏囊囊咄咄※11的埋怨道：「這個弼馬溫，不識進退！那怪來吃你，你如何不走，反去迎他？這一口吞在肚中，今日還是個和尚，明日就是個大恭也。」◎12那魔得勝而去。這獃子才鑽出草來，溜回舊路。

卻說三藏在那山坡下，正與沙僧盼望，只見八戒喘呵呵的跑來。三藏大驚道：「八

戒，你怎麼這等狼狽？悟空如何不見？」獃子哭哭啼啼道：「師兄被妖精一口吞下肚去了！」三藏聽言，諕倒在地，半晌間跌腳拳胸道：「徒弟呀！只說你善會降妖，領我西天見佛，怎知今日死於此怪之手！苦哉，苦哉！我弟子同衆的功勞，如今都化作塵土矣！」那師父十分苦痛。你看那獃子，他也不來勸解師父，卻叫：「沙和尚，你拿將行李來，我兩個分了罷。」沙僧道：「二哥，分怎的？」八戒道：「分開了，各人散火：你往流沙河，還去吃人；我往高老莊，看看我渾家。將白馬賣了，與師父買個壽器送終。」◎13長老氣呼呼的，聞得此言，叫皇天，放聲大哭。且不題。

卻說那老魔吞了行者，以為得計，徑回本洞。衆妖迎問出戰之功，老魔道：「拿了一個來了。」二魔喜道：「哥哥拿的是誰？」老魔道：「是孫行者。」二魔道：「拿在何處？」老魔道：「被我一口吞在腹中哩。」第三個魔頭大驚道：「大哥啊，我就不曾分付你：孫行者不中吃！」那大聖肚裏道：「忒中吃！又禁飢，再不得餓。」慌得那小妖道：「大王，不好了！孫行者在你肚裏說話哩。」老魔道：「怕他說話！有本事吃了他，沒本事擺佈他不成？你們快去燒些鹽白湯，等我灌下肚去，把他噦出來，慢慢的煎了吃酒。」小妖真箇沖了半盆鹽湯。老怪一飲而乾，洼著口，著實一嘔，那大聖在肚裏生了根，動也不動；卻又攔著喉嚨，往外又吐，吐得頭暈眼花，黃膽都破了，行者越發不動。老魔喘息了，叫聲：「孫行者，你不出來？」行者道：「早哩，正好不出來哩！」老魔道：「你怎

註

※10 嘑頭：一股衝勁、有前勁沒後勁。

※11 嚷嚷咄咄：嘟嘟噥噥。

評點

◎12. 老獃獨不見駝羅莊行者之誅蟒乎，何爲出此言也？(周評)

◎13. 老獃屢屢爲此言，亦有可死之道，無怪乎勾司人之來也，笑笑。(周評)

麼不出？」行者道：「你這妖精，甚不通變。我自做和尚，十分淡薄，如今秋涼，我還穿個單直裰；這肚裏倒暖，又不透風，等我住過冬才好出來。」◎14

衆妖聽說，都道：「大王，孫行者要在你肚裏過冬哩。」老魔道：「他要過冬，我就打起禪來，使個搬運法，一冬不吃飯，就餓殺那弼馬溫！」大聖道：「我兒子，你不知事！老孫保唐僧取經，從廣裏※12過，帶了個摺疊鍋兒，進來煮雜碎吃。將你這裏邊的肝腸肚肺，細細兒受用，還彀盤纏到清明哩。」◎15那二魔大驚道：「哥啊，這猴子他幹得出來！」三魔道：「哥啊，吃了雜碎也罷，不知在那裏支鍋？」行者道：「三叉骨上好支鍋。」三魔道：「不好了！假若支起鍋，燒動火烟，燎到鼻孔裏，打噴嚏麼？」行者笑道：「沒事，等老孫把金箍棒往頂門裏一搠，搠個窟窿：一則當天窗，二來當烟洞。」◎16

老魔化為原形——獅子，來吃豬八戒，後者嚇得跌倒在地。（朱寶榮繪）

老魔聽說，雖說不怕，卻也心驚，只得硬著膽叫：「兄弟們莫怕，把我那藥酒拿來，等我吃幾鍾下去，把猴兒藥殺了罷！」行者暗笑道：「老孫五百年前大鬧天宮時，吃老君丹、玉皇酒、王母桃及鳳髓龍肝，那樣東西我不曾吃過？是甚麼藥酒，敢來藥我？」那小妖真箇將藥酒篩了兩壺，滿滿斟了一鍾，遞與老魔。老魔接在手中，大聖在肚裏就聞得酒香，道：「不要與他吃！」好大聖，把頭一扭，變作個喇叭口子，張在他喉嚨之下。那怪嘓的咽下，被行者嘓的接吃了；第二鍾咽下，被行者嘓的又接吃了；一連咽了七八鍾，都是他接吃了。老魔放下鍾道：「不吃了。這酒常時吃兩鍾，腹中如火；卻才吃了七八鍾，臉上紅也不紅。」

原來這大聖吃不多酒，接了他七八鍾吃了，在肚裏撒起酒風來，◎17不住的支架子，跌四平，踢飛腳，抓住肝花打秋千，豎蜻蜓，翻根頭亂舞。◎18那怪物疼痛難禁，倒在地下。畢竟不知死活如何，且聽下回分解。

總批

這獅子一肚皮猴舌。在獅子肚裏撒酒風，也是奇事。描畫猴處，都是匪夷所思。（李評）

悟元子曰：上回言修道者，必言語老實，而不得冒聽冒傳矣。然言語老實，不過為進德修業計耳，倘以為所進之德，所修之業，即在是，焉能超脫陰陽，除假歸眞？故此回叫學者鑽研實理，眞履實踐耳。噫！修丹之法，有體有用，有藥有火，所以革故鼎新，會三家而歸一家，豈是空空無為之事乎？（劉評節錄）

註

※12 廣裏：廣州的別稱。《西遊記》中經常沿用。

評點

◎14. 別人猴在面上，他卻猴在肚裏。（李評）
◎15. 只恐無花無酒過清明，奈何？（周評）
◎16. 樣樣都好，只是少柴。（周評）
◎17. 如此酒風，萬古無兩。（周評）
◎18. 天下文章，幻至此極矣！（李評）

第七十六回 心神居舍魔歸性　木母同降怪體眞

話表孫大聖在老魔肚裏支吾一會，那魔頭倒在塵埃，無聲無氣，若不言語，想是死了，卻又把手放放。魔頭回過氣來，叫一聲：「大慈大悲齊天大聖菩薩！」行者聽見道：「兒子，莫廢工夫，省幾個字兒，只叫孫外公罷。」那妖魔惜命，真箇叫：「外公，外公！◎1是我的不是了！一差二誤吞了你，你如今卻反害我。萬望大聖慈悲，可憐螻蟻貪生之意，饒了我命，願送你師父過山也。」大聖雖英雄，甚為唐僧進步※1，他見妖魔哀告，好奉承的人，也就回了善念，叫道：「妖怪，我饒你，你怎麼送我師父？」老魔道：「我這裏也沒甚麼金銀、珠翠、瑪瑙、珊瑚、琉璃、琥珀、玳瑁珍奇之寶相送，我兄弟三個，抬一乘香藤轎兒，把你師父送過此山。」行者笑道：「既是抬轎相送，強如要寶。你張開口，我出來。」那魔頭真箇就張開口。那三魔走近前，悄悄的對老魔道：「大哥，等他出來時，把口往下一咬，將猴兒嚼碎，咽下肚，卻不得磨害你了。」◎2

原來行者在裏面聽得，便不先出去，卻把金箍棒伸出，試他一試。那怪果往下一口，

✦《新說西遊記圖像》描繪第七十六回精采場景：孫悟空用繩子拴著老怪的內臟，迫使怪物答應護送唐僧師徒過境。圖下方是小怪們抬著唐僧過山。（古版畫，選自《新說西遊記圖像》）

扢喳的一聲，把個門牙都迸碎了。行者抽回棒道：「好妖怪！我倒饒你性命出來，你反咬我，要害我命！我不出來，活活的只弄殺你！不出來，不出來！」老魔報怨三魔道：「兄弟，你是自家人弄自家人了。且是請他出來好了，你卻教我咬他。他倒不曾咬著，卻迸得我牙齦疼痛。這是怎麼起的！」

三魔見老魔怪他，他又作個激將法，厲聲高叫道：「孫行者，聞你名如轟雷貫耳，說你在南天門外施威，靈霄殿下逞勢。如今在西天路上降妖縛怪，原來是個小輩的猴頭！」行者道：「我何為小輩？」三怪道：「『好漢千里客，萬里去傳名。』你出來，我與你賭鬥，才是好漢；怎麼在人肚裏做勾當！非小輩而何？」行者聞言，心中暗想道：「是，是，是。我若如今扯斷他腸，揌破他肝，弄殺這怪，有何難哉？但真是壞了我的名頭。也罷，也罷！你張口，我出來與你比併。但只是你這洞口窄逼，不好使家火，須往寬處去。」三魔聞說，即點大小怪，前前後後，有三萬多精，都執著精銳器械，出洞擺開一個三才陣勢※2，專等行者出口，一齊上陣。那二怪攙著老魔，徑至門外，叫道：「孫行者，好漢出來！此間有戰場，好鬥！」

大聖在他肚裏，聞得外面鴉鳴鵲噪，鶴唳風聲，知道是寬闊之處。卻想著：「我不出去，是失信與他；若出去，這妖精人面獸心，先時說送我師父，哄我出來咬我，今又調兵在此。也罷，也罷！與他個兩全其美：出去便出去，還與他肚裏生下一個根兒。」即

註

※1 爲唐僧進步：爲唐僧考慮。

※2 三才陣勢：天、地、人三才的陣勢，即三面包圍。

評點

◎1. 行者到處喜歡稱外公，不意此處方才實受。（周評）

◎2. 三魔亦痴，難道行者無耳的！（李評）

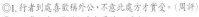

轉手，將尾上毫毛拔了一根，吹口仙氣，叫：「變！」即變一條繩兒，只有頭髮粗細，倒有四十丈長短。那繩兒理出去，見風就長粗了，把一頭拴著妖怪的心肝繫上，打作個活扣兒。那扣兒不扯不緊，扯緊就痛。卻拿著一頭，笑道：「這一出去，他送我師父便罷；如若不送，亂動刀兵，我也沒工夫與他打，只消扯此繩兒，就如我在肚裏一般。」又將身子變得小小的，往外爬；爬到咽喉之下，見妖精大張著方口，上下鋼牙，排如利刃，忽思量道：「不好，不好。若從口裏出去扯這繩兒，他怕疼，往下一嚼，卻不咬斷了？我打他沒牙齒的所在出去。」好大聖，理著繩兒，從他那上齶子往前爬，爬到他鼻孔裏。那老魔鼻子發癢，「阿嚏」的一聲，打了個噴嚏，直迸出行者。◎3

行者見了風，把腰躬一躬，就長了有三丈長短，一隻手扯著繩兒，一隻手拿著鐵棒。那魔頭不知好歹，見他出來了，就舉鋼刀，劈臉來砍。這大聖一隻手使鐵棒相迎。又見那二怪使鎗，三怪使戟，沒頭沒臉的亂上。大聖放鬆了繩，收了鐵棒，急縱身駕雲走了；原來怕那夥小妖圍繞，不好幹事。他卻跳出營外，去那空闊山頭上，落下雲，雙手把繩盡力一扯，老魔心裏才疼。他害疼，往上一掙，大聖復往下一扯。眾小妖遠遠看見，齊聲高叫道：「大王，莫惹他！讓他去罷！這猴兒不按時景，清明還未到，他卻那裏放風箏也！」◎4大聖聞言，著力氣蹬了一蹬，那老魔從空中，拍刺刺似紡車兒一般跌落塵埃，就把那山坡下死硬的黃土跌作個二尺淺深之坑。

慌得那二怪、三怪一齊按下雲頭，上前扯住繩兒，跪在坡下哀告道：「大聖啊，只說

✦二魔是象怪，圖為北京昌平地區明十三陵神道大象石像。（美工圖書社：中國圖片大系提供）

你是個寬洪海量之仙，誰知是個鼠腹蝸腸之輩。實實的哄你出來，與你見陣，不期你在我家兄心上拴了一根繩子！」行者笑道：「你這夥潑魔，十分無禮！前番哄我出去，便就咬我；這番哄我出來，卻又擺陣敵我。似這幾萬妖兵，戰我一個，理上也不通。扯了去！扯了去見我師父！」那怪一齊叩頭道：「大聖慈悲，饒我性命，願送老師父過山。」行者笑道：「你要性命，只消拿刀把繩子割斷罷了。」老魔道：「爺爺呀，割斷外邊的，這裏邊的拴在心上，喉嚨裏又係係的惡心，怎生是好？」行者道：「既如此，張開口，等我再進去解出繩來。」老魔慌了道：「這一進去，又不肯出來，卻難也！卻難也！◎5」行者道：「我有本事外邊就可以解得裏面繩頭也。解了，可實實的送我師父麼？」老魔道：「但解就送，決不敢打誑語。」大聖審得是實，即便將身一抖，收了毫毛，那怪的心就不疼了。——這是孫大聖掩樣的法兒，使毫毛拴著他的心，收了毫毛，所以就不害疼也。——三個妖縱身而起，謝道：「大聖請回，上覆唐僧，收拾下行李，我們就抬轎來送。」眾怪偃干戈，盡皆歸洞。

大聖收繩子，徑轉山東，遠遠的看見唐僧睡在地下打滾痛哭；豬八戒與沙僧解了包袱，將行李搭分兒，在那裏分哩。行者暗暗嗟嘆道：「不消講了，這定是八戒對師父說我被妖精吃了，師父捨不得我，痛哭，那獃子卻分東西散火哩。咦！不知可是此意，且等我叫他一聲看。」落下雲頭，叫道：「師父！」沙僧聽見，報怨八戒道：「你是個『棺材座子※3，專一害人！』師兄不曾死，你卻說他死了，在這裏幹這個勾當！那裏不叫將來

註

※3 棺材座子：墊棺材之物，比喻倒楣的東西。

評點

◎3. 真正小人，寫來絕倒。（張評）
◎4. 勝如肚裏煮雜碎過清明。（周評）
◎5. 層層剝入，筆筆有意。（張評）

了？」八戒道：「我分明看見他被妖精一口吞了。想是日辰不好，那猴子來顯魂哩。」行者到跟前，一把撾住八戒臉，一個巴掌打了個踉蹌，道：「夯貨！我顯甚麼魂？」獃子侮著臉道：「哥哥，你實是那怪吃了，你、你怎麼又活了？」行者道：「像你這個不濟事的膿包！他吃了我，我就抓他腸，捏他肺，又把這條繩兒穿住他的心，扯他疼痛難禁，一個個叩頭哀告，我才饒了他性命。如今抬轎來送我師父過山也。」那三藏聞言，一骨魯爬起來，對行者躬身道：「徒弟呵，累殺你了！若信悟能之言，我已絕矣。」行者輪拳打著八戒，罵道：「這個饢糠的獃子，十分懈怠，甚不成人！師父，你切莫惱，那怪就來送你也。」沙僧也甚生慚愧，連忙遮掩，收拾行李，扣背馬匹，都在途中等候不題。

卻說三個魔頭帥群精回洞。二怪道：「哥哥，我只道是個九頭八尾的孫行者，原來是恁的個小小猴兒。你不該吞他，只與他鬥時，他那裏鬥得過你我！洞裏這幾萬妖精，吐唾沫也可湤殺他。你卻將他吞在肚裏，他便弄起法來，教你受苦，怎麼敢與他比較？才自說送唐僧，都是假意，實為兄長性命要緊，所以哄他出來。決不送他！」老魔道：「賢弟不送之故，何也？」二怪道：「你與我三千小妖，擺開陣勢，我有本事拿住這個猴頭！」老魔道：「莫說三千，憑你起老營去，只是拿住他，便大家有功。」

那二魔即點三千小妖，徑到大路旁擺開，著一個藍旗手往

✦三個怪物向孫悟空下跪，求他放過老怪。
（古版畫，選自李卓吾批評本《西遊記》）

來傳報，教：「孫行者！趕早出來，與我二大王爺爺交戰！」八戒聽見，笑道：「哥啊，常言道：『說謊不瞞當鄉人。』就來弄虛頭搗鬼！怎麼說降了妖精，就抬轎來送師父，卻又來叫戰，何也？」行者道：「老怪已被我降了，不敢出頭，聞著個『孫』字兒，也害頭疼。這定是二妖魔不伏氣送我們，故此叫戰。我道兄弟，這妖精有弟兄三個，這般義氣；我弟兄也是三個，就沒些義氣？我已降了大魔，二魔出來，你就與他戰戰，未為不可。」八戒道：「怕他怎的？等我去打他一仗來！」◎6行者道：「要去便去罷。」八戒笑道：「哥啊，去便去，你把那繩兒借與我使使。」行者道：「你要怎的？你又沒本事鑽在肚裏，又沒本事拴在他心上，要他何用？」八戒道：「我要扣在這腰間，做個救命索。你與沙僧扯住後手，放我出去與他交戰。估著贏了他，你便放鬆，我把他拿住；若是輸與他，你把我扯回來，莫教他拉了去。」真箇行者暗笑道：「也是捉弄獃子一番！」就把繩兒扣在他腰裏，撮弄他出戰。

那獃子舉釘鈀跑上山崖，叫道：「妖精出來！與你豬祖宗打來！」那藍旗手急報道：「大王，有一個長嘴大耳朵的和尚來了。」二怪即出營，見了八戒，更不打話，挺鎗劈面刺來。這獃子舉鈀上前迎住。他兩個在山坡前搭上手，鬥不上七八回合，獃子手軟，架不得妖魔，急回頭叫：「師兄，不好了！扯扯救命索！扯扯救命索！」這壁廂大聖聞言，轉把繩子放鬆了拋將去。那獃子敗了陣，往後就跑。原來那繩子拖著走還不覺，轉回來，因鬆了，倒有些絆腳，自家絆倒了一跌，爬起來又一跌。始初還跌個躘踵，後面就跌了個嘴搶地。被妖精趕上，捽開鼻子，就如蛟龍一般，把八戒一鼻子捲住，◎7得勝回洞。眾妖凱

評點

◎6.豬八戒亦想僥倖，雖不能流芳百世，亦可遺臭萬年。(張評)
◎7.反倒不幸，絕妙。(張評)

歌齊唱，一擁而歸。

這坡下三藏看見，又惱行者道：「悟空，怪不得悟能咒你死哩！原來你兄弟全無相親相愛之意，專懷相嫉相妒之心。他那般說，教你扯扯救命索，你怎麼不扯，還將索子丟去？如今教他被害，卻如之何？」行者笑道：「師父也忒護短，忒偏心！罷了，像老孫拿去時，你略不掛念，左右是捨命之材；這獃子才自遭擒，你就怪我。也教他受些苦惱，方見取經之難。」◎8三藏道：「徒弟呵，你去，我豈不掛念？想著你會變化，斷然不至傷身。那獃子生得狼犺，又不會騰那，這一去，少吉多凶。你還去救他一救。」行者道：「師父不得報怨，等我去救他一救。」

急縱身，趕上山，暗中恨道：「這獃子咒我死，且莫與他個快活！且跟去看那妖精怎麼擺佈他，等他受些罪，再去救他。」即捻訣念起真言，搖身一變，即變作個蟭蟟蟲，飛將去，釘在八戒耳朵根上，同那妖精到了洞裏。二魔帥三千小怪，大吹大打的至洞口屯下，自將八戒拿入裏邊道：「哥哥，我拿了一個來也。」老怪道：「拿來我看。」他把鼻子放鬆，捽下八戒道：「這不是？」老怪道：「這廝沒用。」◎9八戒聞言道：「大王，沒用的放出去，尋那有用的捉來罷。」三怪道：「雖是沒用，也是唐僧的徒弟豬八戒。且捆了，送在後邊池塘裏浸著，待浸退了毛，破開肚子，使鹽醃了曬乾，等天陰下酒。」八戒大驚道：「罷了，罷了！撞見那販醃的妖怪也。」眾怪一齊下手，把獃子四馬攢蹄捆住，扛扛抬抬，送至池塘邊，往中間一推，盡皆轉去。

✦妖怪佔據了一座城。圖為西藏崗巴古堡。（美工圖書社：中國圖片大系提供）

大聖卻飛起來看處，那獃子四肢朝上，掘著嘴，半浮半沉，嘴裏呼呼的，著然好笑，倒像八九月經霜落了子兒的一個大黑蓮蓬。大聖見他那嘴臉，又恨他，又憐他，說道：「怎的好麼？他也是龍華會上的一個人。但只恨他動不動分行李散火，又要攛掇師父念《緊箍咒》咒我。我前日曾聞得沙僧說，他攢了些私房，不知可有否？等我且嚇他一嚇看。」

好大聖，飛近他耳邊，假捏聲音，叫聲：「豬悟能！豬悟能！」八戒慌了道：「晦氣呀！我這悟能是觀世音菩薩起的，自跟了唐僧，又呼作八戒，此間怎麼有人知道我叫作悟能？」獃子忍不住問道：「是那個叫我的法名？」行者道：「是我。」獃子道：「你是那個？」行者道：「我是勾司人。」◎10那獃子慌了道：「長官，你是那裏來的？」行者道：「我是五閻王差來勾你的。」那獃子道：「長官，你且回去，上覆五閻王，他與我師兄孫悟空交得甚好，教他讓我一日兒，明日來勾罷。」行者道：「胡說！閻王注定三更死，誰敢留人到四更！趁早跟我去，免得套上繩子扯拉！」獃子道：「長官，那裏不是方便，看我這般嘴臉，還想活哩。死是一定死，只等一日，這妖精連我師父們都拿來，會一會，就都了帳也。」行者暗笑道：「也罷，我這批上有三十個人，都在這中前後，等我拘將來就你，便有一日耽閣。你可有盤纏，把些兒我去。」八戒道：「可憐啊！出家人那裏有甚麼盤纏？」行者道：「若無盤纏，索了去！跟著我走！」獃子慌了道：「長官不要索，我曉得你這繩兒叫作『追命繩』，索上就要斷氣。◎11有，有，有！有便有些兒，只是不多。」行者道：「在那裏？快拿出來！」八戒道：「可憐，可憐！我自做了和尚，到如今，有些

評點

◎8. 可見淨壇使者亦不易做。（周評）
◎9. 便他更想僥倖。（張評）
◎10. 如此想頭，當從天外飛來。（周評）
◎11. 八戒此時眞正要死。（張評）

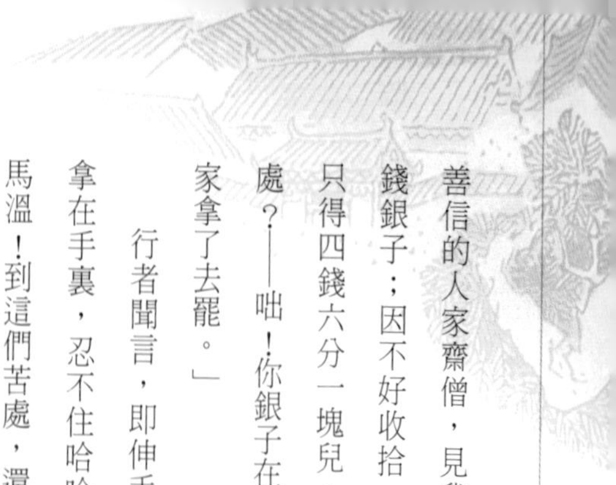

善信的人家齋僧，見我食腸大，襯錢比他們略多些兒，我拿了攢在這裏，零零碎碎有五錢銀子；因不好收拾，前者到城中，央了個銀匠煎成一處；他又沒天理，偷了我幾分，只得四錢六分一塊兒。◎12你拿去罷。」行者暗笑道：「這獃子褲子也沒得穿，卻藏在何處？——咄！你銀子在那裏？」八戒道：「在我左耳朵眼兒裏揌著哩。我捆了拿不得，你自家拿了去罷。」

行者聞言，即伸手在耳朵竅中摸出，真箇是塊馬鞍兒銀子，足有四錢五六分重，◎13拿在手裏，忍不住哈哈的大笑一聲。那獃子認是行者聲音，在水裏亂罵道：「天殺的弼馬溫！到這們苦處，還來打詐財物哩。」行者又笑道：「我把你這饢糟的！老孫保師父，不知受了多少苦難，你倒攢下私房！」八戒道：「嘴臉！這是甚麼私房？都是牙齒上刮下來的！我不捨得買了嘴吃，留了買疋布兒做件衣服，你卻嚇了我的。還分些兒與我。」行者道：「半分也沒得與你！」八戒罵道：「買命錢讓與你罷，好道也救我出去是。」行者道：「莫發急，等我救你。」將銀子藏了，即現原身，掣鐵棒把獃子划攏，用手提著腳，扯上來，解了繩。八戒跳起來，脫下衣裳，整乾了水，抖一抖，潮漉漉的披在身上，道：「哥哥，開後門走了罷。」行者道：「後門裏走，可是個長進的？還打前門上去。」八戒道：「我的腳捆麻了，跑不動。」行者道：「快跟我來！」

好大聖，把鐵棒一路丟開解數，打將出去。那獃子忍著麻，只得跟定他；只看見二門下靠著的是他的釘鈀，走上前，推開小妖，撈過來往前亂築。與行者打出三四層門，不知

打殺了多少小妖。那老魔聽見，對二魔道：「拿得好人，拿得好人！你看孫行者劫了豬八戒，門上打傷小妖也！」那二魔急縱身，綽鎗在手，趕出門來，應聲罵道：「潑猢猻！這般無禮！怎敢渺視我等！」大聖聽得，即應聲站下。那怪物不容講，使鎗便刺。行者正是會家不忙，掣鐵棒，劈面相迎。他兩個在洞門外，這一場好殺：

　　黃牙老象變人形，義結獅王為弟兄。因為大魔來說合，同心計算吃唐僧。齊天大聖神通廣，輔正除邪要滅精。八戒無能遭毒手，悟空拯救出門行。妖王趕上施英猛，鎗棒交加各顯能。那一個鎗來好似穿林蟒，這一個棒起猶如出海龍。龍出海門雲靄靄，蟒穿林樹霧騰騰。算來都為唐和尚，恨苦相持太沒情。

那八戒見大聖與妖精交戰，他在山嘴上豎著釘鈀，不來幫打，只管獃獃的看著。那妖精見行者棒重，滿身解數，全無破綻，就把鎗架住，捽開鼻子，要來捲他。行者知道他的勾當，雙手把金箍棒橫起來，往上一舉，被妖精一鼻子捲住腰胯，不曾捲手。你看他兩隻手在妖精鼻頭上丟花棒兒耍子。

　　八戒見了，搥胸道：「咦！那妖怪晦氣呀！捲我這夯的，聯手都捲住了，不能得動，捲那們滑的，倒不捲手。他那兩隻手拿著棒，只消往鼻裏一搠，那孔子裏害疼流涕，怎能捲得他住？」行者原無此意，倒是八戒教了他。他就把棒幌一幌，細如雞子，長有丈餘，真箇往他鼻孔裏一搠。那妖精害怕，沙的一聲，把鼻子捽放，被行者轉手過來，一把撾住，用氣力往前一拉。那妖精護疼，隨著手舉步跟來。八戒方才敢近，拿釘鈀望妖精胯子

評點

◎12. 真是可憐。（周評）
◎13. 利字是為名字一襯。（張評）

上亂築。行者道：「不好，不好！那鈀齒兒尖，恐築破皮，淌出血來，師父看見，又說我們傷生。只調柄子來打罷。」

真箇獃子舉鈀柄，走一步，打一下，行者牽著鼻子，就似兩個象奴，牽至坡下。◎14只見三藏凝睛盼望，◎15見他兩個嚷嚷鬧鬧而來，即喚：「悟淨，你看悟空牽的是甚麼？」沙僧見了，笑道：「師父，大師兄把妖精揪著鼻子拉來，真愛殺人也！」三藏道：「善哉，善哉。那般大個妖精！那般長個鼻子！你且問他：他若喜喜歡歡送我等過山，可饒了他，莫傷他性命。」沙僧急縱前迎著，高聲叫道：「師父說，那怪果送師父過山，教不要傷他命哩。」那怪聞說，連忙跪下，口裏嗚嗚的答應。原來被行者揪著鼻子，捏儹※4了，就如重傷風一般，叫道：「唐老爺，若肯饒命，即便抬轎相送。」行者道：「我師徒俱是善勝之人，依你言，且饒你命。快抬轎來！如再變卦，拿住決不再饒！」那怪得脫手，磕頭而去。行者同八戒見唐僧，備言前事。八戒慚愧不勝，在坡前晾曬衣服，等候不題。

那二魔戰戰兢兢回洞，未到時，已有小妖報知老魔、三魔，說二魔被行者揪著鼻子拉去。老魔悚懼，與三魔帥眾方出，見二魔獨回，又皆接入，問及放回之故。二魔把三藏慈憫善勝之言，對眾說了一遍，一個個面面相覷，更不敢言。二魔道：「哥哥可送唐僧麼？」老魔道：「兄弟，你說那裏話。孫行者是個廣施仁義的猴頭，他先在我肚裏，若肯

✦孫悟空與豬八戒兩師兄弟合力擒拿了象怪。（朱寶榮繪）

害我性命，一千個也被他弄殺了。卻才揪住你鼻子，若是扯了去不放回，只捏破你的鼻子頭兒，卻也惶恐。快早安排送他去罷。」三魔笑道：「送！送！送！」老魔道：「賢弟這話，卻又像尚氣※5的了。你不送，我兩個送去罷。」

三魔又笑道：「二位兄長在上，那和尚倘不要我們送，只這等瞞過去，還是他的造化；若要送，不知正中了我的調虎離山之計哩。」老怪道：「何為調虎離山？」三怪道：「如今把滿洞群妖點將起來，萬中選千，千中選百，百中選十六個，又選三十個。」老怪道：「怎麼既要十六，又要三十？」三怪道：「要三十個會烹煮的，與他些精米、細麵、竹筍、茶芽、香蕈、蘑菇、豆腐、麵筋，著他二十里，或三十里，搭下窩鋪，安排茶飯，管待唐僧。」老怪道：「又要十六個何用？」三怪道：「著八個抬，八個喝路。我弟兄相隨左右，送他一程。此去向西四百餘里，就是我的城池，我那裏自有接應的人馬。若至城邊，……如此如此，著他師徒首尾不能相顧。要捉唐僧，全在此十六個鬼成功。」老怪聞言，歡欣不已，真是如醉方醒，似夢方覺，道：「好！好！好！」即點眾妖，先選三十，與他物件；又選十六，抬一頂香藤轎子，同出門來。又分付眾妖：「俱不許上山閑走！孫行者是個多心的猴子，若見汝等往來，他必生疑，識破此計。」

老怪遂帥眾至大路旁，高叫道：「唐老爺，今日不犯紅沙※6，請老爺早早過山。」

註

※4 儴：古同「齉」，鼻子不通氣。

※5 尚氣：負氣。

※6 紅沙：陰陽家的迷信說法：認爲每日各有吉、凶星當值。吉星當值，可以「出行、會親友、結婚」等；惡星當值，則「不宜出行、不宜動土」等。紅沙是惡星當值。沙也作煞。

評點

◎14. 可作一幅馴象圖。（周評）

◎15. 靜聽好音。（張評）

三藏聞言道：「悟空，是甚人叫我？」行者指定道：「那廂是老孫降伏的妖精抬轎來送你哩。」三藏合掌朝天道：「善哉，善哉！若不是賢徒如此之能，我怎生得去？」徑直向前，對衆妖作禮道：「多承列位之愛，我弟子取經東回，向長安當傳揚善果也。」衆妖叩首道：「請老爺上轎。」那三藏肉眼凡胎，不知是計；孫大聖又是太乙金仙，忠正之性，只以為擒縱之功，降了妖怪，亦豈期他都有異謀？卻也不曾詳察，盡著師父之意。即命八戒將行囊捎在馬上，與沙僧緊隨。他使鐵棒向前開路，顧盼吉凶。八個抬起轎子，八個一遞一聲喝道。三個妖扶著轎扛，師父喜喜歡歡的端坐轎上，◎16上了高山，依大路而行。

此一去，豈知歡喜之間愁又至。經云：「泰極否還生※7。」時運相逢真太歲，又值喪門吊客星。◎17那夥妖魔，同心合意的侍衛左右，早晚慇懃。行經三十里獻齋，五十里又齋，未晚請歇，沿路齊齊整整。一日三餐，遂心滿意；良宵一宿，好處安身。

西進有四百里餘程，◎18忽見城池相近。大聖舉鐵棒，離轎僅有一里之遙，見城池，把他嚇了一跌，掙挫不起。你道他只這般大膽，如何見此著謊？原來望見那城中有許多惡氣，乃是：

攢攢簇簇妖魔怪，四門都是狼精靈。斑斕老虎爲都管，白面雄彪作總兵。
丫叉角鹿傳文引，伶俐狐狸當道行。千尺大蟒圍城走，萬丈長蛇佔路程。
樓下蒼狼呼令使，臺前花豹作人聲。搖旗擂鼓皆妖怪，巡更坐鋪盡山精。
狡兔開門弄買賣，野豬挑擔幹營生。先年原是天朝國，如今翻作虎狼城。

那大聖正當悚懼，只聽得耳後風響，急回頭觀看，原來是三魔雙手舉一柄畫桿方天戟，往大聖頭上打來。大聖急翻身爬起，使金箍棒劈面相迎。他兩個各懷惱怒，氣呼呼，更不打話；咬著牙，各要相爭。又見那老魔頭傳號令，舉鋼刀便砍八戒。八戒慌得丟了馬，輪著鈀，向前亂築。那二魔纏長鎗，望沙僧刺來。沙僧使降妖杖支開架子敵住。三個魔頭與三個和尚，一個敵一個，在那山頭捨死忘生苦戰。

那十六個小妖卻遵號令，各各效能：搶了白馬、行囊，把三藏一擁，抬著轎子徑至城邊，高叫道：「大王爺爺定計，已拿得唐僧來了！」那城上大小妖精一個個跑下，將城門大開，分付各營捲旗息鼓，不許吶喊篩鑼，說：「大王原有令在前，不許嚇了唐僧。唐僧禁不得恐嚇，一嚇就肉酸，不中吃了。」◎19眾妖都歡天喜地邀三藏，控背躬身接主僧。把唐僧一轎子抬上金鑾殿，請他坐在當中，◎20一壁廂獻茶獻飯，左右旋繞。那長老昏昏沉沉，舉眼無親。畢竟不知性命何如，且聽下回分解。

總批

妖魔反覆處，極似世上人情。世上人情反覆，乃眞妖魔也。作《西遊記》者，不過藉妖魔來畫個影子耳。讀者亦知此否？（李評）

悟一子曰：此明煉氣化神之妙用，施爲變化之中乘也。莊子曰：「用志不分，乃凝於神。」（陳評節錄）

悟元子曰：上回結出金丹妙旨，欲虛其心，必先實腹矣。然欲實腹，必須虛心；虛心必先識心。既識其心，則虛人心，而實道心。虛實並用，人找共濟，修道不難。故此回示人以識心，人我共濟之火候耳。（劉評節錄）

註

※7 泰極否還生：否極泰來的相反。否極泰來：「否」和「泰」，前者是壞卦，後者是好卦；指事情壞到了極點，就會往好的方向轉化。此處正是反義。

評點

◎16. 如此體面氣象過山，亦從來所未有。（周評）
◎17. 步步艱難，始終不易。（張評）
◎18. 卻也虧他送一程。（周評）
◎19. 何以知之？（周評）
◎20. 也省得倒換關文。（周評）

群魔欺本性　一體拜眞如

《新說西遊記圖像》描繪第七十七回精采場景：孫悟空在菩薩的幫助下，擒拿了妖怪。（古版畫，選自《新說西遊記圖像》）

且不言唐長老困苦。卻說那三個魔頭齊心竭力，與大聖兄弟三人，在城東半山內努力爭持。◎1這一場，正是那「鐵刷帚刷銅鍋，家家挺硬」。好殺：

六般體相六般兵，六樣形骸六樣情。六惡六根緣六欲※1，六門六道賭輸贏。三十六宮春自在，六六形色恨有名。這一個金箍棒，千般解數；那一個方天戟，百樣崢嶸。八戒釘鈀兇更猛，二怪長鎗俊又能。小沙僧寶杖非凡，有心打死；老魔頭鋼刀快利，舉手無情。這三個是護衛眞僧無敵將，那三個是亂法欺君潑野精。起初猶可，向後彌兇。六枚都使升空法，雲端裏面各翻騰。一時間吐霧噴雲天地暗，哮哮吼吼只聞聲。

他六個鬥罷多時，漸漸天晚。卻又是風霧漫漫，霎時間，就黑暗了。原來八戒耳大，蓋著

眼皮，越發昏濛，◎2手腳慢，又遮架不住，拖著鈀，敗陣就走，被老魔舉刀砍去，幾乎傷命。幸躲過頭腦，被口刀削斷幾根鬃毛，趕上張開口咬著領頭，拿入城中，丟與小怪，捆在金鑾殿。老妖又駕雲，起在半空助力。沙和尚見事不諧，虛幌著寶杖，顧本身回頭便走，被二怪捽開鼻子，響一聲，連手捲住，拿到城裏，也叫小妖捆在殿下，卻又騰空去叫拿行者。行者見兩個兄弟遭擒，他自家獨力難撐，正是：好手不敵雙拳，雙拳難敵四手。他喊一聲，把棍子隔開三個妖魔的兵器，縱觔斗駕雲走了。三怪見行者駕觔斗時，即抖抖身，現了本相，搧開兩翅，趕上大聖。

你道他怎能趕上？當時如行者鬧天宮，十萬天兵也拿他不住者，以他會駕觔斗雲，一去有十萬八千里路，所以諸神不能趕上。這妖精搧一翅就有九萬里，兩搧就趕過了，所以被他一把撾住，◎3拿在手中，左右掙挫不得。欲思要走，莫能逃脫。即使變化法遁法，又往來難行：◎4變大些兒，他就放鬆了撾住；變小些兒，他又揝緊了撾住。復拿了徑回城內，放了手，捽下塵埃，分付群妖，也照八戒、沙僧捆在一處。那老魔、二魔俱下來迎接。三個魔頭，同上寶殿。噫！這一番倒不是捆住行者，分明是與他送行。

此時有二更時候，眾怪一齊相見畢，把唐僧推下殿來。那長老於燈光前，忽見三個徒弟都捆在地下，老師父伏於行者身邊，哭道：「徒弟呵！常時逢難，你卻在外運用神通，到那裏取救降魔；今番你亦遭擒，我貧僧怎麼得命？」八戒、沙僧聽見師父這般苦楚，便

註

※1 六欲：指從眼、耳、鼻、舌、身、意（意念）產生的六種欲望。

評點

◎1. 妙講爭名，徑要捨身拚命。（張評）
◎2. 抱定昏字，方與明德相應。（張評）
◎3. 以行者觔斗之神速，而又有大鵬能追及之，高才絕技其可常恃耶！（周評）
◎4. 自然有些不易。（張評）

也一齊放聲痛哭。◎5行者微微笑道：「師父放心，兄弟莫哭！憑他怎的，決然無傷。等那老魔安靜了，我們走路。」八戒道：「哥啊，又來搗鬼了！麻繩捆住，鬆些兒還著水噴，想你這瘦人兒不覺，我這胖的遭瘟哩！不信，你看兩膊上，入肉已有二寸，如何脫身？」行者笑道：「莫說是麻繩捆的，就是碗粗的棕纜，只也當秋風過耳，何足罕哉！」

師徒們正說處，只聞得那老魔道：「三賢弟有力量，有智謀，果成妙計，拿將唐僧來了！」叫：「小的們，著五個打水，七個刷鍋，十個燒火，二十個抬出鐵籠來，把那四個和尚蒸熟，我兄弟們受用。◎6各散一塊兒與小的們吃，也教他個個長生。」八戒聽見，戰兢兢的道：「哥哥，你聽，那妖精計較要蒸我們吃哩！」行者道：「不要怕，等我看他是雛兒妖精，是把勢妖精。」沙和尚哭道：「哥呀，且不要說寬話，如今已與閻王隔壁哩，且講甚麼雛兒、把勢！」說不了，又聽得二怪說：「豬八戒不好蒸。」八戒歡喜道：「阿彌陀佛！是那個積陰騭的，說我不好蒸？」三怪道：「不好蒸，剝了皮蒸。」八戒慌了，厲聲喊道：

孫悟空駕觔斗雲的時候，被大鵬鳥趕上，一爪抓住。（古版畫，選自李卓吾批評本《西遊記》）

「不要剝皮！粗自粗，湯響就爛了。」◎7老怪道：「不好蒸的，安在底下一格。」行者笑道：「八戒莫怕，是雛兒，不是把勢。」沙僧道：「怎麼認得？」行者道：「大凡蒸東西，都從上邊起。不好蒸的，安在上頭一格，多燒把火，圓了氣，就好了；若安在底下，一住了氣，就燒半年也是不得氣上的。他說八戒不好蒸，安在底下，不是雛兒是甚的！」八戒道：「哥啊，依你說，就活活的弄殺人了！他打緊見不上氣，抬開了，把我翻轉過來，再燒起火，弄得我兩邊俱熟，中間不夾生了？」

正講時，又見小妖來報：「湯滾了。」老怪傳令叫抬。衆妖一齊上手，將八戒抬在底下一格，沙僧抬在二格。行者估著來抬他，他就脫身道：「此燈光前好做手腳。」拔下一根毫毛，吹口仙氣，叫聲：「變！」即變作一個行者，捆了麻繩，將真身出神，跳在半空裏，低頭看著。那群妖那知真假，見人就抬，把個「假行者」抬在上三格；才將唐僧揪翻倒捆住，抬上第四格。乾柴架起，烈火氣焰騰騰。大聖在雲端裏嗟嘆道：「我那八戒、沙僧，還捱得兩滾；我那師父，只消一滾就爛。若不用法救他，頃刻喪矣！」

好行者，在空中捻著訣，念一聲「唵藍淨法界，乾元亨利貞」的咒語，拘喚得北海龍王早至。只見那雲端裏一朵烏雲，應聲高叫道：「北海小龍敖順叩頭。」行者道：「請起，請起！無事不敢相煩。今與唐師父到此，被毒魔拿住，上鐵籠蒸哩。你去與我護持護持，莫教蒸壞了。」龍王隨即將身變作一陣冷風，吹入鍋下，盤旋圍護，更沒火氣燒鍋，他三人方不損命。

將有三更盡時，只聞得老魔發放道：「手下的，我等用計勞形，拿了唐僧四衆；又因

評點

◎5.早知今日，悔不當初。（張評）
◎6.一路有功，理宜酬謝。（張評）
◎7.好一口美食，只是豬腦子太苦。（張評）

✦妖怪用蒸籠蒸唐僧師徒。（朱寶榮繪）

相送辛苦，四晝夜未曾得睡。今已捆在籠裏，料應難脫，汝等用心看守，著十個小妖輪流燒火，讓我們退宮，略略安寢。到五更天色將明，必然爛了，可安排下蒜泥鹽醋，請我們起來，空心受用。」◎8眾妖各各遵命，三個魔頭卻各轉寢宮而去。

行者在雲端裏，明明聽著這等分付，卻低下雲頭，不聽見籠裏人聲。他想著：「火氣上騰，必然也熱，他們怎麼不怕，又無言語哼嗔，莫敢是蒸死了？等我近前再聽。」好大聖，踏著雲，搖身一變，變作一個黑蒼蠅兒，釘在鐵籠格外聽時，只聞得八戒在裏面道：「晦氣，晦氣！不知是悶氣蒸，又不知是出氣蒸哩。」沙僧道：「二哥，怎麼叫作『悶氣』、『出氣』？」八戒道：「『悶氣蒸』是蓋了籠頭，『出氣蒸』不蓋。」三藏在浮上一層應聲道：「徒弟，不曾蓋。」八戒道：「造化！今夜還不得死，這是出氣蒸了。」行者聽得他三人都說話，未曾傷命，便就飛了去，把個鐵籠蓋輕輕兒蓋上。三藏慌了道：「徒弟，蓋上了！」八戒道：「罷了！這個是悶氣

蒸，今夜必是死了。」沙僧與長老嚶嚶的啼哭。八戒道：「且不要哭，這一會燒火的換了班了。」沙僧道：「你怎麼知道？」八戒道：「早先抬上來時，正合我意：我有些兒寒濕氣的病，要他騰騰※2。這會子反冷氣上來了。咦！燒火的長官，添上些柴便怎的？要了你的哩！」◎9

行者聽見，忍不住暗笑道：「這個夯貨！冷還好捱，若熱就要傷命。再說兩遭，一定走了風了，快早救他。且住！要救他須是要現本相。假如現了，這十個燒火的看見，一齊亂喊，驚動老怪，卻不又費事？等我先送他個法兒。」忽想起：「我當初做大聖時，曾在北天門與護國天王猜枚耍子，贏得他瞌睡蟲兒，還有幾個，送了他罷。」即往腰間順帶裏摸摸，還有十二個。「送他十個，還留兩個做種。」即將蟲兒抛了去，散在十個小妖臉上，鑽入鼻孔，漸漸打盹，都睡倒了。只有一個拿火叉的睡不穩，揉頭搓臉，把鼻子左捏右捏，不住的打噴嚏。行者道：「這廝曉得勾當了，我再與他個雙掭燈。」又將一個蟲兒抛在他臉上。「兩個蟲兒，左進右出，右出左進，諒有一個安住。」那小妖兩三個大呵欠，把腰伸一伸，丟了火叉，也撲的睡倒，再不翻身。

行者道：「這法兒真是妙而且靈！」即現原身，走近前，叫聲：「師父。」唐僧聽見道：「悟空，救我啊！」沙僧道：「哥哥，你在外面叫哩？」行者道：「我不在外面，好和你們在裏邊受罪？」八戒道：「哥啊，溜撒的溜了，我們都是頂缸的，在此受悶氣

註

※2 騰騰：把食物在籠屜上重新蒸熱、中醫外科的熱敷，都叫「騰騰」。

評點

◎8. 下酒乎？下飯乎？只怕不能到口。（周評）
◎9. 八戒的妙談，另是一藏中獨得。（張評）

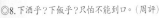

哩。」行者笑道：「獃子莫嚷，我來救你。」八戒道：「哥啊，救便要脫根救，莫又要復籠蒸。」行者卻揭開籠頭，解了師父，將假變的毫毛，抖了一抖，收上身來；又一層層放了沙僧，放了八戒。那獃子才解了，巴不得就要跑。行者道：「莫忙，莫忙！」卻又念聲咒語，發放了龍神，才對八戒道：「我們這去到西天，還有高山峻嶺，師父沒腳力難行，等我還將馬來。」

你看他輕手輕腳，走到金鑾殿下，見那些大小群妖俱睡著了，卻解了繮繩，更不驚動。那馬原是龍馬，若是生人飛踢兩腳，便嘶幾聲。行者曾養過馬，授弼馬溫之官，又是自家一夥，所以不跳不叫。悄悄的牽來，束緊了肚帶，扣備停當，請師父上馬。長老戰兢兢的騎上，也就要走。行者道：「也且莫忙。我們西去還有國王，須要關文，方才去得；不然，將甚執照？等我還去尋行李來。」唐僧道：「我記得進門時，眾怪將行李放在金殿左手下，擔兒也在那一邊。」行者道：「我曉得了。」即抽身跳在寶殿尋時，忽見光彩飄飄，行者知是行李。怎麼就知？——以唐僧的錦襴袈裟上有夜明珠，故此放光。——急到前，見擔兒原封未動，連忙拿下去，付與沙僧挑著。

八戒牽著馬，他引了路，徑奔正陽門。只聽得梆鈴亂響，門上有鎖，鎖上貼了封皮。行者道：「這等防守，如何去得？」八戒道：「後門裏去罷。」行者引路，徑奔後門：「後宰門外，也有梆鈴之聲，門上也有封鎖，卻怎生是好？我這一番，若不為唐僧是個凡體，我三人不管怎的，也駕雲弄風走了。只為唐僧未超三界外，見在五行中，一身都是

父母濁骨，所以不得升駕，難逃。」八戒道：「哥哥，不消商量，我們到那沒梆鈴、不防衛處，撮著師父爬過牆去罷。」行者笑道：「這個不好。此時無奈，撮他過去；到取經回來，你這獃子口敞，延地※3裏就對人說，我們是爬牆頭的和尚了。」◎10八戒道：「此時也顧不得行檢，◎11且逃命去罷！」行者也沒奈何，只得依他，到那淨牆邊，算計爬出。

噫！有這般事！也是三藏災星未脫。那三個魔頭在宮中正睡，忽然驚覺。說走了唐僧，一個個披衣忙起，急登寶殿，問曰：「唐僧蒸了幾滾了？」那些燒火的小妖已是有睡魔蟲，都睡著了，就是打也莫想打得一個醒來。其餘沒執事的，驚醒幾個，冒冒失失的答應道：「七……七……七……七滾了！」急跑近鍋邊，只見籠格子亂丟在地下，燒火的還都睡著，慌得又來報道：「大王，走……走……走……走了！」◎12三個魔頭都下殿，近鍋前仔細看時，果見那籠格子亂丟在地下，湯鍋盡冷，火腳俱無，那燒火的俱呼呼鼾睡如泥。慌得眾怪一齊吶喊，都叫：「快拿唐僧！快拿唐僧！」這一片喊聲振起，把些前前後後、大大小小妖精，都驚起來。刀鎗簇擁，至正陽門下，見那封鎖不動，梆鈴不絕，問外邊巡夜的道：「唐僧從那裏走了？」俱道：「不曾走出人來。」急趕至後宰門，封鎖、梆鈴，一如前門。復亂搶搶的，燈籠火把，熯天通紅，就如白日，卻明明的照見他四眾爬牆哩！老魔趕近，喝聲：「那裏走！」那長老諕得腳軟筋麻，跌下牆來，被老魔拿住。二魔捉了沙僧，三魔擒倒八戒，◎13眾妖搶了行李、白馬，只是走了行者。那八戒口裏嘓嘓噥噥

註

※3 延地：延與沿同音。延地，到處、隨處的意思。

評點

◎10. 爬牆尋魔不可，爬牆避魔何害？（周評）
◎11. 無所不至，此所以爲小人也。（張評）
◎12. 如此重疊字法，至今小說傳奇效顰不已，不知皆《西遊》作祖也。（周評）
◎13. 兩人何不駕雲而走？（周評）

的報怨行者道：「天殺的！我說要救便脫根救，如今卻又復籠蒸了。」

衆魔把唐僧擒至殿上，卻不蒸了。二怪分付把八戒綁在殿前簷柱上，三怪分付把沙僧綁在殿後簷柱上，惟老魔把唐僧抱住不放。三怪道：「大哥，你抱住他怎的？終不然就活吃？卻也沒些趣味。◎14此物比不得那愚夫俗子，拿了可以當飯。此是上邦稀奇之物，必須待天陰閑暇之時，拿他出來，整製精潔，猜枚行令，細吹細打的吃方可。」老魔笑道：「賢弟之言雖當，但恐孫行者又要來偷哩。」三魔道：「我這皇宮裏面有一座錦香亭，那亭子內有一個鐵櫃。依著我，把唐僧藏在櫃裏，關了亭子，卻傳出謠言，說唐僧已被我們夾生吃了。令小妖滿城講說，那行者必然來探聽消息，若聽見這話，他必死心塌地而去。待三五日不來攪擾，卻拿出來，慢慢受用，如何？」老怪、二怪俱大喜道：「是，是，是！兄弟說得有理！」可憐把個唐僧連夜拿將進去，藏在櫃中，閉了亭子。傳出謠言，滿城裏都亂講不題。

卻說行者自夜半顧不得唐僧，駕雲走脫，徑至獅駝洞裏，一路棍，把那萬數小妖盡情剿絕。◎15急回來，東方日出，到城邊，不敢叫戰，正是單絲不線，孤掌難鳴。他落下雲頭，搖身一變，變作個小妖兒，演入門裏，大街小巷，緝訪消息。滿城裏俱道：「唐僧被大王夾生兒連夜吃了。」前前後後，都是這等說。行者著實心焦，行至金鑾殿前觀看，那裏邊有許多精靈，都戴著皮金帽子，穿著黃布直身，手拿著紅漆棍，腰掛著象牙牌，一往一來，不住的亂走。行者暗想道：「此必是穿宮的妖怪。就變作這個模樣，進去打聽打

評點

◎14. 也說得趣。(李評)
◎15. 忙中了結獅駝洞一案，此舉亦不可少。(周評)
◎16. 以詩代哭，押韻而已。(周評)

聽。」

好大聖，果然變得一般無二，混入金門。正走處，只見八戒綁在殿前柱上哼哩。行者近前叫聲：「悟能。」那獃子認得聲音，道：「師兄，你來了？救我一救！」行者道：「我救你。你可知師父在那裏？」八戒道：「師父沒了，昨夜被妖精夾生兒吃了。」行者聞言，忽失聲淚似泉湧。八戒道：「哥哥莫哭，我也是聽得小妖亂講，未曾眼見。你休誤了，再去尋問尋問。」這行者卻才收淚，又往裏面找尋。忽見沙僧綁在後簷柱上，即近前摸著他胸脯子，叫道：「悟淨。」沙僧也識得聲音，道：「師兄，你變化進來了？救我！救我！」行者道：「救你容易，你可知師父在那裏？」沙僧滴淚道：「哥啊，師父被妖精等不得蒸，就夾生兒吃了。」

大聖聽得兩個言語相同，心如刀攪，淚似水流，急縱身望空跳起，且不救八戒、沙僧，回至城東山上，按落雲頭，放聲大哭，叫道：「師父啊！

恨我欺天困網羅，師來救我脫沉屙。潛心篤志同參佛，努力修身共煉魔。
豈料今朝遭蜇害，不能保你上婆娑。西方勝境無緣到，氣散魂消怎奈何！」◎16

行者淒淒慘慘的，自思自忖，以心問心道：「這都是我佛如來坐在那極樂之境，沒得事幹，弄了那三藏之經！若果有心勸善，理當送上東土，卻不是個萬古流傳？只是捨不得送

✦《靈鷲山釋迦講經圖》，唐朝在覆著絹的麻布上以絹絲刺繡，高241公分，寬159.5公分，甘肅敦煌莫高窟第十七窟出土，大英博物館藏。這幅刺繡圖描繪的是釋迦牟尼佛在王舍城靈鷲山山頂講解《妙法蓮華經》的情景。靈鷲山是以圍繞著佛陀的岩石表示。（fotoe提供）

去，卻教我等來取。怎知道苦歷千山，今朝到此喪命！罷，罷，罷！老孫且駕個觔斗雲，去見如來，備言前事。若肯把經與我，送上東土，一則傳揚善果，二則了我等心願；若不肯與我，教他把《鬆箍兒咒》念念，褪下這個箍子，交還與他，老孫還歸本洞，稱王道寡，耍子兒去罷。」◎17

好大聖，急翻身駕起觔斗雲，徑投天竺。那裏消一個時辰，早望見靈山不遠。須臾間，按落雲頭，直至鷲峰之下。忽抬頭，見四大金剛擋住道：「那裏走？」行者施禮道：「有事要見如來。」當頭又有崑崙山金霞嶺不壞尊王永住金剛喝道：「這潑猴甚是粗狂！前者大困牛魔，我等為汝努力，今日面見，全不為禮！有事且待先奏，奉召方行。這裏比南天門不同，教你進去出來，兩邊亂走！咄！還不靠開！」那大聖正是煩惱處，又遭此搶白，氣得哮吼如雷，忍不住大呼小叫，早驚動如來。

如來佛祖正端坐在九品寶蓮臺上，與十八尊輪世的阿羅漢講經，即開口道：「孫悟空來了，汝等出去接待接待。」大眾阿羅遵佛旨，兩路幢幡寶蓋，即出山門應聲道：「孫大聖，如來有旨相喚哩。」那山門口四大金剛卻才閃開路，讓行者前進。眾阿羅引至寶蓮臺下，見如來倒身下拜，兩淚悲啼。如來道：「悟空，有何事這等悲啼？」行者道：「弟子屢蒙教訓之恩，托庇在佛爺爺之門下，自歸正果，保護唐僧，拜為師範，一路上苦不可言！今至獅駝山獅駝洞獅駝城，有三個毒魔，乃獅王、象王、大鵬，把我師父捉將去，連弟子一概遭迍，都捆在蒸籠裏，受湯火之災。幸弟子脫逃，喚龍王救免。是夜偷出師等，

評點

◎17. 不願僥倖，亦必不肯行險。(張評)
◎18. 不是閑人閑不得，閑人不是等閑人。(張評)

不料災星難脫，復又擒回。及至天明，入城打聽，叵耐那魔十分狠毒，萬樣驍勇，把師父連夜夾生吃了，如今骨肉無存。又況師弟悟能、悟淨見綁在那廂，不久性命亦皆傾矣。弟子沒及奈何，特地到此參拜如來。望大慈悲，將《鬆箍兒咒》念念，褪下我這頭上箍兒，交還如來，放我弟子回花果山寬閑耍子去罷！」◎18說未了，淚如泉湧，悲聲不絕。如來笑道：「悟空少得煩惱。那妖精神通廣大，你勝不得他，所以這等心痛。」行者跪在下面，搥著胸膛道：「不瞞如來說，弟子當年鬧天宮，稱大聖，自為人以來，不曾吃虧，今番卻遭這毒魔之手！」

如來聞言道：「你且休恨，那妖精我認得他。」行者猛然失聲道：「如來！我聽見人講說，那妖精與你有親哩。」如來道：「這個刁猢猻！怎麼個妖精與我有親？」行者笑道：「不與你有親，如何認得？」如來道：「我慧眼觀之，故此認得。那老怪與二怪有主。」叫阿難、迦葉來：「你兩個分頭駕雲，去五臺山、峨眉山，宣文殊、普賢來見。」二尊者即奉旨而去。如來道：「這是老魔、二怪之主。但那三怪，說將起來，也是與我有些親處。」行者道：「親是父黨？母黨？」如來道：「自那混沌分時，天開於子，地闢於丑，人生於寅，天地再交合，萬物盡皆生。萬物有走獸飛禽，走獸以麒麟為之長，飛禽以鳳凰為之長。那鳳凰又得交合之氣，育生孔雀、大鵬。孔雀出世之時最惡，能吃人，四十五里路把人一口吸之。我在雪山頂上，修成丈六金身，早被他也把我吸下肚去。我欲從他便門而出，恐污真身，是我剖開他脊背，跨上靈山。欲傷他命，當被諸佛勸解：傷孔雀如傷我母。故此留他在靈山會上，封他做佛母孔雀大明王菩薩。大鵬與他是一母所生，

騎著白象的普賢菩薩，要太保剪紙作品。攝於2006年9月25日。（孔蘭平／fotoe提供）

故此有些親處。」行者聞言笑道：「如來，若這般比論，你還是妖精的外甥哩。」如來道：「那怪須是我去，方可收得。」行者叩頭，啟上如來：「千萬望玉趾一降！」

如來即下蓮臺，同諸佛衆，徑出山門。又見阿難、迦葉引文殊、普賢來見。二菩薩對佛禮拜，如來道：「菩薩之獸，下山多少時了？」文殊道：「七日了。」如來道：「山中方七日，世上幾千年。不知在那廂傷了多少生靈，快隨我收他去。」二菩薩相隨左右，同衆飛空。只見那：

滿天縹緲瑞雲分，我佛慈悲降法門。明示開天生物理，細言闢地化身文。
面前五百阿羅漢，腦後三千揭諦神。迦葉阿難隨左右，普文菩薩殄妖氛。

大聖有此人情，請得佛祖與衆前來，不多時，早望見城池。行者報道：「如來，那放黑氣的乃是獅駝國也。」如來道：「你先下去，到那城中與妖精交戰，許敗不許勝。敗上來，我自收他。」

大聖即按雲頭，徑至城上，腳踏著垛兒罵道：「潑孽畜！快出來與老孫交戰！」慌得那城樓上小妖急跳下城中，報道：「大王，孫行者在城上叫戰哩。」老妖道：「這猴兒兩三日不來，今朝卻又叫戰，莫不是請了些救兵來耶？」三怪道：「怕他怎的！我們都去看來。」三個魔頭各持兵器，趕上城來；見了行者，更不打話，舉兵器一齊亂刺。行者輪鐵棒掣手相迎。鬥經七八回合，行者佯輸而走。那妖王喊聲大振，叫道：「那裏走！」大聖觔斗一縱，跳上半空，三個精即駕雲來

✦文殊菩薩造像，唐代琺瑯器。

趕。行者將身一閃，藏在佛爺爺金光影裏，全然不見。只見那過去、未來、見在的三尊佛像，與五百阿羅漢、三千揭諦神，佈散左右，把那三個妖王圍住，水泄不通。老魔慌了手

◆本回末，如來收了大鵬鳥，文殊、普賢兩菩薩收了青獅、白象。（朱寶榮繪）

腳，叫道：「兄弟，不好了！那猴子真是個地裏鬼，那裏請得個主人公來也！」◎[19]三魔道：「大哥休得悚懼，我們一齊上前，使鎗刀搠倒如來，奪他那雷音寶剎！」這魔頭不識起倒，真箇舉刀上前亂砍，卻被文殊、普賢念動真言，喝道：「這孽畜！還不皈正，更待怎生！」諕得老怪、二怪不敢撐持，丟了兵器，打個滾，現了本相。二菩薩將蓮花臺拋在那怪的脊背上，飛身跨坐，二怪遂泯耳皈依。

二菩薩既收了青獅、白象，只有那第三個妖魔不伏，騰開翅，丟了方天戟，扶搖直上，輪利爪要刁捉猴王。原來大聖藏在光中，他怎敢近？如來情知此意，即閃金光，把那鵲巢貫頂之頭迎風一幌，變作鮮紅的一塊血肉。妖精輪利爪刁他一下，被佛爺把手往上一指，那妖翅膊上就了筋※[4]，飛不去，只在佛頂上，不能遠遁，現了本相，乃是一個大鵬金翅鵰。即開口對佛應聲叫道：「如來，你怎麼使大法力困住我也？」如來道：「你在此處多生孽障，跟我去，有進益之功。」妖精道：「你那裏持齋把素，極貧極苦；我這裏吃人肉，受用無窮！你若餓壞了我，你有罪愆。」◎[20]如來道：「我管四大部洲，無數眾生瞻仰，凡做好事，我教他先祭汝口。」那大鵬欲脫難脫，要走怎走？是以沒奈何，只得皈依。

行者方才轉出，向如來叩頭道：「佛爺，你今收了妖精，除了大害。只是沒了我師父也。」大鵬咬著牙恨道：「潑猴頭！尋這等狠人困我！◎[21]你那老和尚幾曾吃他？如今在那

錦香亭鐵櫃裏不是？」行者聞言，忙叩頭謝了佛祖。佛祖不敢鬆放了大鵬，也只教他在光焰上做個護法，引眾回雲，徑歸寶剎。

行者卻按落雲頭，直入城裏。那城裏一個小妖兒也沒有了，◎22正是蛇無頭而不行，鳥無翅而不飛。他見佛祖收了妖王，各自逃生而去。行者才解救了八戒、沙僧，尋著行李、馬匹，與他二人說：「師父不曾吃，都跟我來。」引他兩個徑入內院，找著錦香亭，打開門看，內有一個鐵櫃，只聽得三藏有啼哭之聲。沙僧使降妖杖打開鐵鎖，揭開櫃蓋，叫聲：「師父！」三藏見了，放聲大哭道：「徒弟呵，怎生降得妖魔？如何得到此尋著我也？」行者把上項事從頭至尾，細陳了一遍，三藏感謝不盡。師徒們在那宮殿裏尋了些米糧，安排些茶飯，飽吃一餐，收拾出城，找大路投西而去。正是：

眞經必得眞人取，意嚷心勞總是虛。

畢竟這一去，不知幾時得面如來，且聽下回分解。

總批

有文殊、普賢、如來，便有青獅、白象、大鵬，即道學先生人心、道心之說也。勿看遠了。（李評）

悟一子曰：篇首「老魔咬去八戒」，木火遭木火之魔；「二魔捲去沙僧」，土金遭土金之魔；「三魔擒去行者」，水金遭水金之魔。（陳評節錄）

悟元子曰：上回言心意歸眞，若不能伏後天氣質之性，終爲順行造化所拘矣。故此回指出諸多傍門，不能變化氣質之害，叫學者棄假悟眞，期必歸於眞空妙有之地，爲極功也。篇首「三個魔頭，與大聖三人爭持，將三人拿進城內，捆在一處，三個魔頭同上寶殿，將唐僧推下殿來」，是言傍門外道用心用意，以假亂眞，以邪混正，縱其後天氣質之性，而昧其本來天命之性，即提綱「群魔欺本性」是也。（劉評節錄）

註

※4 就了筋：此處是抽了筋的意思。

評點

◎19. 主人公一到，魔自散矣。（李評）
◎20. 世人都是如此見識。（李評）
◎21. 佛本慈而謂之曰狠，狠處正是慈處。（周評）
◎22. 如此大空城，不知至今尚在否？（周評）

第七十八回 比丘憐子遣陰神　金殿識魔談道德

一念才生動百魔，◎1修持最苦奈他何！但憑洗滌無塵垢，也用收拴有琢磨。
掃退萬緣歸寂滅，蕩除千怪莫蹉跎。管教跳出樊籠套，行滿飛昇上大羅。

話說孫大聖用盡心機，請如來收了眾怪，解脫三藏師徒之難，離獅駝城西行。又經數月，早值冬天。但見那：

嶺梅將破玉，池水漸成冰。紅葉俱飄落，青松色更新。
淡雲飛欲雪，枯草伏山平。滿目寒光迥，陰陰誘骨泠。◎2

師徒們沖寒冒冷，宿雨餐風。正行間，又見一座城池。三藏問道：「悟空，那廂又是甚麼所在？」行者道：「到跟前自知。若是西邸王位，須要倒換關文；若是府州縣，徑過。」

師徒言語未畢，早至城門之外。三藏下馬，一行四眾進了月城。◎3見一個老軍，在向陽牆下偎風而睡。行者近前搖他一下，叫聲：「長官。」那老軍猛然驚覺，麻麻糊糊的睜開眼，看見行者，連忙跪下磕頭，叫：「爺爺！」行者道：「你休胡驚作怪，我又不是甚麼惡神，你叫爺爺怎的！」老軍磕頭道：「你是雷

◆《新說西遊記圖像》描繪第七十八回精采場景：國王接見唐僧，國丈前來試探。（古版畫，選自《新說西遊記圖像》）

公爺爺？」◎4行者道：「胡說！吾乃東土去西天取經的僧人。適才到此，不知地名，問你一聲的。」那老軍聞言，卻才正了心，打個呵欠，爬起來，伸伸腰道：「長老，長老，恕小人之罪。此處地方，原喚比丘國，今改作小子城。」行者道：「國中有帝王否？」老軍道：「有，有，有。」行者卻轉身對唐僧道：「師父，此處原是比丘國，今改小子城。但不知改名之意何故也？」唐僧疑惑道：「既云比丘，又何云小子？」八戒道：「想是比丘王崩了，新立王位的是個小子，故名小子城。」◎5唐僧道：「無此理，無此理！我們且進去，到街坊上再問。」沙僧道：「正是。那老軍一則不知，二則被大哥諕得胡說。且入城去詢問。」

又入三層門裏，到通衢大市觀看，倒也衣冠濟楚，人物清秀。但見那：

酒樓歌館語聲喧，彩鋪茶房高掛簾。萬户千門生意好，六街三市廣財源。

買金販錦人如蟻，奪利爭名只爲錢。◎6禮貌莊嚴風景盛，河清海晏太平年。

評點

◎1. 一念且如此，何況滿腹是心，其苦不可勝言矣。（張評）
◎2. 點綴一路景象，爲下塗字寫影。（張評）
◎3. 爲下半字伏脈。（張評）
◎4. 非雷公爺爺也，還是救命王菩薩。（周評）
◎5. 何異今日秀才解書。（李評）
◎6. 一語無限感慨。（周評）

《道家煉石圖》，清代任頤繪。此圖描出道士煉石的故事。（fotoe提供）

師徒四衆牽著馬，挑著擔，在街市上行彀多時，看不盡繁華氣概，但只見家家門口一個鵝籠。三藏道：「徒弟啊，此處人家都將鵝籠放在門首，何也？」八戒聽說，左右觀之，果是鵝籠，排列五色彩緞遮幔。獃子笑道：「師父，今日想是黃道良辰，宜結婚姻會友，都行禮哩。」行者道：「胡談！那裏就家家都行禮？其間必有緣故。等我上前看看。」三藏扯住道：「你莫去。你嘴臉醜陋，怕人怪你。」行者道：「我變化個兒去來。」

好大聖，捻著訣，念聲咒語，搖身一變，變作一個蜜蜂兒，◎7展開翅，飛近前邊，鑽進幔裏觀看，原來裏面坐的是個小孩兒。再去第二家籠裏看，也是個小孩兒。連看八九家，都是個小孩兒。卻是男身，更無女子。◎8有的坐在籠中頑耍，有的坐在裏邊啼哭，有的吃果子，有的或睡坐。行者看罷，現原身回報唐僧道：「那籠裏是些小孩子，大者不滿七歲，小者只有五歲，不知何故。」三藏見說，疑思不定。

忽轉街見一衙門，乃金亭館驛。長老喜道：「徒弟，我們且進這驛裏去。一則問他地方，二則撒和馬匹，三則天晚投宿。」沙僧道：「正是，正是，快進去耶。」四衆欣然而入。只見那在官人果報與驛丞，接入門，各各相見。敘坐定，驛丞問：「長老自何方來？」三藏言：「貧僧東土大唐差往西天取經者，今到貴處，有關文理當照驗，權借高衙一歇。」驛丞即命看茶。茶畢，即辦支應，命當直的安排管待。三藏稱謝，又問：「今日可得入朝見駕，照驗關文？」驛丞道：「今晚不能，須待明日早朝。今晚且於敝衙門寬住一宵。」

少頃，安排停當，驛丞即請四衆同吃了齋供，又教手下人打歸客房安歇。三藏感謝不盡。既坐下，長老道：「貧僧有一件不明之事請教，煩為指示。貴處養孩兒，不知怎生看待？」驛丞道：「天無二日，人無二理。養育孩童，父精母血，懷胎十月，待時而生，生下乳哺三年，漸成體相。豈有不知之理！」三藏道：「據尊言，與敝邦無異。但貧僧進城時，見街坊人家各設一鵝籠，都藏小兒在內。此事不明，故敢動問。」驛丞附耳低言道：「長老莫管他，莫問他，也莫理他、說他。請安置，明早走路。」長老聞言，一把扯住驛丞，定要問個明白。驛丞搖頭搖指，只叫：「謹言！」三藏一發不放，執死的要問個詳細。驛丞無奈，只得屏去一應在官人等，獨在燈光之下，悄悄而言道：「適所問鵝籠之事，乃是當今國主無道之事。你只管問他怎的？」三藏道：「何為無道？必見教明白，我方得放心。」驛丞道：「此國原是比丘國，近有民謠，改作小子城。三年前，有一老人，打扮作道人模樣，攜一小女子，年方一十六歲。其女形容嬌俊，貌若觀音，進貢與當今，陛下愛其色美，寵幸在宮，號為美后。近來把三宮娘娘、六院妃子，全無正眼相覷，不分晝夜，貪歡不已。如今弄得精神瘦倦，身體尪羸※1，飲食少進，命在須臾。太醫院檢盡良方，不能療治。那進女子的道人，受我主誥封，稱為國丈。國丈有海外秘方，甚能延壽，前者去十洲、三島採將藥來，俱已完備。但只是藥引子利害：單用著一千一百一十一個小兒的心肝，煎湯服藥。◎9服後有千年不老之功。這些鵝籠裏的小兒，俱是選就的，養在裏

註

※1 尪羸：瘦弱。亦指瘦弱之人。

評點

◎7.尋花覓果不知爲誰忙。(張評)
◎8.如此養心，筆意更奇。(張評)
◎9.比薑三片、棗二枚何如？(周評)

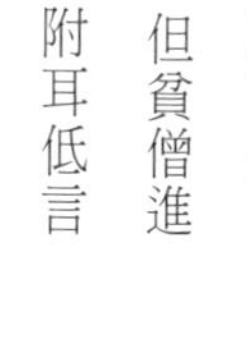

面。◎[10]人家父母懼怕王法，俱不敢啼哭，遂傳播謠言，叫作小兒城。此非無道而何？長老明早到朝，只去倒換關文，不得言及此事。」言畢，抽身而退。

唬得個長老骨軟筋麻，止不住腮邊淚墮，忽失聲叫道：「昏君，昏君！為你貪歡愛美，弄出病來，怎麼屈傷這許多小兒性命？苦哉，苦哉！痛殺我也！」有詩為證，詩曰：

邪主無知失正真，貪歡不省暗傷身。
因求永壽戕童命，爲解天災殺小民。
僧發慈悲難割捨，官言利害不堪聞。
燈前灑淚長吁嘆，痛倒參禪向佛人。

八戒近前道：「師父，你是怎的起哩？專把別人棺材抬在自家家裏哭。不要煩惱！常言道：『君教臣死，臣不死不忠；父教子亡，子不亡不孝。』他傷的是他的子民，與你何干？且來寬衣服睡覺，莫替古人耽憂。」三藏滴淚道：「徒弟呵，你是一個不慈憫的！我出家人，積功累行，第一要行方便。怎麼這昏君一味胡行！從來也不見吃人心肝可以延壽。這都是無道之事，教我怎不傷悲？」沙僧道：「師父且莫傷悲，等明早倒換關文，覿面與國王講過。如若不從，看他是怎麼模樣的一個國丈。或恐那國丈是個妖精，欲吃人的心肝，故設此法，未可知也。」

行者道：「悟淨說得有理。師父，你且睡覺，明日等老孫同你進朝，看國丈的好歹。如若是人，只恐他走了傍門，不知正道，徒以採藥為真，待老孫將先天之要旨，化他皈

正；◎11若是妖邪，我把他拿住，與這國王看看，教他寬欲養身，◎12斷不教他傷了那些孩童性命。」三藏聞言，急躬身，反對行者施禮道：「徒弟呵，此論極妙，極妙！但只是見了昏君，不可便問此事，恐那昏君不分遠近，並作謠言見罪，卻怎生區處？」行者笑道：「老孫自有法力。如今先將鵝籠小兒攝離此城，教他明日無物取心。地方官自然奏表，那昏君必有旨意，或與國丈商量，或者另行選報。那時節，借此舉奏，決不致罪坐於我也。」三藏甚喜，又道：「如今怎得小兒離城？若果能脫得，真賢徒天大之德！可速為之，略遲緩些，恐無及也。」行者抖擻神威，即起身分付八戒、沙僧：「同師父坐著，等我施為。你看但有陰風刮動，就是小兒出城了。」他三人一齊俱念：「南無救生藥師佛！南無救生藥師佛！」◎13

這大聖出得門外，打個唿哨，起在半空，捻了訣，念動真言，叫一聲「唵藍淨法界」。拘得那城隍、土地、社令、真官，並五方揭諦、四值功曹、六丁六甲與護教伽藍等眾，都到空中，對他施禮道：「大聖，夜喚吾等，有何急事？」行者道：「今因路過比丘國，那國王無道，聽信妖邪，要取小兒心肝做藥引子，指望長生。我師父十分不忍，欲要救生滅怪，故老孫特請列位，各使神通，與我把這城中各街坊人家鵝籠裏的小兒，連籠都攝出城外山凹中，或樹林深處，收藏一二日，與他些果子食用，不得餓損；再暗的護持，不得使他驚恐啼哭。待我除了邪，治了國，勸正君王，臨行時，送來還我。」眾神聽令，即便各使神通，按下雲頭。滿城中陰風滾滾，慘霧漫漫：

評點

◎10. 如此養心，只恐壽星不至。（張評）

◎11. 一片婆心。（周評）

◎12. 虛出題面，筆意更明。（張評）

◎13. 模擬逼真。（李評）

陰風刮暗一天星，慘霧遮昏千里月。起初時，還蕩蕩悠悠；次後來，就轟轟烈烈。悠悠蕩蕩，各尋門戶救孩童；烈烈轟轟，都看鵝籠援骨血。冷氣侵人怎出頭，寒威透體衣如鐵。父母徒張皇，兄嫂皆悲切。滿地捲陰風，籠兒被神攝。此夜縱孤悽，天明盡歡悅。

有詩為證，詩曰：

釋門慈憫古來多，正善成功說摩訶※2。
萬聖千眞皆積德，三皈五戒要從和。
比丘一國非君亂，小子千名是命訛。
行者因師同救護，這場陰騭勝波羅。

當夜有三更時分，衆神祇把鵝籠攝去各處安藏。

行者按下祥光，徑至驛庭上，只聽得他三人還念「南無救生藥師佛」哩。他也心中暗喜，近前叫：「師父，我來也。陰風之起何如？」八戒道：「好陰風！」三藏道：「救兒之事，卻怎麼說？」行者道：「已一一救他出去，待我們起身時送還。」長老謝了又謝，方才就寢。

至天曉，三藏醒來，遂結束齊備，道：「悟空，我趁早朝，倒換關文去也。」行者道：「師

✦孫悟空命令城隍、土地、社令、真官，並五方揭諦、四值功曹、六丁六甲與護教伽藍等衆藏起小兒籠。（古版畫，選自李卓吾批評本《西遊記》）

父，你自家去，恐不濟事。待老孫和你同去，看那國丈邪正如何。」三藏道：「你去卻不肯行禮，恐國王見怪。」行者道：「我不現身，暗中跟隨你，就當保護。」三藏甚喜，分付八戒、沙僧看守行李、馬匹。卻才舉步，這驛丞又來相見。看這長老打扮起來，比昨日又甚不同，但見他：

身上穿一領錦襴異寶佛袈裟，頭戴金頂毗盧帽。九環錫杖手中拿，胸藏一點神光妙。通關文牒緊隨身，包裹袋中纏錦套。行似阿羅降世間，誠如活佛真容貌。

那驛丞相見禮畢，附耳低言，只教莫管閑事。三藏點頭應聲。大聖閃在門旁，念個咒語，搖身一變，變作個蟭蟟蟲兒，嚶的一聲，飛在三藏帽兒上。出了館驛，徑奔朝中。

及到朝門外，見有黃門官，即施禮道：「貧僧乃東土大唐差往西天取經者，今到貴地，理當倒換關文。意欲見駕，伏乞轉奏轉奏。」那黃門官果為傳奏。國王喜道：「遠來之僧，必有道行。」教請進來。黃門官復奉旨，將長老請入。長老階下朝見畢，復請上殿賜坐。長老又謝恩坐了。只見那國王相貌尪羸，精神倦怠：舉手處，揖讓差池；開言時，聲音斷續。◎14長老將文牒獻上，那國王眼目昏朦，看了又看，方才取寶印用了花押，遞與長老。長老收訖。

那國王正要問取經原因，只聽得當駕官奏道：「國丈爺爺來矣。」那國王即扶著近侍小宦，掙下龍牀，躬身迎接。慌得那長老急起身，側立於旁。回頭觀看，原來是一個老道

註

※2 摩訶：摩訶的意思是大。此處指大乘佛法。

評點

◎14. 私欲太重，一心管顧不暇。（張評）

者，自玉階前搖搖擺擺而進。但見他：

頭上戴一頂淡鵝黃九錫※3雲錦紗巾，身上穿一領箸頂梅沉香綿絲鶴氅。腰間繫一條紉藍三股攢絨帶，足下踏一對麻經葛緯雲頭履。手中拄一根九節枯藤盤龍拐杖，胸前掛一個描龍刺鳳團花錦囊。玉面多光潤，蒼髯頷下飄。金睛飛火焰，長目過眉梢。行動雲隨步，逍遙香霧饒。階下衆官都拱接，齊呼國丈進王朝。

那國丈到寶殿前，更不行禮，昂昂烈烈，徑到殿上。國王欠身道：「國丈仙踪，今喜早降。」就請左手繡墩上坐。三藏起一步，躬身施禮道：「國丈大人，貧僧問訊了。」那國丈端然高坐，亦不回禮，轉面向國王道：「僧家何來？」國王道：「東土唐朝差上西天取經者，今來倒驗關文。」國丈笑道：「西方之路，黑漫漫有甚好處！」三藏道：「自古西方乃極樂之勝境，如何不好？」那國王問道：「朕聞上古有云：『僧是佛家弟子。』端的不知為僧可能不死，向佛可能長生？」三藏聞言，急合掌應道：

「為僧者，萬緣都罷；了性者，諸法皆空。大智閑閑※4，澹泊在不生之內；真機默默，逍遙於寂滅之中。◎15三界空而百端治，六根淨而千種窮。若乃堅誠知覺，須當識心：心淨則孤明獨照，心存則萬境皆清。真容無欠亦無餘，生前可見；幻相有形終有壞，分外

河南靈寶古函谷關仙丹閣內煉丹爐，攝於2002年。（聶鳴／fotoe提供）

◆安徽黃山奇石：蓬萊三島。（羅小韻／fotoe提供）

何求？行功打坐，乃為入定之原；佈惠施恩，誠是修行之本。大巧若拙，還知事事無為；善計非籌，必須頭頭放下。但使一心不動，萬行自全；若云採陰補陽，誠為謬語，服餌長壽，實乃虛詞。只要塵塵緣總棄，物物色皆空。素素純純寡愛欲，自然享壽永無窮。」

那國丈聞言，付之一笑，用手指定唐僧道：「呵！呵！呵！你這和尚滿口胡柴！寂滅門中，須云認性，你不知那性從何而滅！枯坐參禪，盡是些盲修瞎煉。俗語云：『坐，坐，坐，你的屁股破！火熬煎，反成禍。』更不知我這：

修仙者，骨之堅秀；達道者，神之最靈。攜簞瓢而入山訪友，採百藥而臨世濟人。摘仙花以砌笠，折香蕙以鋪裀。歌之鼓掌，舞罷眠雲。闡道法，揚太上之正教；施符水，除人世之妖氛。奪天地之秀氣，採日月之華精。運陰陽而丹結，按水火而胎凝。二八陰消兮，若恍若惚；三九陽長兮，如杳如冥。應四時而採取藥物，養九轉※5而修

註

※3 九錫：九錫是九種禮器。分別是車馬、衣服、朱戶、納陛、虎賁、弓矢、鈇鉞、秬鬯（祭祀時降神的酒）器，是天子賜給諸侯、大臣的最高禮遇。

※4 大智閑閑：《莊子．齊物論》中有小智間間，大智閑閑。意思說最聰明的人，心中寬裕。閑閑，心懷坦率因而寬裕。

※5 九轉：道教謂丹的煉製有一至九轉之別，而以九轉為貴。

評點

◎15. 四句實發養心之要。(張評)

煉丹成。跨青鸞，升紫府；騎白鶴，上瑤京。參滿天之華采，表妙道之慇懃。比你那靜禪釋教，寂滅陰神，涅槃遺臭殼，又不脫凡塵！三教之中無上品，古來惟道獨稱尊！」

那國王聽說，十分歡喜。滿朝官都喝采道：「好個『惟道獨稱尊』！『惟道獨稱尊』！」◎16長老見人都讚他，不勝羞愧。國王又叫光祿寺安排素齋，待那遠來之僧出城西去。

三藏謝恩而退。才下殿，往外正走，行者飛下帽頂兒，來在耳邊叫道：「師父，這國丈是個妖邪，國王受了妖氣。你先去驛中等齋，待老孫在這裏聽他消息。」三藏知會了，獨出朝門不題。

看那行者，一翅飛在金鑾殿翡翠屏中釘下。只見那班部中閃出五城兵馬官奏道：「我主，今夜一陣冷風，將各坊各家鵝籠裏小兒，連籠都刮去了，更無蹤跡。」國王聞奏，又驚又惱，對國丈道：「此事乃天滅朕也！連月病重，御醫無效。幸國丈賜仙方，專待今日午時開刀，取此小兒心肝做引，何期被冷風刮去。非天欲滅朕而何？」國丈笑道：「陛下且休煩惱。此兒刮去，正是天送長生與陛下也。」國王道：「見把籠中之兒刮去，何以反說天送長生？」國丈道：「我才入朝來，見了一個絕妙的藥引，強似那一千一百一十一個小兒之心。◎17那小兒之心，只延得陛下千年之壽；此引子，吃了我的仙藥，就可延萬萬年也。」國王漠然不知是何藥引，請問再三，國丈才說：「那東土差去取經的和尚，我看他器宇清淨，容顏齊整，乃是個十世修行的真體。自幼為僧，元陽未泄，比那小兒更強萬倍。◎18若得他的心肝煎湯，服我的仙藥，足保萬年之壽。」那昏君聞言，十分聽信，對國

丈道：「何不早說？若果如此有效，適才留住，不放他去了。」國丈道：「此何難哉！適才分付光祿寺辦齋待他，他必吃了齋，方才出城。如今急傳旨，將各門緊閉，點兵圍了金亭館驛，將那和尚拿來，必以禮求其心。如果相從，即時剖而取出，遂御葬其屍，還與他立廟享祭；如若不從，就與他個武不善作※6，即時捆住，剖開取之。有何難事！」那昏君如其言，即傳旨，把各門閉了。又差羽林衛大小官軍，圍住館驛。

行者聽得這個消息，一翅飛奔館驛，現了本相，對唐僧道：「師父，禍事了！禍事了！」那三藏才與八戒、沙僧領御齋，忽聞此言，諕得三屍神散，七竅烟生，倒在塵埃，渾身是汗，眼不定睛，口不能言。慌得沙僧上前攙住，只叫：「師父甦醒！師父甦醒！」八戒道：「有甚禍事？有甚禍事？你慢些兒說便也罷，卻諕得師父如此！」行者道：「自師父出朝，老孫回視，那國丈是個妖精。少頃，有五城兵馬來奏冷風刮去小兒之事。國王方惱，他卻轉教喜歡，道：『這是天送長生與你。』要取師父的心肝做藥引，可延萬年之壽。那昏君聽信誣言，所以點精兵來圍館驛，差錦衣官來請師父求心也。」◎19八戒笑道：「行的好慈憫！救的好小兒！刮的好陰風！今番卻撞出禍來了。」

三藏戰兢兢的爬起來，扯著行者哀告道：「賢徒啊，此事如何是好？」行者道：「若要好，大做小。」◎20沙僧道：「怎麼叫作大做小？」行者道：「若要全命，師做徒，徒做師，方可保全。」三藏道：「你若救得我命，情願與你做徒子徒孫也。」行者道：「既如

註

※6 武不善作：動武就不能講斯文。

評點

◎16. 自有捧屁者。（李評）
◎17. 突如其來，令人駭絕。（周評）
◎18. 如今和尚，更無一個做得藥引。（李評）
◎19. 豈不聞不得於言，勿求於心乎？（周評）
◎20. 成語恰恰妙合。（周評）

此，不必遲疑。」教：「八戒，快和些泥來。」那獃子即使釘鈀，築了些土，又不敢外面去取水，後就擄起衣服撒溺，和了一團臊泥，遞與行者。行者沒奈何，將泥撲作一片，往自家臉上一安，做下個猴像的臉子；叫唐僧站起休動，再莫言語，貼在唐僧臉上，念動真言，吹口仙氣，叫：「變！」那長老即變作個行者模樣，◎21脫了他的衣服，以行者的衣服穿上。行者卻將師父的衣服穿了，捻著訣，念個咒語，搖身變作唐僧的嘴臉。八戒、沙僧也難識認。

正當合心裝扮停當，只聽得鑼鼓齊鳴，又見那鎗刀簇擁。原來是羽林衛官，領三千兵把館驛圍了。又見一個錦衣官走進驛庭，問道：「東土唐朝長老在那裏？」慌得那驛丞戰兢兢的跪下，指道：「在下面客房裏。」錦衣官即至客房裏道：「唐長老，我王有請。」八戒、沙僧左右護持假行者。只見假唐僧出門施禮道：「錦衣大人，陛下召貧僧，有何話說？」錦衣官上前一把扯住道：「我與你進朝去，想必有取用也。」咦！這正是：

妖誣勝慈善，慈善反招凶。

畢竟不知此去端的性命何如，且聽下回分解。

總批

國丈以一千一百一十一個小兒做藥引子，今日小兒科醫生又以藥引子殺無數小兒矣。可憐，可憐！（李評）

悟一子曰：《道德》五千言，要在「得一畢萬」。「一」者，皆先天眞乙之氣，生天地人物之理也。（陳評節錄）

悟元子曰：上回示明一切傍門，著空執相，師心自用之假，指出即色即空之眞，叫人於假中辨眞矣。然世之迷徒，見「即色」二字，或疑於採取；聞「即空」之說，或認爲寂滅。以訛傳訛，欺己欺人，傷天害理，無所不至，非特不能永壽，而且足以傷生。故此回合下回，深批採取、寂滅之假，使學者改邪歸正，積德修道耳。（劉評節錄）

評點

◎21. 以行者之法力，欲爲唐僧變相，何惜泥臉。然則災難簿中，請增臊泥貼臉爲一難。（周評）

◆國丈對國王講長生之道。（朱寶榮繪）

第七十九回

尋洞擒妖逢老壽　當朝正主救嬰兒

卻說那錦衣官把假唐僧扯出館驛，與羽林軍圍圍繞繞，直至朝門外，對黃門官言：「我等已請唐僧到此，煩為轉奏。」黃門官急進朝，依言奏上昏君，遂請進去。衆官都在階下跪拜，惟假唐僧挺立階心，口中高叫：「比丘王，請我貧僧何說？」君王笑道：「朕得一疾，纏綿日久不愈。幸國丈賜得一方，藥餌俱已完備，只少一味引子，特請長老求些藥引。若得病癒，與長老修建祠堂，四時奉祭，永為傳國之香火。」◎1假唐僧道：「我乃出家人，隻身至此，不知陛下問國丈要甚東西做引？」昏君道：「特求長老的心肝。」假唐僧道：「不瞞陛下說，心便有幾個兒，不知要得甚麼色樣？」那國丈在旁指定道：「那和尚，要你的黑心。」

《新説西遊記圖像》描繪第七十九回精采場景：南極老人星幫助孫悟空收服妖怪，下面唐僧與國王交談。（古版畫，選自《新説西遊記圖像》）

◎2假唐僧道：「既如此，快取刀來。剖開腹胸，若有黑心，謹當奉命。」◎3那昏君歡喜相謝，即著當駕官取一把牛耳短刀，遞與假僧。假僧接刀在手，解開衣服，忝※1起胸膛，將左手抹腹，右手持刀，唿喇的響一聲，把腹皮剖開，那裏頭就骨都都的滾出一堆心來。諕得文官失色，武將身麻。國丈在殿上見了道：「這是個多心的和尚！」◎4假僧將那些心，血淋淋的一個個撿開，與眾觀看，卻都是些紅心、白心、黃心、慳貪心、利名心、嫉妒心、計較心、好勝心、望高心、侮慢心、殺害心、狠毒心、恐怖心、謹慎心、邪妄心、無名隱暗之心，種種不善之心，更無一個黑心。◎5那昏君諕得呆呆掙掙，口不能言，戰兢兢的教：「收了去，收了去！」那假唐僧忍耐不住，收了法，現出本相，對昏君道：「陛下全無眼力！我和尚家都是一片好心，◎6惟你這國丈是個黑心，好做藥引。你不信，等我替你取他的出來看看。」

那國丈聽見，急睜睛仔細觀看，見那和尚變了面皮，不是那般模樣。咦！

認得當年孫大聖，五百年前舊有名。

卻抽身，騰雲就起。被行者翻觔斗，跳在空中喝道：「那裏走！吃吾一棒！」那國丈即使蟠龍拐杖來迎。他兩個在半空中這場好殺：

如意棒，蟠龍拐，虛空一片雲靉靉。原來國丈是妖精，故將怪女稱嬌色。國主貪歡病染身，妖邪要把兒童宰。相逢大聖顯神通，捉怪救人將難解。鐵棒當頭著實兇，拐棍迎來

註

※1 忝：這裏同腆。突出、挺起的意思。

評點

◎1. 古禮祭心，用典入妙。（張評）
◎2. 即欲心也，此心自然該去。（張評）
◎3. 何其慷慨，真可謂開心見誠。（周評）
◎4. 因誦《多心經》之故。（周評）
◎5. 何獨無慈悲心、方便心耶？曰：此心在腔子裏安得滾出，滾出者皆假心耳。（周評）
若要黑心，是人皆有，何須和尚。（李評）
◎6. 爲善字一轉。（張評）

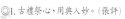

堪喝采。殺得那滿天霧氣暗城池，城裏人家都失色。
文武多官魂魄飛，嬪妃繡女容顏改。諕得那比丘昏主
亂身藏，戰戰兢兢沒佈擺。棒起猶如虎出山，拐輪卻
似龍離海。今番大鬧比丘城，致令邪正分明白。◎7

那妖精與行者苦戰二十餘合，蟠龍拐抵不住金箍棒，虛幌了一拐，將身化作一道寒光，落入皇宮內院，把進貢的妖后帶出宮門，並化寒光，不知去向。

大聖按落雲頭，到了宮殿下，對多官道：「你們的好國丈啊！」多官一齊禮拜，感謝神僧。行者道：「且休拜，且去看你那昏主何在？」多官道：「我主見爭戰時，驚恐潛藏，不知向那座宮中去也。」行者即命：「快尋！莫被美后拐去！」多官聽言，不分內外，同行者先奔美后宮，漠然無踪，連美后也通不見了。正宮、東宮、西宮、六院，概眾后妃，都來拜謝大聖。大聖道：「且請起，不到謝處哩！且去尋你主公。」少時，見四五個太監攙著那昏君，自謹身殿後面而來。◎8眾臣俯伏在地，齊聲啟奏道：「主公，主公！感得神僧到此，辨明真假。那國丈乃是個妖邪，連美后亦不見矣。」國王聞言，即請行者出皇宮，到寶殿，拜謝了道：「長老，你早間來的模樣那般俊偉，這時如何就改了形容？」行者笑道：「不瞞陛下說，早間來者，

✦孫悟空化作唐僧，開腸破肚，挖出五顏六色的心臟。（朱寶榮繪）

是我師父，乃唐朝御弟三藏。我是他徒弟孫悟空；還有兩個師弟，豬悟能、沙悟淨，見在金亭館驛。因知你信了妖言，要取我師父心肝做藥引，是老孫變作師父模樣，特來此降妖也。」那國王聞說，即傳旨，著閣下太宰快去驛中請師衆來朝。

那三藏聽見行者現了相，在空中降妖，嚇得魂飛魄散。幸有八戒、沙僧護持，他又臉上戴著一片子臊泥。正悶悶不快，只聽得人叫道：「法師，我等乃比丘國王差來的閣下太宰，特請入朝謝恩也。」八戒笑道：「師父，莫怕，莫怕！這不是又請你取心，想是師兄得勝，請你酬謝哩。」三藏道：「雖是得勝來請，但我這個臊臉，怎麼見人？」◎9八戒道：「沒奈何，我們且去見了師兄，自有解釋。」真箇那長老無計，只得扶著八戒，沙僧挑著擔、牽著馬，同去驛庭之上。那太宰見了，害怕道：「爺爺呀！這都相似妖頭怪腦之類。」沙僧道：「朝士休怪醜陋，我等乃是生成的遺體。若我師父來見了我師兄，他就俊了。」

他三人與衆來朝，不待宣召，直至殿下。行者看見，即轉身下殿，迎著面把師父的泥臉子抓下，吹口仙氣，叫：「正！」那唐僧即時復了原身，◎10精神愈覺爽利。國王下殿親迎，口稱：「法師老佛。」師徒們將馬拴住，都上殿來相見。行者道：「陛下可知那怪來自何方？等老孫去與你一併擒來，剪除後患。」三宮六院、諸嬪群妃都在那翡翠屏後，聽見行者說剪除後患，也不避內外男女之嫌，一齊出來拜告道：「萬望神僧老佛大施法力，斬草除根，把他剪除盡絕，誠為莫大之恩，自當重報！」行者忙忙答禮，只教國王說他住居。國王含羞告道：「三年前他到時，朕曾問他。他說離城不遠，只在向南去七十里路，

評點

◎7. 理欲交戰，心上廝殺，恰是寡字的正面。（張評）
◎8. 轉正寡欲，天然有此奇句。（張評）
◎9. 今人那樣臉不見人！（李評）
◎10. 其欲既寡，自然不似尫羸之貌。（張評）

有一座柳林坡清華莊上。◎11國丈年老無兒，止後妻生一女，年方十六，不曾配人，願進與朕。朕因那女貌娉婷，遂納了，寵幸在宮。不期得疾，太醫屢藥無功。他說：『我有仙方，止用小兒心煎湯為引。』是朕不才，輕信其言，遂選民間小兒，選定今日午時開刀取心。不料神僧下降，恰恰又遇籠兒都不見了。他就說神僧十世修真，元陽未泄，得其心，比小兒心更加萬倍。一時誤犯，不知神僧識透妖魔。敢望廣施大法，剪其後患，朕以傾國之貲酬謝！」行者笑道：「實不相瞞，籠中小兒，是我師慈悲，著我藏了。你且休題甚麼貲財相謝，待我捉了妖怪，是我的功行。」◎12叫：「八戒，跟我去來。」八戒道：「謹依兄命。但只是腹中空虛，不好著力。」國王即傳旨教光祿寺快辦齋供。不一時，齋到。八戒盡飽一餐，抖擻精神，隨行者駕雲而起。諕得那國王、妃后並文武多官，一個個朝空禮拜，都道：「是真仙真佛降臨凡也！」

那大聖攜著八戒，徑到南方七十里之地，住下風雲，找尋妖處。但只見一股清溪，兩邊夾岸，岸上有千千萬萬的楊柳，更不知清華莊在於何處。正是那：萬頃野田觀不盡，千堤烟柳隱無踪。◎13

孫大聖尋覓不著，即捻訣，念一聲「唵」字真言，拘出一個當坊土地，戰兢兢近前跪下叫道：「大聖，柳林坡土地叩頭。」行者道：「你休怕，我不打你。我問你：柳林坡有個清華莊，在於何方？」土地道：「此間有個清華洞，不曾有個清華莊。小神知道了，大聖想是自比丘國來的？」行者道：「正是，正是。比丘國王被一個妖精哄了，是老孫到

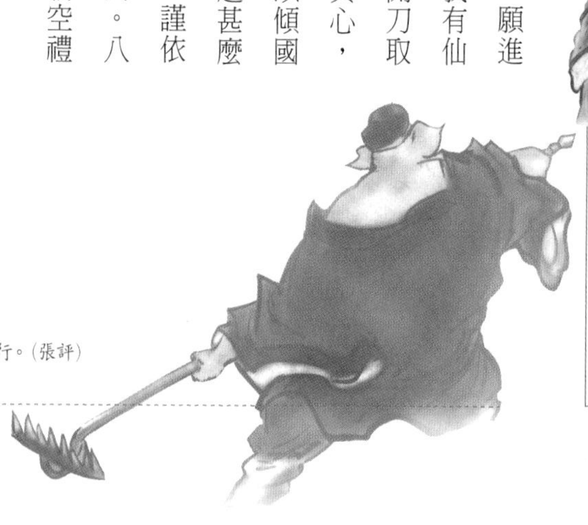

評點

◎11.就在心上。(張評)

◎12.清心寡欲學問自然長進，故曰功行。(張評)

那廂，識得是妖怪，當時戰退，那怪化一道寒光，不知去向。及問比丘王，他說三年前進美女時，曾問其由，怪言居住城南七十里柳林坡清華莊。適尋到此，只見林坡，不見清華莊，是以問你。」土地叩頭道：「望大聖恕罪。比丘王亦我地之主也，小神理當鑒察；奈何妖精神威法大，如我泄漏他事，就來欺凌，故此未獲。大聖今來，只去那南岸九叉頭一棵楊樹根下，左轉三轉，右轉三轉，用兩手齊撲樹上，連叫三聲『開門』，即現清華洞府。」◎14

大聖聞言，即令土地回去，與八戒跳過溪來，尋那棵楊樹。果然有九條叉枝，總在一棵根上。行者分付八戒：「你且遠遠的站定，待我叫開門，尋著那怪，趕將出來，你卻接應。」八戒聞命，即離樹有半里遠近立下。這大聖依土地之言，繞樹根，左轉三轉，右轉三轉，雙手齊撲其樹，叫：「開門！開門！」霎時間，一聲響喨，唿喇喇的門開兩扇，◎15更不見樹的踪跡。◎16那裏邊光明霞采，亦無人烟。行者趁神威，撞將進去，但見那裏好個去處：

烟霞幌亮，日月偷明。白雲常出洞，翠蘚亂漫庭。一徑奇花爭豔麗，遍階瑤草鬥芳榮。溫暖氣，景常春，渾如閬苑，不亞蓬瀛。滑凳攀長蔓，平橋掛亂藤。蜂啣紅蕊來巖窟，蝶戲幽蘭過石屏。

行者急拽步，行近前邊細看，見石屏上有四個大字：「清華仙府」。他忍不住，跳過石屏看處，只見那老怪懷中摟著個美女，◎17喘噓噓的，正講比丘國事，齊聲叫道：「好機會來！三年事，今日得完，被那猴頭破了！」

評點

◎13. 一幅絕好畫圖。（周評）
◎14. 人人有此洞府，皆因不清，所以亦每不見。（張評）
◎15. 心地頓開，人欲所蔽矣。（張評）
◎16. 異哉此洞，一部《西遊》中不可無一，不可有二。（周評）
◎17. 人心只欲此物，焉得不病？（張評）

行者跑近身，掣棒高叫道：「我把你這夥毛團，甚麼『好機會』！吃吾一棒！」那老怪丟了美人，輪起蟠龍拐，急架相迎。他兩個在洞前這場好殺，比前又甚不同：

棒舉迸金光，拐輪兇氣發。那怪道：「你無知敢進我門來！」行者道：「我有意降邪怪！」那怪道：「我戀國主你無干，怎的欺心來展抹※2？」行者道：「僧修政教本慈悲，不忍兒童活見殺。」語去言來各恨仇，棒迎拐架當心扎。促損琪花為顧生，踢破翠苔因把滑。只殺得那洞中霞采欠光明，巖上芳菲俱掩壓。乒乓驚得鳥難飛，吆喝嚇得美人散。只存老怪與猴王，呼呼捲地狂風刮。看看殺出洞門來，又撞悟能獃性發。

原來八戒在外邊，聽見他們裏面嚷鬧，激得他心癢難撓，掣釘鈀，把一棵九叉楊樹鈀倒，使鈀築了幾下，築得那鮮血直冒，嚶嚶的似乎有聲。他道：「這棵樹成了精也！這棵樹成了精也！」按在地下，又正築處，只見行者引怪出來。◎18那獃子不打話，趕上前，舉鈀就築。那老怪戰行者已是難敵，見八戒鈀來，愈覺心慌，敗了陣，將身一幌，化道寒光，徑投東走。他兩個決不放鬆，向東趕來。

正當喊殺之際，又聞得鸞鶴聲鳴，祥光縹緲。舉目視之，乃南極老人星也。◎19那老人把寒光罩住，叫道：「大聖慢來！天蓬休趕！老道在此施禮哩。」行者即答禮道：「壽星兄弟，那裏來？」八戒笑道：「肉頭老兒罩住寒光，必定捉住妖怪了。」壽星陪笑

✦老壽星雕刻像，北京全聚德方莊店作品。攝於2005年12月5日。（聶鳴／fotoe提供）

評點

◎18. 直從心裏趕出，寫寡字更爲奇異。（張評）
◎19. 其欲方去，壽星即至，養心者何用他求。（張評）

道：「在這裏，在這裏。望二公饒他命罷。」行者道：「老怪不與老弟相干，為何來說人情？」壽星笑道：「他是我的一副腳力，不意走將來，成此妖怪。」行者道：「既是老弟之物，只教他現出本相來看看。」壽星聞言，即把寒光放出，喝道：「孽畜！快現本相，饒你死罪！」那怪打個轉身，原來是隻白鹿。壽星拿起拐杖道：「這孽畜！連我的拐棒也偷來也。」那隻鹿俯伏在地，口不能言，只管叩頭滴淚。但見他：

一身如玉簡斑斑，兩角參差七汊灣。幾度飢時尋藥圃，有朝渴處飲雲潺。
年深學得飛騰法，日久修成變化顏。今見主人呼喚處，現身瑉耳※3伏塵寰。

壽星謝了行者，就跨鹿而行。被行者一把扯住道：「老弟，且慢走，還有兩件事未完哩。」壽星道：「還有甚麼未完之事？」行者道：「還有美人未獲，不知是個甚麼怪物；還又要同到比丘城見那昏君，現相回旨也。」壽星道：「既這等說，我且寧耐。你與天蓬下洞擒捉那美人來，同去現相可也。」行者道：「老弟略等等兒，我們去了就來。」

那八戒抖擻精神，隨行者徑入清華仙府，吶聲喊，叫：「拿妖精！拿妖精！」那美人戰戰兢兢，正自難逃，

註

※2展抹：此處作多事、管閒事的意思。

※3瑉耳：同抿耳，低垂著耳朵，表示恭順的樣子。

孫悟空與豬八戒正要打殺怪物，南極老人突然來阻止了他們，原來怪物是南極老人的坐騎——白鹿。（朱寶榮繪）

又聽得喊聲大振，即轉石屏之內，又沒個後門出頭，被八戒喝聲：「那裏走！我把你這個哄漢子的臊精！看鈀！」那美人手中又無兵器，不能迎敵，將身一閃，化道寒光，往外就走，被大聖抵住寒光，乒乓一棒。那怪立不住腳，倒在塵埃，現了本相，原來是一個白面狐狸。獃子忍不住手，舉鈀照頭一築，◎20可憐把那個傾城傾國千般笑，化作毛團狐狸形！◎21行者叫道：「莫打爛他，且留他此身去見昏君。」

那獃子不嫌穢污，一把揪住尾子，拖拖扯扯，跟隨行者出得門來。只見那壽星老兒手摸著鹿頭，罵道：「好孽畜啊！你怎麼背主逃去，在此成精！若不是我來，孫大聖定打死你了。」行者跳出來道：「老弟說甚麼？」壽星道：「我囑鹿哩！我囑鹿哩！」八戒將個死狐狸摜在鹿的面前道：「這可是你的女兒麼？」那鹿點頭幌腦，伸著嘴聞他幾聞，呦呦發聲，似有眷戀不捨之意。被壽星劈頭撲了一掌道：「孽畜！你得命足矣，又聞他怎的？」即解下勒袍腰帶，把鹿扣住頸項，牽將起來，道：「大聖，我和你比丘國相見去也。」行者道：「且住！索性把這邊都掃個乾淨，庶免他年復生妖孽。」

八戒聞言，舉鈀將柳樹亂築。行者又念聲「唵」字真言，依然拘出當坊土地，叫：「尋些枯柴，點起烈火，與你這方消除妖患，以免欺凌。」那土地即轉身，陰風颯颯，帥起陰兵，搬取了些迎霜草、秋青草、蓼節草、山蕊草、蔞蒿柴、龍骨柴、蘆荻柴，都是隔年乾透的枯焦之物，見火如同油膩一般。行者叫：「八戒，不必築樹。但得此物填塞洞裏，放起火來，燒得個乾淨。」火一起，果然把一座清華妖怪宅，燒作火池坑。◎22

這裏才喝退土地，同壽星牽著鹿，拖著狐狸，一齊回到殿前，對國王道：「這是你的美后，與他耍子兒麼？」那國王膽戰心驚。又只見孫大聖引著壽星，牽著白鹿，都到殿前，諕得那國裏君臣妃后一齊下拜。行者近前攙住國王，笑道：「且休拜我。這鹿兒卻是國丈，你只拜他便是。」那國王羞愧無地，只道：「感謝神僧救我一國小兒，真天恩也！」即傳旨，教光祿寺安排素宴，大開東閣，請南極老人與唐僧四衆，共坐謝恩。三藏拜見了壽星，沙僧亦以禮見。都問道：「白鹿既是老壽星之物，如何得到此間為害？」壽星笑道：「前者東華帝君過我荒山，我留坐著棋，一局未終，這孽畜走了。及客去，尋他不見。我因屈指詢算※4，知他走在此處，特來尋他，正遇著孫大聖施威。若果來遲，此畜休矣。」◎23敘不了，只見報道：「宴已完備。」好素宴：

五彩盈門，異香滿座。桌掛繡緯生錦豔，地鋪紅毯幌霞光。寶鴨內，沉檀香裊；御筵前，蔬品香馨。看盤高果砌樓臺，龍纏斗糖擺走獸。鴛鴦錠，獅仙糖，似模似樣；鸚鵡杯，鷺鷥杓，如相如形。席前果品般般盛，案上齋餚件件精。魁圓繭栗，鮮荔桃子。棗兒柿餅味甘甜，松子葡萄香膩酒。幾般蜜食，數品蒸酥。油炸糖澆，花團錦砌。金盤高壘大饃饃，銀碗滿盛香稻飯。辣煼煼湯水粉條長，香噴噴相連添換美。說不盡蘑菇、木耳、嫩筍、黃精，十香素菜※5，百味珍饈。往來綽摸不曾停，進退諸般皆盛設。◎24

當時敘了坐次，壽星首席，長老次席，國王前席，行者、八戒、沙僧側席，旁又有兩三個

註

※4 屈指詢算：傳說中一種占算方法。也叫掐算。用手指紋占算並且斷定所謂吉凶等情況。

※5 十香素菜：各種素菜，十表示數量多。

評點

◎20. 千人之心不敵老豬一鈀。（張評）
◎21. 天下之爲狐狸者多矣。（周評）
◎22. 不止寡而且無矣。（張評）
◎23. 卻不道：「若還來遲，千百個小兒休矣！」老壽星不能無罪。（周評）
◎24. 俱爲養字點染。（張評）

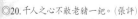

太師相陪左右。即命教坊司動樂。國王擎著紫霞杯，一一奉酒。惟唐僧不飲。八戒向行者道：「師兄，果子讓你，湯飯等須請讓我受用受用。」那獃子不分好歹，一齊亂上，但來的吃個精空。

一席筵宴已畢，壽星告辭。那國王又近前跪拜壽星，求祛病延年之法。壽星笑道：「我因尋鹿，未帶丹藥。欲傳你修養之方，你又筋衰神敗，不能還丹。我這衣袖中，只有三個棗兒，◎[25]是與東華帝君獻茶的，我未曾吃，今送你罷。」國王吞之，漸覺身輕病退；後得長生者，皆原於此。八戒看見，就叫道：「老壽，有火棗，送我幾個吃吃。」壽星道：「未曾帶得，待改日我送你幾斤。」遂出了東閣，道了謝意，將白鹿一聲喝起，飛跨背上，踏雲而去。這朝中君王妃后、城中黎庶居民，各各焚香禮拜不題。

三藏叫：「徒弟，收拾辭王。」那國王又苦留求教，行者道：「陛下，從此色欲少貪，陰功多積。凡百事將長補短，自足以祛病延年，就是教也。」遂拿出兩盤散金碎銀，奉為路費。唐僧堅辭，分文不受。國王無已，命擺鑾駕，請唐僧端坐鳳輦龍車，王與嬪后俱推輪轉轂，方送出朝。六街三市，百姓群黎，亦皆盞添淨水，爐降真香，又送出城。忽聽得半空中一聲風響，路兩邊落下一千一百一十一個鵝籠，內有小兒啼哭，暗中有原護的城隍、土地、社令、真官、五方揭諦、四值功曹、六丁六甲、護教伽藍等衆，應聲高叫道：「大聖，我等前蒙分付，攝去小兒鵝籠，今知大聖功成起行，一一送來也。」那國王妃后與一應臣民，又俱下拜。行者望空道：「有勞列位，請各歸祠，我著民間祭祀謝

西藏佛塔。（美工圖書社：中國圖片大系提供）

你。」呼呼淅淅，陰風又起而退。

行者叫城裏人家來認領小兒。當時傳播，俱來各認出籠中之兒，歡歡喜喜抱出，叫哥哥，叫肉兒，跳的跳，笑的笑，都叫：「扯住唐朝爺爺，到我家奉謝救兒之恩！」無大無小，若男若女，都不怕他相貌之醜，抬著豬八戒，扛著沙和尚，頂著孫大聖，撮著唐三藏，牽著馬，挑著擔，一擁回城。◎26那國王也不能禁止。這家也開宴，那家也設席。請不及的，或做僧帽、僧鞋、褊衫、布襪，裏裏外外，大小衣裳，都來相送。如此盤桓將有個月，才得離城。又有傳下影神，立起牌位，頂禮焚香供養。這才是：

陰功高疊恩山重，救活千千萬萬人。

畢竟不知向後又有甚麼事體，且聽下回分解。

國王送唐僧師徒去西天。（古版畫，選自李卓吾批評本《西遊記》）

總批

誰人沒個玉面狐狸，安得行者打殺？（李評）

悟一子曰：「三早（棗）」者，一早節欲；二早導師；三早下手。此篇云筋衰力敗，不能還丹，爲少壯不努力之人儆懼。（陳評節錄）

悟元子曰：上回言人心爲害，不能積德而失德矣。此回叫人除去人心改邪歸正，積德而修德也。舜曰：「人心惟危，道心惟微。」則是道心之不可不有，而人心之不可不去也。比丘王問假唐僧要心肝做藥引，此便識不得眞假，認不得道心，而專在人心上作活計。故假唐僧道：「心便有幾個兒，不知要得什麼色樣？」（劉評節錄）

評點

◎25.此棗兒必勝如小兒肝。（周評）
◎26.去而復轉，下意顯然。（張評）

姹女※1育陽求配偶　心猿護主識妖邪

《新說西遊記圖像》描繪第八十回精采場景：唐僧師徒在樹林中遇到一個女子，上身綁在樹上，下身埋在土裏。（古版畫，選自《新說西遊記圖像》）

卻說比丘國君臣黎庶送唐僧四衆出城，有二十里之遠，還不肯捨。三藏勉強下輦，◎1乘馬辭別而行。目送者直至望不見踪影方回。四衆行彀多時，又過了冬殘春盡，看不了野花山樹，景物芳菲，前面又見一座高山峻嶺。三藏心驚，問道：「徒弟，前面高山，有路無路？◎2是必小心！」行者笑道：「師父這話，也不像走長路的，卻似個公子王孫，坐井觀天之類。◎3自古道：『山不礙路，路自通山。』何以言有路無路？」三藏道：「雖然是山不礙路，但恐險峻之間生怪物，密林深處出妖精。」八戒道：「放心，放心！這裏來相近極樂不遠，管取太平無事。」

師徒正說，不覺的到了山腳下。行者取出金箍棒，走上石崖，叫道：「師父，此間乃轉山的路兒，忒好步。快來，快來！」長老只得放懷策馬。沙僧教：「二哥，你把擔子挑一肩兒。」真箇八戒接了擔子挑上。沙僧攏著繮繩，老師父穩坐雕鞍，隨行者都奔山崖上大路。◎4但見那山：

雲霧籠峰頂，潺湲※2湧澗中。百花香滿路，萬樹密叢叢。梅青李白，柳綠桃紅。杜鵑啼處春將暮，紫燕呢喃社已終。嵯峨石，翠蓋松。崎嶇嶺道，突兀玲瓏。削壁懸崖峻，薜蘿草木穠。千巖競秀如排戟，萬壑爭流遠浪洪。

老師父緩觀山景，忽聞啼鳥之聲，又起思鄉之念。兜馬叫道：「徒弟！

我自天牌傳旨意，錦屏風下領關文。觀燈十五離東土，才與唐王天地分。
甫能龍虎風雲會，卻又師徒拗馬軍。行盡巫山峰十二，何時對子見當今？※3」◎5

行者道：「師父，你常以思鄉為念，全不似個出家人。放心且走，莫要多憂。古人云：『欲求生富貴，須下死工夫。』」三藏道：「徒弟雖然說得有理，但不知西天路還在那裏哩。」八戒道：「師父，我佛如來捨不得那三藏經，知我們要取去，想是搬了；不然，如何只管不到？」沙僧道：「莫胡談！只管跟著大哥走。只把工夫捱他，終須有個到之之日。」

註

※1 姹女：道教指水銀，這裏指代女怪。
※2 潺湲：河水慢慢流的樣子。
※3 何時對子見當今：用骨牌術語集成的詩。天牌、錦屏風、觀燈十五、天地分、龍虎風雲會、拗馬軍、巫山峰十二、對子等，都是骨牌中的術語。

評點

◎1. 虛喝全神，便有不進之意。（張評）
◎2. 路即塗也，亦並照定下文道字。（張評）
◎3. 公子王孫是坐井觀天的。說得有理，說得有理。（李評）
◎4. 改行易轍，已大學之道矣。（張評）
◎5. 無語怨東風，卻以牌子寫出，更奇。（張評）

師徒正自閑敘，又見一派黑松大林。唐僧害怕，又叫道：「悟空，我們才過了那崎嶇山路，怎麼又遇這個深黑松林？是必在意！」行者道：「怕他怎的？」三藏道：「說那裏話！『不信直中直，須防仁不仁。』我也與你走過好幾處松林，不似這林深遠。◎6你看：

東西密擺，南北成行。東西密擺徹雲霄，南北成行侵碧漢。密查荊棘周圍結，蓼卻纏枝上下盤。藤來纏葛，葛去纏藤。藤來纏葛，東西客旅難行；葛去纏藤，南北經商怎進？這林中，住半年，那分日月；行數里，不見斗星。你看那背陰之處千般景，向陽之所萬叢花。又有那千年槐、萬載檜、耐寒松、山桃果、野芍藥、旱芙蓉，一攢攢密砌重堆，亂紛紛神仙難畫。又聽得百鳥聲：鸚鵡哨，杜鵑啼；喜鵲穿枝，烏鴉反哺；黃鸝飛舞，百舌調音；鷓鴣鳴，紫燕語；八哥兒學人說話，畫眉郎也會看經。又見那大蟲擺尾，老虎磕牙，多年狐狢妝娘子，日久蒼狼吼振林。就是托塔天王來到

◆《西遊記》大型民間工藝紮彩塑像，廣東開平。（余沛連／fotoe提供）

此，縱會降妖也失魂！」

孫大聖公然不懼，使鐵棒上前劈開大路，引唐僧徑入深林。◎7逍逍遙遙，行經半日，未見出林之路。唐僧叫道：「徒弟，一向西來，無數的山林崎險，幸得此間清雅，一路太平。這林中奇花異卉，其實可人情意！我要在此坐坐：一則歇馬，二則腹中飢了，◎8你去那裏化些齋來我吃。」行者道：「師父請下馬，老孫化齋去來。」那長老果然下了馬，八戒將馬拴在樹上。沙僧歇下行李，取了鉢盂，遞與行者。行者道：「師父穩坐，莫要驚怕，我去了就來。」三藏端坐松陰之下，八戒、沙僧卻去尋風覓果閑耍。

卻說大聖縱觔斗，到了半空，佇定雲光，回頭觀看，只見松林中祥雲縹緲，瑞靄氤氳。他忽失聲叫道：「好啊！好啊！」你道他叫好做甚？原來誇獎唐僧，說他是金蟬長老轉世，十世修行的好人，所以有此祥瑞罩頭。「若我老孫，方五百年前大鬧天宮之時，雲遊海角，放蕩天涯，聚群精，自稱齊天大聖，降龍伏虎，消了死籍；頭戴著三額金冠，身穿著黃金鎧甲，手執著金箍棒，足踏著步雲履，手下有四萬七千群怪，都稱我作大聖爺爺，著實為人。如今脫卻天災，做小伏低，與你做了徒弟，想師父頭頂上有祥雲瑞靄罩定，徑回東土，必定有些好處，◎9老孫也必定得個正果。」

正自家這等誇念中間，忽然見林南下有一股子黑氣，骨都都的冒將上來。◎10行者大驚道：「那黑氣裏必定有邪了！我那八戒、沙僧卻不會放甚黑氣。」那大聖在半空中詳察不定。

卻說三藏坐在林中，明心見性，諷念那《摩訶般若波羅密多心

評點

◎6. 不走正道，自然走入黑道，所謂則有時而昏也。（張評）
◎7. 腳跟無線如蓬轉，正此謂也。（張評）
◎8. 不能自強，自然無力前進。（張評）
◎9. 方到半途，便想好處，此其所以廢也。（張評）
◎10. 平日不見祥雲，亦不見黑氣；今日有祥雲，便有黑氣。功德天、黑暗女果不相離耶？（周評）

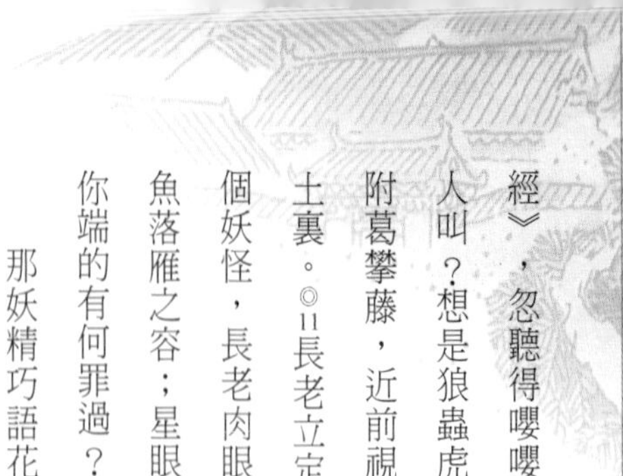

經》，忽聽得嚶嚶的叫聲：「救人！」三藏大驚道：「善哉！善哉！這等深林裏，有甚麼人叫？想是狼蟲虎豹諕倒的，待我看看。」那長老起身挪步，穿過千年柏，隔起萬年松，附葛攀藤，近前視之。只見那大樹上綁著一個女子，上半截使葛藤綁在樹上，下半截埋在土裏。◎11長老立定腳，問他一句道：「女菩薩，你有甚事，綁在此間？」咦！分明這廝是個妖怪，長老肉眼凡胎，卻不能認得。那怪見他來問，淚如泉湧。你看他桃腮垂淚，有沉魚落雁之容；星眼含悲，有閉月羞花之貌。◎12長老實不敢近前，又開口問道：「女菩薩，你端的有何罪過？說與貧僧，卻好救你。」

那妖精巧語花言，虛情假意，忙忙的答應道：「師父，我家住在貧婆國，離此有二百餘里。父母在堂，十分好善，一生的和親愛友。時遇清明，邀請諸親及本家老小拜掃先塋，一行轎馬，都到了荒郊野外。至塋前，擺開祭祀，剛燒化紙馬，只聞得鑼鳴鼓響，跑出一夥強人，持刀弄杖，喊殺前來，慌得我們魂飛魄散。父母諸親，得馬得轎的，各自逃了性命；奴奴年幼，跑不動，諕倒在地，被眾強人拐來山內，大大王要做夫人，二大王要做妻室，◎13第三第四個都愛我美色，七八十家一齊爭吵，大家都不忿氣，所以把奴奴綁在林間，眾強人散盤※4而去。今已五日五夜，看看命盡，不久身亡！不知是那世裏祖宗積德，今日遇著老師父到此。千萬發大慈悲，救我一命，九泉之下，決不忘恩！」說罷，淚下如雨。

三藏真箇慈心，也就忍不住吊下淚來，聲音哽咽，叫道：「徒弟！」那八戒、沙僧正在林中尋花覓果，猛聽得師父叫得悽愴，獃子道：「沙和尚，師父在此認了親耶。」沙僧笑道：「二哥胡纏！我們走了這些時，好人也不曾撞見一個，親從何來？」◎14八戒道：「不是親，師父那裏與人哭麼？我和你去看來。」沙僧真箇回轉舊處，牽了馬，挑了擔，至跟前叫：「師父，怎麼說？」唐僧用手指定那樹上，叫：「八戒，解下那女菩薩來，救他一命。」獃子不分好歹，就去動手。

卻說那大聖在半空中，又見那黑氣濃厚，把祥光盡情蓋了，道聲：「不好，不好！黑氣罩暗祥光，怕不是妖邪害俺師父！化齋還是小事，且去看我師父去。」即返雲頭，按落林裏，只見八戒亂解繩兒。行者上前，一把揪住耳朵，撲的摔了一跌。獃子抬頭看見，爬起來說道：「師父教我救人，你怎麼恃你有力，將我摜這一跌？」行者笑道：「兄弟，莫解他。他是個妖精，弄喧兒騙我們哩。」三藏喝道：「你這潑猴，又來胡說了！怎麼這等一個女子，就認得他是個妖怪？」◎15行者道：「師父原來不知。這都是老孫幹過的買賣，想人肉吃的法兒。你那裏認得！」八戒噴著嘴※5道：「師父莫信，這弼馬溫哄你。這女子乃是此間人家。我們東土遠來，不與相較，又不是親眷，如何說他是妖精？他打發我們丟了前去，他卻翻觔斗，弄神法轉來和他幹巧事兒，倒踏門也！」行者喝道：「夯貨，莫

註

※4 散盤：江湖市語，散夥的意思。

※5 噴嘴：撅嘴。

評點

◎11. 土上半截，土下半截，所以名爲半截觀音，又名爲地湧夫人，果是名稱其實。(周評)

◎12. 千般體態百般嬌，不見全身見半腰，是個觀音。(張評)

◎13. 小大俱以強，與下章全然作一反照。(張評)

◎14. 好人原少，如何容易撞見？(李評)

◎15. 女子正是妖精，唐僧緣何看作兩截？(李評)

妖怪變成女子，豬八戒和唐僧想救，孫悟空反對，師徒爭執起來。（朱寶榮繪）

亂談！我老孫一向西來，那裏有甚憊懶處？似你這個重色輕生、見利忘義的饢糟，不識好歹，替人家哄了招女婿，綁在樹上哩。」三藏道：「也罷，也罷。八戒呵，你師兄常時也看得不差。既這等說，不要管他，我們去罷。」行者大喜道：「好了，師父是有命的了！請上馬，出松林外，有人家化齋你吃。」四人果一路前進，◎16把那怪撇了。

卻說那怪綁在樹上，咬牙恨齒道：「幾年家聞人說孫悟空神通廣大，今日見他，果然話不虛傳。那唐僧乃童身修行，一點元陽未泄，正欲拿他去配合，成太乙金仙；不知被此猴識破吾法，將他救去了。若是解了繩，放我下來，隨手捉將去，卻不是我的人兒也？今被他一篇散言碎語帶去，卻又不是勞而無功？等我再叫他兩聲，看是如何。」妖精不動繩索，把幾聲善言善語，用一陣順風，嚶嚶的吹在

唐僧耳內。你道叫的甚麼？他叫道：「師父呵，你放著活人的性命還不救，昧心拜佛取何經？」

唐僧在馬上聽得又這般叫喚，即勒馬叫：「悟空，去救那女子下來罷。」行者道：「師父走路，怎麼又想起他來了？」唐僧道：「他又在那裏叫哩。」行者問：「八戒，你聽見麼？」八戒道：「耳大遮住了，不曾聽見。」又問：「沙僧，你聽見麼？」沙僧道：「我挑擔前走，不曾在心，也不曾聽見。」行者道：「老孫也不曾聽見。師父，他叫甚麼？偏你聽見。」唐僧道：「他叫得有理，說道：『活人性命還不救，昧心拜佛取何經？』救人一命，勝造七級浮屠。快去救他下來，強似取經拜佛。」行者笑道：「師父要善將起來，就沒藥醫。你想你離了東土，一路西來，卻也過了幾重山場，遇著許多妖怪，常把你拿將進洞，老孫來救你，使鐵棒，常打死千千萬萬。今日一個妖精的性命捨不得，要去救他？」唐僧道：「徒弟呀，古人云：『勿以善小而不為，勿以惡小而為之。』還去救他一救罷。」行者道：「師父既然如此，只是這個擔兒，老孫卻擔不起。你要救他，我也不敢苦勸：我勸一會，你又惱了。任你去救。」唐僧道：「猴頭莫多話！你坐著，等我和八戒救他去。」

唐僧回至林裏，教八戒解了上半截繩子，用鈀築出下半截身子。那怪跌跌鞋，束束裙，喜孜孜跟著唐僧出松林，見了行者。行者只是冷笑不止。唐僧罵道：「潑猴頭！你笑怎的？」行者道：「我笑你『時來逢好友，運去遇佳人』。」◎17三藏又罵道：「潑猢猻！

評點

◎16. 忽又一開，足見曲折之妙。(張評)
◎17. 笑得不差。(周評)

胡說！我自出娘肚皮，就做和尚。如今奉旨西來，虔心禮佛求經，又不是利祿之輩，有甚運退時！」行者笑道：「師父，你雖是自幼為僧，卻只會看經念佛，不曾見王法條律。這女子生得年少標致，我和你乃出家人，同他一路行走，倘或遇著歹人，把我們拿送官司，不論甚麼取經拜佛，且都打作姦情；縱無此事，也要問個拐帶人口。師父追了度牒，打個小死；八戒該問充軍；沙僧也問擺站；我老孫也不得乾淨，饒我口能，怎麼折辯，也要問個不應。」

三藏喝道：「莫胡說！終不然，我救他性命，有甚貽累不成！帶了他去，凡有事，都在我身上。」行者道：「師父雖說有事在你，卻不知你不是救他，反是害他。」三藏道：「我救他出林，得其活命，怎麼反是害他？」行者道：「他當時綁在林間，或三五日，十日半月，沒飯吃餓死了，還得個完全身子歸陰。如今帶他出來，你坐的是個快馬，行路如風，我

唐僧一念仁心，把妖怪帶到了身邊。（古版畫，選自李卓吾批評本《西遊記》）

們只得隨你；那女子腳小，挪步艱難，怎麼跟得上走？一時把他丟下，若遇著狼蟲虎豹，一口吞之，卻不是反害其生也？」三藏道：「正是呀，這件事卻虧你想。如何處置？」行者笑道：「抱他上來，和你同騎著馬走罷。」三藏沉吟道：「我那裏好與他同馬！……」「他怎生得去？」三藏道：「教八戒馱他走罷。」行者笑道：「獃子造化到了！」八戒道：「遠路沒輕擔，教我馱人，有甚造化？」行者道：「你那嘴長，馱著他，轉過嘴來，計較私情話兒，卻不便益？」八戒聞此言，搥胸爆跳道：「不好，不好！師父要打我幾下，寧可忍疼；背著他，決不得乾淨！師兄一生會賺埋人，我馱不成！」三藏道：「也罷，也罷。我也還走得幾步，等我下來慢慢的同走，著八戒牽著空馬罷。」行者大笑道：「獃子倒有買賣，師父照顧你牽馬哩。」三藏道：「這猴頭又胡說了！古人云：『馬行千里，無人不能自往。』假如我在路上慢走，你好丟了我去？我若慢，你們也慢。大家一處同這女菩薩走下山去，或到庵觀寺院，有人家之處，留他在那裏，也是我們救他一場。」行者道：「師父說得有理，快請前進。」

三藏撩衣前走，沙僧挑擔，八戒牽著空馬，行者拿鐵棒，引著女子，一行前進。不上二三十里，天色將晚，又見一座樓臺殿閣。三藏道：「徒弟，那裏必定是座庵觀寺院，就此借宿了，明日早行。」行者道：「師父說得是，各各走動些。」霎時到了門首。分付道：「你們略站遠些，等我先去借宿。若有方便處，著人來叫你。」眾人俱立在柳陰之下，惟行者拿鐵棒，轄著那女子。

長老拽步近前，只見那門東倒西歪，零零落落。推開看時，忍不住心中悽慘：長廊寂靜，古剎蕭疏；苔蘚盈庭，蒿蓁滿徑；惟螢火之飛燈，祇蛙聲而代漏。長老忽然吊下淚來。真箇是：

殿宇凋零倒塌，廊房寂寞傾頹。斷磚破瓦十餘堆，盡是些歪梁折柱。前後盡生青草，塵埋朽爛香廚。鐘樓崩壞鼓無皮，琉璃香燈破損。佛祖金身沒色，羅漢倒臥東西。觀音淋壞盡成泥，楊柳淨瓶墜地。日內並無僧入，夜間盡宿狐狸。只聽風響吼如雷，都是虎豹藏身之處。四下牆垣皆倒，亦無門扇關居。

有詩為證，詩曰：

多年古刹沒人修，狼狽凋零倒更休。
猛風吹裂伽藍面，大雨澆殘佛像頭。
金剛跌損隨淋灑，土地無房夜不收。
更有兩般堪嘆處，銅鐘著地沒懸樓。

三藏硬著膽，走進二層門。見那鐘鼓樓俱倒了，止有一口銅鐘扎在地下，上半截如雪之白，下半截如靛之青。◎18原來是日久年深，上邊被雨淋白，下邊是土氣上的銅青。三藏用手摸著鐘，高叫道：「鐘啊！你

也曾懸掛高樓吼，也曾鳴遠彩梁聲。也曾雞啼就報曉，也曾天晚送黃昏。不知化銅的道人歸何處，鑄銅匠作那邊存。想他二命歸陰府，他無蹤跡你無聲。」

長老高聲讚嘆，不覺的驚動寺裏之人。那裏邊有一個侍奉香火的道人，他聽見人語，扒起來，拾一塊斷磚，照鐘上打將去。那鐘噹的響了一聲，把個長老諕了一跌，掙起身要走，又絆著樹根，撲的又是一跌。長老倒在地下，抬頭又叫道：「鐘啊！

貧僧正然感嘆你，忽的叮噹響一聲。想是西天路上無人到，日久多年變作精。」

那道人趕上前，一把攙住道：「老爺請起。不干鐘成精之事，卻才是我打得鐘響。」三藏抬頭見他的模樣醜黑，道：「你莫是魍魎妖邪？我不是尋常之人，我是大唐來的，我

唐僧去寺院借宿，進門之後發現異常蕭條破落。（朱寶榮繪）

評點

◎18. 鼠妖分兩半截，此鐘亦分兩半截，何也？想來定有妖氣。（周評）

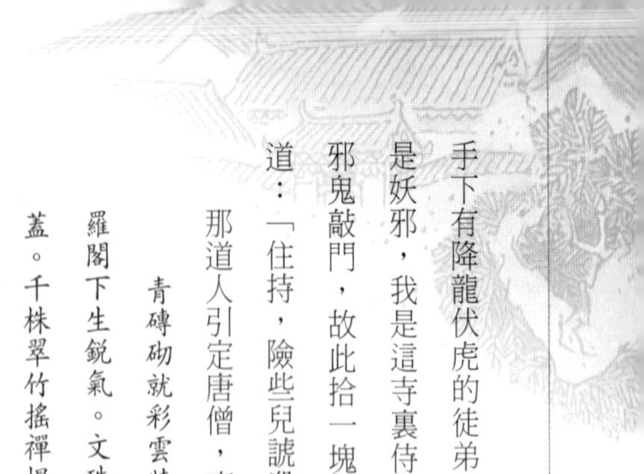

手下有降龍伏虎的徒弟。◎19你若撞著他，性命難存也。」道人跪下道：「老爺休怕。我不是妖邪，我是這寺裏侍奉香火的道人。卻才聽見老爺善言相贊，就欲出來迎接；恐怕是個邪鬼敲門，故此拾一塊斷磚，把鐘打一下壓驚，方敢出來。老爺請起。」那唐僧方然正性道：「住持，險些兒諕殺我也。你帶我進去。」

那道人引定唐僧，直至三層門裏看處，比外邊甚是不同。但見那：

青磚砌就彩雲牆，綠瓦蓋成琉璃殿。黃金裝聖像，白玉造階臺。大雄殿上舞青光，毗羅閣下生銳氣。文殊殿，結采飛雲；輪藏堂，描花堆翠。三簷頂上寶瓶尖，五福樓中平繡蓋。千株翠竹搖禪榻，萬種青松映佛門。碧雲宮裏放金光，紫霧叢中飄瑞靄。朝聞四野香風遠，暮聽山高畫鼓鳴。應有朝陽補破衲，豈無對月了殘經？又只見半壁燈光明後院，一行香霧照中庭。

三藏見了，不敢進去，叫：「道人，你這前邊十分狼狽，後邊這等齊整，何也？」◎20道人笑道：「老爺，這山中多有妖邪強寇，天色清明，沿山打劫，天陰就來寺裏藏身，被他把佛像推倒墊坐，木植搬來燒火。本寺僧人軟弱，不敢與他講論，因此把這前邊破房都捨與那些強人安歇，從新另化了些施主，蓋得那一所寺院。清混各一，這是西方的事情。」三藏道：「原來是如此。」

正行間，又見山門上有五個大字，乃「鎮海禪林寺」。才舉步跨入門裏，忽見一個和尚走來。你看他怎生模樣：

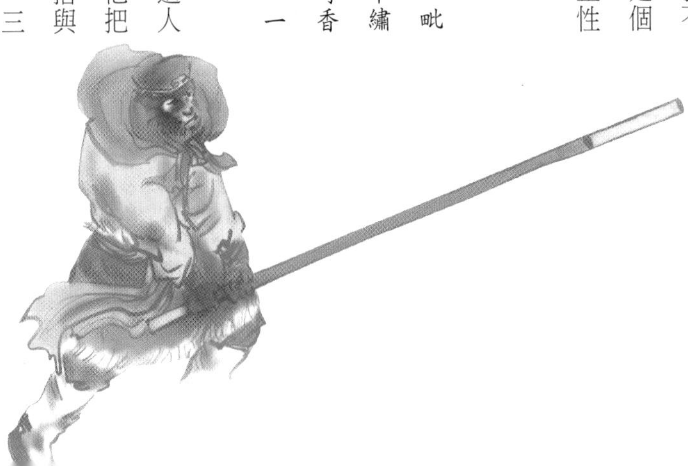

頭戴左笄絨錦帽，一對銅圈墜耳根。身著頗羅毛線服，一雙白眼亮如銀。手中
搖著播郎鼓※6，口念番經聽不真。三藏原來不認得，這是西方路上喇嘛僧。◎21

那喇嘛和尚走出門來，看見三藏眉清目秀，額闊頂平，耳垂肩，手過膝，好似羅漢臨凡，十分俊雅。◎22他走上前扯住，滿面笑唏唏的與他捻手捻腳，摸他鼻子，揪他耳朵，以示親近之意。攜至方丈中，行禮畢，卻問：「老師父何來？」三藏道：「弟子乃東土大唐駕下，欽差往西方天竺國大雷音寺拜佛取經者。適行至寶方天晚，特奔上剎借宿一宵，明日早行。望垂方便一二。」那和尚笑道：「不當人子！不當人子！我們不是好意要出家的，皆因父母生身，命犯華蓋，家裏養不住，才捨斷了出家。既做了佛門弟子，切莫說脫空之話。」三藏道：「我是老實話。」和尚道：「那東土到西天，有多少路程！路上有山，山中有洞，洞內有精。像你這個單身，又生得嬌嫩，那裏像個取經的？」三藏道：「院主也見得是。貧僧一人，豈能到此？我有三個徒弟，逢山開路，遇水疊橋，保我弟子，所以到得上剎。」那和尚道：「三位高徒何在？」三藏道：「現在山門外伺候。」那和尚慌了道：「師父，你不知我這裏有虎狼、妖賊、鬼怪傷人。白日裏不敢遠出，未經天晚，就關了門戶。這早晚把人放在外邊！」叫：「徒弟，快去請將進來。」

有兩個小喇嘛兒跑出外去，看見行者，諕了一跌，見了八戒，又是一跌；扒起來往後飛跑，道：「爺爺，造化低了！你的徒弟不見，只有三四個妖怪站在那門首也。」三藏

註

※6 播郎鼓：一種長柄搖鼓，小的可作兒童玩具。

評點

◎19. 只怕老鼠亦捉不得一個。（張評）
◎20. 此寺亦分爲兩半截。（周評）
◎21. 宛然番僧小像。（周評）
◎22. 好個和尚，而今已矣。（張評）

問道：「怎麼模樣？」小和尚道：「一個雷公嘴，一個碓挺嘴，一個青臉獠牙。旁有一個女子，倒是個油頭粉面。」◎23三藏笑道：「你不認得。那三個醜的，是我徒弟；那一個女子，是我打松林裏救命來的。」那喇嘛道：「爺爺呀，這們好俊師父，怎麼尋這般醜徒弟？」三藏道：「他醜自醜，卻俱有用。你快請他進來。若再遲了些兒，那雷公嘴的有些闖禍，不是個人生父母養的，◎24他就打進來也。」

那小和尚即忙跑出，戰兢兢的跪下道：「列位老爺，唐老爺請哩。」八戒笑道：「哥

◆上圖為西藏藏傳佛教寺廟門裝飾，下圖為西藏經幡。
（美工圖書社：中國圖片大系提供）

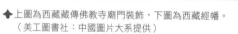

啊，他請便罷了，卻這般戰兢兢的，何也？」行者道：「看見我們醜陋害怕。」八戒道：「可是扯淡！我們乃生成的，那個是好要醜哩！」行者道：「把那醜且略收拾收拾。」獃子真箇把嘴揣在懷裏，低著頭，牽著馬；沙僧挑著擔；行者在後面，拿著棒，轄著那女子，一行進去。穿過了那倒塌房廊，入三層門裏。拴了馬，歇了擔，進方丈中，與喇嘛僧相見，分了坐次。那和尚入裏邊，引出七八十個小喇嘛來，見禮畢，收拾辦齋管待。正是：

積功須在慈悲念，佛法興時僧讚僧。

畢竟不知怎生離寺，且聽下回分解。

總批

篇內云：「只把工夫捱他，終須有個到之之日。」是極到家語。著眼！著眼！（李評）

悟一子曰：此篇至八十二回，皆明修道者須步步照護本來面目，還歸本性。偶一失足，便陷空無底，難得起升。（陳評節錄）

悟元子曰：上回結出色欲少貪，陰功多積，凡百事將長補短，足以祛病延年，是叫人不可疑於外之採取，貪色欲而損陰德矣。然色欲之根，在內而不在外，由己而不由人。必須對景忘情，遇境不移，內外皆空，絕無一點妄念，方爲極功。（劉評節錄）

西藏拉薩布達拉宮。（美工圖書社：中國圖片大系提供）

評點

◎23. 菩薩自然好似羅漢。（張評）
◎24. 果然不是人生父母養的，說得不差，不差。（周評）

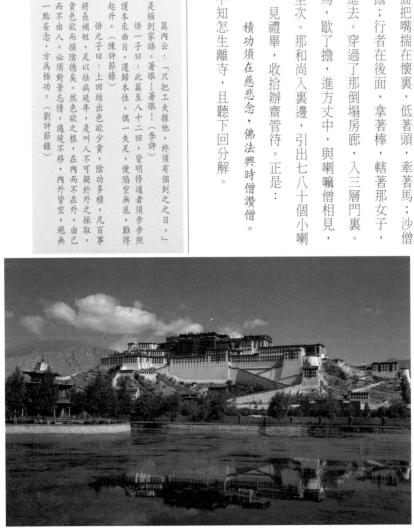

參考書目

1. 《西遊記資料彙編》，朱一玄編，南開大學出版社，二〇〇二年十二月出版。
2. 《西遊記》，人民文學出版社，一九八〇年五月二版。
3. 《李卓吾批評本西遊記》，陳宏、楊波校點，嶽麓書社，二〇〇五年出版。
4. 《西遊記》，（明）華陽洞天主人校，遼海出版社，二〇〇六年出版。
5. 《西遊真詮》一百回，（清）陳士斌注，北京圖書館文獻縮微中心藏本。
6. 《新說西遊記圖像》，吳承恩著，張書紳注，北京中國書店，一九八五年出版。
7. 《西遊證道書》，黃周星、汪象旭注，黃永年、黃壽成點校，中華書局，一九九三年十月出版。
8. 《余國藩論學文選》，余國藩（Anthony C. Yu）著，李奭學編譯，北京三聯書店，二〇〇六年出版。
9. 《李安綱批評西遊記》，李安綱批評，中國社會科學出版社，二〇〇四年出版。
10. 《西遊文化熟語研究》，周麗雅著，內蒙古大學，二〇〇七年出版。
11. 《玄奘西遊記》，錢文忠著，上海書店出版社，二〇〇七年出版。

12.《金陵世德堂本·西遊記成書考》，謝文華著，東華大學〔臺灣〕，二〇〇六年出版。
13.《魯迅、胡適等解讀西遊記》，張慶善、唐風編，遼海出版社，二〇〇二年出版。
14.《西遊記的秘密》，（日）中野美代子著，王秀文等譯，中華書局，二〇〇二年出版。
15.《西遊記漫話》，林庚著，北京出版社，二〇〇四年出版。
16.《西遊記新讀本》，孫遜編，上海古籍出版社，二〇〇四年出版。
17.《西遊記》李卓吾評本，陳先行、包于飛校點，上海古籍出版社，一九九四年出版。

●備註：本書以明代金陵世德堂刊本為底本，凡底本可通之處，一般沿用；明顯錯誤之處則參照《李卓吾先生評西遊記》等清刻本訂正，不出校記。

圖片來源

1.《新說西遊記圖像》，吳承恩著，張書紳注，北京中國書店，一九八五年出版。

2.《西遊記：李卓吾評本》，吳承恩著，上海古籍出版社，一九九四年出版。

3.《西遊記傳版刻圖錄》，江蘇廣陵古籍刻印社，一九九九年出版。（與1. 2.兩項部分圖片重疊，以前者優先，故不另加註於圖片說明中）

特別感謝本書內頁圖片授權人及授權單位

4.《西遊記人物神怪造像》，葉雄繪，百家出版社，二〇〇三年出版。

⊙葉雄，上海崇明人，一九五〇年出生。畢業於上海大學美術學院國畫系，現是中國美術家協會會員、中國美術家協會連環畫藝術委員會委員、上海美術家協會理事……等。他於一九七六年開始從事連環畫、插圖、中國水墨畫創作，其作品在全國藝術大展中連續獲獎。他的水墨畫作品還在日本、韓國、加拿大、臺灣等地參加聯展。上海美術館、上海圖書館及中外收藏家收藏了他的中國水墨畫作品。其藝術成就被收入中國美術家大辭典、中國文藝傳集、當代中國美術家光碟、世界華人文學藝術界名人錄、世界名人錄……等。重要作品包括：

二〇〇一年出版《水滸一百零八將》

二〇〇三年出版《三國演義人物畫傳》

二〇〇四年出版《紅樓夢人物畫傳》。

個人信箱：yexiong96@163.com

5. 《西遊記》名家彩繪珍藏本，葉雄、孟慶江等繪，上海辭書出版社，二〇〇〇年出版。

⊙孟慶江，浙江溫州人，一九三七年出生。一九六五年畢業於中央美術學院國畫系人物畫專業，師從蔣兆和、葉淺予。歷任出版社專職畫家、《連環畫報》主編、《中國藝術》副主編等，在人民美術社連環畫培訓班擔任十年校長並在中央美術院從事教學工作三年。兼任中國出版工作者協會連環畫藝委會副主任、北京工筆重彩畫會副會長等職，連任三屆國家圖書獎評委和全國少兒圖書獎評委等。作品《蔡文姬》、《長恨歌》等曾獲全國大獎，並被中國美術館收藏。其作品整體立意鮮明、題材廣泛、形式多樣、風格寫實並注重濃郁的民族傳統特色和時代精神相結合，雅俗共賞，深受大衆歡迎。

6. 朱寶榮授權使用內頁繪圖共一百六十張。

⊙朱寶榮，從小酷愛美術，因家庭情況無緣於高等學府深造，引為憾事。二〇〇四年與兩位志趣相投的好友組成心境插畫工作室至今，能夠從事自己喜愛的工作，覺得是一件很幸福的事！

7. 廣州集成圖像有限公司「FOTOE」授權使用部分內頁圖片。（fotoe.com）

8. 中華郵政公司（前台灣郵政公司）授權使用西元一九九七年發行之「中國古典小說郵票——西遊記」四張一套圖片。

9. 富爾特科技股份有限公司影像提供。

10. 「意念圖庫」（意念數位科技股份有限公司）影像提供。

11. 典匠資訊股份有限公司影像提供。

12. 美工圖書社：「中國圖片大系」影像提供。

國家圖書館出版品預行編目資料

西遊記（四）—除魔衛道／吳承恩原著；張富海編撰
—— 初版. ——臺中市：好讀, 2009[民98]
冊：　公分，——（圖說經典 ；22）

ISBN 978-986-178-125-9（平裝）

857.47　　98006383

好讀出版
圖說經典 22

西遊記（四）
【除魔衛道】

原　　著／吳承恩
編　　撰／張富海
總 編 輯／鄧茵茵
責任編輯／林碧瑩
執行編輯／林碧瑩、莊銘桓
美術編輯／藝點創意設計有限公司
封面設計／山今伴頁工作室
發 行 所／好讀出版有限公司
台中市407西屯區何厝里19鄰大有街13號
TEL:04-23157795　FAX:04-23144188
http://howdo.morningstar.com.tw
（如對本書編輯或內容有意見，請來電或上網告訴我們）
法律顧問／甘龍強律師
承製／知己圖書股份有限公司　TEL:04-23581803

總經銷／知己圖書股份有限公司
http://www.morningstar.com.tw
e-mail:service@morningstar.com.tw
郵政劃撥：15060393 知己圖書股份有限公司
台北公司：台北市106羅斯福路二段95號4樓之3
TEL:02-23672044　FAX:02-23635741
台中公司：台中市407工業區30路1號
TEL:04-23595820　FAX:04-23597123

初版／西元2009年7月15日
定價：299元
如有破損或裝訂錯誤，請寄回知己圖書更換

Published by How-Do Publishing Co., Ltd.
2009 Printed in Taiwan

ISBN 978-986-178-125-9

讀者回函

只要寄回本回函，就能不定時收到晨星出版集團最新電子報及相關優惠活動訊息，並有機會參加抽獎，獲得贈書。因此有電子信箱的讀者，千萬別吝於寫上你的信箱地址

書名：西遊記（四）除魔衛道

姓名：________ 性別：□男 □女 生日：____年____月____日

教育程度：____________

職業：□學生 □教師 □一般職員 □企業主管

□家庭主婦 □自由業 □醫護 □軍警 □其他____________

電子郵件信箱（e-mail）：____________ 電話：________

聯絡地址：□□□____________

你怎麼發現這本書的？

□書店 □網路書店（哪一個？）________ □朋友推薦 □學校選書

□報章雜誌報導 □其他____________

買這本書的原因是：____________

□內容題材深得我心 □價格便宜 □封面與內頁設計很優 □其他______

你對這本書還有其他意見嗎？請通通告訴我們：

____

你買過幾本好讀的書？（不包括現在這一本）

□沒買過 □1～5本 □6～10本 □11～20本 □太多了

你希望能如何得到更多好讀的出版訊息？

□常寄電子報 □網站常常更新 □常在報章雜誌上看到好讀新書消息

□我有更棒的想法____________

最後請推薦五個閱讀同好的姓名與E-mail，讓他們也能收到好讀的近期書訊：

1. ____________

2. ____________

3. ____________

4. ____________

5. ____________

我們確實接收到你對好讀的心意了，再次感謝你抽空填寫這份回函

請有空時上網或來信與我們交換意見，好讀出版有限公司編輯部同仁感謝你！

好讀的部落格：http://howdo.morningstar.com.tw/

請填妥後對折黏貼，直接投郵即可，無須貼郵票。

廣告回函
臺灣中區郵政管理局
登記證第3877號
免貼郵票

好讀出版有限公司　編輯部收

407 台中市西屯區何厝里大有街13號

電話：04-23157795-6　傳真：04-23144188

沿虛線對折

購買好讀出版書籍的方法：

一、先請你上晨星網路書店http://www.morningstar.com.tw檢索書目或直接在網上購買

二、以郵政劃撥購書：帳號15060393 戶名：知己圖書股份有限公司並在通信欄中註明你想買的書名與數量

三、大量訂購者可直接以客服專線洽詢，有專人為您服務：

客服專線：04-23595819轉230 傳真：04-23597123

四、客服信箱：service@morningstar.com.tw